光秀と信長

本能寺の変に黒幕はいたのか

渡邊大門

草思社文庫

はじめに

天正十年（一五八二）六月、織田信長は家臣・明智光秀の急襲を受け、天下統一の志半ばにして横死した。二日本能寺の変である。明智光秀の「敵は本能寺にあり」、あるいは織田信長の「是非に及ばず」というセリフは、多くの人に知られているであろう。

本能寺の変は、歴史家によって古くから研究がなされてきた。同時に、あまりに謎が多いことも相俟って、多くの小説家もたびたび題材として取り上げた。とりわけ注目されたのが、なぜ明智光秀は謀反を引き起こしたのか、という点である。「光秀謀反」の理由をめぐっては、これまで侃侃諤諤《かんかんがくがく》の議論が行われてきた。それゆえに、多くの一般の方や歴史ファンが注目してきたのである。

光秀が謀反を起こした理由については、かなり細分化されていて非常に複雑であるが、有力な説は光秀の単独犯とするもの（光秀単独犯説）、足利義昭《よしあき》が黒幕であったとするもの（足利義昭黒幕説）、朝廷が黒幕であったとするもの（朝廷黒幕説）に大別されよう。光秀単独犯説は、さらに「野望説」と「怨恨説」に分けることが可能である。問題となるのは、いずれも決定的な史料を欠いていることから、状況証拠に拠るしかないことである。光秀自身が「～という理由で謀反を起こしました」という言葉を残していない以上、そこは止むを得ないところである。現実的に、そうした史料の出現を期待するのも、ほとんど不可能と考えられる。

さらに、史料的な根拠もなく論理の飛躍を積み重ね、妄説の類を主張する方は別として、扱う史料の評価にも問題がある点を見過ごすことはできない。

いうまでもなく、歴史の研究をする場合、一次史料（古文書、古記録）を中心にするのがセオリーである。本能寺の変の場合は、『信長公記《しんちょうこうき》』などの一部の二次史料も信頼に足りうると指摘されている。一方で、『明智軍記』などの二次史料は史料批判を通して、ほとんど信頼できないことが明白となっている。同じく光秀謀反の理由として注目された信長による四国政策の変更についても、一次史料が乏しいゆえに『元《もと》親記《ちかき》』などの二次史料に頼っている側面がある。

不思議なことに、そのような「使えない」二次史料であっても、自説に有利に傾く場合に限って、「この部分は使える」との判断が下される例が見られる。むろん、二次史料が最初から最後まで嘘とデタラメで塗り固められているわけではない。ただ普通に考えると、全体的に信頼できない二次史料が、なぜその部分だけ信頼するに足るというのか疑問に思えてならない。

書かれた部分が魅力的な叙述になっていることは理解できるにしても、今一度原点に立ち戻って再考する必要があるのではないか。

一方で、近年の織田信長研究の進展によって、少しずつ変化を遂げつつあるのは、信長の実像である。かつて、織田信長といえば、「中世的権威を否定」した革新的な人物として描かれてきた。信長に従う諸大名は、信長にすべて指示を仰ぎ、その指導のもとで着々と天下統一を進めてきたというイメージが強い。信長の革新性をあまりに強調した感がある。

信長が優れた能力を保持していたことは否定しないが、近年の研究によって、信長配下の諸大名には一定の自立性が認められてきたことが指摘されている。また、信長と将軍・足利義昭や朝廷との関係に関しても、さまざまな点で新見解が提示されている。つまり、信長研究が新たな段階に入ったといえるのである。本書では、そうした研究成果に学びつつ、改めて本能寺の変を考えてみたいと思う。そして、信長個人、織田権力とは何だったのかを述べることにしたい。

なお、引用する史料は、読みやすさを考慮して、可能な限り現代語訳としたことをあらかじめ申し述べておきたい。

光秀と信長◉目次

第一章

明智光秀とは何者か

明智光秀のイメージ

最初に述べておきたいのは、われわれが持つ明智光秀のイメージである。信長や本能寺の変を語るうえで、光秀の存在は欠かすことができない。詳しい人にとっては取るに足らないことであるが、念のために確認しておこう。

経歴という点において、光秀が信長のほかの家臣と大きく異なっている点は、どことなく漂うインテリの香りである。光秀は美濃国の出身として知られ、名門・土岐氏（美濃国などの守護）の支族であるといわれている（土岐明智氏）。のちに光秀のライバルとなり天下を獲った豊臣秀吉は、一般的に百姓の倅《せがれ》であったと考えられており、その差は歴然としている。

そして、光秀は豊かな教養を持っていたといわれている。彼が本能寺の変の直前に詠んだ発句「ときは今　あめが下知る　五月哉」（『愛宕百韻』）は、通常「土岐氏の子孫である自分が天下を獲る五月」と訳されているが、さらに深い読み込みがなされ、多くの解釈が生み出されている。この技巧が優れていたので、光秀の教養が高く評価されているといえよう。同時に教養が深いゆえに、武人としての線の細さや弱々しさもイメージとしてつきまとっている。

以上のような豊かな教養だけではなく、やがて軍事や統治面でも信長の高い評価を得た光秀は、信長家臣団において栄達を遂げることになった。最終的に近江や丹波といった重要な国の支配を任されたのは、その証左といえるであろう。

一方において、本能寺の変の原因と絡んで、信長との確執にまつわる逸話が多いのも事実である。それらは質の低い史料に記されたものが大半であり、現在では否定的に捉えられている。いくつか挙げておこう。

天正十年（一五八二）、信長は甲斐・武田氏を滅亡させた労をねぎらうため、徳川家康を安土城に招いて饗応することになった。このとき接待役を任されたのが、光秀である。しかし、光秀の準備には手抜かりがあったとされ（料理が腐っていたなど）、光秀に激怒した信長は光秀に激しい折檻を加えたという。折檻を受けた光秀は、信長を恨み本能寺の変を起こしたということになるが、この話は『川角《かわすみ》太閤記』などの質の劣る二次史料に記されたものであり、現在では否定的な見解が多い。

『川角太閤記』は、田中吉政の家臣・川角三郎右衛門が作者とされ、成立は元和七年（一六二一）から同九年の間といわれている。成立年が早く人物が生き生きと描かれているが、実際には誤りが多いと指摘されている。本能寺の変の記述は、生き残った光秀の旧臣からの聞き取りをもとにしたというが、そのまま受け取るわけにはいかない。成立年が早いことと信憑性の高さは、必ずしも一致しないのである。

同じく織田軍が武田氏を攻撃したときの話であるが、武田氏滅亡後の陣中において、光秀は「骨を折った甲斐があった」と言葉をもらした。ところが、光秀は実際に戦ったのではなく、信長のお供として戦場にやって来たに過ぎない。この言葉を聞いた信長は急に不機嫌になり、光秀に乱暴をはたらいたという逸話が伝わっている。こちらも『祖父物語』という質の低い編纂物に書き記されたもので、現在では受け入れられていない。

また、庚申待《こうしんまち》（庚申の夜、三尸《さんし》の難を避けるために帝釈天《たいしやくてん》、青面金剛《しようめんこんごう》、猿田彦を徹夜でまつる習俗）の夜に酒宴を催した際、光秀は小用に立ったことがある。信長はこれに難癖をつけて、槍（または刀）を光秀に突きつけたといわれている。この逸話は『柏崎物語』などに載せられたものであるが、同書も質の低い書物であり、現在ではほとんど信用されていない。

さらに有名な話として、光秀が丹波・八上《やかみ》城の波多野三兄弟を攻撃した際の逸話がある。光秀は自身の母を人質として八上城に預け、身の安全を保証したうえで降伏させた。しかし、波多野三兄弟は信長に殺され、人質となった光秀の母は城内の波多野氏の家臣によって殺害されたという。この逸話は、『総見記』などに書かれたものである。ただ、太田牛一の『信長公記《しんちょうこうき》』（織田信長の一代記）によると、光秀の調略によって、秀治《ひではる》ら三兄弟を捕らえたと伝える。こちらのほうが信憑性が高く、『総見記』などの記述はあてにならない。

『総見記』とは、『織田軍記』と称されている軍記物語の一種である。本能寺の変から百年ほど経て成立したものであるが、『信長公記』をベースにして、脚色や創作が随所に加えられている。さらに、儒教的な価値観に基づいていることから、記述に大きな偏りが見られる。この史料も、とうてい信用に値するものではないと、現在では評価されている。

ほかにも、光秀は信長から近江・丹波を取り上げられ、石見・出雲に移される予定であったという話が、『明智軍記』に記されている。『明智軍記』については、すでに半世紀以上も前に、古典的名著『明智光秀』の著者として知られる高柳光壽氏が、悪書であると指摘した編纂物である。この話も裏付けとなる史料が乏しいことから、まったく信用することができない。なお、『明智軍記』に関しては、のちに詳しく述べることにしよう。

二人が袂を分かった背景には、気性の激しい信長と聡明な光秀との対立軸というものが想定されているように感じてならない。信長が長らく付き従った重臣でさえも、死に追い込んだという例が多いことも、印象深いところである。このように残酷な信長は、いよいよその刃を光秀に向けた。しかし、それを察知した光秀は、「やられる前にやった」ということになろうか。そのためには、光秀にもっともな理由が必要である。後世の人々は、さまざまな口承や伝承の中から、そうしたストーリーを作ったのかもしれない。

ここに挙げたエピソードの類は、現在ではそのほとんどが否定されている。史料の性質を考えずに、おもしろい話を列挙すれば、枚挙に暇がないほどである。未だに光秀自身のことを含めて、堅く信じられている誤った事実が多い。こうした問題点は、早く払拭されるべきであろう。

ここまで光秀に関するさまざまなイメージや逸話を書き記してきたが、出身や経歴も誤っていることが少なからずある。こうした点を検証するのが、この章の目的である。以下、光秀という人物を知るため、もう少し詳しく検討を進めることとしたい。

光秀の出自・経歴

ここからは光秀の生涯のうち、もっとも重要と考えられるトピックスを取り上げ、分析することにしよう。

最初に触れておかなくてはならないのは、本能寺の変を起こした張本人の明智光秀の出自や経歴である。しかし、光秀の先祖はもちろんのこと、その前半生には謎の点が実に多い。関連する一次史料が圧倒的に不足しているのである。信長配下に取り立てられた者は、豊臣秀吉を筆頭にして謎の経歴を持つ人物が多く、誠に興味深い点である。同様に、光秀の事績に関しても二次史料で追わざるを得ない面があるため、疑問に感じる点が多い。

明智氏は、美濃国の名門で守護を務めた土岐氏の支族である（土岐明智氏）。土岐氏は清和源氏の末裔であり、美濃国に勢力を築いた。南北朝期以降は、室町幕府から美濃国などに守護職を与えられている。光秀が史上に登場するのは、永禄十二年（一五六九）一月のことであり（『信長公記』）、織田信長が足利義昭を奉じて上洛した翌年にあたる。それ以前については、後世の編纂物等によって、ようやく動向をうかがうことができる程度である。しかし、それらについては、不確かなものが多い。

光秀の父については、諸説あって定まらない。現在、知られている系図類では、光綱とするもの、光隆とするもの、光國とするものに分かれており一致しない。整理すると、次のようになろう。

①光綱――「明智系図」（『系図纂要』所収）、「明智氏一族宮城家相伝系図書」（『大日本史料』一一―一所収）。

②光隆――「明智系図」（『続群書類従』所収）、「明智系図」（『鈴木叢書』所収）。

③光國――「土岐系図」（『続群書類従』所収）。

残念なことに、光秀の父について語る史料は皆無といわざるを得ない。史上に突如としてあらわれた人物の場合、意外と父祖の名前さえ判然としないケースが多い。系図によってこれだけ名前が違うのであるから、その背景を改めて検証する必要がある（後述）。この系図の記載を詮索しても、ほとんど意味がない。

光秀のことは別として、少なくとも土岐氏の支族である明智氏が、室町幕府に仕えていたことは事実である。奉公衆の名簿である『文安年中御番帳』には外様衆として「土岐明智中務少輔《なかつかさしょうゆう》」の名を、『東山殿時代大名外様附《ひがしやまどのじだいだいみょうとざまふ》』にも同じく外様衆として「同（土岐）中務少輔」の名を、四番衆として「土岐明智兵庫頭」の名を、それぞれ確認することができる。『常徳院御動座当時在陣衆着到』にも「土岐明智兵庫助」とある。

外様衆の役割については不明な点が多いものの、有力守護の支族が名を連ねている点を考慮すれば、相当な格式と地位であったと考えられる。なんといっても、外様衆は将軍の直臣でもある。明智氏もまた土岐氏の支族であるがゆえに、外様衆に加えられたのであろう。そして、土岐明智氏の名は、おおむね十四世紀半ばから十五世紀の終わりにかけて、多くの一次史料で確認することができる。その本拠地は、やはり美濃国にあった。

光秀を語るうえでの重要な史料として、『立入左京亮宗継入道隆佐記《たてりさきょうのすけむねつぐにゅうどうりゅうさき》』がある。この史料は、禁裏《きんり》御《み》倉職《くらしき》の立入宗継（隆佐）が見聞した出来事の覚書を集成したもので、七世の孫・中務大丞経徳《たいじょうつねのり》が書写したものである。そこには、天正七年（一五七九）に光秀が丹波を平定したのち、信長から丹波一国を与えられたことを記し、光秀について「美濃国住人とき（土岐）の随分衆也」と記録している。そして、光秀は信長によって「惟任《これとう》」姓を与えられ、惟任日向守を名乗るようになった。光秀の栄達ぶりを示すものである。

随分衆とは、土岐氏の中にあって、相当な地位にあったことを示している。随分には、「身分が高い」という意味が含まれている。残念ながら、宗継が光秀の経歴をどこまで知っていたかは不明である。ところで、『立入左京亮宗継入道隆佐記』のこの記述には、前段に次の興味深い一節がある。

惟任日向守（明智光秀）が信長の御朱印によって丹波一国を与えられた。時に理運によって申し付けられた。前代未聞の大将である。

「理運」にはさまざまな意味があるが、この場合は「良い巡り合わせ、幸運」くらいの意味で捉えてよい。理運によって丹波一国を与えられたので、前代未聞の大将だったのである。立入宗継にとっては、光秀が名門土岐氏の相当な地位にあったとはいえ、丹波一国を授けられたことには驚倒すべき印象を持ったと推測される。となると、宗継は光秀を「随分衆」とは言っても、実際には光秀の経歴を詳しく知らず、風聞に拠って知った可能性が高い。

この一節に続いて、光秀が丹波八上城主の波多野氏を搦め捕り、安土城下で「はたもの（磔刑）」にしたことを「前代未聞」と書き記している。光秀が彼らを「はたもの」にしたことは、信長に対する軍功のアピールであったと考えられるが、あまりにむごたらしいことで「前代未聞」という感想を漏らしたのであろう。ところが、天正五年

（一五七七）の第一次上月城《こうづき》の戦いにおいて、羽柴秀吉は播磨・美作の国境付近で女・子供を磔刑にしている。とりわけ前代未聞とは言えそうにない。

光秀の父以前の系譜や自身の前半生がほとんど不明であること、また周囲の評価において「理運」「前代未聞」とあるところを見ると、光秀は土岐氏支族の明智氏を本当に継いだのか再検討する必要がある。つまり、幕府外様衆の系譜を引く明智氏ではなく、まったくの傍系の明智氏である可能性や、土岐氏配下の某氏が明智氏の名跡を継いだ可能性も否定できない。光秀が本当に土岐明智氏の系譜を引いているのか、未だ疑問が多いのである。それゆえに、父の名前さえ系図によって、異なっているのであろう。

『永禄六年諸役人附』には足軽衆として、「明智」の姓が記されているが、ただ、肝心の名前が記されていないので、この「明智」が光秀である確証はない。足軽衆とは、単なる兵卒ではなく、将軍を警護する実働部隊と考えてよいであろう。しかし、同史料に記載された足軽衆の面々は名字のみしか記されていない者も多く、おおむね無名の人物ばかりである。奉公衆クラスを出自とするものは存在しない。そうなると、逆に土岐氏の支族で「名門」の明智氏が、なぜ足軽という地位に止まったのか不思議である。かつて土岐明智氏は、外様衆という高い身分にあったからである。

つまり、これまで光秀は外様衆・明智氏を出自とすると考えられてきたが、それとは程遠い存在といえないだろうか。『永禄六年諸役人附』の明智が光秀と同一人物であるか否かは、確証が得られない。光秀が義昭に仕えていたであろうことを前提として、光秀であると解釈しているだけである。いずれにしても当時の明智氏は、まったくの無名の存在であったと考えるのが妥当といえる。光秀を名門・土岐明智氏に繋げるには、あまりにも材料不足である。

信長に仕えて以後の光秀は、無名のところから這い上がるのに必死であった。信長は能力主義を採用していたので、名門の出自であるなどほとんど考慮しなかったであろう。信長の重臣の多くは、無名の立場から這い上がった者だった。したがって、光秀が名門土岐氏の支族である明智氏の出身であることについては、頭から信用するのは危険であると考えなくてはならない。

これまでの光秀の評価を考えるには、その前半生を改めて検討する必要がある。従来説は、本当に正しいのであろうか。次に、詳しく検討してみよう。

信長に仕えるまでの光秀

光秀の年齢についても触れておかなくてはならない。従来、『明智軍記』や明智氏の系図類に基づき、天正十年（一五八二）に五十五から五十七歳の間に亡くなったと考えられてきた。光秀は、大永六年（一五二六）から同八年・享禄元年（一五二八）の間の生まれたことになる。しかし、信長研究の第一人者である谷口克広氏は『当代記』に基づき、六十七歳で亡くなったと指摘した（『検証　本能寺の変』）。つまり、永正十三年（一五一六）の誕生となる。史料の質からいえば、断然『当代記』のほうが良質なので、後者の可能性が高いのかもしれない。

明智氏の出身地については、二つの説が有力視されている。一つは岐阜県恵那市明智町であり、もう一つは岐阜県可児《かに》市広見・瀬田である。前者には明知城址があり、光秀にまつわる史跡があることから、現在も「光秀まつり」が催されている。後者にはかつて石清水八幡宮領の明智荘という荘園があり、今は明智城址が残っている。互いに「明智」の名を冠していることから、非常にややこしいことになっている。

戦国時代研究で数々の著作がある小和田哲男氏は、恵那市明智町は遠山明智氏ゆかりの地であって、光秀の出身である土岐明智氏に結びつけるのは難しいと指摘している（『明智光秀――つくられた「謀反人」』）。むしろ、可児市広見・瀬田のほうが可能性が高いというのが結論である。遠山明智氏は藤原北家利仁《ふじわらのほっけとしひと》流の流れを汲み、現在の恵那市明智町に本拠を築いた。妥当な見解といえよう。

謎の多い光秀の前半生の中で、『永禄六年諸役人附』に足軽衆として「明智」の名があることから、光秀が将軍・足利義輝に仕えたとする説がある。これが正しいとするならば、義輝は永禄八年（一五六五）五月に松永久秀らに討たれているので、そのときまで仕えていたことになろう。しかし、先述したとおり、この「明智」が光秀である確証はない。何より『永禄六年諸役人附』は前半部分が義輝段階のもので、後半部分が義昭段階のものであると指摘されている。仮に仕えているとするならば、義輝でなく義昭のほうが正しい。

私自身は、この頃に光秀が義昭に仕えていた可能性は極めて低いと考える。これまでは、光秀が義昭に仕えていたという話を立脚点にして、すべてが語られてきた感がある。つまり、「光秀は義昭に仕えていた」ことを大前提として、すべての史料解釈がそこに収斂《しゅうれん》されていたということになろう。根本的な部分において、十分な確証が得られないのは問題が多いので、改めて検討が必要である。この点は、のちにもう少し詳しく触れることにしよう。

ほかに光秀が仕えた人物としては、越前国の朝倉義景が知られている。朝倉氏は十五世紀半ば頃から主家の斯波《しば》氏を圧倒し、実力によって越前一国を配下に収めた。以後、朝倉氏は一乗谷に本拠を構え、軍事のみだけでなく、連歌師や医者など多くの文化人が訪れたことで知られている。光秀が朝倉氏に仕えたというのは、少なからず光秀が教養人であったということも影響しているかもしれない。このことについても疑問が大きく、再検討の余地が十分にあると考える。

『細川家記』は信頼できる史料なのか

光秀が朝倉氏に仕えたとされる根拠史料は、後世の編纂物である『明智軍記』『細川家記』である。同史料に基づき、その経緯に触れておこう。

光秀は父を失ってからのち、各地を遍歴していたという。その間に訪れたのが越前国であった。光秀は越前国に留まり、義景から五百貫文の知行で召し抱えられたというのである。光秀は義景から命じられるままに鉄砲の演習を行い、その見事な腕前から鉄砲寄子百人を預けられたといわれている。以上が、光秀が義景に仕えるまでの流れである。有名な「軍師」（戦国期に軍師という言葉はない）と呼ばれる人の多くは各地を遍歴しており、主君に気に入られて仕えたことになっている。光秀もその点で同じだった。

ただ、問題なのは、それだけの人物でありながらも、朝倉方の文書や記録類に一切光秀が登場しないことである。さらに根拠となる『明智軍記』は前述のとおり、古く高柳光壽氏によって信頼できない史料（「誤謬充満の悪書」と記す）であるとの評価を受けている（『明智光秀』）。『明智軍記』は元禄年間に成立したとされ、作者は不詳である。『明智軍記』は低い評価を受けつつも、『細川家記』に同じ記載があるので、信用されてきたのである。理由は、『細川家記』が名門・細川家の正史だからである。

『細川家記』は、安永年間（一七七二～一七八一）に完成した『綿考輯録《めんこうしゆうろく》』（細川幽斎、忠興、忠利、光尚の四代の記録）をもとにして編纂された。編者は、小野武次郎である。国文学者で細川幽斎の研究で業績を残した土田将雄氏の研究によると、忠利、光尚の代は時代が下るので信憑性が高いかもしれないが、幽斎くらいになると問題になる箇所も少なくないと指摘されている。それは、なぜか。

その理由は、編者が『細川家記』を編纂するに際して、おびただしい量の文献を参照しているが、巷間に流布する軍記物語なども材料として用いているからである。『細川家記』の参考書目を見ると、多くの編纂物が挙がっている。加えて、細川家の先祖の顕彰を目的としていることから、編纂時にバイアスがかかっているのは明らかである。たしかに

実は、そこが大きな問題なのである。『細川家記』は多くの書物を参考にしているが、その中に『明智軍記』や『総見記』などの信頼度の低い史料も多々含まれている。史

料の選別はあまり行われていない。その点で、『細川家記』は扱いが難しい書物といえよう。『細川家記』は『明智軍記』に基づいて、光秀が朝倉氏に仕えたとの部分を参照して書かれているので、問題があるのは一目瞭然である。

光秀の前半生を語る部分は、『細川家記』の記述と『明智軍記』などの信頼度の低い史料の記述とで共通性が見られる。光秀に関わることで、ほかの史料で確認できない場合は、明らかに『明智軍記』などを参照したと見るべきであろう。もとネタである『明智軍記』は、先述のとおり信頼度の低い編纂物である。むろん『細川家記』にしか見られない記述も散見するが、扱いには慎重でなくてはならない。

朝倉氏に仕えたという記述は、『明智軍記』とそれに基づいて書かれた『細川家記』にしか見えないものである。そう考えると、『細川家記』の光秀に関する記述については、疑問であるといわざるを得ない。全体として『明智軍記』に信が置けない以上、当該部分の記述が信用できないのは自明のことといえる。また、『細川家記』が名門・細川家に伝わる史料であるがゆえに、全面的に信用できるとは限らない。これまでの『細川家記』の高い評価は、改めて検討し直す必要がある。

ただし、光秀が越前と深い関係を有していたとの指摘もある。『武家事紀』所収の（天正元年）八月二十二日付の光秀書状に基づき（服部七兵衛宛）、一時期光秀が越前で生活していたとするのである。しかし、残念ながら、当該史料からはそのように読み取れない。その史料は、光秀が単に恩賞として、服部七兵衛に百石を与えたことを示すものである。越前朝倉氏を討伐した軍功に基づき与えられたのは、間違いないであろう。そのように考えるならば、光秀と越前との関係性は疑わしい。

したがって、光秀が朝倉義景に仕えたという説には大きな疑問があり、この点を信頼できない史料に拠って鵜呑みにすると極めて危険であるといえよう。同時に、光秀が前半生で諸国遍歴していたことも、とうてい信用できないのである。つまり、光秀越前在国説は疑わしいの一言に尽き、光秀の前半生は改めて白紙に戻し、再構築する必要がある。

光秀の来歴を物語る史料

光秀の前半生を語るうえで、私が重要視するのは二つの史料である。光秀が家中に発した「家中軍法」がその一つであり、もう一つはフロイスによる光秀の評価である。この二つの史料について、これから考えてみよう。

天正九年（一五八一）六月、光秀は「家中軍法」を発した（「御霊神社文書《ごりようじんじや》」）。内容は一八ヵ条から成り、戦場や行軍中に守るべきことや、与えられた石高に対して負担する軍備などが列挙されている。これ自体が珍しいものであるが、注目すべきは結びの言葉である。次に、示すことにしよう。

すでに瓦礫のごとく沈んでいた私を（信長が）召し出され、さらに多くの軍勢を預けてくださった。

この言葉は、実に重みのある内容を含んでいる。少なくとも光秀が苦しい前半生を送っていたことは間違いなかったと考えられるが、何らかの契機に信長に仕官することによって、この段階では大きく出世を遂げたのである。注意しなくてはならないのは、豊臣秀吉が百姓の倅を出自としながらも、信長の配下で大出世を遂げたことである。前半生が不明であることも含めて、信長に登用されたことが二人の共通点である。この史料の一節は、光秀の前半生が不遇であったことを確実に伝えるものである。

もう一つの史料がフロイスの手になる『日本史』である。同書には、光秀の立場について「殿内にあって彼はよそ者であり、外来の身であったので、ほとんど全ての者から快く思われていなかった」と記している。この史料もまた、光秀が信長に仕えるまで、さほど活躍していなかったことをうかがわせるものがある。さらに「よそ者」

という言葉は、光秀の外様としての立場を如実にあらわしている。

加えてフロイスは『日本史』の中で、次のように語っている（以下、同書からの引用は『完訳　フロイス日本史』松田毅一訳、中公文庫による）。

（光秀は）裏切りや密会を好み、刑を処するに残酷で、独裁的でもあったが、己を偽装するのに抜け目がなく、戦争においては謀略を得意とし、忍耐力に富み、計略と策謀の達人であった。友人たちには、人を欺くために七二の方法を体得し、学習したと吹聴していた。

さらに、光秀は築城技術に優れ、熟練の兵卒を使いこなしたとある。これまでの教養豊かな弱々しいイメージを払拭する内容である。

のちに詳述するが、光秀は信長のもとで栄達を遂げた。譜代の柴田勝家らと並んで、下から這い上がるには並々ならぬ努力が必要であったと考えられる。そのためには、合戦で活躍することも重要であるが、それにも増して光秀は信長の寵《ちよう》を得るための努力を惜しまなかった。それくらいしなければ、栄達は望めなかったのである。同時に信長は、光秀の統治面や軍事面での高い能力を買っていたと推測される。

これまで光秀は教養があり、優れた頭脳の持主でもあり、すんなりと信長のもとで出世したイメージがある。しかし、実際には艱難辛苦したうえで、下から這い上がってきたと考えるほうが良さそうである。這い上がるには、ある程度の強《したた》かさや狡猾さも必要である。まさしく光秀は、「計略と策謀の達人」ということになろう。

光秀の性格や教養

先に提示したフロイスの光秀評によって、これまでの教養人的な光秀像は見事なまでに覆されてしまう。

同時に、高柳光壽氏が指摘するように、光秀の性格は信長に似ている。ちなみに秀吉も庶民派的な明るい性格のイメージがあるものの、実際は真逆であった。秀吉は戦場において磔刑を行い、抵抗するものには厳しい処罰を科した。晩年には養子の秀次《ひでつぐ》を死に追い込み、その妻子を惨殺したほどである。高柳氏が指摘するように、信長がこうした「アクの強い人物」を好んだことには注意を払うべきである。

さらに問題となるのが、光秀が教養人であるという所与の設定がなされていることである。この点について考えてみよう。

光秀が連歌会に参加した記録は多く、茶会を催した記録もある。武将としてそれなりの地位に上ると、連歌会や茶会に出席することが一種の嗜《たしな》みであった。秀吉のような百姓の出身であっても、地位が上がるにつれて、茶や能楽に関心を寄せた。こうしたことは珍しいことでなく、当時の武将は地方に本拠を置く者も、連歌師や和歌に通じた公家を招いていたことが知られている。よほど優れた歌集などを残しているとか、細川幽斎のように古今伝授をし得る立場にあれば別であるが、ことさら光秀を教養人として強調する必要はない。

光秀が教養人として喧伝される要因となったのが、天正十年(一五八二)五月二十八日に興行された、有名な『愛宕百韻《あたごひやくいん》』である。このとき光秀は、連歌で名高い里村紹巴《さとむらじょうは》らに交じって、有名な「ときは今　あめが下知る　五月哉」という発句を詠んだ。この発句は「とき＝土岐」と解釈され、土岐氏の支族である明智氏が「あめが下」つまり天下を獲ることを織り込んだと解釈されてきた。本能寺の変が勃発したのは六月二日のことなので、数日前に謀反の意思表示をしていたとされる。

この優れた技巧によって、光秀の教養が特筆されることになったように思う。さらに光秀の発句に独自の解釈を施した津田勇氏は、この発句に中国や日本の古典の知識がいかんなく発揮されているとし、光秀が朝廷の意向を受けた源氏(＝光秀。土岐氏は清和源氏)が平氏(＝信長)を討つことを表明したと指摘する(『愛宕百韻』を読む

――本能寺の変をめぐって」など)。しかし、連歌は場の文学である。連衆が心を合わせて、一つの作品を作らなくてはならない。その場で、一瞬のうちに古典のさまざまな場面が脳裏を駆け巡り、謀反の意思表明ができるのか極めて疑問である。

加えて「源平交代思想(武家政権は平氏と源氏が交代して担うこと)」は俗説であって、今や退けられている説である。

結論からいうと、この段階で光秀が信長討伐を意識していたかどうかは別として、わざわざそのようなことを連歌会で表明しないだろう。ごく常識的に考えればわかることである。いずれにしても、津田氏の解釈は思い込みによる部分や無理をして数々の古典から解釈を導き出している点が多々あり、にわかに賛同することはできない。光秀の発句に織り込まれた語句を古典に求めるならば、同じ語句を用いたものはたくさんあり、いくらでもこじつけることが可能だからである。

光秀と親交が深かった細川幽斎は、『古今和歌集』の秘伝を伝える古今伝授を授けるなど、一級の教養人として評価してよい。後世にも多大な影響を与えた文化人の一人である。しかし、光秀の教養は上層に位置する武将としてごく普通のものであり、過大評価すべきものではないというのが結論である。むしろ、武人としての力強い側面を重要視する必要があるのではないか。そうでなければ、信長から登用されることはない。

光秀の人物像をめぐって

これまでの光秀のイメージは、次のようになろう。

①美濃国土岐氏の支族・明智氏の系譜を引く名門。
②諸国を遍歴し、朝倉氏に取り立てられた過去がある。
③将軍・足利義昭に仕えていた。
④和歌・連歌などに優れた、一級の教養人であった。

①については、その可能性は高いといえるが、父祖の記録がないことが気にかかる。光秀が明智の姓を勝手に名乗っているか、名跡を継いだという可能性も残されている。『立入左京亮宗継入道隆佐記』では、その辺りの事情を十分に把握していないので、本人の言葉を信じて記録したことも考えられよう。いずれにしても、確証を得ることができず、光秀が土岐氏の系譜を引く明智氏を出自とする点が疑問である。

②に関しては、信の置けない『明智軍記』に記されたことで、信用するには十分な

裏付けが必要である。おそらく諸国遍歴の事実はなく、朝倉氏に仕えていた事実は大いに疑問が残る。③の義昭に仕えていたという事実についても、疑問符がつく。④については、当時の武将として特筆すべきほどのものではなく、過大評価すべきものではないとみなしてよい。いずれも再検討の余地が十分あるといえる。

光秀は若い頃から仕官をすべく相当な苦労を積み重ねた。そのために土岐氏の支族・明智氏の末裔を名乗ったのかもしれない。しかし、秀吉と同様に才覚に溢れており、有能な人物であったことは、その後の活躍から明らかである。人間性についても、教養豊かで弱々しい印象がつきまとうが、長い苦労の中で老獪《ろうかい》な手腕を身につけたというのが事実ではないだろうか。むしろ、力強い野心溢れた人物というイメージが残るところである。こうした光秀像を思い描かないと、本能寺の変が勃発した理由に迫るのが難しいのではないだろうか。

信長の配下に

光秀が信長の配下に加わった経緯というのも、実はわからないことが多い。そのきっかけとして考えられているのは、足利義昭の上洛問題である。

室町幕府最後の将軍・足利義昭は、義晴の次男として天文六年（一五三七）に誕生した（義輝の弟）。天文十一年（一五四二）、母の兄である近衛稙家《このえたねいえ》の猶子《ゆうし》（相続を目的とせず、仮に結ぶ親子関係）となり、のちに興福寺一乗院で門跡権少僧都《ごんのしょうそうづ》を務めた。永禄八年（一五六五）に兄の義輝が暗殺されると、朝倉義景らの助力により脱出に成功している。最初は、近江甲賀の和田惟政や若狭武田氏を頼った。永禄九年（一五六六）八月に若狭武田氏のもとに身を寄せ、翌月に越前朝倉氏を頼ったあと、永禄十一年（一五六八）七月に織田信長のもとを訪れている。

通説では、義昭は上洛を志し朝倉氏を頼ったが、動きが鈍いことから見限り、信長のもとに走ったといわれている。朝倉氏が頼りにならないと忠告したのは、ほかならぬ光秀であった。そのような事情から、義昭と信長との間の仲介役を果たしたのが、光秀であると指摘されている。その根拠となるのは、『細川家記』である。『細川家記』の史料性に問題があることは、すでに述べたところである。この事実に関しては、どのように考えるべきであろうか。

光秀が越前滞在中の義昭に忠言したということについて、私は疑問を感じている。そもそも光秀が朝倉氏に取り立てられたことが疑わしいうえに、実際に越前に滞在していたのかさえ不明である。ましてや、義昭自身が、「瓦礫のような存在であった」とする光秀の忠言を聞き入れるものであろうか。当時における義昭と光秀の身分差は非常に大きいものがあり、主君と家臣の間柄と呼べるものではなかったと考えられる。素直に考えると、光秀が義昭に忠言するなど考え難いことである。

つまり、光秀が朝倉氏のもとに身を寄せ、そこで足利義昭との接点を持ったという説に関しては、今一度再考の余地があるということになろう。はっきりといえば、具体性や信憑性に乏しく、疑わしいといわざるを得ない。同説が信頼できない二次史料に基づいている以上、当然のことといえる。

光秀が義昭を介して信長に仕えなかったとするならば、光秀が信長に仕えた理由について、どのように考えればよいのだろうか。

信長が美濃国斎藤氏を滅ぼしたのは、永禄十年（一五六七）のことである。この段階で、光秀は美濃にあったと考えられ、おそらく美濃斎藤氏の配下にあったのではないだろうか。斎藤氏滅亡後、光秀は何らかの形で信長によって、取り立てられた可能性が高い。斎藤氏配下の西美濃三人衆（稲葉良通《よしみち》、安藤守就《もりなり》、氏家直元《うじいえなおもと》）と同じケースである。光秀は信長配下に加わって以降、次第に頭角をあらわした。瓦礫のような存在であった光秀は、信長によって見出されたのである。

永禄十一年（一五六八）十一月に至って、光秀はようやく史料上に登場する。最初から信長に仕えていたとするほうが、受け入れやすく理解しやすい。以上の点は史料的な根拠が乏しいところであるが、当時の状況を考えるならば、もっとも自然な形ということになろう。

もし、この頃に光秀が義昭と接点を持つとするならば、それはせいぜい信長の使者としてであろう。実際のところ、光秀は義昭の付家老的な存在だったといえる（後述）。

光秀のデビュー

永禄十二年（一五六九）一月、信長に敵対する三好三人衆（三好長逸《ながゆき》、岩成友通《いわなりともみち》、三好政康《まさやす》）は、京都・本圀寺《ほんこくじ》に滞在中の足利義昭を襲撃した（『信長公記』）。三好三人衆は、信長と義昭の共通の敵であった。このとき諸将に交じって、桂川で戦ったのが光秀である。その活躍ぶりは詳《つまび》らかでないが、十分な戦果を挙げたことであろう。すでに、これ以前から光秀が信長の配下にあったことは疑いない。そして、この戦いを契機にして、光秀は義昭と繋がることになる。

注目すべきは永禄十二年に比定される四月十四日付の木下秀吉との連署状である（「沢房吉氏所蔵文書」）。内容は、賀茂荘（京都府木津川市）に宛てたもので、賀茂の売買枡で四百石を納入すること、軍役として百人を陣詰めするよう命じたものである。史料中に「任御下知《おんげち》之旨」とあるが、これは義昭の下知を意味する。また、この連署状は秀吉が日付の下に署名しており、光秀が奥に署名をしている。通常、奥に署名をするほうが身分が高いので、光秀は秀吉よりも高い地位にあったと考えられる。

この文書については、多少複雑な発給がされている。同年四月十日付で室町幕府奉行人連署奉書が発給され、ほぼ同じことが賀茂荘に伝えられている。室町幕府奉行人連署奉書とは、将軍である義昭の意を奉じた文書のことである。さらにまったくの同一年月日で信長朱印状が発給され、「任御下知之旨」という義昭の意向を踏まえ、これまでどおり相違ないことを賀茂荘に伝えている。つまり、二重の保証を受けているということになろう。

これまで、「任（公方）御下知之旨」の文言がある信長朱印状に関しては、幕府の奉行人連署奉書の副状であり、義昭と信長の「二重政権」あるいは「二重構造の政治」との評価が与えられてきた。しかし、近年では足利将軍研究の第一人者である山田康弘氏が指摘するように、こうした文書は従来から見られるものであり、副状というよりも守護遵行《じゅんぎょう》状《じょう》（幕府の命を受けた守護が命令を執行するために発給した文書）というべきものであると位置付けられている（「戦国期幕府奉行人奉書と信長朱印状」）。もっともな見解である。

結論をいうと、信長が新たに京都支配を行うに際して、既存の権力（＝室町幕府）

を継承したほうが、円滑に支配を進められたのである。この点は、非常に重要な指摘である。従来、信長は革新的とされ、「中世的権威」を否定し、近世への道を切り開いたとされてきた。むろん信長に斬新さがあったことは認めるが、こと政治の運営に関しては、旧来の勢力の出方を見ながら、慎重に進めたと考えられる。

秀吉と光秀の連署状は、義昭の「御下知」と記しながらも、実質的には信長の命を実行する趣旨を持つものであった。信長の新たな京都支配に際して、この二人が登用されたのは、大変興味深い。相前後して、光秀は村井貞勝や朝山日乗《にちじょう》などと連署状を発給しているので、京都支配を任されていたことは明らかで、信長に手腕を買われて重用されていたのである。

信長と義昭の相克

義昭を推戴して入京を果たした信長であったが、二人の間にはやがて溝ができ、それはどんどん深まっていった。それは、義昭が将軍としての自身の立場を強調するあまり、信長との関係が難しくなっていたことによる。永禄十三年（一五七〇）一月、信長は五ヵ条の条書を定め、義昭に認めさせた（「成簣堂《せいきどう》文庫所蔵文書」）。そして、この条書の宛先は光秀と朝山日乗になっている。その内容を要約すると、次のとおりである。

①義昭が諸国に御内書を下す際は、信長に命じて副状を発給させること。
②これまでの義昭の下知は無効とし、よく考えたうえで定めること。
③将軍（義昭）に対して忠節を尽くす者に恩賞を与える際、与えるべき所領がない場合は、信長の領国内の所領を将軍の命令により提供すること。
④天下のことは信長に任せたのであるから、将軍（義昭）の意見を得ることなく、道理にしたがって成敗すること。
⑤天下が平和になった以上は、朝廷を疎かにしてはならないこと。

この条書の袖の部分には、義昭の黒印が押されている。袖とは、文書のはじめの端の余白になっている部分のことである。義昭は条書を確認したあとに黒印を押したと考えられるので、信長からの意見を承認したということになろう。もともと義昭にしてみれば、室町幕府の再興がまず必要であり、さらに自らが天下に差配することが最大の目的であった。義昭にとっての信長は、その手駒の一つと考えたのかもしれない。ところが、その立場はにわかに逆転したのである。

信長にとってみれば、将軍を支えながら天下を差配するという立場をとっていたので、義昭の独断専行でことを進められるのは、非常に具合が悪かった。この五ヵ条からは信長の強権的な態度ばかりが強調されるが、③の将軍に対する配慮や⑤の朝廷に対する配慮から、むしろ将軍や朝廷との協調を見出そうとした形跡がうかがえる。義昭の「幕府再建への熱い思い」とは別に、信長には多少歩み寄る気持ちがあったのである。信長と義昭との関係を考えるうえで、この点は非常に重要である。

この条書は袖に義昭の黒印が押され、宛先は光秀と日乗という、特異な形態になっている。この点について、信長が条書の内容を義昭に認めさせたうえで、光秀と日乗が証人になったという見解がある。日乗の立場はもともと中立的なものであり、光秀も義昭に仕えていたので中立的立場にあったという考え方である。この見解は、妥当なものなのであろうか。

結論からいえば、信長は条書の内容を義昭に認めさせたうえで、そうなった事実を光秀と日乗に伝えたと考えるべきである。日乗は政僧として知られ、永禄十年（一五六七）以降は信長と朝廷との間の周旋にあたっていた。内裏修繕奉行を務め、信長と朝廷との間を取り持っていたことで知られる。朝廷サイドの人物といえよう。それ以前は、将軍・足利義輝のもとで毛利氏と尼子《あまご》氏《し》の調停を斡旋したことがある。光秀は信長と義昭との両属性が所与の前提とされてきたが、基本的には信長配下にあった。共通するのは二人が京都にあって、それぞれ信長あるいは朝廷という立場で、政治的な実務をこなしていたということであろう。

永禄十三年（一五七〇）三月六日、信長は光秀と日乗に命じて、公家衆の知行地について尋ねさせた（『言継卿記《ときつぐきょうき》』）。こうした事実を考慮するならば、京都支配で実務を担当した両名に、信長の方針が義昭承認のもとで伝えられたと考えるほうが妥当である。将軍が京都に存在したので、訴訟などの面でさまざまな面倒が生じていた。義昭が信長に承服することにより、京都支配は円滑に進むことになったであろう。

そもそも光秀と日乗の二人が、信長と義昭の証人になるほどの人物であったとは思えず、証人になることの意味もあまり解せないところである。

光秀は義昭に仕えていたのか

光秀が越前滞在中から義昭と親交があり、信長との間を周旋したことから、二人に仕えていたとの説は所与の前提となっていた、果たして、それは事実と考えてよいのであろうか。この点を再考してみよう。

まず問題となるのは、永禄十三年（一五七〇）四月十日付で東寺の禅識なる人物が室町幕府奉行人の松田秀雄、飯尾昭連に宛てた書状である（「東寺百合文書《とうじひゃくごうもんじょ》」）。この史料をもとに、少し考えてみよう。

この史料は、光秀が下久世荘《しもくぜのしょう》（京都市南区）を押領し、年貢や公事物を納めないことについて、禅識が室町幕府に訴えたものである。同書状によると、光秀の言い分は、上意（＝義昭）によって同荘を与えられたというものであった。この事実によって、光秀は信長の配下にありながらも、一方で義昭にも仕えたという有力な根拠とされたのである。当時、家臣が二人の主人に仕えるということは、さほど珍しいことではなかった。「忠臣は二君にまみえず」というのは、近世以降の儒教的観念に基づいたものである。

ところが、この解釈は成り立たないと考える。同史料の末尾に至ると、公儀（＝義昭）として光秀の妨げを退けるよう命じていただくよう披露をお願いしたい、と記されている。義昭が光秀に与えたものについて、妨げになるので退けて欲しいと義昭に訴えるのは不可解であるといわざるを得ない。そのような点を考慮すると、禅識は「上意」と「公儀」という二つの言葉を使い分けていると考えられる。

ごく一般的にいえば、「上意」は「主君の意見。上に立つ者や支配者の考え、または命令」のことを意味する。また、「公儀」とは、「将軍家、幕府」を示し、戦国期では当該地域の支配者を意味することもある。

要するに、史料前半に出てくる上意とは、信長のことを示すと考えられる。光秀は信長から下久世荘を与えられたと言うのであるが、その主張に東寺は困惑しているのであった。そこで、公儀（＝義昭）によって、何とか措置をお願いしたいと申し出ているのである。信長に直接申し出ても仕方がないので、室町幕府を頼ったといえよう。そう考えるならば、光秀が義昭から所領を与えられたことにならない。

ほかの事例も確認しておこう。元亀二年（一五七一）十二月、光秀は三門跡《もんぜき》領を延暦寺領と号して、押領したことがあった（『言継卿記』）。このとき朝廷は室町幕府を通じて信長に依頼し、三門跡領を回復させようと考えた。しかし、幕府の対応は遅々として進まず、結局、この件の措置は正親町《おおぎまち》天皇の綸旨によって解決がはかられることになった。したがって、先の下久世荘の一件と同じことであり、信長配下の光秀が起こした問題は、とりあえず室町幕府のもとに持ち込まれたようである。

つまり、これまで光秀は、信長と義昭に仕える両属性が強調されてきた。その根拠の一つが、義昭から所領を与えられたということであったが、その事実は疑わしい。では、どのように考えるべきなのであろうか。

義昭と光秀との関係

私は、光秀が信長と義昭の二人に従属していたとは考えていない。光秀が仕えていたのは、あくまで信長のほうであった。その理由は先に示したとおり、義昭との主従関係が極めて希薄だからである。とはいいながらも、光秀は義昭とまったく無関係であるとは考えていない。いくつかの事例を踏まえ、改めて義昭と光秀との関係を考えてみよう。

元亀二年（一五七一）七月五日、曇華院《どんげいん》領である山城国大住荘《おおすみのしょう》（京都府京田辺市）は直務《じきむ》（年貢を代官を介さずに直接納めること）であったが、住持が女性であるため侮られ、将軍・義昭の下知状があるにもかかわらず納入に妨げがあった。そこで、間を取り持った信長は、上野秀政と明智光秀に対して、将軍・義昭に報告してしかるべき措置をするように伝えた（「曇華院文書」）。宛先の一人に光秀がいたことから、この事実をもって光秀が義昭の配下にあったとされている。ちなみに、上野秀政は義昭の側近である。

この事件の一年前の三月、義昭の近臣である一色藤長《いっしきふじなが》が曇華院領・山城国大住荘の押領に及んだ（「曇華院文書」）。訴えを受けた信長は、曇華院・聖秀女王《しょうしゅうじょおう》（後奈良天皇娘）に対して、同院領などの直務を認めている。信長の朱印状には、明智光秀以下四名が連署した副状が添付されており、同趣旨のことが述べられている。光秀が奥に署判を加えているので、四名の筆頭にあったことはたしかである。将軍配下の者に対して、将軍に訴えを持ちかけるよりも、信長を通したほうがよいとの判断であろう。

改めて先述の元亀二年（一五七一）七月の事例に戻ると、七月十九日に至って、信長は義昭の近臣・上野秀政と三淵藤英《みつぶちふじひで》に対して書状を送った（「曇華院文書」）。内容は、将軍が山城国大住荘に給人を付けたことの実否を問い、昨年来の一色藤長の押領を退けたのに嘆かわしいことであると申入れを行っている。

七月五日と同月十九日付の信長の書状は、それぞれ明確な使い分けがある。前者（七月五日）は大住荘の直務の問題を取り上げ、義昭の近臣である秀政と一年前にその問題を扱った実務担当者である光秀に宛てている。将軍の耳に入れるとは、近臣の立場である秀政と実務担当者の光秀から報告せよとのことになろう。一方、後者（七月十九日）は将軍の給人の問題であるので、秀政と藤英という将軍の近臣に宛てているのである。光秀が山城支配に携わっている以上、義昭との交渉は避けられない。必然的に関係せざるを得なくなる。

このように考えると、光秀は義昭に仕えているというよりも、むしろ信長から派遣された「付家老」的な要素が濃いといえるのではないか。本来、付家老とは、江戸時代に幕府から親藩である三家・三卿（あるいは諸藩では本藩より支藩）に、藩主・藩政の指導監督の目的で付けられた家老職のことを示す。信長は義昭を推戴したのち、ほぼ同様の趣旨により「付家老（的な役割）」として光秀を送り込んだのである。

光秀の「付家老」的な立場について考えてみよう。元亀元年（一五七〇）の信長は、三好三人衆と死闘を繰り広げている。戦局は信長有利のまま推移し、ついに三好三人衆の一人・三好政康の弟である為三（政勝）が降伏するに至った。同年九月二十日、信長は為三に摂津国豊島《てしま》郡を与えた（「福地源一郎氏所蔵文書」）。そして、さらに翌年六月十六日、信長は為三に対して豊島《てしま》郡榎並を給与することにした（「福地源一郎氏所蔵文書」）。しかし、同地は伊丹《いたみ》親興《ちかおき》の所領であったので、信長は榎並と近くの為三の所領を交換するように、明智光秀に命じている。

同年七月三十日、先の信長の意向を受けた義昭は、三好政康の跡職と為三の当知行を安堵した（「狩野《かのう》文書《もんじょ》」）。そして、義昭の文書の末尾には、「光秀が申す」と記されている。これまで為三の所領の扱いは、信長のもとで光秀が担当してきた。信長の意向によって義昭が安堵したのは事実であるが、その実務を取り仕切るのは光秀であった。こうした点に、光秀の「付家老」的な性格を読みとることができる。

つまり、光秀は信長の配下にあって、その政策の実行者であるとともに、徐々に間柄が険悪になりつつあっても、義昭との間を取り持つ役割を担っていた。したがって、光秀が信長に仕えていたことは間違いないが、義昭との関係は信長から派遣された「付家老」だった。光秀にその役割が与えられたのは、おそらく京都支配の実務を取り扱うという立場に加え、義昭側の要望も加味されていたと考えられる。

こうして複雑な立場におかれた光秀には、多くの心労が伴ったと推察される。年月日未詳（元亀二年に比定）の光秀書状は、曾我助乗《すけのり》に宛てたものである（「神田孝平氏所蔵文書」）。曾我助乗は、義昭の側近の一人である。内容は、光秀が義昭から暇をもらうべく、助乗に奔走してもらった。書状中では、この先の見込みもないので、出家したいと光秀は述べている。こうした助乗に対して、光秀は下京の壺底分の地子二十一貫文二百文を扶持した（『古簡雑纂《こかんざつさん》』）。義昭の了解が得られれば、「付家老」的な立場から解放されたのであろう。

この答えは明らかではないが、義昭が了承することはなかったと考えられる。信長から「付家老」的な形で義昭に派遣された光秀であったが、義昭の了解さえ得られれば、別人と交代が叶ったのかもしれない。出家を持ち出しているのは、自身の覚悟を強く伝えるためであろう。その背景には、信長と義昭を融和させたいという気持ちがあったのではないか。この史料は光秀が家臣を辞したいといっているのではなく、「付家老」的な職を解いて欲しい（信長にそう伝えて欲しい）と述べているのである。職を解くには、義昭の同意も必要であったと考えられる。

これまで、光秀は越前滞在中に義昭と邂逅し、のちに信長と義昭との間を取り持った人物として捉えられ、同時に信長の家臣でもあり、義昭の家臣でもあると解されてきた節がある。しかし、光秀の前半生は不審な点が多く、越前時代の話や信長と義昭の間を仲介した話は信が置けない。光秀は本質的に信長の家臣であり、その才覚を認められ、義昭の「付家老」的な地位を与えられたのである。

そうなると、元亀四年（一五七三）二月に信長と義昭が断交して以降、光秀が信長に従った点は首肯できる。もともと光秀は信長の家臣だったからであり、暇を請うほどであるから義昭を見限っていたのであろう。したがって、光秀の置かれた立場を両属的という特別なものと解釈する必要性は、なんら見当たらないと考える。

こうして考えてみると、光秀の前半生を含め、信長配下における立場はこれまでの印象と随分異なってくる。光秀の特殊性を強調するあまり、その後の動向を分析する際にも影響が及んでいる感がある。それは、二次史料の記述を信じるあまりにもたらされたものであった。信頼できる史料に沿って光秀の姿を見ると、また違った半生が見えるのである。

二次史料を用いた光秀観については、本章で疑問を呈した。次章では、本能寺の変の要因とされる信長の四国政策と光秀の立場について考えてみたい。

【付記1】

中脇聖「明智光秀の出自は土岐氏なのか」（拙編『戦国史の俗説を覆す』柏書房、二〇一六年）も筆者と同様に、光秀の出自が土岐氏であることに疑義を提示した。

【付記2】

光秀の「家中軍法」については、疑わしいとの説がある。山本博文「明智光秀の史料学」（同『続 日曜日の歴史学』（東京堂出版、二〇一三年）を参照。

第二章

信長の四国政策と光秀

信長の四国政策

光秀と本能寺の変を語るうえで、避けることができないのが信長による四国政策の変更である。簡単にいうと、信長は土佐の長宗我部《ちょうそかべ》元親《もとちか》に「四国は切り取り次第である」と明言し、明智光秀を元親との取次（仲介役）として起用した。光秀が取次に起用された理由は、家臣・斎藤利三《としみつ》の兄・石谷頼辰《いしがいよりとき》の妹が元親の妻であったからといわれている。しかし、のちに信長は前言を翻し、元親の四国統一を許さなかったため、両者の仲が悪くなった。それゆえ、二人の間の取次を担当した光秀は立場が悪くなり、本能寺の変の原因の一つになったというものである。

信長の四国政策の変更によって、光秀の立場が悪くなった点に関しては、高柳光壽氏の問題提起以降、近年では藤田達生《たつお》、桐野作人《さくじん》らの各氏によって研究が深められている。藤田氏は長年にわたって本能寺の変について研究を深めており、この分野の第一人者である（『証言　本能寺の変――史料で読む戦国史』など）。同じく桐野氏も信長そして本能寺の変に関しては、数多くの業績を挙げている（『だれが信長を殺したのか

──本能寺の変・新たな視点』など)。

しかし、関連史料が乏しいゆえに、根拠の多くを『元親記』などの二次史料に拠らざるを得ないというのが実情である。

信長が畿内周辺から中国方面に進出した頃、四国で覇を唱えるべく勢力を拡大していたのは、土佐に本拠を持つ長宗我部氏であった。天正二年(一五七四)、長宗我部元親は一条兼定を豊後国に追い払うと、翌年には国内の有力領主層を従え、念願の土佐統一を果たしている。天正三年(一五七五)末から伊予、讃岐、阿波へと侵攻し、四国統一を目指した。さらにその際、元親は信長と結び、戦いを有利に進めようと考えたのである。

両者の関係の強さを示す事象として、天正三年十月に信長が元親の子息・信親に対して偏諱《へんき》(信長の「信」字)を与えたことが挙げられる(「土佐国蠧簡集《とさのくにとかんしゅう》」)。主君が家臣に名前の一文字を与え、その関係を強化する例は、当時広く見られた現象である。「信」字は織田家の通字でもあることから、その紐帯の強さをうかがうことができよう。このとき同時に、信親は阿波での在陣を認められたのであるが、その仲介役を務めたのが明智光秀であった。

『元親記』という軍記物語によると、「この由緒を以て、四国の儀は元親手柄次第に切り取り候へと御朱印頂戴されたり」と記されている。「切り取り」とは実力で他国に侵攻し、自分の領土にすればよいということで、元親は信長から自分の力量次第で四国統一をすることを許可されたのである。「この由緒」とは、先に記した信長が信親に偏諱を与え、阿波在陣を許可した書状になるだろう。ただ、ここで記されている「四国の儀は元親手柄次第に切り取り候へ」という信長の朱印状は残っていない。

『元親記』は、寛永八年（一六三一）に長宗我部氏の旧臣・高島孫右衛門正重が元親の三十三回忌に著した書物である。これまでの研究では、成立年が早く長宗我部氏の近臣の手になるものであることから、信頼できる二次史料であるとして活用されてきた。高知県内の中世史料が乏しいことから、積極的に利用されてきたが、それだけの理由で信頼性を担保できるのであろうか。こうした編纂物には、執筆者の意図、記憶違い等々も反映されているので注意が必要で、この点は非常に重要であると考える。

元親と信長が結んだ背景には、阿波や讃岐で抵抗する三好氏の存在があった。かつて阿波や讃岐では細川氏が守護として君臨したが、十六世紀半ば以降に家臣である三好長慶《ながよし》が台頭すると、かつての勢いをすっかり失ってしまった。そうした状況下で勢力を伸ばしたのが、阿波三好家である。阿波三好家は信長に反抗しており、いずれは討伐せねばならない存在であった。共通の利害が信長と元親の二人を強く結びつけたと考えられる。

大津御所体制と元親

信長と元親との関係は、土佐中世史研究で優れた業績を挙げた秋澤繁氏が提唱した「大津御所体制」という視点からも論じられている（「織豊期長宗我部氏の一側面――土佐一条家との関係（御所体制）をめぐって」）。

大津御所体制とは、一条内政《ただまさ》（兼定の子息）を土佐国の形式的な国主として推戴し、元親がこの体制を実力により規定するというものである。元親と内政の妥協の産物と指摘されており、元親の地位については「信長により大津御所（公家）輔佐を命ぜられた武家に過ぎず、御所体制内に封じ込められた不完全大名（陪臣）」と規定された。ちなみに大津（高知市）とは、内政が本拠とした大津城のことである。

元亀四年（一五七三）六月から天正三年（一五七五）五月にかけて、土佐一条氏の本家である一条内基《うちもと》が土佐に在国したことが知られている。下向した理由は、土佐一条氏の家臣団からの要請に基づき、その救援に赴いたとされ、内基が元親に援助を依頼したという。内基が目指したのは、公家大名から在国大名への縮小・転換であり、内基は内政の後見を引き受けたと指摘されている。内政の「内」字は、内基から与えられたのであろう。ただ、公家大名という言葉は、広く認められたものではない。

こうした事情から、信長は元親の四国統一と大津御所体制を承認し、摂関家の一条内基が大津御所体制の後援者であったことを重視していたという。その理由は、信長が元親と大津御所体制を二重に統制できるからであったと指摘されている。信長は一条氏を通して、長宗我部氏の統制を志向したことになろう。

たしかに『信長公記』天正八年六月二十六日条には「土佐国捕《ママ》佐せしめ候長宗我部土佐守」と記されており、『多聞院《たもんいん》日記』天正十三年六月二十一日条にも長宗我部氏は「土佐一条殿の内一段の武者也」とある。ともに長宗我部氏を土佐一条氏の格下に位置付けるのは、共通した点である。以上の記述は、大津御所体制の重要な根拠となっており（『土佐物語』などの二次史料も使用）、後者にいたっては、長宗我部氏が土佐一条氏の内衆に位置付けられている。誠に興味深い記述であるが、この点はどう評価すべきであろうか。

近年、土佐一条氏について着々と成果を挙げている中脇聖氏は、研究報告の中で「大津御所体制」を子細に検討し、次のような視点から批判を行っている（「土佐一条兼定権力の特質について」口頭報告）。

①内政に関する一次史料は乏しく、「大津御所体制」の立脚点にあるのは『土佐物語』などの後世の編纂物に過ぎない。
②『信長公記』の記事に関しては、対長宗我部政策（四国政策）のため、あえて長宗我部氏を土佐一条氏の下に位置付けていると考えられる。また、『多聞院日記』は一条氏（藤原氏）の氏寺である奈良・興福寺の塔頭・多聞院が記したもので、その関係からあえて長宗我部氏を格下のように表現していると考えられる。
③内政は長宗我部氏の傀儡《かいらい》に過ぎず、軍事的な脅威にはなりえない。仮に、土佐一条氏が形式的に「礼の秩序」の最上位に位置付けられたとしても、実際の権力の様相と混同している感が否めない。
④信長（のちの秀吉も含めて）が「大津御所体制」を長宗我部氏の統制に利用する理由が十分に検討されていない。

以上の点から、「大津御所体制」という概念はいささか不熟であり、そのまま受け入れるわけにはいかないと指摘する。そうなると、信長の視野には土佐一条氏の姿はなく、元親との交渉が第一義としてあったと考えてよいであろう。そもそも大津御所体制というものがあったとしても、信長がわざわざ統制するメリットが見当たらない。

ちなみに『土佐物語』は土佐の吉田孝世《たかよ》の手になるもので、長宗我部氏の興亡を描いた軍記物語である。宝永五年（一七〇八）に成立した。内容は一条兼定を暗愚な武将として描くなど、非常に問題が多いといえる。

複雑な関係

以上の政治的な事情に加えて、さらに注目されたのが、長宗我部元親や明智光秀をめぐる人間・婚姻関係である。長宗我部元親の妻は、室町幕府奉公衆である石谷頼辰の妹であった。石谷光政（頼辰の養父）と頼辰が幕府の奉公衆であったことは、『永禄六年諸役人附』で確認することができる。そして、頼辰は光秀の家臣・斎藤利三の兄であったが、石谷氏の養子になったことが指摘されている。つまり、明智、斎藤、石谷、長宗我部の四者は、主従関係や血縁関係で結ばれていたことになろう。

ただ、残念なことに、元親が石谷頼辰の妹を妻に迎えた理由がよくわかっていない。この点は、課題として残る点である。

『美濃国諸家系譜』を見ると、利三の兄は「某　石谷兵部少輔《いしがいひょうぶしょうゆう》」（頼辰のこと）と記されており、明智光秀に仕えていたと注記されている。理由はわからないが、実名は記されていない。頼辰は、光秀に仕えていた可能性がある。利三の生母は、光秀の妹（ま

明智光秀人間関係図

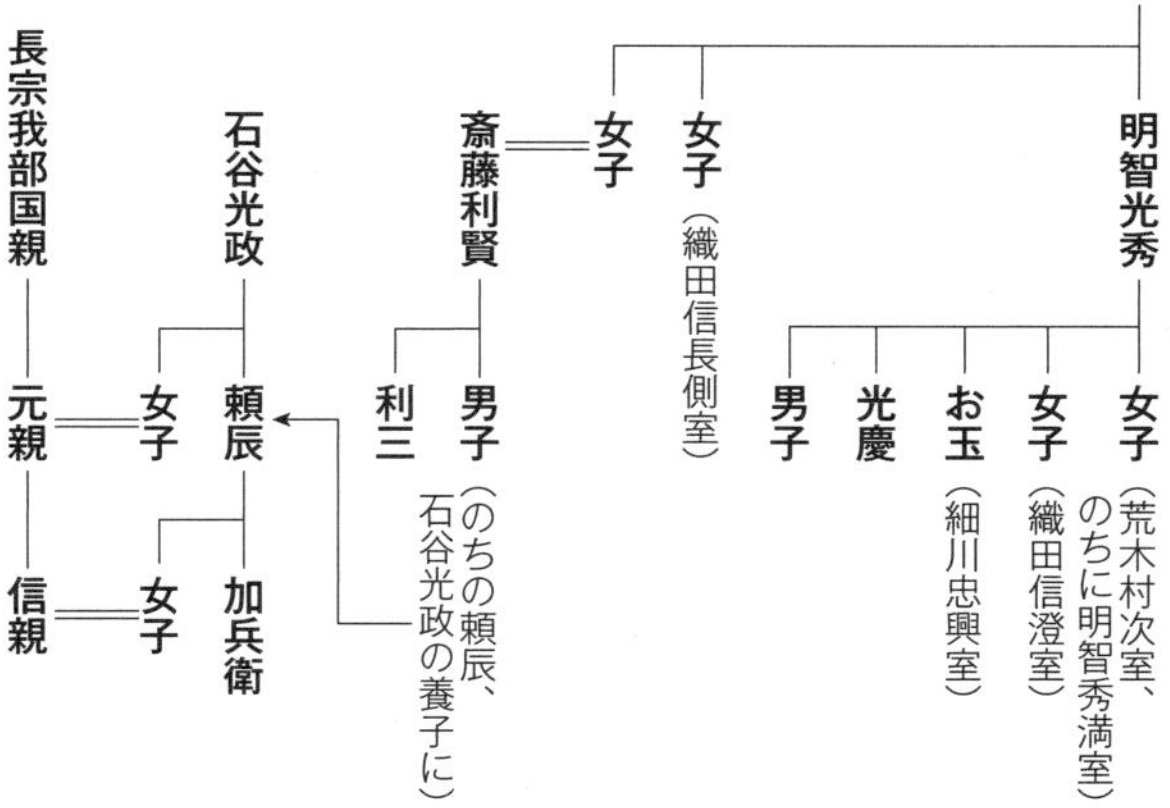

たは叔母）であったことも確認されている。光秀と利三は、血縁関係にあった。明智、斎藤、石谷の三者の血縁関係もまた、非常に複雑に絡み合っていた。光秀が長宗我部氏との取次を担当したのは、そうした複雑な関係があったからだと指摘される所以である。

　むろん信長が元親と通じようとする場合、まったく縁のない人間を用いるよりも、何らかの関係を有した人物を登用するのが自然である。

　信長と友好な関係を築いた元親は順調に兵を進め、天正九年（一五八一）頃までには本国・土佐に加えて、阿波・讃岐それぞれの一部を支配下に収めることに成功した。もはや四国統一も目前であったが、相前後して状況は大きな転換を見せることになった。それこそが、まさに信長の四国政策の変更であり、両者の運命を大きく変えるものであったと指摘されている。

元親と信長の決裂

戦国期における阿波国の情勢は、極めて複雑であった。元親が土佐から讃岐や阿波南西部に侵攻する一方で、天正六年（一五七八）一月には三好長治《ながはる》の実弟・十河存保《そごうまさやす》が阿波に渡海するというありさまであった（のちに存保は三好を姓としたが、十河で統一する）。長治はもともと阿波国を支配していたが、元親と細川真之《さねゆき》の連合軍に敗れ討伐された。『南海通記』には、信長の命を受けて存保が渡海したとするが、他に裏付けとなる史料がなく検討を要する。その後、元親と存保が激戦を繰り広げているところを見ると、むしろ疑問であるといわざるを得ない。

天正六・七年（一五七八・七九）の間は、信長と元親との関係を示す史料が乏しく、両者のやり取りがよくわかっていない。信長と元親との関係だけでなく、この頃の四国の情勢を明らかにする一次史料が絶対的に不足しているからである。こうした史料の制約があるがゆえに、二次史料を用いざるを得ないという事情があった。

ところで、以前の段階で信長が元親に「四国は切り取り次第」と約束しながら、一方で存保に阿波渡海を命じているのは矛盾するといえよう（『南海通記』）。実は、すでに三好氏研究の第一人者である天野忠幸氏が指摘するように、存保は反信長派であり、三好氏再興を目論んでいた（「三好政権と東瀬戸内」）。あえて存保が三好姓を名乗ったのは、その証しといえる。つまり、天正六年以降、信長方にあった元親は、反信長派の存保と戦っていたと考えるのが妥当なのである。

天正八年（一五八〇）十一月、このような状況下において元親は、書状を羽柴秀吉に送っている（「吉田文書」）。その内容を確認しておこう。元親はこの書状の中で、阿波における十河氏との有利な交戦状況を報告するとともに、重要なメッセージを発している。次に、関係部分について読み下し文を掲出しておきたい。

阿（阿波）・讃（讃岐）平均においては、不肖の身上たるといえども、西国表御手遣いの節は、随分相当の御馳走致し粉骨を詢るべき念願ばかりに候、

内容については、阿波・讃岐両国が平定されたのち、その領有権を元親が希望したとの説があるが、そのように読んでよいのであろうか。むしろ、「阿波・讃岐が平定されたときは、不肖の身ではあるが、西国方面攻略で最大限の努力をしたい」という

元親の意思表示になろう。平均には平定という意味があるが、元親による領有まで深読みする必要はないのではないか。そうなると、これまで長宗我部氏が四国統一を目論み、信長の許可を得ていたという説に関しても、いささか疑問が湧いてくる。

同じ書状の中で、元親は三好康長が近いうちに讃岐国に至り、安富館まで下国することを報じている。この頃、康長は信長配下に収まっていたが、存保とは同じ三好一族であった。阿波・讃岐をめぐることであることから、康長を元親の敵対勢力とみなす考え方があるが、康長は信長配下であり、元親と立場を同じくしていた。元親とともに共同歩調で存保を討伐するという名分があるので、康長と元親が敵対する勢力とは思えない。康長は讃岐からのルートで、阿波攻略を計画していたのであろう。

むろん、この間における信長と元親との関係は良好であった。天正八年（一五八〇）六月には、明智光秀の執奏によって、元親から信長に鷹や砂糖が贈られている（『信長公記』）。さらに、元親は大坂本願寺の降伏に伴って、信長に伊予鶴を贈った（「土佐国蠹簡集」）。このとき信長は隣国との紛争に触れているが、阿波・讃岐を指すのは自明である。その際も光秀が取次を担当していたので、この段階においても阿波・讃岐の平定がなっておらず、戦闘が継続中であったことが看取される。

天正九年（一五八一）六月、信長は香宗我部《こうそかべ》親泰《ちかやす》に書状を送った（「香宗我部家伝証文」)。この書状こそが、光秀の立場を悪くする問題の発端となったといわれている。以下、書状の内容を確認することにしよう。

書状の宛先の香宗我部親泰とは、元親の実弟である。その内容とは阿波支配に関わるもので、元親の指導のもと、三好式部少輔との共同支配を命じたものである。信長書状には三好康長の副状もあり、ほぼ同内容のことが伝えられている(「古証文」)。三好式部少輔に関しては実名など不明であるが、三好氏一族であることは疑いない。共同支配もさることながら、取次が光秀から康長に変更されたことも大きな意味を持った。事実上、この時点で光秀は取次の立場から更迭されたと考えられている。

この史料に関しては、どのように評価されているのであろうか。まず、元親は信長の申し出に対して、当初は「四国は切り取り次第」といわれていたのであるが、三好式部少輔との共同支配に格下げとなったので、約束を反故にされ不満を持ったと指摘されている。一方、康長にとっては式部少輔の後見人とはいえ、実質的に元親の阿波領有を認めたような形でもあり、複雑な心境であったであろうとする。元親にとっても康長にとっても、信長の命令は不満が残る内容ということになろう。

何よりも問題視されるのは、これまで信長と元親との取次を務めた明智光秀を更迭し、三好康長に変更したという点である。元親はこの人事に反発し、信長と断交して叛旗を翻したというのである。むろん元親が反発したという確かな史料はないので、「そう考えたことであろう」ということになる。当事者である光秀自身も、更迭されたことに危機感を募らせたということになろう。

一連の元親による反逆劇を補うように用いられたのが、編纂物の『元親記』や『南海通記』である。「四国の儀は元親手柄次第に切り取り候へ」と記されているのは、『元親記』である（信長の朱印が与えられたという）。しかし、その朱印に違約があり、信長は元親に対して、伊予・讃岐を収公（没収）したうえで、阿波南郡半国を本国である土佐に加えて与えると伝えた。元親は約束に違えるうえに、四国は自身の軍事行動で獲得したものなので、大いに不満を持ったという。この点について、次に私見を述べておくこととしたい。

四国切り取りは事実か

三好康長は信長の配下にあって、河内国支配に携わったが、一族である存保は、天正六年一月に「反信長派」を標榜して、堺から阿波へと渡海した。これを追うかのごとく渡海した康長は、先の副状の中で「康慶」と署名をしている。三好康長の研究を行った諏訪勝則氏（「織豊政権と三好康長――信孝・秀次の養子入りをめぐって」）や天野忠幸氏が指摘するように、「康慶」とは三好長慶の「慶」字を取り、三好本宗家の後継者を標榜したと考えられる（以下「康長」で統一）。

一連の流れは、阿波争乱後において、康長と存保が争奪戦を繰り広げていたということになる。つまり、康長は河内支配を任されていたが、実際には阿波が元親によって平定されず、それゆえに信長によって渡海を命じられたのではないだろうか。あえて元親と康長の両者に不満が残る措置をしても、信長には何のメリットもない。

先に、信長は元親に「四国の儀は元親手柄次第に切り取り候へ」と述べたことを記したが、これは『元親記』という二次史料の記述なので信が置けない。このような約束が交わされたこと自体を疑問視せざるを得ない。同時に、三好式部少輔の一件については、康長も元親も不満を感じたという。以上のようなことを承知しながら、信長があえて敵愾心《てきがいしん》をあおる措置を行ったのであろうか。やはり不審である。自然に考えるならば、取次交代の件も含めて、あらかじめ康長も元親も了解済みではなかったのかと考えざるを得ない。

そうなると、私見を要約すれば、次のように考えるのが妥当ではないか。

①そもそも信長は元親に対して、「四国の儀は元親手柄次第に切り取り候へ」とい

うことを言っていない可能性が高い。

②天正六年一月以降、阿波・讃岐では十河存保が「反信長」を旗印に決起していたため、三好康長、長宗我部元親は信長配下として、掃討戦に従事していた。別に、康長と元親の二人を敵対関係とみなす必要はない。

③康長が副状を発給したのは、阿波・讃岐をめぐる攻防戦で、光秀より現地に詳しくふさわしいと考えられたからであろう。そして、阿波や讃岐の平定は、思いのほか進まなかった様子が看取される。

④その後、光秀が信長から不利な立場に追い込まれているわけではない。光秀の国替（信長の国家構想）の可能性についても、確かなことはいえない（後述）。

重要なのは、阿波や讃岐がすっかり平定されたわけではなく、元親の力をもってしても意外なほど苦戦を強いられていたということであろう。それゆえに、康長は送り込まれたのである。

ところで、こうした私見に反して、信長と元親が決裂したことを示す証左として、いくつかの史料が挙げられている。それらはいずれも、元親が毛利氏などの勢力と結んだことを示す内容のものである。果たして、それらは妥当な解釈なのであろうか。

改めて、一連の史料を検討してみたいと思う。

信長と元親は決裂したか

天正九年（一五八一）七月、元親は伊予の金子元宅《もといえ》に起請文を捧げ同盟を結んでいる（「金子文書」）。金子氏は、もともと伊予国宇摩郡・新居郡に本拠を持つ石川氏の配下にあったが、この頃になると石川氏の勢力は弱体化し、金子氏の台頭を許すことになる。両郡のうち宇摩郡は、阿波、讃岐、土佐の三ヵ国に接しているので、元親は同盟を結んだと考えられる。これ以前から元親は伊予河野氏を攻撃しており、河野氏を支援していたのが毛利氏であった。元親と金子氏の同盟については、わざわざ反信長的な行動に結びつける必要はない。

問題になるのが、このの ちの天正九年八月頃から元親と毛利氏が結びついたとされる点で、同年六月の措置（三好式部少輔との阿波共同支配と取次が光秀から康長に交代したこと）に対抗する手段と考えられている。

この時点で元親が毛利氏と結んだならば、これは信長に敵対する行為になる。ところが、その事実を示す史料には、肝心の年次が付されておらず、その比定が非常に難しい問題となっている。以下に取り上げる「乃美文書」と「個人蔵文書」の年次は、仮に天正九年として紹介を進めるが、のちほど検討を加えることとしたい。

天正九年八月、元親は小早川氏配下で讃岐国天霧《あまぎり》城（香川県善通寺市）にいた乃美宗勝《むねかつ》に書状を送り、同盟関係を構築した（「乃美文書」）。天霧城は香川信景が城主を務めていたが、三好氏や長宗我部氏の侵攻を受け、苦しい立場に追い込まれていた。しかし、信景は天正七年九月に元親と同盟を結び、その関係から天正九年八月に長宗我部氏と毛利氏との同盟が実現したという。たしかに元親は、信景に次男・親政（親《ちか》和《かず》）を養子として送り込み、香川家の家督を継がせようとしていた。なお、信景の「信」字は信長から与えられたものである。

同じく天正九年八月、元親は紀伊雑賀衆《さいかしゅう》の賀太乗慶《かだのりよし》に書状を送っている（「個人蔵文書」）。この史料には「上意」という言葉があり、将軍・足利義昭を指すものと考えられている。具体的な内容は船奉行としての賀太乗慶の役割や廻船に関わるものであるが、「上意（＝足利義昭）」という文言から、元親、義昭、乗慶の連携が想定されている。さらにいうならば、この史料は元親と毛利氏の連携を示すものとして理解されている。

では、なぜ以上の二つの史料が天正九年のものと考えられたのであろうか。その理由を列挙すると、次のようになろう。

①天正八年（一五八〇）八月以前では、元親が信長に属していたので成り立たない。
②天正十年（一五八二）八月以降では、毛利氏が信長の後継者である秀吉と和睦を結んでいるので成り立たない。

この二つの理由から、年次は必然的に天正九年（一五八一）が妥当とされたのである。ここで問題としたいのは、②である。天正十年六月、本能寺の変が勃発し、信長は光秀によって謀殺された。このとき秀吉は備中高松城で毛利方の清水宗治《むねはる》と対峙していたが、すぐさま和睦し上洛の途についている。そして、山崎の戦いで光秀を破り、逃亡した光秀は敗死した。毛利氏が秀吉と和睦をしたので、あえて元親と同盟を結ぼうとするのは矛盾するが、本当にそれでよいのであろうか。

毛利氏が秀吉と和睦を結んだのは事実であるが、清水宗治が切腹して備中高松城を開城することが一番の条件であった。もっとも肝心な中国国分《くにわけ》は、事実上棚上げされており、和睦というより停戦のニュアンスに近い。中国国分では、毛利氏領国の確定をどこまでするかが焦点となっていたので、和睦したとはいえ、すぐに両者が手を結んだとは言い難い。未だ柴田勝家《かついえ》などの勢力も侮れない存在だったからである。当時の状況としては、どちらに与《くみ》するべきか、決し難い状況だった。

以上の点を考慮すれば、元親と毛利氏が天正十年八月に水面下で密かに通じ合ったとしてもなんら不思議はないのである。秀吉が最終的に実質的な後継者となったので、ありえないとされるが、それは結果を知っている現代人の感覚である。

さらに、これまでは天正九年九月以降、信長は秀吉に対して、反信長の動きを示した長宗我部氏の討伐を命じたとされてきた。理由は、ここまで述べてきたように元親が毛利氏と結んでいたからである。根拠となる史料は、「黒田家文書」や『黒田家譜』である。それらの史料によると、秀吉配下にあった黒田孝高《よしたか》は、淡路・阿波両国への攻撃を展開したという。一連の戦いによって、秀吉は淡路と阿波東部から讃岐東部にかけてを支配下に収めたと指摘がなされている。

ところが、一連の秀吉による淡路・阿波などへの攻撃に関しては、史料（「黒田家文書」）の年次比定という点において、織豊期研究で成果を挙げている尾下成敏氏から疑義が提示されている（「羽柴秀吉勢の淡路・阿波出兵――信長・秀吉の四国進出過程をめぐって」）。

尾下氏は、『黒田家譜』に記されている天正九年九月以降の淡路・阿波出兵の記事について、誤りであり信頼できないと指摘している。そのうえで秀吉が黒田孝高に宛てた書状五点について、当該期の政治情勢などを子細に踏まえた結果、一連の史料の年次は天正九年ではなく、天正十年が妥当であることを明らかにした。この年次比定を支持しない研究者も存在するが、私は尾下説に同意する。『黒田家譜』は、黒田氏の正史であるとして「正しい」とされてきたが、編纂物なので誤りもあるといえよう。

天正九年七月～十月の間、秀吉の淡路・阿波侵攻がなかったとなると、信長と元親との対立は、少なくとも表面上はなかったことになる。元親が毛利氏と結んだのは、天正十年八月ということになり、先に提示した「乃美文書」と「個人蔵文書」の年次は、天正十年である可能性が高い。そうした状況を踏まえて、天正十年二月から信長による四国出兵が本格化したという点に触れることにしたい。

四国出兵をめぐって

『信長公記』天正十年二月九日条は、三好康長が四国出兵を命じられた記事を載せる。そして、『信長公記』天正十年五月十一日条には、信長の三男である信孝が四国渡海の船を準備させたと記している。この前段階において、康長は信孝を養子として受け入れていたことがわかっている。信長が信孝を養子として康長のもとに送り込んだ理由は、土地勘のある康長の協力を得たかったことと、信孝に実績を作らせたかったことになろう。

そして、重要なのは、次に示す信長の朱印状である（「寺尾菊子氏所蔵文書」）。その中の冒頭の三ヵ条を次に示すこととしたい。

①讃岐国は、そなた（信孝）に与える。
②阿波国は、三好康長に与える。
③そのほかの両国（伊予・土佐）は、信長が淡路に出馬した際に決定する。

この三ヵ条を見ればわかるとおり、讃岐国は信孝に、阿波国は康長にそれぞれ与えることが決まっていた。これまで指摘されているとおり、信長は中国計略に際して、瀬戸内海域で優位を保ちたかったと考えられる。残り二ヵ国（伊予・土佐）は信長が決めるとしているが、この点に関してはあとで述べることにしよう。信長は右に示した三ヵ条を守ることを命じ、さらに次の二つの事項を信孝に伝えている。

①国人の忠否をただし、用いることのできる者は登用し、追放すべき者は追放し、政道以下を堅く申し付ける。

②万端、康長に対して君臣・父母の思いをなし、康長のために奔走し、忠節を尽くすこと。

まず②であるが、信孝は当時二十五歳で実戦経験が少ないので、養父である康長に従うように促している。主導権は、あくまで四国（特に阿波）の地理に詳しい康長にあった。①は、阿波国人の扱いについて記したものであり、まさしく読んだとおりの内容である。是々非々の態度で攻略に臨むということになろう。①については、残り二ヵ国をいずれに与えるかという問題と絡めて、後述することにしたい。

ちなみに、元親が織田軍の侵攻を予測して、天正十年（一五八二）五月十九日に阿波の国人・木屋平《こやだいら》氏にその旨を伝えたとする説がある（『阿波国徴古雑抄《あわのくにちょうこざつしょう》』）。この書状は無年号文書であるが、天正十年という年次比定が誤っている。『大日本史料』の記載するとおり、天正十三年（一五八五）に比定するのが正しい。信孝の四国進発とはまったく関係なく、秀吉と元親との交戦時の史料なのである。

これまで、一連の史料に基づく康長と信孝の四国出兵は、長宗我部討伐のためであると考えられてきた。信長と元親との対立が、大きな前提となっている。しかし、率直なところを申し述べると、この時期における阿波・讃岐の政治的な状況、そして信長と元親の関係については史料的な制約が大きく、わかっていないことが多い。ただし、周辺の状況や諸史料を考慮することにより、実態が浮かび上がってくるのではないかと考える。その辺りをもう少し考えてみよう。

天正十年（一五八二）六月一日、信孝は四国進発に際し、阿波の篠原自遁《じとん》に書状を送った。内容は阿波国が騒動になっているようなので、制札を遣わすというものである（『阿波国徴古雑抄』）。制札とは禁制のことを意味しており、一般的には進駐した軍隊による現地の寺社や村落における乱妨行為を禁止したものである。信孝が進軍する前から騒擾《そうじょう》状態になっているとなると、以前から混乱している様子がうかがえる。桐野作人氏が述べるとおり、織田政権が実効力をふるったのであろう。

ところで、阿波では国人がなかなかの勢力を誇っていたことが知られている。のちのことではあるが、天正十三年（一五八五）に蜂須賀氏が阿波に入部した際、四国山地の国人を中心にした名主・百姓層の抵抗にあったことは、よく知られた話である。新たに入部する大名権力の抵抗運動であり、約五年にわたって続いたという。こうした阿波国人の勢力は、無視できない存在であったと考えられる。

ここまで述べてきたように、天正年間の阿波国では争乱が絶えず起こっており、新たな権力者が入れ替わり立ち代わり入部した。国人勢力が伸張し、当該期に外部勢力を排除する運動を展開したことも想定される。信長の名代である康長や信孝もそうであるし、元親も同列に扱われていたかもしれない。その点を考慮するならば、先に触れた信長の指示事項①の「国人の忠否をただし、用いることのできる者は登用し、追放すべき者は追放し、政道以下を堅く申し付ける」は、阿波国人のことを示しているのではないか。

いくら阿波国内が争乱状態とはいえ、すべての国人が反信長派であるとは限らない。味方として行動を共にする国人であればこれを用い、反対する国人は徹底して弾圧・追放することになる。加えて、信孝が発給する予定であった制札とは、阿波国人の乱妨狼藉《ろうぜき》を禁じるものということになろう。一連の乏しい史料を検討する限り、長宗我部氏を討伐するという姿は見えてこないのである。

したがって、信孝・康長の四国出兵は、一般的に考えられている長宗我部氏討伐が目的ではなく、未だ達成されていない阿波そして讃岐の平定が目的ではなかったのだろうか。そして、阿波・讃岐の平定は、長宗我部氏をもってしても難しく、未だ争乱状態にあったと想定される。その点をもう少し詳しく分析することにしよう。

信長の四国プラン

そうなると問題になるのが、先述した讃岐国を信孝に、阿波国を三好康長にそれぞれ与え、残り二ヵ国（伊予・土佐）は信長が淡路に出馬した際に決定する、というプランである。この部分を読めば、すでに讃岐と阿波は平定されており、そこに二人がすんなり収まったかのような印象を受ける。実際に、そう解釈されてきた。しかし、現実にはそうではなく、「讃岐・阿波の両国を平定したうえで」という前提のプランであった可能性が極めて高い。そうでなければ、先述のとおり争乱状態の阿波に制札を送る必要などないであろう。

では、後者の残り二ヵ国（伊予・土佐）の問題は、いったいどうなるのか。そこで、検討しなくてはならないのが、伊勢の神戸《かんべ》慈円院住持・正以《しょうい》が伊勢神宮内宮の神官に送った書状である（「神宮文庫所蔵文書」）。この内容を要約すると、次のようになろう。信孝は四国出兵を長らく望んでいたようで、信孝が康長の養子になったのは、「表向き」つまり形式的なことであったという。尚々書《なおなおがき》に「四国きりとりの御朱印」とあるのは、先の四国出兵後のプランを示すと考えてよい。

この場合も含めて、四国出兵とは長宗我部氏討伐を意味しないと考える。目的は、あくまで阿波・讃岐の平定であった。信長は毛利氏への対抗策として、取り急ぎ瀬戸内海域に強い影響力を及ぼす必要がある。そのための出兵であった。伊予に関しては毛利氏の影響力が未だ強く、土佐は長宗我部氏の本拠地でもある。あくまで将来的な話であろうが、残り二ヵ国（伊予・土佐）の問題は、信孝を鼓舞するための口約束に過ぎなかったのではないか。そう考えるならば、この時点において信長と元親は敵対関係になかったといえるであろう。

ちなみに信長が空手形というべき口約束をした例は、いくつか確認できる。それらの例を確認しておこう。

天正元年（一五七三）十二月、長らく播磨別所氏と抗争していた浦上宗景《むねかげ》は、信長から「備播作《びばんさく》之朱印」を与えられた（「吉川家文書」）。「備播作之朱印」とは、宗景が信長から三ヵ国の支配を任されたことを意味すると考えてよい。また、長らく宗景は別所氏と対立関係にあったが、関係改善のために信長は二人を上洛させ、同じ座敷で双方に和睦を申し渡した。信長としては口約束でもよいので、早急に両者を和解させたかったと考えられる。

その際、宗景へ「三ヵ国之朱印之礼」として過分な礼銭を要求しており、恵瓊《えけい》は「おかしく候」という感想を漏らしている。「海千山千」の恵瓊は、「三ヵ国之朱印之礼」の意味を熟知していた。むろん宗景が「備播作之朱印」を与えられることにより、確固たる三ヵ国の実効支配が確立したわけではなく、ほとんど形式的であると考えてよいであろう。その後、宗景が宇喜多直家と対立し、天正三年（一五七五）に事実上滅亡したことは、周知のことである。

さらに問題になるのは、信長の西国大名配置構想である。天正八年（一五八〇）九月、信長は中川清秀に対して、「中国一両国を宛て行う」との朱印状を発給した（「中川家文書」）。具体的に、「中国一両国」が中国地方のどの国を示しているのかわからない。

天正九年十二月、羽柴秀吉は中川清秀に書状を送っている。その内容で重要なのは、宇喜多直家が備中国を与えられ、清秀には「備後の次の国（＝安芸のことか？）」を与えると記されている。当時、備中国は毛利氏と交戦中であり、ましてや安芸は毛利氏の本国である。とうてい実効支配が期待できる状況にはない。つまり、この段階では、空手形といえるのである。

したがって、二ヵ国（伊予・土佐）の問題は、とりあえず阿波・讃岐を平定したうえで、今後の含みを持たせたと考えられ、意気上がる信孝を鼓舞しようとしたものに過ぎない。そして、その結果を踏まえて、長宗我部氏が土佐から別の国に配置されることもありえ、あくまで「予定」ということになる。

以上のように考えてみると、これまで信長による四国政策の転換（長宗我部氏の四国統一を認めないなど）があったとされてきたが、それらは『元親記』の記述をもとにしたものであり、信を置くことはできない。このことによって、元親との取次を担当していた光秀の立場が悪くなったという説も改めて検討する必要があろう。信長の目的は、まず信孝を推戴した康長によって讃岐・阿波を平定させ、瀬戸内海域に影響を及ぼす点にあった。康長を起用したのは、阿波に土地勘があり、使える人材と考えたからにほかならない。

加えていうならば、信長が本能寺の変で横死して八ヵ月後の天正十一年閏一月七日、信孝は元親と同盟を結ぶべく書状を送った（「香宗我部家伝証文」）。信長没後、秀吉が後継者となると、すぐに信孝は柴田勝家に通じるなどしていた。むろん、秀吉に対抗するためである。同時に、信孝が元親と同盟しようとしたことは、実に興味深い。この事実は、かつて信孝が四国出兵をして元親を滅ぼそうとした「恩讐を越えて」というよりも、そもそも両者は対立関係になかったと見るのが自然ではなかろうか。

四国政策について結論をまとめると、次のようになろう。

①信長による長宗我部氏への「四国切り取り次第」という話はなかった可能性が高い。

②阿波・讃岐は平定されておらず、信長は信孝を推戴した康長に出兵を命じた。あくまで元親との共同作戦である。

③本能寺の変以前に元親と毛利氏が結んだ可能性は低く、元親と信長が対立関係にあったことも考えにくい。

光秀と秀吉との対立構図

以上のように理解されるならば、光秀が元親との取次を更迭された件や、光秀と秀吉の対立構図にも違った解釈が可能になる。従来、四国政策の変更によって、信長と元親の取次を担当した光秀が更迭されて立場が悪くなり、代わりに四国方面では信長の子息・信孝が起用され、秀吉も登用されるようになったと考えられてきた。しかし、先述のとおり、天正九年における秀吉の淡路・阿波出兵は否定されたので、これはあたらないことになろう。ここでは、もう少し光秀と秀吉との対立構図について考えてみよう。

その前に考えておかなくてはならないのが、信長の四国政策変更によって、元親との取次を担当していた光秀の立場が悪くなったか否かということである。

光秀の重臣である斎藤利三の実兄・石谷頼辰の妹は、元親の妻であった。また、光秀が元親との取次を担当していたが、途中から三好康長に交代した経緯がある。前者でいうならば、光秀配下の者が元親と姻戚関係にあるので、当初の約束（元親による四国切り取り次第）が反故にされれば、光秀の立場が悪くなるというわけである。後者でいうならば、取次に康長が登用されることによって、光秀の地位は大きく後退したということになろう。この点は、どう評価すべきであろうか。

まず、前者から考えてみよう。石谷頼辰の妹が元親の妻であったという理由から、光秀が取次を担当したのは事実であろう。先学の指摘もあるように、斎藤利三ものちに秀吉と元親との取次を担当するなど、光秀はキーマンであった（『紀伊続風土記』所収文書）。この点について桐野作人氏は、元親と秀吉の取次を身分的に高い光秀が担当するわけにはいかなかったと指摘する。そして、明智家中と長宗我部氏の取次関係は、親族・姻族関係によって補完されており、ほかの大名との取次形態とは異なり、特殊かつ緊密であったと述べる。

桐野氏の指摘は、まさしくそのとおりである。交渉ごとを行う際に、可能な限り両者との関係の深い人物を用いることは、ごく普通のことである。しかし、ここで一つの疑問が湧いてくる。光秀には信長という主君がいながら、命をかけてまで、長宗我部氏に肩入れする必要があったのかということである。光秀の配下の石谷頼辰は元親と血縁関係があったものの、光秀と元親には血縁関係がない。

周知のとおり、戦国時代は、自らの権力基盤を強固なものにするために、自身の親兄弟を殺害することも辞さないような時代であった。その例は枚挙に暇がないほどである。むろん、信長は元親と良好な関係を築くために光秀を起用したのであるから、大いに期待したことであろう。仮に、うまくいかなければ、それはそれで仕方がないことである。失敗は元親の問題であり、光秀を責める理由が見当たらない。

これまでの研究の中で、光秀と元親の関係を運命共同体のごとく捉え、信長と元親との関係が悪化したことにより、光秀の立場が悪くなったとされてきたが、素直に考えると疑問であるといわざるを得ない。

同時にここまで述べてきたとおり、信長の四国政策変更という件に関しては、『元親記』という二次史料に書かれているだけであって、にわかに信用できない。当該期における信長の主眼は、阿波・讃岐平定であり、瀬戸内海域を安定させるのが狙いであった。そのため信孝を出兵させ、土地に詳しい康長を送り込んだのであって、光秀は更迭されたのではない。そもそもの四国政策変更があったかさえ、大きな疑問を感じるところである。

そうなると、四国政策変更の実態とは、これまで元親頼みであった点を修正し、康長・信孝を送り込んだということになろう。阿波・讃岐平定は難航しており、光秀は最初から四国攻めに参加していないので、責任は問えないということになる。

取次交代後、光秀が著しい不利益を被った様子は見えない。そうなると、取次が交代したということは、より良い方法を採用するための手段であって、特に光秀の立場を危うくするものではなかったと考えるべきであろう。

次に、秀吉と光秀の対立構図について考えてみたい。

その重要な論拠の一つとなったのが、天正九年（一五八一）以降における、秀吉の阿波・淡路への侵攻である。これまでは光秀が更迭されたあと、代わりに秀吉が長宗我部討伐に参画したとされ、ライバル秀吉の台頭と光秀の零落の象徴とされてきた。しかし、先に触れたとおり、尾下成敏氏の研究によって、関連する「黒田家文書」の年次比定が天正十年（一五八二）に修正されたため、その根拠を失ったといえる。むろん、この頃の秀吉が中国方面で大きな成果を挙げたのは事実であるが、それが光秀の立場を悪くしたとは言えない。

もう一つ秀吉台頭の大きな論拠になったのが、天正九年（一五八一）三月までに康長が秀次《ひでつぐ》（秀吉の甥）を養子に迎えたという藤田達生氏の説である。秀次とは、のちに秀吉の養子となって、関白になった人物である。秀次を媒介として康長と結んだ秀吉は、四国に勢力を伸ばす有利な材料としたことになる。このことによりライバル秀吉が大きく台頭し、さらに光秀を追い詰めたというのである。この点については、どのように考えればよいのであろうか。改めて検討しよう。

実は、秀次が養子に入った時期については、藤田氏の天正九年（一五八一）三月以前という説以外にも、いくつかの説が提示されている。秀次の康長への養子入りの時期を検討した諏訪勝則氏は、天正十年六月二日の本能寺の変以降から同年十月二十二日までの間、という説を提示した。私も諏訪氏の説に賛意を示すところである。

桐野作人氏も藤田氏の説に従えないとし、さらに一歩進めて検討を行っている。これまで秀次が宮部継潤《けいじゅん》の養子であったことは知られていたが、あまり良質な史料で確認することができなかった。しかし近年になって、豊臣政権の研究を精力的に行っている堀越祐一氏が、秀次が継潤の養子であったことを示す天正九年五月二十一日付の秀次発給文書の紹介を行った（「文禄期における豊臣蔵入地――関白秀次蔵入地を中心に」）。

この論文の中で、秀次は信孝と入れ替わって、康長の養子になったと指摘する。このほうが自然で理解しやすい。二人の養子をかかえていても混乱するだけで、康長にはなんらメリットがない。

そうなると、秀吉が甥の秀次を養子として康長に送り込み、三好氏を支援する形で四国に勢力を築こうとしたという指摘はあたらないことになる。以上のような観点から、秀吉と光秀の競合関係を重視し、その中で光秀が危機感を感じていたとは、とうてい考えられないのである。

これまでの説では、信長の四国政策変更とともに、秀吉と光秀との競合関係から、光秀の立場は悪くなったと指摘されてきた。しかし、そうした事実が認められないとなると、従来説には疑問を呈さなくてはならないであろう。

光秀は追い詰められていたのか

そこで、考えなくてはならないのは、この頃の光秀が立場的にも、心理的にも追い詰められていたのかということである。それは、あくまで信長との関係からである。この点について考えてみよう。

天正八年（一五八〇）三月、信長は宿敵の本願寺と講和を結んだ。十一年もの長きにわたった抗争は、ようやく終止符を打ったのである。信長にとって、本願寺を降伏させたことは念願であった。こうした祝意の意味もあったのか、翌天正九年（一五八一）一月十五日、信長は馬廻衆《うままわりしゅう》を安土城に招き園遊会を催そうと考えたが、当日は雨ということもあり、左義長に振り替えられた（『信長公記』）。

左義長とは、正月に催される火祭りの行事のことである。一月十五日に長い竹を数本立て、正月の門松・しめなわ・書初などを持ち寄って焼き、その火で餅などを焼いて食べると、その年は病気にならないとされた。地方によっては、「どんど焼き」または「さいとやき」とも称されている。今や都会化が進み見られなくなった光景であるが、かつては各地で執り行われた行事である。信長の催した左義長では、爆竹も鳴らされたことが記されており、見物人がどっとはやし立てたという。

このとき、来る二月二十八日の京都における馬揃えの準備が、明智光秀に任されたことを『信長公記』は記している。馬揃えとは「良馬の飼育と奨励と兵馬の訓練のため、平時に軍馬を集めて検分し、その調練を検閲すること」になるが、実際には信長軍団の軍事パレードのようなものであった。馬揃えの準備のことは、信長の書状によって光秀に準備が命じられたことがわかっている（『士林《しりん》証文』所収文書）。その書状によると、先の十五日の左義長に関しても、実は光秀が担当者であったことがわかる。

信長の目的は、京都で朝廷や信長家臣団に対して、壮大な馬揃えを見せたかったようである。これから天下を突き進む信長にとって、その威勢を知らしめることは重要であった。信長は、その総括責任者に光秀を命じているのである。これまでの説によると、この時期に信長と光秀の関係は、微妙なものになっていたという。元親との取次が光秀から康長に交代したことも、その一因とみなしていた。

しかし、信長が光秀を遠ざけるのであるならば、わざわざこうした重職を託すとは考えられない。常識的に考えると、まったく逆であるといわざるを得ず、朝廷を招いての重要な場面で起用するということは、光秀を厚く信頼していたからであると考えられる。これまで信長と光秀との関係は悪いといわれてきたが、特に大きな変化が見られないと考える。なお、馬揃えの一件をめぐる評価に関しては、第五章で詳述することにしたい。

信長と光秀の関係は、決して悪かったとはいえない。もう少し具体例を見ることにしよう。

天正十年（一五八二）一月、信濃の木曾義昌《よしまさ》が突如として、同盟関係にあった武田勝頼《かつより》を裏切り、信長方に誼《よしみ》を通じた。この事態に驚いた勝頼は、ただちに義昌を討伐すべく、一万五千の兵を遣わせた。勝頼の出陣を知った義昌は、信長に援軍の要請を行っている。義昌の救援を受けて、信長は信忠《のぶただ》を先鋒とする軍勢を派遣した。結果、信忠は甲斐国に侵攻し、勝頼を死に追い込んだ。同年三月十一日のことである。この一連の戦いによって、甲斐の名門・武田氏は滅亡したのである。

同年三月五日、信長は明智光秀、筒井順慶、細川藤孝《ふじたか》（幽斎）を引き連れて、安土から甲斐国へ向かった。むろん武田軍を討伐する軍勢としてではなく、勝利を確信したうえでの「関東見物」であった（『古今消息集』）。公家の近衛前久《このえさきひさ》が同道しているのは、その証左である。少なくとも戦闘に加わらなかったので、生命の危険はなかったようである。ちなみに第一章で触れた「骨を折った甲斐があった」のエピソードは、このときの話である。

小和田哲男氏は信長に従った光秀について「近畿管領」として当然の職務としつつも、光秀の心中は穏やかでなかったと推察する。それは、ひとえに戦闘がまったく期待されず、光秀が戦功を挙げる可能性のない出陣だったからである。一方で、光秀の下に位置付けられる滝川一益《かずます》が勝頼の首を獲るという戦功を挙げたことは、焦りの気持ちを生んだと指摘をしている。その後、一益は戦功によって、関東管領たる地位を手に入れた。

むろんそのように考えることも可能であるが、信長配下の者には、それぞれの役割がある。全員が全員、戦闘に参加するわけにはいかない。当時、関東方面に基盤を置いた一益が勝頼討伐に向かったのは、当然なことである。光秀の活躍の場は、おおむね近畿内外であった。小和田氏の指摘を適用すると、極端に言えば、信長の家臣は主君の歓心を買うために、各地の戦場に出陣しなくてはならなくなる。

したがって、光秀が武田氏討伐で活躍できなかったことは仕方のないことであった。逆に、光秀が信長側近として従軍していたことは、二人の良好な関係を示すものとして捉えることが可能である。信長が嫌っていたら、従軍させないからである。

最後に、もう一つだけ事例を検討しておきたい。

信孝が四国出兵を行うに際して、「丹州国侍衆」に宛てた軍令書が残っている（「人見文書」）。その内容とは、丹波国侍に対して組ごとに兵粮などを支給するとし、船は人数に応じて中船・小船を奉行に断って受け取り、海上や陣中では指示に従うようにとするものである。四国出兵に際して、細々とした注意事項を書き記したものであった。この史料の背景については、桐野作人氏が子細な検討を加えている。

実は、この信孝の軍令書は、秀吉研究で著名な染谷光廣氏によって偽文書であると指摘された経緯がある（「本能寺の変の黒幕は足利義昭か」）。ごく簡単にいえば、軍令書の信孝の花押《かおう》の形状が、従来知られている信孝の花押と大きく異なっているのである。残念ながら、信孝のこの前後の発給文書は乏しく、比較検討するには大きな困難が伴う。この件については、内容にことさら問題がなく、花押の形状も信孝が三好氏の養子になったことを契機に改変したのではないかという桐野氏の指摘があるように、偽文書とみなす必要はないと考える。

もう一つ光秀に関わって、この史料が問題となったのは、本来丹波が光秀の支配下にあったにもかかわらず、信孝の越権行為で軍事動員をかけたと考えられたことである。この出来事と相俟って、光秀が丹波・近江を召し上げられ、出雲・石見《いわみ》に移されるという『明智軍記』の記述が重視された。つまり、光秀左遷説を裏付ける根拠となってしまったのである。

ところが、桐野作人氏が指摘するように、この軍令書をよく読むと、丹波の国侍はすでに動員されたあとの話であり、おそらく信長が動員したものと指摘を行っている。信長は四国出兵にかなり注力をしたが、信孝の軍勢は伊賀衆、甲賀衆、雑賀衆などの他国衆から構成されており、脆弱なものだった。父である信長は、信孝のために充実した軍事編成を行うため、あえて丹波の国衆に動員をかけたのである。こうした桐野氏の指摘は、正しいと考える次第である。

そうなると、従来から指摘されてきた、光秀が丹波・近江を取り上げられ、出雲・石見に左遷されるとか、信長がそれを頭ごなしに行ったのは、二人の関係悪化を示しているからだとの見解には、大きな疑問が生じる。『明智軍記』がほとんど信用できない史料であることは、ここまで何度も繰り返してきた。つまり、悪い材料を持ち出して、信長と光秀の関係が悪かったということをことさら強調する必要はないのである。

四国政策を再考する

当該期の四国をめぐる政治動向に関する研究は、一次史料の制約という大きな問題が横たわっている。

全般的に四国は、中世史料が乏しい地域であるといえる。特に、現在の徳島県である阿波については、一世紀近く前に刊行された『阿波国徴古雑抄』が今も使われるほどで、史料的な制約が特に厳しいところである。そして、それらの史料集は入手し難く、古書でも高価な値が付けられている。

そうした問題もあって、どうしても使わざるを得ないのが二次史料である。本章でも触れたとおり、一連の四国政策については、『元親記』『土佐物語』『長元記』『南海通記』といった二次史料も止むなく使われてきた。

一次史料が古文書・古記録といった同時代史料であるのに対して、二次史料は後世に編纂された史料のことをいう。たとえば、軍記物語、地誌、家譜、系図、覚書などである。それらは執筆者の主観や勘違い、記憶違い等々の可能性があるので、利用に際しては注意が必要であり、慎重でなくてはならない。また、成立年が早い、執筆した人物が信頼できるなどは、二次史料の信憑性を担保したことにはならないのである。たとえ信憑性の高い二次史料であっても、一次史料を中心にして論を展開するのがセオリーである。

実際に二次史料の信憑性を担保することは、非常に困難である。仮に、ある二次史料のある部分の記述と一次史料の記述が一致するとしよう。そうなると、その二次史料の当該部分については、正しいといえる。しかし、その二次史料の記述の多くが一次史料と符合する部分が多いからといって、一次史料で確認できないほかの部分の記述が正しいとはいえない。間違っている可能性は十分にある。全体の信頼度が高いということを理由にして、ほかの一次史料で補えない部分も正しいと考えるのは極めて危険である。

さらに前章でも触れたとおり、『細川家記』が質の劣る『明智軍記』をもとにした例があるように、名門の家の正史であるから正しいとも限らない。こうした点には、十分に注意しなくてはならない。

信長の一連の四国政策を調査する中で、少なからず二次史料の影響があるのは認めざるを得ない。加えて、関連する一次史料が少ないうえに、多くの文書が無年号である。文書の年次比定も難しい問題であり、見解の相違を生み出す要因となっている。いずれにしても、二次史料が決定的な根拠の出発点になっているのは疑問とせざるを得ない。そうした事情もあって、論者によって主張の相違が見られたと考える。

ここまで第一・二章で述べてき本章で述べたとおり、従来の光秀像や四国政策について、多くの疑問を呈してきた。特に、た。特に、本章で述べた四国政策については、その前提から誤っているいると考える。そもそも信長と元親の対立はなく、光秀の更迭、光秀と秀吉との競合によって、光秀の立場が悪くなることはなかった。いずれも二次史料によってもたらされた弊害であると考えなくてはならない。

このほかに本能寺の変をめぐっては、光秀と信長との関係悪化について、多くの視点が提供されている。その点に関しては、最後の第六章で検討することにしたい。

【付記1】

長宗我部信親が「信」を信長から拝領した事実は、天正六年（一五七八）に比定される十二月十六日付長宗我部元親書状（石谷頼辰宛。「石谷家文書」）により、天正三年ではなく天正六年だったことが判明した。「石谷家文書」は、浅利尚民など編『石谷家文書　将軍側近の見た戦国乱世』（吉川弘文館、二〇一五年）に収録されている。以下、

「石谷家文書」は、同書による。

【付記2】

筆者は、織田信長が長宗我部元親に四国切り取りの自由を認めたこと、それが原因となって両者が決裂したことについて、一次史料で裏付けが取れないので疑義を示した。しかし、天正十年（一五八二）に比定される五月二十一日付長宗我部元親書状（斎藤利三宛。「石谷家文書」）により、四国切り取りの自由を認める朱印状を信長が発給していた可能性が高いこと、信長と元親の関係が悪化していたことが判明した。

第三章

織田権力の内情

——信長と諸大名・家臣たち

信長の性格

信長といえば、「鳴かぬなら　殺してしまえ　ホトトギス」という句が有名で、その短気さでもって一般的に知られている。信長＝短気という固定観念を植え付けるのに、大きな役割を果たしたといっても過言ではない。この言葉は、ほかの「鳴かぬなら　鳴かせてみせよう　ホトトギス」（豊臣秀吉）、「鳴かぬなら　鳴くまで待とう　ホトトギス」（徳川家康）とともにいわゆる天下人の性格をあらわしており、秀吉の創意工夫の知恵者、家康の辛抱強い性格と対比され続けてきた。

ホトトギスの句は、肥前国・平戸藩主・松浦静山《せいざん》の著『甲子夜話《かっしやわ》』に記されている。ところが、同書は十九世紀前半に著されたものであり、実際にこの三つの句が本当に詠まれたものであるかは、疑問とせざるを得ない。むしろ、三人の人物評が固定化されていく中で、創作されたものと推測される。

信長の非常に変わった性格を示すエピソードは、これ以外にも事欠かないところである。ある意味で、そのことが命取りになったとされてきた。第一章の冒頭で記したとおり、信長が光秀を「いじめぬいた」ことは、その好例といえる。また、短気であること以外にも、信長の奇矯な性格を示す逸話は豊富であり、多くの人に知られていることであろう。

信長の強烈な個性を示す逸話は、すでに青少年期から存在した。信長が生まれたのは、天文三年（一五三四）のことである。父の織田信秀は、尾張国の清洲三奉行から身を興し、やがて主家である守護代家を圧倒した。信秀は本拠を那古野《なごや》、古渡《ふるわたり》、末森《すえもり》と移しながら、有力大名である駿河国今川義元、美濃国斎藤道三《どうさん》と交戦し、その勢力は尾張国一国へと広がりつつあった。

中興の祖というべき信秀が亡くなったのは、天文二十年（一五五一）と天文二十一年（一五五二）の両説がある。いずれが正しいかは確定し難いが、後者が有力視されている。信秀には二十四人の子供がおり、このうち信広は生年不詳ながら、もっとも年長であったといわれている。しかし、母が側室という事情もあり、信広は後継者候補から脱落する。結果、正室の土田御前を母とする弟の信長が、織田家の家督を継承した。

信秀と土田御前との間には、信勝（達成などを名乗った）という男子があった。信勝は信長と二つしか歳が離れていないと言われているが、生年には不明な点が多い（天文五年生?)。ただ、信勝の性格は信長と違って、聡明であったといわれている。二人の性格が対照的であったことは、『信長公記』に記述された父信秀の葬儀の模様からうかがうことができる。信長が父・信秀の焼香に訪れた場面は、次のように記されている。

信長が焼香にお出でになった。そのときの信長の服装は、長い柄の太刀と脇差しを稲穂の芯でなった縄で巻き、髪は茶筅で巻き立て、袴もお召しになっていなかった。信長は仏前へ進み出ると、抹香をぱっと摑み、仏前へ投げつけてお帰りになった。

この解釈をめぐっては異説もあるが、極めて非常識な行動であったことは、よく知られる。普通に考えると、葬儀の場でこのようなことをされると、親族一同非常に迷惑であったに違いない。信長のエピソードの中でも、もっとも有名なものであろう。では、一方の信勝は葬儀に臨んで、どのような態度を取ったのであろうか。同じく『信長公記』の記述を確認しておきたいと思う。

弟の信勝は威儀を正した肩衣《かたぎぬ》、袴をお召しになり、形式どおりの作法を行った。

信勝は、ごく常識的に作法を行った。というよりも、信長の行動のほうが異常であったといえよう。それゆえに、両者の所作は対照的なものと評価された。実は、『信長公記』のこのあとの記述には、次のように記されている。

信長公は、世間によく知られた大うつけ（愚か者）と評判であった。葬儀の参列者の中に九州からの客僧が一人いて、「あの人物こそ、国を支配する人だ」と申したそうである。

『信長公記』の記述からは、「うつけ」と評された信長と折り目正しい信勝という、二人の対照的な性格を見出すことができ、当時そう認識されていたことがわかる。九州の僧侶の言葉は、常識に囚われない信長を高く評価しているが、作為を感じなくもない。『信長公記』は、信長の公式な伝記であるが、将来の栄達を予見して、こうした高い評価を交えておく必要もあったのであろう。二人の対照的な性格は、のちに詳述する「御家騒動」へと発展する。

当初、信長と信勝との関係は、どのようなものだったのであろうか。天文十九年（一五五〇）四月、信長は加藤左助に対して、大瀬古（熱田）の余五郎の座の跡職を安堵した（「張州《ちょうしゅう》雑志抄」）。史料中には「委曲勘十郎（信勝）理申候条」とあることから、信勝は信長の配下にあったものと考えられる。織田家の家督を継承したのは、間違いなく信長であった。信勝は、その家中に組み込まれたのである。

一方、信秀の葬儀があった年（あるいは前年）、早くも信勝は自身の文書を発給している。天文二十年（一五五一）九月二十日、信勝は熱田座主坊に対して、笠寺別当職の安堵を行った（「密蔵院文書」）。この史料の文中には、父信秀と兄信長の先判の旨に任せてとあることから、信勝が二人に代わって安堵の主体者となったのは明らかである。あるいは、この地域の支配を信長に任されたのかもしれない。

天文二十二年（一五五三）十月、信勝は熱田羽城の加藤図書助《ずしょのすけ》（東加藤氏）に対し、商売の徳政、年紀要脚、国役を免除するとの文書を発給した（「羽城加藤家文書」）。この文書発給は、前年に信長が熱田旗屋の加藤氏（西加藤氏）に行った措置に対抗するもので、史料中には父・信秀の先判の旨に任せてとの文言がある。となると、信勝は父・信秀の権限を継承し、一定の領域支配を実現したということになろう。翌年になると、信勝はさらに特権条項を増した発給文書を加藤図書助に与えている。

熱田加藤氏は、金融業や海上交通に携わった豪商として知られる。熱田海岸を東西に挟むように屋敷が建っていたことから、東加藤氏、西加藤氏と称されるようになった。織田家ならずとも、当時の戦国大名は商人と密接な関係を持ち、領国内の経済発展を図ったことは周知の事実である。信勝は、その重要性を十分に認識していたのである。

信長と信勝との対立

こうした二人の関係に対しては、どのように考えられているのであろうか。有力な見解は、信勝が信長の権益を侵すようになり、徐々に二人が対立していったという考え方である。信勝は織田家の家督を継承できなかったが、自立的な様相を深めたのである。逆に信長は、大いに信勝の動向を警戒したということになろう。二人が対立したゆえに、東加藤氏と西加藤氏は権益を守るため、それぞれが有利と感じた方に安堵を依頼したと考えられる。

当初、信長は父の後継者として、那古野城（名古屋市中区）を本拠とし、のちに清洲城に移った。信秀の死後、信勝は末森城（名古屋市千種区）を与えられ、柴田勝家、佐久間次右衛門ら「歴々」の家臣が従ったとある（『信長公記』）。柴田勝家らは、信勝が信秀の葬儀に参列した際、お供として従った家臣であった。つまり、信勝は城持ちであり、配下に織田家累代の有力な家臣を従えていたのである。

ところで、信長は織田家の家督を継ぎながらも、その行状は改まらなかったという。相変わらず破天荒だったのである。それゆえに、信長の重臣平手政秀は切腹に及んだ。自身が死ぬことによって、信長に行動を改めて欲しいと願ったのである。いわゆる「諫死」である。その様子は、『信長公記』に次のとおり記されている。

政秀は信長が不真面目な態度をとるのを悔やみ、守り立てるだけの意味もなく、命を長らえても仕方がないと申して、腹を切って亡くなったのです。

実はこの前段において、信長は政秀の子息が所有する駿馬をめぐって、一騒動を起こしていた。『信長公記』によると、信長の恨みは意外なほど深く、主従が不和になったと伝えている。政秀が切腹した理由には、信長の不真面目な態度だけでなく、主従間における関係悪化が少なからずあったようである。信長と家臣との悪化した関係は、平手氏に限らず類例は他にあったのではないだろうか。

こうした中で、城持ちで後継者としてふさわしい信勝の存在を歓迎し、織田家中には多くの支持者があったと考えられる。むろん、信勝に関する悪い素行の話は伝わっていない。以上のような点を考慮すれば、信勝が文書を独自に発給したことには、自立性を確保して権益拡大を図ろうとした一面を見出さざるを得ない。また同時に、東加藤氏のように信勝を当該地域の権力者として認定する者もいたのである。

そのような中で、一つの大事件が勃発する。天文二十四年（一五五五）六月、尾張国守山城主・織田信次（信秀の弟）の家来・洲賀才蔵が通りがかりの武者に矢を放ったところ、信勝の弟・秀孝に当たったことが判明した（『信長公記』）。信次は秀孝が死んだことに驚き、馬に鞭を当てるといずこへとなく逃亡したのである。信次は信秀の弟であったが、信勝には敵わなかったのであろう。

弟を殺されて、信勝は烈火のごとく怒り狂った。信勝は末森城から守山城に駆けつけると、たちまち町に火をかけている。これまでの信勝とは思えない行動であった。これが蛮行というならば、ほとんど唯一知られているものである。この一連の出来事に対して、信長は次のように述べている（『信長公記』）。

私の弟（秀孝）が御供を召し連れず、そこらの者のように馬一騎で駆け回ったことは、興冷めすることである。たとえ秀孝が生きていても、許容されることではない。

信長は、あっさりと秀孝の非を認めている。この時点において秀孝をかばっていないところを見ると、信長は信勝と対立関係にあったとみなしてよい。守山城には、信次の年寄衆が籠城しており、間近に信勝軍が迫っていた。その後、まもなくして守山城は落城し、「利口なる人」と称された織田秀俊（信長の異母弟）に与えられている（『信長公記』）。実際は、信長の家臣佐久間信盛が調略を行い、守山城の年寄衆を抱きこんで開城させていた。信長は何としても、守山城を死守したかったのである。

信長と信勝は、正面きって対決することはなかった。しかし、後に信長の重臣・林秀貞は、弟・美作守《みまさかのかみ》や柴田勝家と画策し、信勝を擁立しようとしている。ここで両者の対決姿勢は鮮明となった。弘治二年八月、稲生《いのう》（名古屋市西区）で合戦があり、柴田勝家は林秀貞とともに千七百余りの軍勢を率い出陣した。信長の率いる軍勢は、それより少ない七百ばかりであったが、勝利を得たのは信長であった。信長は、なぜか林秀貞と柴田勝家を許した。このときのことが原因で、秀貞はのちに信長から追放を命じられている。

当時の末森城には、信勝とともに信長の実母である土田御前も一緒に住んでいた。

信勝は母や柴田勝家と同道して、清洲城の信長のもとに参上し、詫びを入れている。信勝と勝家は墨衣をまとっていたので、相当の覚悟だったのだろう。信長は、これを許したという。のちの信長の性格を考えると、非常に寛大な措置であった。

この後、信勝が表立って信長に反抗したとの記録は見当たらない。永禄元年頃になって、再び信勝の動きは活発化する（以下『信長公記』）。信勝は龍泉寺（名古屋市守山区）に城を築き、御若衆の津々木蔵人《つづきくらんど》を重用するようになった。一方で、柴田勝家は軽んじられたので、勝家は信長に「信勝に謀叛の意思あり」と密告したのである。この一言が、両者の対立を深める契機になったのは疑いない。

それから信長は病と称して引き籠ったため、信勝は清洲へ見舞いに参上した。そして、信勝は永禄元年（一五五八）十一月二日、清洲城で謀殺されたのである。さすがの信長も家臣の手前もあり、これ以上信勝の勝手な振る舞いを放置できなかったのである。信勝の没年は史料によって弘治三年説を採るものもあるが、同年に信勝の発給文書があることから（「羽城加藤家文書」）、今では『信長公記』に記載された永禄元年が正しいとされている。

信長権力の確立期にあって、家督継承者といえども安泰ではなかった。同じ血筋の信勝には後継者の資格があり、それを支える家臣の存在があった。当主が家臣や領主層の支持によって存立基盤をなす以上、彼らの支持が必要不可欠である。信長は信勝を謀殺し、反対派を粛清することにより、多くの支持を得た。信勝の謀殺は、天下獲りの第一歩と評価できるが、これは織田家特有のことではなく、戦国期に広く見られた事象でもある。もう少し、信長と一族・兄弟との抗争を確認しよう。

兄弟・一族との戦い

信長は、弟・信勝との対決を経て、権力基盤を確立したが、ほかの兄弟や一族とも絶えざる抗争があった。

本章の冒頭で述べたとおり、信秀・信長の家系は、清洲城に本拠を置く尾張守護代家（織田大和守家）の三奉行の一人に過ぎなかった。そこから、信秀は主家を圧倒するほどの勢力を築き上げた。しかし、天文二十一年（一五五二）に信秀が亡くなると、相前後して主家である尾張守護代家の織田達勝《みちかつ》も没した。これによって、尾張守護代家の没落は決定的となったが、家督は短い期間に勝秀、彦五郎と継承された。尾張守護代家を支えるのは、家中を構成する老臣たちであり、信長に対抗措置を取った。その中心にあったのが坂井大膳ら清洲衆である。

守護代家の主導権を掌握した坂井大膳らは、天文二十一年八月に信長を討伐すべく挙兵した。信長は叔父・信光と協力して、これを打ち破っている。翌年七月、手痛い敗北を喫した坂井大膳らは、もはや形式的な存在に過ぎなかったが、尾張守護の地位にあった斯波《しば》義統《よしむね》を暗殺した。これを知った義統の子息・岩竜丸（のちの義銀《よしかね》）は、信長の居城・那古野城に駆け込み庇護された。守護の家系である斯波氏を推戴することにより、坂井大膳らを討つという、信長の大義名分が成り立ったのである。

もはや坂井大膳の擁する織田彦五郎の運命は、風前の灯であった。天文二十二年七月、柴田勝家が清洲城を攻撃すると、坂井大膳らは敗北を喫し、織田三位《さんみ》ら主要な老臣たちの多くを失った。ここで、大膳は信長の叔父・信光に通じて、起死回生を図ろうとした。天文二十三年四月のことである。信光への条件は、尾張の両守護代として織田彦五郎とともに就任することで、尾張下半国の二郡を与えるという条件であった。しかし、あらかじめ信光は信長にことの次第を話し、大膳の条件を受け入れたふりをして、清洲城に向かった。

信光は清洲城を訪れると、南構に居住した。南構を訪問した坂井大膳は、討ち取ろうとした信光の軍勢に驚き、清洲城を出奔し今川義元のもとへ逃げ込んだ。これにより尾張守護代家は滅亡し、織田彦五郎も切腹を命じられ、非業の死を遂げたのである。こうして信長は、磐石の体制を築くことになる。

信長と協力して大活躍した叔父・信光は、父・信秀の弟とはいえ、信長の強力なライバルの一人であった。信長が清洲城に入城すると、もとの那古野城は信光に与えられたが、不幸なことに、信光は天文二十三年十一月に亡くなった。『甫庵《ほあん》太閤記』に拠ると、信光の妻と信光の近習・坂井孫八郎が密通しており、露見することを恐れた二人が共謀して、信光を殺害したという。しかし、この説は『甫庵太閤記』の史料性を考慮すると、いささか信が置けない。

『信長公記』には、「不慮の仕合出来」と実に意味深な言葉が記されている。現代語訳するならば、「不慮のいきさつ（出来事）が起こった」ということになろうか。このあとには「忽ち誓紙の御罰、天道恐しき哉と申しならし候キ」という言葉が続いている。坂井大膳と信光は互いに誓紙を交わしていたので、信光がこれを破って罰を受けたということになる。この言葉に続けて「しかしながら、上総介《かずさのすけ》殿（信長）御果報の故なり」とあり、信長にとって「果報（幸福な様子）」であると記されている。

信光の死に至る正確な内容を記さないのは、謎といわざるを得ない。そうなると、信光の死には、何らかの事件性を考えなくてはならないであろう。端的にいえば、信長によって粛清された可能性があるということである。『信長公記』は信長の公式な伝記ということもあって、信光の具体的な死因は避けられたと推察される。いずれにしても、信光の死は、信長にとって「果報」であったといえる。

信長には腹違いの兄・信広が存在したが、側室の子であるという事情もあって、家督を継げなかった。この信広も信長に背いている。

かつて、信広は三河国・安祥城（愛知県安城市）を守っていたことがある。三河には今川氏や松平氏が勢力を保持しており、重要な地域であった。ところが、天文十八年（一五四九）十一月、信広は今川氏の軍勢に敗れたうえ、安祥城を奪われ捕虜になるという大失態を犯した。ただし、織田方には人質として松平竹千代（のちの徳川家康）が送り込まれていたので、竹千代と交換することによって、信広は無事に帰国することができた。

信長が家督を継承すると、信広は配下として仕えた。ただ、心中には穏やかならぬものがあったのであろう。弘治二年（一五五六）四月、信長の義父である斎藤道三が子の義龍《よしたつ》に討たれた。これを契機に信広は義龍に通じ、清洲城の乗っ取りを計画したのである。しかし、信広謀反の動きを察知した信長は、ただちに清洲城の内外の防禦を固めた。出陣した信広は途方にくれ、応援に駆けつけた美濃衆は引き上げたという（以上『信長公記』）。信広の計画は、無残な失敗したのである。

そのような事情にかかわらず、信長は信広を処罰しなかった。その後も信広は信長に仕え続け、天正二年(一五七四)九月の伊勢長島の戦いで討ち死にした。信長にすれば、信広は以後も反抗することなく、自身の配下で「使える」と判断したのであろう。こうした合理性を信長は持ち合わせていた。

以上のように、信長は一族や兄弟との厳しい死闘を繰り広げてきた。その中で重要なのは、今後の禍根を残すとなれば殺害し、使えるとなれば配下に収まることを許したということである。一種合理的な考え方であるが、何も信長だけではなく、多くの大名がそうであった。それがたとえ血を分けた肉親であってでもある。親子、兄弟、親類間で争い、勝者が敗者を追いやることにより、家中の結束は強化された。反対派は一掃され、残った勢力の一体感がより高まるのである。

そう考えると、第二章で触れた四国政策の転換により、これまで光秀は長宗我部氏との関係から、非常に立場が悪くなったとされてきた。その説はあらゆる観点から否定したが、仮にそうであったとしても、光秀が長宗我部氏との関係を悩む必要はない。「まずい」と思えば、関係を断ち切ればよいだけの話である。部下の血縁関係くらいで、心中するまで入れ込む必要はなく、そうした感情移入をして解釈をすると、おかしな結論をもたらすことになる。

粛清された家臣たち

信長は、配下の家臣たちを次々と粛清したことで知られている。それゆえに家臣らは信長を恐れ、光秀が謀反を起こした遠因の一つともされている。光秀は粛清された同僚を見て、「次は自分の番だ」と恐れたというのである。この説には、妥当性があるのだろうか。ここでは、粛清された家臣たちについて考えてみたい。

信長譜代の重臣の一人として、佐久間信盛《のぶもり》がいる。信盛は尾張国愛知郡の出身で、一貫して信長に仕え苦楽を共にした。信長からの信頼も厚かったといわれており、その事実は信盛の動向を見れば明らかである。

永禄十一年（一五六八）、信長が将軍・足利義昭を奉じて上洛すると、信盛はともに入京を果たし、京都の治安維持などを担当した。元亀元年（一五七〇）五月には近江永原城を預けられ、六角承禎《ろっかくしょうてい》（義賢《よしかた》）の勢力と対峙している。ともに協力して討伐にあたったのは、同じく信長の重臣である柴田勝家であった。六角氏討伐にはかなりの時間を要するが、天正二年（一五七四）四月には追放することに成功した。

その間も信盛の東奔西走の日々は続き、元亀三年（一五七二）十二月の遠江の三方ヶ原合戦に参陣した。信盛は徳川家康の援軍として、浜松城に向かったが、このときは武田氏の軍勢に圧倒され、無残な敗北を喫した。信盛はこの戦いだけでなく、長篠の戦い、伊勢長島一向一揆や越前一向一揆との戦いなど、数多くの合戦に出陣した。信長の信頼の厚さをうかがえるところである。ここまでは順調であった信盛であるが、以後、その将来に暗い影が差すことになる。

信長にとって、最大の強敵の一つが大坂本願寺である。天正四年(一五七六)以降、信長は総力を結集して大坂本願寺に攻撃を仕掛けた。本願寺との戦いの中で、総司令官の地位を与えられたのが信盛であった。信盛は徹底して本願寺の周囲に付城を築き、各国の軍勢を募るなど、圧倒的な包囲戦術を展開した。しかし、本願寺は安芸・毛利氏と連携するなど徹底抗戦し、その軍門に下ることがなかった。この間には、頼りにしていた荒木村重が謀反をするなど、信長は苦境に立たされた。

信長と本願寺との戦いが終結を迎えたのは、天正八年(一五八〇)三月のことであった。ところが、それは信長が圧倒的な軍事力で屈服させたのではなく、朝廷を介した和睦である。そのとき勅使を務めたのが、信盛である。信盛は松井友閑とともに、本願寺側の大坂退城を確認する実務を担当した。本願寺が完全に退城したのは、同年八月のことである。これで、長年にわたる抗争は終止符を打った。

ここで信盛は、信長から譴責状を突きつけられたのである。信盛にとっては、驚天動地の心境だったであろう。この譴責状は全部で一九ヵ条にわたる長文のもので、信長の自筆で書かれていた（『信長公記』）。

譴責状は非常に分量が多く、信盛の非を一つずつ取り上げて非難している。たとえば、長期間にわたった大坂本願寺の戦いで、信盛はなんら戦いのうえでの工夫もなく、持久戦を続けたのは誠に思慮が足りないと指摘した。このほかにも、いくつかの戦いを取り上げているが、すべて信盛の失態を追及するものである。

また、信盛は代々信長に仕えて加増されることにより、新しく与力を付けられ、侍を召し抱えていた。しかし、信盛は非常にけち臭く、彼らに十分な所領を与えることがなかったという。似たような話は随所に出てくるが、要は戦いで功績を挙げた者に対しては、相応な恩賞を与えることが求められたのである。それゆえ信盛は信長から、「欲が深く、気難しく、良き人を召抱えず」と罵倒され、「武篇道」が足りないと指摘されたのである。

信長が信盛に言いたかったことは、次の言葉に集約されている（『信長公記』）。

信長の代になって、信盛は三十年ものあいだ奉公してきたが、「比類なき働き」といえるような実績は一度もなかった。

この結果、佐久間信盛・信栄《のぶひで》の父子は、高野山へと追放された。譜代の下人にも見捨てられ、自ら草履を取った姿は、見る人の哀れを誘ったという。翌天正九年（一五八二）七月、信盛は病没した。子の信栄は、のちに信長に再仕官したが、往時のような勢いをすっかり失っていたのである。

信盛が追放の憂き目にあった理由は何か。それは、この譴責状の冒頭にある次の『信長公記』の言葉に端的に示されている。

信盛・信栄父子は五年ものあいだ（本願寺攻撃のために）在城しながら、なんら功績を挙げなかったことは、世間の不審があることは間違いない。私も思い当たるところがあり、言葉に尽くせないほどである。

いくら難敵とはいえ、解決までに五年もの期間を要したことは、信長にとって許し難いことであった。しかも最後は、天皇の助力を得て和睦を結んだ。信長は明智光秀、羽柴秀吉、柴田勝家の活躍を対比させ、さらに信盛の過去のミスを挙げて厳しい言葉を投げ掛けているのである。津田宗及《そうきゅう》の茶会記によると、信盛は本願寺相手に苦戦している最中、連日茶会に興じていたという。こうした事実も、信長の耳に入ったことであろう。信長は総合的に分析して、信盛を「使えない男」と判断したのである。

信長の戦いが各地に広がるにつれ、旧臣だけでなく新参の家臣を迎える必要があった。そして、近年の研究で指摘されているように、各地で支配を展開した信長の家臣は、一定の自立性をもって地域支配を行ったとされている（『織田権力の領域支配』）。「全知全能の信長」が、何もかもをすべて決定したうえで指示し、超人的な能力を発揮したわけではない。

そして、器量がないと判断されるならば、たとえ譜代の家臣であっても、職を解かねばならなかった。一言で言うならば、「信賞必罰」ということになろう。

信盛が追放されたのと同じ頃、譜代の家臣である林秀貞、丹羽氏勝《にわうじかつ》、もと美濃・斎藤氏の家臣であった安藤守就《もりなり》が織田家中から追放された。追放された理由は、いずれも信長に対して、かつて野心を抱いたからであった。しかし、そうした理由は表向きであって、実際は本願寺との和睦後、家中を引き締める目的のために、実力の劣る者を追放したことになろう。馴れ合いの組織では、維持が困難であることを信長は理解していたのである。

荒木村重と信長

佐久間信盛は信長譜代の家臣であったが、新参者で敵対した人物として、荒木村重《むらしげ》が知られている。村重も光秀と同様に、信長に謀反を起こしたことで有名である。村重が謀反を起こしたメカニズムは、比較検討の素材として誠に興味深いといえる。ここでは、村重と信長との関係について触れておきたい。

荒木氏の出自は謎が多いが、丹波国多紀郡に本拠を持った波多野氏の一族の出自という説がある。父は高村または義村とされているが、定かではない。村重は摂津の有力国人・池田勝正に仕えていたが、永禄十一年（一五六八）九月、織田信長が足利義昭を奉じて入京すると、三好三人衆に与した勝正は降伏した。以後、村重は勝正とともに信長の配下に収まったのである。それから村重は各地に出陣し活躍するが、主家である池田氏は内訌により弱体化した。村重はこの隙を突いて台頭し、勝正に取って代わる。

天正元年（一五七三）、茨木城主となった村重は、対立関係にあった和田惟政《これまさ》を高槻城から追放することに成功し、摂津国の東半国を支配下に収めた。同年七月、義昭が宇治・槇島《まきしま》城で信長に叛旗を翻すと、村重は信長のもとで戦った。村重は天正二年（一五七四）に勝正を高野山に放逐すると、続けて伊丹城主・伊丹忠親《ただちか》を滅亡に追い込んだ。さらに、伊丹城を接収して有岡城と改名すると、自らの居城に定めたのである。

この軍功により、村重は摂津一国の支配を信長から任されたのである。これがいわゆる「一職《いっしき》支配」と称されるものであった。

従来、信長から村重に与えられた「一職支配」は、守護権に由来する権限として理解されてきた。しかし、現在では幕府や守護の機構に基づかない三好政権下における松永久秀の「一職支配」を前提としている、と指摘された（天野忠幸「荒木村重の摂津支配と謀反」）。ちなみに、信長は「守護」という言葉を盛んに用いるが、当時終焉を迎えつつあった室町幕府支配下における「守護」と同義ではない。当該地域を支配するという意味で、便宜的に用いられているに過ぎないのである。

摂津国内には、塩川氏などの自立性の強い国人が存在したことにも留意すべきで、村重に「一職支配」が認められたといいつつも、実態は必ずしもそうとはいえなかったのである。しかし、信長の厚い信任を得た村重は、以後数々の合戦で奔走することになる。とりわけ、摂津に本拠を構えたこともあって、本願寺の一揆勢力との戦いに従事した。

天正三年（一五七五）以降、村重は中国方面での軍事行動に従事した。特に、播磨・

備前方面では浦上宗景《むねかげ》の攻略に尽力し、その翌年には本願寺に備えて、尼崎の海上警備を務めている。天正五年には紀伊雑賀攻めに出陣し、その翌年には羽柴秀吉の後巻きとして、播磨上月城に籠もる尼子勝久へのサポートを行った。村重が秀吉の支援に回っていることによって、その立場が低下したとみなす見解もあるが、あながちそうはいえないであろう。逆に、重要な毛利氏との対決の中で、信長は村重に信頼を寄せていたと考えられる。

村重、謀反に

ここまで見てきたとおり、村重はもと摂津・池田氏の配下にありながら、やがて信長に登用され、全幅の信頼を得た様子がわかる。ところが、天正六年（一五七八）十月、ついに村重が信長に謀反を起こすのである。

村重謀反の理由に関しては、谷口克広氏によってポイントが整理されている（『織田信長家臣人名辞典　第二版』）。それらを掲出すると、次の三つになる。

①村重に過失があり、信長から嫌疑を掛けられた。一つ目が本願寺を攻撃した際、村重の家臣が密かに兵粮を売ったこと。二つ目が天正六年三月に始まった三木合

戦で、神吉《かんき》城が落城した際、城主の神吉藤大夫を勝手に助命したこと。
②明智光秀が自身の謀反計画の中で、邪魔になる村重に謀反を起こさせ、葬り去ろうとしたこと。
③信長に従うよりも、毛利氏に与したほうが自分を生かせると判断し、一か八かの賭けに出たということ。

このうち①②に関しては、『陰徳太平記』などの二次史料などに載せられたものであり、信を置くことができない。特に②などは、あまりに話ができすぎである。では、③についてはどのように考えるべきであろうか。

谷口氏は本願寺顕如が村重・村次《むらつぐ》父子に宛てた起請文をもとに、村重の新知行については、毛利氏に庇護されている将軍・足利義昭に従うように述べている事実を指摘した（「京都大学所蔵文書」）。村重は早い段階から謀反を検討しており、織田氏・毛利氏との間で二股を掛けていたとする。そして、謀反の理由については、大坂方面司令官の地位を佐久間信盛に奪われ、同じく中国方面司令官の地位も羽柴秀吉に奪われた村重が自らの将来に悲観して、謀反に踏み切ったというのが真相ではないかと指摘している。

こうした指摘を受けて、さらに謀反の理由を深めたのが、先述した天野忠幸氏である。天野氏は摂津下郡で支配を展開する村重にとって、村重に反した牢人衆（村重に没落させられた国人・土豪）などは脅威の存在であったと指摘する。同時に、各地で一向一揆が頻発する中で、百姓が本願寺と結び付き、一揆を起こすことが懸念材料となり、それは仮に信長が滅亡したとしても同じだった。結果、追い詰められた村重は信長と袂を分かち、本願寺や百姓らと連携する道を選択したと指摘する。これは当然、毛利氏や足利義昭と結ぶことを意味した。

以上の理由に加えるならば、高槻城主・高山右近や茨木城主・中川清秀ら村重の与力大名は、当初の段階で村重に従う意向を示していた。本願寺・毛利氏・足利将軍家に加えて、摂津国内の助力を得られることから、村重は謀反を決意したと考えられる。つまり、十分な事前準備と総合的な判断によっていたのである。

謀反の経過

改めて村重謀反の経過をたどってみよう。

村重の謀反発覚は、天正六年（一五七八）十月二十一日のこととされるが、実際にはそれ以前から動きがあった。『立入左京亮宗継入道隆佐記』によると、九月下旬から十月中旬にかけて、福富《ふくずみ》秀勝、佐久間信盛、堀秀政、矢部《やべ》兼定《かねさだ》が説得のために村重を訪れたが、応じることがなかったという。ちなみに、のちには黒田孝高も村重の説得に訪れたが捕らえられ、有岡城で一年余りの幽閉生活を送っている。

同年十月二十一日に至って、村重の逆心が方々から信長の耳に入った（『信長公記』）。おかしいと思った信長は、「不足があるならば申してみよ、村重に考えがあるならばそのように申し付けよう」とのことで、松井友閑《ゆうかん》、明智光秀、万見《まんみ》重元《しげもと》を村重のもとに遣わせた。そのとき村重は「野心などございません」と回答したので信長は喜び、人質として村重の母を差し出すことを条件にして、これまでどおりの出仕を認めることにしたのである。しかし、村重の謀反の気持ちは変わらず、再び信長に出仕することはなかった。

信長が村重の謀反を止めさせようと考えたのには、大きな理由があった。村重の謀反は、対応に苦慮していた本願寺、毛利氏、足利義昭の勢力に弾みを付けさせることになり、かつ村重に従う摂津の与力衆が謀反に応じると、不利な状況になることにあった。また、三木城主・別所長治《ながはる》との戦いもはじまったばかりであり、その後の苦戦が憂慮されたのである。端的にいうならば、村重の謀反は畿内から中国方面の勢力図を大きく塗り替えることになったのである。

村重の心が揺るぎないことを知った信長は、十一月三日に上洛し朝廷に本願寺との和睦の仲介を申し入れた（『晴豊記《はれとよき》』）。信長のかなり焦った様子がうかがえるが、本願寺は単独での講和を拒否し、綸旨を毛利輝元に下すように回答した。仮に講和を結ぶならば、本願寺は毛利氏の意向を踏まえなくてはならなかった。このように、信長はきわどい交渉を本願寺と続けていたが、突如として毛利氏への勅使派遣を取り消した。状況が変わったからである。

理由の一つは、高槻城主・高山右近、茨木城主・中川清秀が信長に帰順したからである。もう一つの理由は、同年十一月六日の木津川沖海戦において、織田方が本願寺、毛利氏を撃破したからである。信長は戦いや情勢が自らに有利に傾いたので、いまさら講和を結ぶ必要はないと考えたのである。このように、よく言えば的確な情勢判断であるが、別の見方をすれば「ご都合主義」といえるかもしれない。高槻城主・高山右近、茨木城主・中川清秀についても、これまでどおり信長に忠誠を誓うならば、別に処分する必要がないのである。

同年十一月中旬頃から、村重の籠もる有岡城への攻撃が激化した。総大将・織田信忠の攻撃は長期間に及び、村重ら城兵の籠城は十ヵ月に及んだ。翌天正七年九月、密かに村重は有岡城を脱出して尼崎城に逃れたが、有岡城は同年十一月に落城し、村重の妻子ら三十余人が信長に捕らえられた。村重は降伏するように説得されるが、ついに受け入れることがなかった。怒った信長は、京都で妻子三十六人を斬殺し、家臣およびその妻女六百人余を磔刑、火刑という極刑に処したのである。これも見せしめ的な要素が強いといえる。

その後の状況を確認しておこう。村重は尼崎城を離れ、花隈城（神戸市中央区）へ逃亡した。妻子が悲惨な目に遭いながらも、しぶとく抵抗し続けたが、天正八年七月に花隈城が落城すると、ついに毛利氏のもとに逃げ込んだ。本能寺の変が終わった後、村重は堺で千利休から茶を学んでいる。のちに村重は茶の宗匠として、秀吉に起用されるという皮肉な運命をたどったのである。

光秀と同様に信長に叛旗を翻した村重の例を見たが、これまでいわれたような村重自身の立場が危うくなるという危機感から裏切ったのではなく、総合的に情勢を検討した結果の合理的な判断が根底にあったといえよう。少なくとも信長は村重を貴重な戦力と考えており、それなりの処遇をしてきた。また、謀反をしないなら村重を許すという判断も、ある意味で興味深い。このようにみると、彼らの行動原理には緻密な情勢分析に基づく合理的判断があり、後世に伝わるような俗説には注意を要する。

別所長治と信長

次に、信長に叛旗を翻した別所長治の例を考えてみたい。別所氏の場合は、村重のように信長の手足となって各地を転戦したわけではない。むしろ、中国方面（特に毛利氏）の押さえとして、その働きを期待されていた。ところで、天正六年（一五七八）三月からはじまった三木合戦は「三木の干殺《ひ》し」と称され、長期間にわたる兵粮攻めで知られる。同時に、三木城周辺に数多くの付城を築いた合戦としても、大変著名である。以下、その動きを確認することにしよう。

信長から中国計略を命じられた秀吉は、播磨東部に本拠を構える別所長治をもっとも頼りにしていた。播磨国守護赤松氏の流れを汲む名族・別所氏は、十五世紀後半から三木城を居城にした。同時期、中興の祖・則治《のりはる》が東播磨八郡の守護代に任命され、以来、東播磨を中心にして発展を遂げた。

播磨国内における三木城の位置は、有馬街道に面しており、陸上交通の要衝地であった。また、近くには美嚢《みのう》川が流れており、加古川に合流するなど、河川交通の要衝地でもある。さらに、三木城は加古川、明石といった海上交通の拠点とも近く、摂津方面へも進出しやすかった。つまり、海上から陸上ルートを通じた物資の輸送が容易だったのである。交通の要衝を押さえることは、当該地域の支配を展開するうえで重要な意味を持つ。三木城が東播磨の重要拠点であったことは、秀吉も十分に認識していたと推測される。

かつての三木城は、本丸を中心にして幾重にも曲輪《くるわ》が折り重なるように配置された堅城であった。三木合戦以前においても、同城で激しい攻防が繰り広げられたが、その都度敵を撃退し、そのたびごとに城郭が補強されたと考えられる。三木合戦後、秀吉は三木城を本城にしようと考えたのは、こうした理由による（実際は、のちに姫路城を本拠とした）。

以上のような理由から、信長と秀吉は別所氏を信頼していたが、事態は思わぬ方向に展開する。天正六年（一五七八）三月、突如として別所長治は秀吉に叛旗を翻し、毛利方に与したのである（『信長公記』など）。信長も秀吉も、あまりのことに驚倒したに違いない。では、別所氏はどのような理由があって、信長に叛旗を翻したのであろうか。この点について、次に考えてみることにしよう。

三木合戦の端緒

永禄末年頃から別所氏は信長の配下にあり、何度も上洛して挨拶に出向いたことが記録されている（『信長公記』）。つまり、信長も秀吉も別所氏に厚い信頼を寄せていたのは間違いない。実のところ、別所氏が信長を裏切った理由については、古くから多くの説が提示されてきた。そのほとんどは、『別所長治記』などの軍記物語に拠るものが多い。

別所氏が謀反を起こした理由について、いくつか軍記物語での例を取り上げてみよう。まずは、『別所長治記』の関係部分を示すと、次のようになる（現代語訳）。

天正六年三月七日、（秀吉は）播磨国糟屋館（加古川市）を本陣となし、（中略）あるとき（別所氏家臣の）別所吉親《よしちか》と三宅治忠《はるただ》が軍評定を催すため、秀吉の館に赴いた。秀吉は「長治が西国の案内を務めるということで、信長の代官として私は下向した。各々の軍立の次第で、すぐに敵を降伏させる作戦があるのか」と問うた。すると、三宅治忠は「西国発向の先鋒を別所家に申し付けください。今度の戦いは、一国一城の小競り合いとは違うものです。（以下、省略）」と主張した。

「以下、省略」の部分において、延々と三宅治忠は自分の作戦を開陳したが、秀吉はその説明を聞いたあと、治忠の言葉を遮るように発言した。秀吉は毛利氏の大軍に対して、わが軍は小勢であることから、何度も奇襲戦法を仕掛けるのが肝要であると説いたのである。この作戦に対して、治忠は反論を行ったものの、秀吉からは完全に無視された。この軍議の結果、別所氏サイドには強い不満だけが残ったのである。

あまりに横柄な秀吉の態度に、別所方は怒りを禁じえなかった。交渉役を務めた吉親と治忠は、別所家内部で評定を催し、事後処理の検討を行った。侃侃諤諤《かんかんがくがく》の議論の末に得られた結論は、次のようなものであった。

(秀吉が)別所の家臣に向かって、遠慮なく自分の意見を押し通すだけでなく、われらを下人のように扱い、(播磨の)国人に頭を上げさせないようにするのは、心底を察するに信長の謀計ではないかと思う。

秀吉の態度を子細に分析した別所方では、自分たちの意見が無視されるのは、信長の謀計であるとの結論に至った。さらに、先鋒として別所氏が西国征伐を完遂したのちには、秀吉に播磨が与えられると考えた。そのようなことを知りながら信長の謀計に乗ることは、武士としてふさわしくない思慮であるとの結論に至った。結局、別所方では信長への謀反を決意し、これまでに例を見ない長い籠城戦を迎えるのである。以上の別所氏の主張を要約すれば、次のようになる。

①別所氏の提案した作戦が無視された。
②秀吉の態度は、別所氏らに対して高圧的である。
③よく考えてみると、西国征伐で信長に味方することは謀略（播磨は秀吉に与えられる）に乗せられることであり、別所氏の本意ではない。

ところで、ほかの後世に成った書物では、どのような理由が示されているのであろうか。次に、もう少し検討することとしたい。

謀反に及んだいくつかの理由

別所氏が謀反を起こした理由を提示する軍記物語としては、『播州御征伐之事』が知られている。同書が示す長治が叛旗を翻した理由は、実に簡単である。長治の伯父・吉親は佞人《ねいじん》（口先が上手で、心のよこしまな人。邪曲で奸智にたけた人）として描かれており、長治に対して「秀吉が播磨で自由な働きをすると、ついには自分（長治）の身に及ぶ」と讒言《ざんげん》したという。「身に及ぶ」とは、長治がとんでもないことに遭う（討伐される）ということを意味しよう。

吉親の意見を聞いた長治は、信長に叛旗を翻し、三木城に籠城することを決意した。このとき、もう一人の伯父・重棟は、秀吉に味方することを決めた。ところが、『別所記（岩崎本）』によると、おもしろいことに「長治が若年であることを侮り、伯父の重棟はもともと奸佞《かんねい》邪欲（心がねじけて悪賢く、道にはずれた欲望を持つこと）の男で、長治を謀殺して別所家を乗っ取ろうとしていた」と記す。これでは、二人の伯父（吉親・重棟）は、ともにろくでもない人間ということになってしまう。

なぜ『播州御征伐之事』と『別所記（岩崎本）』では、こうも異なる記述になってしまったのであろうか。実のところ、『別所記』系の諸本は在地性が強く、記述内容が別所氏寄りであると指摘されている。つまり、重棟は別所家を離れて秀吉に与したので、当然描かれ方が悪くなってしまう。逆に、吉親は長治の後見人として、さほど悪く書かれていない。先に示した『別所長治記』も『別所記』系の諸本という分類になる。

逆に『播州御征伐之事』は、秀吉の御伽衆《おとぎしゅう》・大村由己《ゆうこ》の手になるもので、内容は秀吉寄りになってしまう。長治の伯父である吉親《よしちか》が佞人で、長治をそそのかしたことになっているのは、そういう理由からである。つまり、それぞれの軍記物語の成立した背景が内容に影響するので、容易に記述を鵜呑みすることはできない。

もう少し付け加えると、『播州御征伐之事』では、『別所記』系の諸本のように開戦前の秀吉と別所氏との細かい交渉が記述されていない。理由は、開戦の責任が佞人である伯父・吉親に転嫁されたので、不要ということになったのであろう。秀吉は、三木合戦における自らの言動を封じ込めたのかもしれない。

このように軍記物語それぞれの成立が内容に反映されている中で、注目されるのは三木合戦の絵解きの台本で叙述された内容である。現在、別所氏の菩提寺である法界寺（三木市）では、三木合戦の経過を合戦図を用いて解説している。これを絵解きという。台本は『別所記』系の諸本が用いられているので、当然内容は別所氏寄りである。ただし、台本の一つ『三木合戦軍図縁起』には、次のおもしろい一節がある。

長治公がおっしゃるには「だんだん昨日や今日の侍の真似をする秀吉。卑しくも村上天皇の苗裔《びょうえい》・赤松円心の末葉たる別所家に対して、誠に無礼である。毛利家を滅ぼしたあとは、播州一国を支配しようとしていることは明らかである。敵の謀《はかりごと》を知りながら、その謀に乗るのは智将の行うことではない。そのように秀吉に返答せよ」ということである。

この台本の該当部分は後世に付加されたものであり「卑しくも……」以下は、あくまでフィクションであろう。赤松氏は村上源氏の末裔であるが、その赤松氏の流れを汲む名門・別所氏と秀吉を対比させ、物語をよりおもしろくしようと考えたのである。つまり、別所氏は名門意識が強く、下賤の出自の秀吉を見下していたということになろう。

別所氏が謀反を起こした理由として、「名門の別所氏が出自すら判然としない秀吉には従えなかった」とされてきた。それは、おそらく先に掲出した絵解きの説明が広く伝わったものであると推察される。実際に、別所氏がそう思っていたのかは、確かな史料により確認できない。したがって、別所氏が卑賤の出である秀吉をバカにしたことが、謀反の理由であるか否かは、別の角度からの検証が必要となる。

別所氏が裏切った真の理由

先述した別所氏が信長に叛旗を翻した理由については、俗説として基本的に退けるべきであり、改めて一次史料から検討を進める必要がある。軍記物語がそれぞれの立場から記されている以上、内容について疑問が生じるのは止むを得ないところである。では、ここで改めて、別所氏が謀反を起こした理由を考えてみたい。

天正五年（一五七七）十二月、秀吉は別所重棟（長治の伯父）の娘と黒田官兵衛の子息・長政との縁談を勧めている（「黒田文書」）。いうまでもなく政略結婚であり、黒田官兵衛と重棟の関係を強化するものであった。のちに重棟は長治のもとを去り、秀吉方に味方している。つまり、この段階において秀吉は、別所氏内部での家中の混乱を見抜き、重棟を味方に引き入れた可能性が高いといえよう。別所氏家中では、当然、織田方と毛利方のいずれに味方すべきか議論が行われたはずである。

天正初年段階の別所氏は、まだ青年である長治を伯父の吉親と重棟が支える体制を取っていた。むろん、二人以外にも重臣は存在したのであるが、どの程度関与したのか詳細は不明である（先述の三宅氏もその一人）。他の大名の例でも見えるように、意思決定には重臣層の意見も重視された。その中で意思統一ができず、家中を去るものが出ても不思議ではない。ましてや重棟は、秀吉配下の黒田氏と姻戚関係を結んでいるのである。別所氏には、そういう意味で隙が生じていたといえよう。

翌天正六年（一五七八）三月になると、本願寺では別所氏を先頭にして、高砂の梶原氏、明石の明石氏などの、播磨国内の有力な国衆が、信長のもとから離反したことを把握している（「鷺森別院文書」）。別所氏は単独の判断ではなく、周辺の有力な領主とも十分に情報交換を行い、信長に叛旗を翻すという重要な決断を行ったといえる。

この点は、荒木村重が摂津の与力大名を当てにしていたのと似通っている。少なくとも「下賤の出自の秀吉が……」などという感情的な判断を行っていない。

むろん別所氏が期待していたのは、本願寺だけではない。その背景には、足利義昭による積極的な調略があった。同年三月、義昭は自らの離反工作が成功し、別所氏らが味方になったことを喜んでいる（「吉川家文書」）。史料中に「三木以下」と見えており、別所氏が播磨国内の勢力の代表格と捉えられていたことがわかる。当時、義昭は毛利氏と協力し、鞆《とも》の浦（福山市）で「打倒信長」に執念を燃やしていた。こうして長治は毛利氏・足利氏に与し、戦うことになったのである。

当時、秀吉が有利に戦いを展開させていたが、毛利、足利、本願寺の諸勢力は激しく抵抗し、まったく予断を許さない状況にあった。信長配下にあるとはいえ、別所氏は絶えず毛利氏らの動向に注意を払いながら、どちらが有利な情勢であるかを探っていたのである。決して別所氏の一時の感情によって謀反が起こったわけではないのは、明白であるといえる。

こうした別所氏の動きや義昭の勧誘から判断して、信長から離反したのが荒木村重である。当時の村重は、毛利、足利、本願寺そして別所氏を中心にする播磨の情勢などを検討し、信長から離反する道を選んだといえよう。

以上のように、別所氏の信長への謀反劇については、これまでさまざまなことが言われてきた。繰り返しになるが、二次史料の記述は成立の背景と話をおもしろくする傾向にあって、とても信が置けない。別所氏が謀反を起した理由を要約すると、次の二点に集約されよう。

①別所氏が、当時の情勢を冷静に判断した結果であること。
②義昭による熱心な離反工作があったこと。

この二つが大きな要因であった。別所氏は情勢を総合的に分析して、毛利方が有利であると意思決定をしたのである。軍記物語による諸説は、再検討すべきであろう。

俗説への疑義

ここまで、信長と家臣・諸大名との関係について述べてきた。これをパターン化すると、四つに分類することができる。すなわち、①信長と血縁者との関係、②信長と譜代の家臣との関係、③新参で信長の配下に加わった家臣との関係、④新参で信長の配下にあって協力した大名との関係、ということになろう。そして、信長と袂を分かった者たちの事例を検討することは、本能寺の変における光秀謀反の理由を考える際に参考になる。この点について、もう少し詳しく触れておきたい。

①についていえば、織田家のみに限らず、親子、兄弟など血縁関係者間での争いは、戦国期に多々見られた例である。通常、家督は当主が亡くなると、嫡男が受け継ぐのが普通であった。しかし、母親が正室であるか側室であるか、また後継候補の器量（能力）によっても左右された。同時に重視されたのは、家臣たちの存在である。後継候補が家臣たちの支持を得られなければ、家中の分裂に及ぶこともあった。織田家の場合でいえば、信長の人格に問題があると考えられたため、兄弟間の争いに発展し、家臣団はそれぞれを支持したといえる。

信長が弟の信勝を謀殺したのは、のちの禍根を絶つという意味もあるが、何よりも家中を引き締め、一枚岩になるという効果があった。変に温情をかけて不満分子を残すと、争乱の火種になりかねない。対立勢力を徹底的に粛清することによって、当主が自らの権力基盤を磐石にしたということになろう。

こうした例を考慮すると、光秀が四国政策の変更によって、元親と信長との関係に挟まれ、立場が悪くなったと考えることに疑念を抱かざるを得ない。光秀と元親の関係は血縁関係のような強いものではなく、取次を担当するだけだった。フロイスのいうように光秀が狡猾な人物であるならば、かなりドライに割り切っていたのではないか。

②③については、守護代配下の一奉行に過ぎなかった信長が、各地に領域支配を進めるうえで、新たな勢力を配下に収めていく中で生じる問題であった。粛清された佐久間信盛・信栄父子とは対照的に、古参の柴田勝家、新参の明智光秀、羽柴秀吉は信長からその活躍ぶりが高く評価された。つまり、組織を維持していく中で、器量（能力）のある者を登用し、ない者は追放せざるを得なかったのである。こうした放逐劇は、古参・新参の家臣間の対立から生じることもあった。

この例からいえば、光秀が信長と対立していたのは、個人的な感情の問題でもあり、ほとんどが二次史料によるもので信用することができない。また、光秀が信長から冷遇されたと考えるべき例はなく、さらに秀吉の台頭を恐れたというのは、後世の結果から導き出されたものである。われわれは秀吉が山崎の戦いで光秀に勝利を得、天下人への道を突き進むのでそう解釈してしまうかもしれないが、当時の感覚からすれば、ほかに有力者が存在したので必ずしもそうとはいえないであろう。

④の例についていえば、謀反には個人的な感情の軋轢が背景にあるとされがちであるが、それらの多くは二次史料によるもので、とうてい信が置けない。荒木村重も、

別所長治も当該時期の情勢分析をしっかり行ったうえで、信長に叛旗を翻す手段に訴えたのである。あとから見れば、彼らは一敗地にまみれたので、さまざまな理由付けがなされた。それらについては、先述のとおりである。

このように考えると、なおさら光秀のような有能な人物が、個人的な感情から本能寺の変を起こしたとは考えにくい。むろん人間であるので感情はあるに違いないが、やはり勝算を天秤に掛けたうえで、彼なりの合理的な判断を下し行動に移したと思われる。あくまで感情的なものは、副次的なものに過ぎない。中でも情勢分析は、必要不可欠であったと考えられる。その点において、二次史料の記述は冷静に見直す必要がある。

光秀謀反の背景には、いわゆる黒幕の存在があったとする説がある。黒幕説が本能寺の変の謎を際立たせているといっても、決して過言ではない。黒幕の代表といえるのが、将軍・足利義昭と朝廷の二つである。次章では、将軍・足利義昭を黒幕とする説について考えてみることにしよう。

第四章

十五代将軍の執念

――足利義昭黒幕説の検証

足利義昭という人物

第一・二章で多少触れたが、本能寺の変に関して、極めて重要なのが室町幕府の最後の将軍・足利義昭の存在であった。本能寺の変の原因の有力な説の一つとして、「足利義昭黒幕説」が提示されているほどである。本章では義昭の動向をたどりつつ、「足利義昭黒幕説」を考えてみたい。では、いったい義昭とはいかなる人物なのであろうか。最初に、その人物像を考えてみることにしよう。なお、義昭の初名は「義秋」であるが、煩雑になるので、以下「義昭」で統一することとしたい。

天文六年（一五三七）十一月三日、義昭は十二代将軍・義晴と母・近衛尚通《ひさみち》の娘（慶寿院）との間に次男として誕生した。長男の義輝は、のちに十三代将軍になっている。ただ、不幸なことに兄が後継者となるため、義昭は生まれた時点で将軍への道が絶たれたといってもよい。そうした事情から、義昭は五年後の天文十一年十一月、近衛尚通の子息・稙家の猶子となった。猶子とは相続を目的としないで、仮に結ぶ親子関係のことを意味し、養子とは厳密に区別されている。

その後、義昭はそのまま興福寺別当一乗院覚誉《かくよ》に入室した。義昭が稙家の猶子になった理由は、母の血縁を頼ったこともあるが、むしろ出家して藤原摂関家の氏寺である興福寺へ入寺することが目的であった。出家した義昭は、覚慶と名乗っている。永禄五年（一五六二）、義昭は一乗院門跡となり、のちに権少僧都の地位まで上り詰めた。ある意味で、僧侶としての生活は順風満帆であり、そのまま生涯を終えても不思議ではなかった。

ところが、戦国時代は各地で大名権力が伸長する一方で、室町幕府の衰退は著しいものがあった。義昭の兄・義輝は、畿内に勢力基盤を保持した三好長慶と抗争を繰り広げながら、戦国大名間の紛争を調停するなどし、室町幕府の権威を取り戻そうと努力している。永禄七年（一五六四）に三好長慶は亡くなるが、次に義輝は松永久秀と三好三人衆（長慶の重臣で一族の三好長逸・三好政康・岩成友通）と対立した。やがて、久秀らは義輝の伯父・義維《よしつな》と組んで、その嫡男・義栄《よしひで》を新しい将軍に擁立し、義輝を廃そうと計画したのである。

永禄八年（一五六五）五月、義栄を奉じた久秀と三好三人衆は、主君である三好義《よし》継《つぐ》（長慶の養嗣子）らとともに義輝に叛旗を翻した。久秀の軍勢が義輝のいる二条御所を襲撃すると、義輝は奮戦空しく、無念のうちに殺害されたのである。このとき、義輝の母・慶寿院と弟・周暠《しゅうこう》（鹿苑院院主《ろくおんいんいん》）も殺された。同時に、義昭も久秀らによって、興福寺一乗院に幽閉されたのである。この時点において、義昭の命も風前の灯であったといえる。

しかし、ここで義昭の運命が変わるできごとがあった。実は、義輝の旧臣（一色藤長、和田惟政、仁木義政、畠山尚誠《なおまさ》、三淵藤英、細川藤孝）らは生き残っており、同年七月二十八日に彼らの助力によって脱出に成功したのである。そして、近江国和田（滋賀県甲賀市）まで逃れ、和田惟政の館に入った。同年八月五日になると、義昭は室町幕府の再興を宣言し、越後の上杉謙信（謙信はたびたび改名するが、以下「謙信」で統一する）に助力を乞うたのである（「上杉家文書」）。ここまでは比較的順調であったが、以後の義昭には苦難の道が待ち構えていた。

同年十一月、義昭は近江国野洲郡矢島（滋賀県守山市）に移動した。翌永禄九年（一五六六）二月に還俗して名を義秋と改めると、四月には従五位下・左馬頭に叙任され、室町幕府の再興が本格化したのである。熱心に支援する姿勢を見せたのは、上杉謙信である。しかし、謙信の上洛はなかなか叶わず、同年七月に義昭は能登の畠山義綱に出兵を促すなど、各地の大名に支援を依頼した（「本多文書」）。義綱の例でいえば、隣国で争乱が頻発しており、義昭の意に沿うことは極めて困難であった。

義昭はあきらめなかった。同年八月、義昭は若狭国の武田義統のもとを訪れた（『多聞院日記』など）。義昭が義統を頼ったのは、自身の妹の婿だったからである。ところが、運悪く義統は子息の元明と争っており、重臣との折り合いも悪かった。義統は義昭を擁立して速やかに上洛するなど、とてもできる状況にはなかった。無理と判断した義昭は義統を頼るのをあきらめ、翌九月には越前の朝倉義景を頼ることになる。当時の朝倉氏は、若狭武田氏とは比較にならないほど隆盛を極め、多くの文化人が訪れる地でもあった。

予想外にも、朝倉氏も特段上洛する素振りを見せなかった。この間、義昭は上杉謙信など各地の大名に上洛を促すが、相変わらず進展は見られなかった。こうしているうちに一年半余りの歳月が流れ、永禄十一年（一五六八）四月には朝倉氏の本拠・一乗谷で元服し、名を「義秋」から「義昭」へと改めた。この間の義昭の心情は推し量るしかないが、室町幕府再興という悲願がなかなか進まないため、大きなフラストレーションを抱えていたであろう。しかし、ここに至って、ようやく一筋の光明が差してくることになった。

信長との邂逅と室町幕府再興

義昭の運命を変えたのが、織田信長である。永禄十一年七月、義昭は信長の要請を受け入れて、越前を出発すると美濃国立政寺《りゅうしょうじ》（岐阜市）を訪れた（『信長公記』）。信長との邂逅によって、義昭の室町幕府再興の夢はようやく前進した。同年九月、義昭の上洛に伴い、信長は近江国の有力な大名である六角承禎（義賢）に協力を要請した。しかし、承禎は三好三人衆に与していたことから、この申し出を拒絶した。従わなかった承禎は、まもなく起こった観音寺城の戦いにおいて、信長の前に敗れ去ることになる。

永禄三年（一五六〇）五月、信長は桶狭間合戦で今川義元を討つと、その存在感が高まった。翌永禄四年に斎藤義龍が亡くなり、子の龍興《たつおき》が後継者となると、信長は近江国の浅井長政と同盟を結んだ。以後、斎藤氏を牽制しつつ伊勢方面に侵攻し、永禄十年になると龍興を伊勢に敗走せしめた。こうして尾張・美濃に支配権を築いた信長は、稲葉山城の名称を岐阜城に改め、「天下布武」の朱印を用いるようになったのである。「天下布武」には、いったいどのような意味があるのだろうか。

「天下布武」の文字を撰したのは、政秀寺住持の沢彦《たくげん》である。ちなみに、「岐阜」の名称を勧めたのも沢彦であった。それまで信長は、「麟」の文字を崩した花押を用いていた。「麟」の文字には、平和な世を実現するという思いが込められていたという。戦国時代の研究で大きな業績を挙げた勝俣鎮夫氏は、「麟」の花押と「天下布武」の朱印の意味について、次のような指摘を行っている（『戦国時代論』）。

①「麟」の花押――信長が将軍足利氏にかわって、みずから実力によって天下を統一しようという願望をいだいていた。

②「天下布武」の朱印――自分のうちに秘めた形でしか表れなかった「麟」の字の花押にこめた願望を、まさに堂々と世間に向けて明らかにしたことを意味する。

勝俣氏の指摘によると、信長の花押と朱印は天下統一の志向性を反映させたものになろう。なお、①については、すでに中世史研究の権威である佐藤進一氏によって指摘がなされている（『〔増補〕花押を読む』）。花押や印章が用いる者の願望を反映していることは、佐藤氏の具体例の検討によって明らかになった。ただ、信長の場合は、その後の幕府や朝廷との関係を考慮すれば、若干の留保が必要ではないかと感じる。その点は、追々確認することにしよう（朝廷との関係は次章を参照）。

こうして永禄十一年（一五六八）九月、信長は三好三人衆の基盤である畿内近辺の諸勢力を次々と攻略した。三好三人衆の配下にあった池田勝正は降参し、敵対していた松永久秀も信長に帰参している。畿内周辺は信長の力によって、徐々に平定されていった。逆に、打ち続く敗戦により、三好三人衆の勢力は著しく衰退したのである。ここで満を持して、信長は義昭を推戴して入京を果たした。

一連の流れの中で大きなポイントとなるのが、信長が義昭を奉じて入京したことである。信長の一連の軍事行動は、室町幕府再興を悲願とする義昭のためであった。この事実こそが、信長の軍事行動の正当性を担保しえたのである。おそらく信長は、最初から義昭を傀儡《かいらい》とし、自身が天下を獲ろうなどとは考えていなかったであろう。そうであるならば、入京という目的を果たした時点で、義昭を廃してしまえばよい話である。実際のところは、即座に義昭を追放する意図はなかったのである。

永禄十一年十月十八日、義昭は正式に将軍宣下を受けて、念願の室町幕府の再興を叶えた。その喜びは、想像するにあまりあるものがある。ところで、桐野作人氏が指摘するように、これ以前から義昭が「室町殿」と称されていたことは大変興味深い(『織田信長――戦国最強の軍事カリスマ』)。室町殿とは、足利義満が北小路室町に新邸を構えたので、本来は室町将軍の邸宅を意味した。それがのちに転じて、室町将軍自身を意味するようになった。つまり、義昭は将軍宣下以前に「将軍」とみなされていたことなる。

ところが、こうした例は、何も義昭だけに限らない。四代将軍・義持が亡くなったあと、六代将軍として義教《よしのり》が籤《くじ》によって選ばれた（五代将軍・義量《よしかず》は義持在世中に早世）。法体《ほったい》であった義教は、ただちに将軍宣下を得ようとしたが、それは朝廷に拒否された。義教は新将軍とみなされつつも、ある程度髪が生えそろうまで、将軍宣下はお預けとなった。以降の将軍についても、同様の事例が発生する。天皇に関しても同様で、即位式が行われないまま、その位にあったのである。

要するに、周囲が将軍であるとみなすことが重要であり、義昭は流浪の段階から将軍とみなされていた。室町幕府の将軍である義昭を推戴し、室町幕府を再興することが大義名分であり、信長にとって意味があったのである。義昭は入京して将軍宣下を受けることにより、その価値がいっそう高まったといえる。むしろ、この段階の信長は義昭と共同して、天下統一を図ろうとしたと推測される。単独で天下を掌握し、自らが天下人を志向していたとは、少々考えにくいところである。

室町幕府再興を成し遂げた義昭は、大いにはしゃいでいた。将軍宣下を受けた直後の十月二十二日、義昭は十三番の能楽の興行を命じた（『信長公記』）。しかし、これに水を差すように、信長はまだ隣国の平定が終わっていないという理由によって、十三番から五番に短縮をさせている。信長の目的は室町幕府再興だけでなく、とりあえず畿内の平定にあった。将軍を拝命して喜ぶ義昭の気楽さとは、かなり異なるようである。

その後、義昭は久我通俊、細川藤孝、和田惟政を通して、信長に副将軍か管領職に准じるという申し出を行った（『信長公記』）。義昭は信長に対して、感謝の思いを伝えたかったのだろうが、信長はこれを辞退した。このことについて、『信長公記』の筆者・太田牛一は、「希代の御存分の由、都鄙の上下これに感じ申候」という率直な感想を漏らしている。牛一は義昭の破格の申し出に対して、都と田舎とでのあまりの差に感じ入ったのであろう。それは具体的にどういうことなのか。

義昭は「将軍」とみなされていても、田舎にいればさほどの存在ではない、しかし、京都で室町幕府を再興したことによって、信長を副将軍か管領職に准じることができる。都鄙の上下とは、「将軍が京都にいれば、かくも差があるものだ（信長を副将軍か管理職に准じることができる）」という具合の感想であったように思える。つまり、将軍は京都に存在してこそ、より高い価値を有したといえよう。ここで、義昭が信長を副将軍か管領職に准じようとした件について考えてみたい。

副将軍は「軍防令」第二十四条に規定があり、平安時代には実際に任命された者もいたが、中世以降では二次史料でしか任命が確認できない職である。たとえば、『太平記』（巻一九）は、足利尊氏が将軍宣下を受けた際、弟直義が「日本ノ副将軍」になったと記す。また、応永二十三年（一四一六）の上杉禅秀の乱後、今川範政はその功によって、足利義教から「副将軍」を与えられたという。しかし、いずれも軍記物語に書かれたことであり、まったく確証を得ない。

管領は室町幕府の職掌の一つで、将軍を補佐する職である。この史料の問題は、「准じる」という言葉にあろう。「准じる」には「ある基準のものと同様に考える」という意味があり、正式な任命を意味しない。義昭にとって信長は恩人でありながらも、一家臣に過ぎなかった。信長はそのことを感じ取って、「准じる」ことすら辞退したと推察される。

永禄十二年（一五六九）三月、正親町天皇は信長を副将軍に任じるため、勅旨を下したが（『言継卿記』）、信長は最後まで回答することはなかった。この辺りに関しては、研究者によってさまざまな見解が提示されているが、信長が義昭の配下になることを嫌ったのはたしかである。あくまで義昭と対等という立場にこだわった。副将軍を受けない以上、わざわざ拒否して正親町天皇の心証を悪くする必要もない。明確に答えないということが、イコール「受けない」という信長の気持ちを意味したと考えられる。

このように、義昭は室町幕府を再興するという念願を叶えたので、少々浮き足立った感がある。一方で、信長は周囲に目を向けて、至って冷静であった様子がうかがえる。そして、義昭から重職に任命されることも本意ではなかった。こうした二人の志向性の相違は、のちのちに確執を生むことになる。

信長に擦り寄る義昭

信長を副将軍や管領に准じようと考えた義昭であったが、これは断られてしまった。しかし、何とか信長に感謝の気持ちをあらわしたかったようである。以後も義昭は、何かと信長に与えようとする。

『信長公記』巻一の永禄十一年十月二十五日条には、義昭が信長に送った感状が記載されている（「古今消息集」などにも同史料あり）。内容は、凶徒（三好三人衆など）をことごとく退治し、足利家（室町幕府）再興に力添えをしたことに対するお礼である。信長の武功を「武勇天下第一」と称え、宛てどころには「御父織田弾正忠殿」と記されている。義昭は信長の武功を最大限に評価し、さらに父のように慕っているのである。

それだけではない。同時に、義昭は信長の「大忠」に報いるため、将軍家が用いる桐紋と二引両《ふたつびきりょう》の紋を与えている。これについて太田牛一は、「前代未聞の御面目重畳書詞に尽し難し」と感想を漏らしている。「前代未聞の名誉なことであり、この上もなく喜ばしいことで言葉にすらできない」ということになろうか。とにかく信長にとって、破格の扱いであった様子をうかがうことができる。

さらに注目すべきは、信長に管領家の斯波氏の名跡を継がせようとしたことである（「古今消息集」）。いうならば、信長を足利氏の一門に加えようとしたことになろう。義昭からすれば、信長を事実上滅亡した斯波氏の名跡を継がせて一門衆に加え、自らのコントロール下に置きたかったと推察される。このほか、参考までに『足利季世記』や『重編応仁記』によると、近江など五ヵ国、および兵衛佐の官途を与えようとしたという。しかし、信長は義昭から受けた三通の御内書のうち、一通は辞退したと伝えている。

三通の御内書とは、先述した①信長の武功を称えたもの、②足利家の家紋の使用を許可されたもの、③斯波氏の名跡の継承を許可されたもの、になろう。辞退した御内書とは、③であった。これは自筆の御内書であったが、信長は「斯波氏の名跡の継承は家の名誉ですが、私はもともと陪臣の家の出なので、拝受するのは恐れ多いことでございます」という理由で、辞退したのである（『重編応仁記』）。信長が辞退した理由は編纂物に書かれたものであるが、その後、信長は斯波氏を名乗っていないので、事実と見てよいであろう。

なぜ、信長は斯波氏の名跡の継承を辞退したのであろうか。①については常識的に考えて、まったく辞退する必要はない。②については、足利家と同格の扱いになるので、これまた辞退する必要はない。しかし、③に関しては、足利氏一族の管領・斯波氏の名跡を継ぐとなると、話は別である。義昭の配下に収まることは、理屈のうえで副将軍や管領という立場と同じで、必然的に断らざるを得なくなる。

時代はすでに形式的なものから、現実的な感覚に移行していたといって過言ではない。信長は将軍・義昭という権威をいただきながらも、現実には自身の軍事力が最大の武器であることを知っていた。信長は義昭を連携のパートナーとして尊重はするものの、あえてその秩序に組み込まれるのは嫌っていた。逆に、義昭にとっては、何とかして信長の心をつなぎとめたかったと推測される。それは、皮肉なことに義昭自身が、信長の軍事力が唯一頼りになることを知っていたからである。

こうしたやり取りがあった直後の同年十月二十五日、信長は岐阜に帰ることになった。理由は明らかにされていない。あるいは、岐阜へ帰ろうとする信長を引き止めるために、義昭は①〜③の措置を行ったのであろうか。ところが、この時点で義昭と信長は、別に仲が悪かったわけではない。義昭は信長に擦り寄ったが、信長は例えるなら義昭を単にビジネス・パートナーとしか見ていなかった節がある。ドライな考えである。二人があれこれやり取りをしている中で、ついに事件が勃発した。

永禄十二年（一五六九）一月、三好三人衆と牢人となった斎藤龍興らが義昭の居所である六条本圀寺を襲撃するという事件があった（『言継卿記』など）。京都にいた明智光秀らが救援に駆けつけ、何とかこれを撃退している。岐阜で過ごしていた信長は、この一報を聞くや否や、わずか十騎ほどの手勢を引き連れ上洛した（『信長公記』）。信長が義昭の身を案じていなければ、こうした対応は取らないであろう。

慎重を期した信長は、義昭の身を守るため、堅固な御所を築くことにした（『言継卿記』など）。そのため、尾張以下十四ヵ国の武士に対して、御所造営の協力を要請した。場所は、二条付近である。御所は防禦体制を固めるべく、堀や石垣を築くなどして堅固なものになった。造営では信長が陣頭指揮を取る場面もあり、力の入れようが伝わってくる。御所は防禦面だけではなく、名石や名木を集めるなど景観にも配慮した。こうして御所の周りには義昭の家臣が集住し、ひとまずは安心ということになったのである。

以上のように、義昭と信長はそれぞれに思惑がありながらも、微妙かつ良好な関係を築いていたのである。しかし、両者の関係は御所造営以後、悪化の一途をたどることになる。

信長との確執

信長と義昭の確執が見られるようになるのは、三好三人衆による六条本圀寺襲撃事件と新御所造営の直後である。その契機になったのが、永禄十二年一月に信長が定めた、いわゆる「殿中掟九ヵ条」と追加の「七ヵ条」である。その概要について、次に確認することにしよう。

最初は、「殿中掟九ヵ条」を取り上げよう。室町幕府の再興が成ると、御部屋衆などの仕官が復活することになった。それだけではなく公家衆などの参勤、惣番衆などの伺候などもあり、ようやく幕府が形になった。まず「殿中掟九ヵ条」の前半四ヵ条では、そうした人々の勤務体制について、先例を守るように指示している。旧来における室町幕府のシステムの踏襲である。

第五条から第八条は、室町幕府の訴訟・裁判に関わるものである。①裁判を内々に将軍に訴えること（直訴）の禁止、②奉行衆の意見を尊重すること、③裁判の日をあらかじめ定めておくこと、④中次の当番を差し置いて、別人に披露することがないこと、を定めている。いずれも幕府において、公正・公平な裁判を執り行うための措置といえるであろう。そして、最後の九条目は、門跡などが妄《みだ》りに伺候することを制約したものである。

次に、追加の七ヵ条は、室町幕府の訴訟・裁判に関わるもので、「殿中掟九ヵ条」の第五条から第八条の補足的な意味合いを持つ。直訴の禁止や裁判を起こすものは奉行人を通すことなどが定められているが、注目すべきは第一条と第七条になろう。第一条は寺社本所領の当知行安堵の原則を定めており、第七条は義昭が当知行を安堵する場合は、安堵の対象者に当知行が虚偽でない旨の請文を提出させることを規定している。ちなみに当知行とは、現実に当該地を知行している状態を示す。

戦国史研究で数々の業績を挙げた池上裕子氏の指摘によると、一連の項目については特に目新しいものではなく、すでに室町幕府で規定された基本的な事項であるという（『織田信長』）。そして、信長は幕府を機能させ、京都や畿内の秩序維持を期待したと指摘する。池上氏の指摘にあるように、信長が室町幕府―守護体制の再構築や公武統一政権の可能性を模索したとは、とうてい思えない。旧来における室町幕府のシステムをそのまま復活させようとしたのである。

それにしても、感じるのは信長の「おせっかい」ぶりである。「おせっかい」というよりも、越権行為というか内部干渉とも言える行為である。つまり、信長は自らが将軍になるつもりもなく、ましてや将軍配下の副将軍や管領になるつもりもなく、室町幕府を温存した体制を志向したと考えられよう。「名」ではなく「実」を取ればよいのである。

ところが、さらに本書四〇ページでも触れたとおり、翌永禄十三年一月になると、信長は「五ヵ条の条書」を定めている。説明は繰り返さないが、信長が幕府や朝廷の温存を意図したことは明らかであり、本来のあるべき姿を提示していることになろう。そして、たとえ義昭が将軍の地位にあろうとも、パートナーである信長の意向を尊重するように、ということを言いたかったと考えられる。義昭にとっては屈辱的なことであったかもしれないが、圧倒的な信長の軍事力の前に黙っているよりほかはなかった。

こうして、渋々ながらも信長との共同歩調を取った義昭であったが、ついに両者の仲は決定的に破綻することになる。元亀三年（一五七二）九月のことであった。いったい何が起こったのであろうか。このとき信長は義昭に対して、突如「異見十七ヵ条」を突きつけたのである（『尋憲記《じんけんき》』など）。その名のとおり十七ヵ条にわたるこの条文には、何が書かれているのか。次に、順次確認することにしたい。

信長の「異見十七ヵ条」

信長が「異見十七ヵ条」を発したのは、元亀三年（一五七二）九月のことであるが、日まではわかっていない。この「異見十七ヵ条」は、『信長公記』と興福寺別当・大僧正を務めた尋憲（二条尹房《ただふさ》の子息）の日記『尋憲記』に記載されている。その中で、特に重要な箇所を取り上げることにしたい。

まず第一条には、義昭の兄・義輝が朝廷への措置を十分行わなかったことを受け、信長は朝廷に配慮を怠らないように申し出ていた。しかし、義昭は朝廷に対する配慮を失していたので、信長から指弾されている。幕府が朝廷に対して、経済的支援などを行う配慮を欠いていたことは、信長にとって見過ごすことができなかった。それが、将軍の重要な役割と認識していたからであろう。同時にこの条文から、信長は朝廷を温存しようとした意図を読み取ることができる。

第二条では、義昭が御内書を発して、諸国から馬を徴発したことが信長から咎められている。すでに、義昭が御内書を発給する場合は、信長の副状が必要であると取り決めていたので、義昭の約束違反であった。信長は形式として義昭を戴きながらも、実質的には対等のパートナーとみなしていた証左となろう。同時に、この前年の元亀二年（一五七一）には、本願寺顕如、浅井長政、朝倉義景、武田信玄、上杉謙信らに御内書を送り、反信長勢力を取り込もうとしたことが知られている。こうした事実についても、信長は承知していたのである。

第四条は、義昭が什器類を他所へ移すとの噂が流れたことで、このことによって京都市中が騒ぎ立てているというのである。信長はわざわざ義昭のために御所を造営していたので、御所を造作したことが無駄になったと憤慨しているのである。信長にしてみれば、義昭のことを思いやっていたのに、不可解に思ったに違いない。

第五条・七条では、信長が昵近《じっきん》（親しく近侍している者）している者を疎んじていること、また信長が口添えした人々を顧みなかったことを挙げている。いうならば、信長のメンツを潰したということになろう。

第十条では、「元亀」の年号が不吉であるので改元を薦めたところ、これを無視して行わなかった。これは第一条と同様に、朝廷を疎かにしたということになる。

第十二条・十四条では、諸国から進上された金銀を不当に溜め込んでいること、城米（兵粮米）を売却して、金銀に交換していることが挙げられている。さらに第十六条では、義昭配下の者たちが武具や兵粮を売り払い、金銀に換えていると指摘された。

彼らは牢人となって、義昭とともに京都を出奔するとのことが、下々まで噂していると記されている。つまり、信長は義昭が叛旗を翻し、京都を出て行くと考えたのである。

最後の第十七条で信長は、義昭が諸事について欲にふけっており、土民や百姓までもが義昭を「悪しき御所（悪い将軍）」と申していると断罪した。それは、赤松満祐《みつすけ》に謀殺された足利義教に匹敵する存在であるとまでいわれている。「異見十七ヵ条」には、ほかにも義昭の悪行（信長から見れば）が書き連ねられているが、要するに「義昭は将軍の器ではない」と言いたかったのである。

以上の言葉は、信長の義昭に対する金言（いましめや教えとして手本とすべき言葉）であったが、義昭は「異見十七ヵ条」を目にして、「金言御耳に逆り候」という感情を抱いた（『信長公記』）。つまり、信長の金言は、義昭に受け入れられなかったのである。このことによって、信長と義昭の関係は、完全に破綻したのであった。

戦う義昭――反信長包囲網の構築

軍事力で圧倒的に劣る義昭であったが、彼のほとんど唯一の強みは、現職の将軍であるということであった。信長と袂を分かったにしても、各地には義昭を推戴しようとする有力な諸大名が存在したのである。上杉謙信や武田信玄などが代表である。義昭が信長に叛旗を翻すことができたのは、唯一、そのことだけが頼みであったといえよう。

こうして元亀四年（一五七三）二月、ついに義昭は軍事行動を起こすに至り、二条御所で挙兵をしたのである。『信長公記』には、「公方様御謀反」と書かれているが、義昭は早速、苦境に立たされる。その最大の理由は、これまで連絡を取ってきた頼みの綱の信玄が、同年四月十二日に亡くなったからである（叛旗を翻した時点では重篤であった）。もう一人の大切なパートナーである謙信は、「上意御手違候」と感想を漏らしているように、いささか拙速な対応と感じる始末である。信長は義昭の籠もる二条城を包囲し、優位に立ったのである。

義昭は、信玄の死を知らなかったといわれている。慎重な態度をとるのであれば、信玄の上洛を待つのが妥当だったかもしれない（信玄に上洛の意思はなかったという説もある）。ところが、この義昭の窮地を救う者があった。正親町天皇である。正親町は関白二条晴良《はれよし》と武家伝奏二人を派遣し、二人の間に和睦を成立させたのである。信長が和睦に応じたということは、心の底では義昭と戦いたくないという気持ちがあったのであろう。ちなみに、同年二月、信長は子を人質として義昭に和睦を申し入れているが、これは拒絶されている。

一方の義昭は自分が挙兵すれば、各地の大名が自分に馳せ参じると、楽観的な観測をしていたのであろうか。義昭は一回の敗北に懲りなかった。同年七月、義昭は信長との和睦を破棄すると、槇島城（京都府宇治市）に籠もって、再び信長に叛旗を翻したのである。槇島城は義昭の重臣・真木島昭光《まきしまあきみつ》の居城であり、宇治川水系に築かれた堅固な城郭として知られていた。

しかし、信長の軍勢を前にして、義昭の夢と希望は無残にも砕かれることになった。同年七月十七日、槇島城に攻撃を仕掛けた信長は、早くも翌日には義昭を降参に追い込んでいる。ここに至って、ついに室町幕府は事実上滅亡した。その後の措置であるが、信長は義昭を殺さなかった。『信長公記』によると、「天命恐ろしき」ということが、理由として提示されている。かつて将軍を殺した者で、まともな人生を全うした者はいない。そのことを憂慮したのであろう。

代わりに信長は、義昭の子息である義尋《よしひろ》を人質として預かった。信長が人質として義尋を抱え込んだということは、まだ将軍という存在に価値があったからと認めたからである。そして、義昭は本願寺顕如の斡旋によって、三好義継の居城である若江城（大阪府東大阪市）に移ったが、室町幕府再興の執念は決して衰えることがなかった。

義昭は上杉謙信、毛利輝元、本願寺などと連携し、「打倒信長」「室町幕府再興」をスローガンにして、戦いを継続することになる。

ところが、義昭の執念とは裏腹に、舞い込むのは悲報ばかりであった。同年八月、長らく懇意にし友好関係にあった越前の朝倉義景、近江の浅井長政が、信長の前に屈したのである。二人の死によって、義昭の立場はますます苦しくなった。逆に、信長の威勢は増すばかりであり、義昭は苦渋の決断を迫られる。このとき義昭に手を差し伸べる大名があった。彼こそが毛利輝元なのである。次に、その辺りを確認しておこう。

毛利氏を頼って

信長を前にして、劣勢に追い詰められた義昭であったが、ここで一筋の光明が差すことになる。それが毛利氏の存在であった。

ここまで毛利氏については特に触れなかったが、両者は緊密な関係にあった。元亀四年（一五七三）二月、義昭は毛利輝元に右馬頭という官途を与えた（「毛利家文書」）。義昭は官途授与によって、毛利氏を味方に引き付けようとしたのである。むろん右馬頭という官途は、領国内においても対外的にも支配の実効性を担保するものではない。

むしろ、その権威的な側面に大きな意味があった。

毛利氏を味方にすべく、ついに義昭は動き出す。天正元年（一五七三）八月、若江城にあった義昭は小早川隆景と吉川元春に対して、御内書を発給している（「小早川家文書」「吉川家文書」）。御内書の内容のポイントは二つある。第一は、義昭が信長に敗れた今、もっとも頼りにしているのは毛利氏であり、早々に上洛して畿内統一を図りたいということである。信玄が亡くなり謙信の上洛の可能性が薄い中で、義昭は毛利氏に最後の期待をかけたのである。

もう一つ重要なことは、大坂本願寺、根来寺《ねごろでら》等も味方であることを伝えた点である。こうした宗教勢力も相当な軍事力を擁しており、しかも畿内に拠点を保持していたことが利点だった。義昭は二つのメッセージを送ることによって、毛利氏を抱え込もうとしたのである。ここまで義昭が毛利氏を頼るのは、むろんその強大な兵力が目当てであったと考えられる。両者の間をつないだのは、毛利氏の政僧である安国寺恵瓊であった。

一方で、毛利氏にとって心中は複雑である。義昭の「打倒信長」の思いは強かったかもしれないが、毛利氏にすれば信長との対立は避けたいところであった。たしかに義昭に近づくことにより、将軍の権威を背景に上洛を果たし得るかもしれない。しかし、すでに畿内に勢力を伸ばしていた信長と戦うことは、得策でないと分析したことであろう。政僧・安国寺恵瓊は中央政界の事情に明るく、その情勢判断には卓越したものがあった。熟慮の末に毛利氏が取った策は、信長と義昭の間に和睦を結ばせ、義昭を再び上洛させることであった。

信長と義昭の間を取り持つ交渉は、何も毛利氏が自ら担当するわけではない。それは、三人の人物（取次）に託されていた。毛利氏を代表して交渉役を担当したのは、先述した安国寺恵瓊である。信長方の交渉役を務めたのは、当時まだ木下姓を用いていた秀吉であった（のちの豊臣秀吉）。交渉役に秀吉が起用されたのには、もちろん理由がある。毛利氏と織田氏との接触が始まったのは、永禄十一年（一五六八）のことであるが、織田方の申次《もうしつぎ》を担当したのが秀吉だったのである（「小早川家文書」）。

最後の一人は、天台宗の僧侶であった朝山日乗である。日乗が起用されたのは、朝廷との関わりがあったからだと推測される。それは、永禄十三年（一五七〇）一月、信長が五ヵ条の条書を義昭に突きつけたときと同じ構図である。信長と義昭の和睦については、朝廷も一枚嚙んでいたといえるかもしれない。

ここで、改めて日乗について触れておきたい。出身地は、その姓が示すとおり出雲国朝山郷（島根県出雲市）とされてきたが、近年では美作国という説が有力である（朝山が姓を示すか、法名とするか見解が分かれる）。日乗は京都三千院で出家し、後奈良天皇から上人号を与えられた。永禄十年（一五六七）九月以後は、上洛した信長と朝廷間の周旋を務めるなど交渉役を担当していた。また、キリスト教嫌いとして知られる人物である。晩年は信長の面前でフロイスとの宗論に敗れ、信頼を一気に失っている。

天正元年（一五七三）九月、信長・義昭間の調停がようやく動き出した。その事実は、義昭の書状によって知ることができるが（「乃美文書」）、それはとうてい義昭の意に沿うものではなかった。これまで義昭は、毛利氏に味方になるよう説得を続けてきたが、肝心の毛利氏は明らかに信長寄りであった。毛利氏は落ち目の義昭ではなく、信長に近づこうとしたのである。このように、義昭は毛利氏が信長サイドに擦り寄ったことを知ったので、書状で毛利氏に強い不快感を示したのである。

対応に苦慮したのは毛利氏である。毛利氏は義昭、信長の両者に対して「良い顔」をしたかったのかもしれない。非常に微妙な立場であった。そこで、毛利氏が採った策は秀吉を通して、義昭の上洛が実現するよう信長に諷諫《ふうかん》を依頼することであった（「毛利家文書」）。諷諫とは、「それとなく諫める」という意味である。以上の対応から、毛利氏は信長と義昭との関係改善に腐心していたことがわかる。

信長は毛利氏の提案に同意し、早速、義昭の配下にある上野秀政と真木島昭光を許した。一方で、輝元は事態を円滑に進展させるため、義昭に信長との交渉を進めることを受諾して欲しいと伝え、強く京都に戻ることを勧めた(「別本士林證文」)。使者となったのは安国寺恵瓊であったが、信長と義昭との狭間にあって、非常に困難な立場に立たされていたことをうかがうことができる。

義昭の立場に立てば、不倶戴天の敵である信長を打倒するため毛利氏を頼ったのに、逆に、信長との和平を薦められる始末である。それゆえ義昭が毛利氏に強い不快感を示すのは、ある意味で理解できないこともない。しかし、頼られた毛利氏にすれば、織田氏と交戦するのはリスクが高いと判断したに違いない。その辺りは、恵瓊の助言などがあったと考えられる。むしろ、義昭のほうが信長に圧倒されながらも戦おうとするのであるから、冷静な分析を行っていたのか疑問といえよう。

こうして曲折を経たものの、義昭と信長はともに交渉のテーブルにつくことになる。天正元年(一五七三)十一月五日、信長との和平交渉に応じるため、義昭は河内国若江城から和泉国堺へと出てきた(「年代記抄節」)。その間、義昭は多くの武将に供奉されており、その忠節に対して礼を述べている。そして、義昭は恵瓊、秀吉、日乗の三人と和睦の交渉に臨んだ。その内容については、同年十二月十二日の恵瓊の書状に詳細に記録されている(「吉川家文書」)。以下、交渉の内容を確認しておこう。

義昭が非常に強いこだわりを見せたのは、人質を信長から取るということであった。すでに、義昭は実子の義尋を人質に取られており、それに対抗する措置であったと推測されるが、秀吉は信長からの人質供出を拒否した。冷静に考えてみると、劣勢なのは義昭のほうであるから、ごく自然な回答であったといってもよい。信長の圧倒的に有利な立場を義昭は十分に理解していなかった。義昭が人質の供出に固執したため、秀吉はやむなく交渉を打ち切り、和泉堺をあとにしている。

秀吉が交渉のテーブルから去ったのち、恵瓊と日乗は和睦に応じるよう義昭を説得した。義昭が信長から人質を取るなどは、恵瓊でなくても誰にも無理であることは容易に判断できたが、義昭はそれが理解できなかった。次に憂慮されたのは、義昭が毛利氏を頼り安芸国へ下向することであった。恵瓊は義昭が安芸に下向することが、反信長の意思表示となることを恐れた。そのような事情から、恵瓊は義昭に対して、安芸国へ下向することは迷惑であると申し入れている。

義昭は和睦が暗礁に乗り上げたので、わずかばかりの供を引き連れ、小舟で紀伊国宮崎浦（和歌山県有田市）へ渡海し、近くの興国寺（和歌山県由良町）に滞在した（「道成寺縁起」奥書）。義昭が宮崎浦に下向した事実は、信長が伊達輝宗に送った書状より明らかである（「伊達家文書」）。この書状の中で、信長は義昭の行為を「逆心」と断じている。もはや信長にとって、かつての盟友で将軍でもあった義昭は、単なる反逆者に過ぎなかったのである。まさしく謀反人であった。

一方、義昭は六角承禎に書状を送り、紀伊国に移ったことを報告している（「織田文書」）。義昭の打倒信長の執念は衰えることなく、承禎に協力を呼び掛けたのであった。むろん協力を呼び掛けたのは六角氏だけではなかったが、毛利氏のような有力者と手を結べなかったのは、大きな痛手であった。

このようにして、天正元年段階における義昭と信長との和睦交渉は、失敗に終わった。『吉川家旧記』によると、恵瓊は信長と直に面談して「毛利家の人々とは先年より申通候、向後以テ水魚ノ思を可成」という言葉をもらった。信長は毛利家に対して、隔心のないことを確約しているのである。一連の和平交渉の中で、毛利氏は義昭を救おうとしたが、それは果たすことができなかったのである。

鞆幕府の成立

ところが、こんなことで怯《ひる》まないのが足利義昭であった。室町幕府再興を悲願とする義昭の執念は、尋常ならざるものがあった。紀伊国にあった義昭は、「天下再興」を名目として上杉謙信に「打倒信長」を呼び掛け、各地の大名間紛争の調停に乗り出すなどし、存在感を強くアピールしたのである。義昭は紀伊国の領主湯河氏のような領主クラスをはじめ、遠く薩摩国の有力な戦国大名島津氏まで声をかけていた。紀伊国に下向以後も、義昭は各地の大名に檄を飛ばし、室町幕府再興の夢を追い続けたのである。

天正四年（一五七六）二月、義昭は突然行動を起こす。密かに義昭は紀伊国を舟で出発すると、毛利氏領国である備後国鞆津に到着した（「小早川家文書」など）。誠に思いがけない行動であった。

広島県福山市にある鞆津は、今も中世の趣を残す港町であり、岡山県との県境に位置している。当時、備後国は毛利氏の支配下にあったが、毛利氏領国の東端に位置していた。義昭は鞆に押し掛け、毛利氏に「信長が輝元に逆意を持っていることは疑いない」と主張し、信長と戦うよう求めた。まだ、毛利氏は信長と決裂していないので、あえて安芸の本国に義昭を迎えなかったのかもしれない。

義昭の鞆への渡海は、毛利氏頭痛の種となった。信長にしても、毛利氏にしても、互いに交戦は避けたかったはずである。したがって、義昭の強引な毛利氏に対する申し出は、相当な困惑をもって迎えられたことであろう。ところが、畿内とその周辺の政治的な状況は、一刻の猶予も許さないものがあった。

天正三年（一五七五）十一月、但馬国山名氏の重臣八木豊信は吉川元春に宛てて、書状を送っている（「吉川家文書」）。その内容とは、明智光秀がかねてから丹波国に侵攻していたが、やがて抵抗する荻野氏らを攻め滅ぼし、丹波の大半を掌中に収めたことが書かれていた。この書状からもわかるとおり、畿内周辺で信長は確実に威勢を伸張しており、さらに西へと進出するのは自明であったといえる。

たとえば、播磨国の赤松氏、龍野赤松氏、小寺氏、別所氏そして浦上氏などは、すでに上洛して信長に挨拶をしており、その配下にあった（『信長公記』）。各地域の有力な名族といえども、信長の軍門に下るか、攻め滅ぼされるか、二つの中から選択を迫られたのである。それは、毛利氏も例外ではなかった。

毛利氏はこうした政治的情勢を分析した結果、全面的な信長との対決は避けられないと結論付けるに至った。天正四年（一五七六）五月、ついに毛利氏は義昭の受け入れを決断したのである。毛利氏に受け入れられた義昭は、「帰洛（＝室町幕府再興）」に向けての援助を吉川元春、平賀氏、熊谷氏などに依頼した（「吉川家文書」など）。この時点で、毛利氏は義昭を擁立し、信長と戦うことを決定したのである。

当初、鞆にあった義昭は、同地の小松寺に住居を定めたという。のちに、義昭は横山修理進という地侍の屋敷を召し上げ、現在の福山市熊野の山田という場所に移り

(『吉田物語』)、その後、さらに現在の福山市津之郷へ移動した。しかし、そこでは義昭と恵瓊が連絡をするのが不便であったのか、備後国安国寺をその拠点に改めている。同寺の住持を恵瓊が務めていたことも、少なからず関係していたと考えられる。鞆滞在中の義昭は、毛利氏とコンタクトをとるために恵瓊との連絡を密にした。

義昭は精力的に活動し、相変わらず上杉氏、北条氏らの有力大名に援助を呼び掛け、打倒信長のメッセージを送り続けた。すべては、室町幕府を再興するためである。一方、義昭がなみなみならぬ力を注いだのは、室町幕府の下地となる組織作りであった。それは、毛利輝元に対して、副将軍職を与えるというものであった。その根拠史料は、六年後の天正十年(一五八二)二月に書き残された吉川経安《きつかわつねやす》の置文である(「石見吉川家文書」)。そこには、「毛利右馬頭大江輝元朝臣副将軍を給り(以下略)」と記されている。

義昭は鞆に本拠を移した際、輝元に副将軍という役職を与えた。室町幕府再興を目指す義昭にとっては、将軍あってこその副将軍であり、大きな意味があったのかもしれない。副将軍については、すでに述べたとおり、この時代に実際に存在したか否かよくわからない職でもある。

室町時代の最盛期、将軍の配下に管領が存在し、将軍の意を守護らに伝え、逆に守護らの意見を取りまとめて将軍に伝達するなどしていた。しかし、享禄四年（一五三一）に細川高国が摂津国大物《だいもつ》（尼崎市）で横死して以後、基本的に管領は設置されていない。応仁・文明の乱以降、守護は自らの領国へ戻り、室町幕府の全国支配のコントロールは効かなくなっていた。以後、将軍を支える役割は、特定の大名たちが担うことになる。義昭の場合でいえば、最初は織田信長であり、のちに毛利輝元になった。

最末期の将軍を支えるのは単独の大名であり、それはかつてのように守護をたばねる「管領」ではなく「副将軍」と認識されたのである。同じような例は、義昭以前にも大内義興《よしおき》や六角定頼《さだより》などで確認できるが、大内義興らに「副将軍」が与えられていない点を考慮すると、「副将軍」の意義はやや疑問であるといえる。

ごく普通に考えるならば、「副将軍」とは義昭が信長や輝元に気を良くしてもらうために言い出したのかもしれない。古代の軍防令には規定されているが、幻の官職といってもよい。しかし、注意すべきは輝元が副将軍に任じられたことを示す史料は、六年後に成立した回顧談的なものに過ぎない。副将軍職を過大評価するのは、少々危険である。

鞆幕府の評価と内実

義昭の執念は、やがて「鞆幕府」という形で結実した。最初に「鞆幕府」について論じたのは、藤田達生氏である。現役の将軍である義昭は、鞆に御所を構えて幕府を維持し、多くの奉行衆・奉公衆を擁していた。いうなれば幕府の必要条件を整えており、まさしく「鞆幕府」と言うべき存在なのである。早速、義昭は毛利輝元を「副将軍」に据えたのであるが、輝元以外の「鞆幕府」の構成員とは、いったいどのようになっていたのであろうか。その概要を確認することにしよう。

鞆幕府の構成員は、在京時の幕府の奉行人・奉公衆、毛利氏の家臣、その他大名・国人衆で占められていた。毛利氏の中では、輝元をはじめ吉川元春、小早川隆景などが中心メンバーであった。さらに、三沢、山内、熊谷などの毛利氏家臣も加わっていたことを確認できる。幕府を支える人材が少ない以上、毛利氏の人材に頼ることも止むを得なかった。ここで重要なことは、彼ら毛利氏家臣の多くが義昭から毛氈鞍覆《もうせんくらおおい》・白傘袋の使用許可を得ていることである。

毛氈鞍覆・白傘袋の使用は、守護や御供衆クラスにのみ許され、本来は守護配下の被官人には許可されなかった。そうしたことから、将軍によって毛氈鞍覆・白傘袋の使用許可を得た守護配下の被官人らは、ごく一部に限られ、彼らは守護と同格とみなされた。本来、毛利氏の家臣が許されるようなものではなかったのである。つまり、三沢氏などは、義昭から最高の栄誉を与えられたことになる。

しかし、現実には室町幕府の衰えが目立ち始めてから（十六世紀初頭以降）、礼銭と引き換えにそれらの使用を許可されることが頻繁になった。栄典授与の形骸化であり、インフレと称することができよう。ただし、本来の価値を失っていたとはいえ、与えられたほうは大変喜んだと考えられる。それが、将軍の権威であった。

さらに重要なのは、将軍直属の軍事基盤である奉公衆が存在したことである。一般的に、明応二年（一四九三）に起こった明応の政変により将軍権力は大きく失墜し、奉公衆は解体したと考えられている。ところが、義昭の登場以降、奉公衆は復活している。たとえば、美作国北東部には、草苅氏という有力な領主が存在した。当主である草苅景継《かげつぐ》は、義昭の兄・義輝の代から太刀や馬を贈っていた（「萩藩閥閲録《ばつえつろく》」）。つまり、景継は幕府との関係を重視していたということになろう。

景継はその関係を義昭の代に至っても継続しており、ついに奉公衆の「三番衆」に加えてもらうように依頼した。その結果、足利義昭の御内書と上野信恵の副状によって、景継は見事に三番衆に加えられたのである（「萩藩閥閲録」）。その間の事情を記した上野信恵の副状には、次のとおり記されている。

この度、貴殿が熱心に希望をされたので、三番衆に加えることを将軍様（足利義昭）がお聞き入れになり、御内書を作成いたしました。比類なく素晴らしいことです。諸国の侍がわれもわれもと望んでいますが、一切聞き入れておりません。私（上野信恵）の方からも随分と将軍様に執り成しをいたしました。今後も忠節を尽くすようにと、将軍様がおっしゃっています。

かなり大袈裟な表現であるが、草苅景継は奉公衆に加えられたことにより、その喜びは言葉に言い尽くせないものがあったと想像される。

さて、毛氈鞍覆・白傘袋の使用許可にしても、毛利氏家臣が栄典授与などを受けることによって、何か意味があったのであろうか。要するに、奉公衆に加えるにしても、何か意味があったのであろうか。要するに、奉公衆に加えるにしても、他者に対して何らかの形で優位に立てるのかということである。結論から言えば、支配領域での実効支配の強化や戦争などが有利に展開したとは考えられない。ただし、与えられた当人が喜び、権威的なものを手に入れたと感じたことが一番重要だったのではないだろうか。

信長に追放された義昭は、その時点で実権を喪失していたが、半ば「空名」に過ぎない栄典を諸大名に与えることにより、彼らを自らの存在基盤に組み入れる根拠とした。それは、実権を失った義昭にとって最後の大きな武器であり、現職の将軍であることの強みでもあった。

このようにして、何とか奉公衆を組織した義昭であったが、配下には大名たちも付き従った。では、義昭のもとに馳せ参じた大名には、どのような面々が揃ったのであろうか。その一員の中には、武田信景、六角義堯《よしたか》、北畠具親《ともちか》などの聞きなれない人物が存在する。彼らはいかなる人物だったのか。その経歴に触れておきたい。

武田信景は、若狭武田氏の出身である。父は信豊、兄は義統であった。しかし、兄義統の跡を継いだ子息の元明は、越前国朝倉氏の勢力に押され、のちに支配下に収まった。朝倉氏が滅亡すると、織田信長の家臣丹羽長秀が若狭国を支配した。元明には、わずかな所領しか与えられず、若狭武田氏は滅びたのも同然であった。こうした事態を受けて、信景は義昭のもとに参上したといわれている。信長に対しては、良い感情を抱いていないはずである。

六角義堯は近江国六角氏の流れを汲み、義秀の子であるといわれている。六角氏もまた永禄末年に織田信長の攻撃を受け、実体はなかったといえる。武田氏と同じく、信長には好感を持っていなかったであろう。義堯は義昭の配下にあって、重用されたと指摘されている。それは、六角氏と歴代足利将軍との良好な関係があったからであろう。

北畠具親は伊勢国司北畠具教《とものり》の弟で、当初は出家して興福寺東門院主を務めていた。ところが、天正四年（一五七六）に織田信長によって兄・具教が殺されると、還俗して北畠家の復活を目指した。南伊勢に入った具親は、翌年に北畠一族や旧臣とともに挙兵したが、北畠信雄《のぶかつ》（信長次男）の前に敗れ去り、北畠家再興を成し遂げることができなかった。そのような事情から、鞆へ来て義昭に仕えたのである。やはり、信長は不倶戴天の敵であったといえよう。

このように見ると、鞆幕府を構成する中心メンバーは、毛利輝元、小早川隆景、吉川元春の三人であると考えて疑いない。同時に頼りになるのは、毛利氏の家臣であった。ただ幕府を構成するには、形式を整えるため、烏合の衆のような存在でも必要であった。それゆえ、義昭は彼らに毛氈鞍覆・白傘袋の使用許可を与えるなどし、忠誠心を植えつけようとしたのであろう。あくまで主力は、毛利氏であった。

いずれにしても、組み込まれたメンバーの人選については、力量的に少々疑問である。一つのパターンは、奉公衆の看板に魅了されて従った領主層である。残りのパターンは、「信長憎し」で集まった落ちぶれた大名連中である。幕府が全国政権を標榜する以上、多くの諸勢力を糾合する必要があったのかもしれないが、いささか迫力不足である。幕臣も京都にいた頃と比較すると、随分少なくなったと指摘されている。「鞆幕府」と称しているが、実際には先述した寄せ集めにより組織されていたとしか言いようがない。

今から考えると、見掛け倒しのような幕府ではあったが、一定の権威とみなされたのは事実である。特に、中小領主が積極的に加わり、「反信長」の対立軸になったことは評価しうるところである。その理由は、繰り返しになるが、義昭が将軍という権威的な存在であったという点に求められる。しかし、義昭には何ら権力がなく、実態としては毛利氏頼みであった。したがって、形式的には「鞆幕府」と称しうるかもしれないが、その存在自体を過大評価すべきではないと考える。

光秀は義昭と結んだのか——黒幕説は成立するか

本能寺の変における足利義昭黒幕説とは、端的に言えば義昭が光秀に命令して、信長を謀殺させたという説になろう。この説の主唱者は藤田達生氏であり、数多くの史料を検証する中で主張された。ここまで述べてきたとおり、義昭は積極的に有力な諸大名と関わりを持って来たので、光秀と関係したとしても不思議ではない。しかし、決定的な史料を欠くのは止むを得ないところであり、桐野作人氏や谷口克広氏らから批判をされている。以下、二人の批判をもとにして考えてみよう。

一つ目は、大村由己《ゆうこ》の手になる『惟任謀反記』に「光秀は公儀を奉じて二万余の兵を揃え、備中に下ることなく密かに謀反を企てた」という記述である。本来、光秀は備中高松城の羽柴秀吉の救援に向かう予定であった。文中の「公儀」を義昭と捉えると、光秀は義昭を擁立して謀反を起こしたという解釈になろう。しかし、この「公儀」の語については、すでに指摘があるように、義昭ではなく信長を意味する。

嚙み砕いて先の史料を解釈し直せば、「光秀は信長の意を奉じて二万騎の兵を揃えたが、実際には備中に下ることなく、密かに謀反を企てた」ということになる。二万騎の兵を集めたのは義昭のためではなく、信長の命令だったのである。

二つ目は、「本法寺文書」の乃美兵部丞宛て天正十年六月十三日付足利義昭御内書をめぐる解釈である。この御内書は「信長を討ち果たしたうえは、上洛の件を進めるよう毛利輝元、小早川隆景に命じたので、いよいよ忠功に励むことが肝要である……」と解釈された。史料の冒頭の「信長討果上者」（原文）を「信長を討ち果たしたうえは」と解釈することにより、義昭が光秀に命じて信長を討ち果たしたとする。

しかし、こちらも「信長討ち果つる」と読み、「信長が討ち果たされたうえは」と解釈すべきであろう。つまり、義昭が光秀に命じて討たせたというよりも、信長が本能寺の変で横死した情報を得たという解釈になる。そうなると、やはり義昭と光秀との共謀という説は、成り立ち難いと考えられる。

三つ目は、「森文書」の土橋平尉《へいのじょう》（紀州雑賀の土豪）宛て天正十年六月十二日付明智光秀書状の解釈である。同史料はこれまで「なお、受衆が上洛するならば、協力することが肝要である。詳細は義昭様から仰せになるところであるが、未だ連絡していなかったので、義昭様を仲介していただき、大変喜ばしいことである」と解釈されてきた。文中の「受衆《うけしゅう》」は、義昭の謀反に応じた者たちと解釈され、首尾よく信長を果たした光秀と義昭が事前に連絡を取り合ってきたと考えられた。

しかし、現在は「受衆」の崩し字を「急度《きっと》」と読むべきであり、先の解釈は成り立たないと指摘されている。そのほうが妥当な解釈である。土橋氏は紀州にあって反信長の行動を取っており、毛利氏や義昭とも連絡を取り合っていた。土橋氏は情報を光秀に提供しており、この光秀書状はそれに対する返事であるとされている。以上の理由から、この史料は光秀と義昭が事前に通じていたとの証左にはならないと考えられている。

むろん「黒幕」なので、義昭が表立って出てくることは考えにくいのであるが、状況証拠を並べても「足利義昭黒幕説」は成り立ち難いことが指摘されている。そして、何よりも重要なのは、谷口克広氏の次の指摘である。

実は、本能寺の変を四日経過しても、毛利氏は正しい状況をつかんでいなかった。六月六日付の小早川隆景の書状によると、「京都のこと、去る一日に信長父子が討ち果て、同じく二日に大坂で信孝が殺害されました。津田信澄《のぶずみ》、明智光秀、柴田勝家が策略により討ち果たしたとのことです」とある（「萩藩閥閲録」）。信長が殺されたのは未明なので一日でよいとしても、信孝が殺害されたというのは明らかに誤報である。光秀の勢力に津田信澄や柴田勝家が加わっているのもおかしい。

まさしく谷口氏が指摘するように、義昭だけが正しい情報をつかんで光秀とともに打倒信長を果たし、毛利氏には適切な情報を与えないというのは不可解である。単純に考えてみても、「足利義昭黒幕説」は成り立たないのである。次章では、もう一つの有力な説である「朝廷黒幕説」について考えてみたい。

【付記1】
「森文書」の明智光秀書状は、原本が出現した。藤田達生「美濃加茂市民ミュージアム所蔵（天正十年）六月十二日付明智光秀書状」（『織豊期研究』一九号、二〇一七年）

を参照。なお、足利義昭黒幕説に関わる史料の読み方については、拙稿「足利義昭黒幕説をめぐる史料について」(『研究論集　歴史と文化』四号、二〇一九年)に詳述したので参照されたい。

【付記2】

鞆幕府の体制が脆弱であったことについては、水野嶺「足利義昭の栄典・諸免許の授与」(『国史学』二一一号、二〇一三年)も参照。

第五章

天皇の立場

――天皇・朝廷黒幕説の検証

戦国期の天皇

本能寺の変の首謀者をめぐっては、もう一つ重要な説として、「朝廷黒幕説」なるものがある。ごく簡単にいえば、日頃から信長は朝廷を圧迫しており、朝廷は強い危機感を持っていた。そこで、朝廷は背後で光秀を突き動かし、本能寺の変で信長を殺害させたというのである。センセーショナルな内容だけに、一時は多くの支持を得た説でもある。果たして、この説は妥当であるといえるだろうか。

この説の可否を考える前に、戦国期の天皇が置かれた状況について、少し考えてみたいと思う。

おおむね応仁元年（一四六七）の応仁・文明の乱を境にして、天皇家の凋落は著しくなる。この点については、天皇家は窮乏化していたという説とそうでないという二つの説がある。おそらく現在においても、「窮乏説」を支持する方が多いのではないだろうか。結論からいえば、生活ができないほど窮乏していなかったが、天皇家としてふさわしい活動には支障を来たしていたというのが適切と考える。

近世に至ると、天皇も含め公家の苦しい生活が揶揄され、おもしろおかしく創作された節がある。こうした編纂物や創作物の影響を受けて、「戦国期の天皇の生活は窮乏化していた」と指摘されてきた。中には、かなり荒唐無稽な逸話も見受けられるが、天皇が窮乏していたという見解は、徐々に否定されつつある。

現実に支障を来たしたのは、即位式が挙げられない、改元の費用が準備できない、「治天《ちてん》の君」になることができない、といった点であった。たとえば、即位式や改元については、相当の費用を要した。十分な費用が準備できないために、「挙行できない」あるいは「遅延する」という事態が発生したのである。ちなみに「治天の君」とは、当時の天皇は早くして天皇位を譲って、上皇となって院政を行うことを意味する。即位式などで費用がかかるために、院政もできないという状態が続いたのである。

戦国期の天皇は、そうした厳しい状況を打破するため、あらゆる手段を講じている。一例を挙げると、金銭と引き換えに、大名たちに古典を書写して与えるなどは、ごく当たり前のことであった。天皇の直筆を「宸筆」と称するが、地方の大名などは大金をはたいてでも、それを入手したいと考えたのである。大名たちにとって、天皇とはたとえ実権がなくても、権威的な存在としてありがたがられた。

何よりも天皇家の大きな収入源だったのは、官途の授与である。書写された古典と同じく、官途は地方の大名から渇望された。ときには申請した大名の家柄を考慮すると、バランスを失するような官途が与えられたこともあるなど、大金に目をつぶったこともたびたびであった。天皇は官途を授与できる、唯一の存在だったのである。こうして天皇家は、何かにつけて費用の負担を諸大名に呼び掛け、諸行事や生活の資に当てていたのである。

ところで、天皇家はなぜ生き残ったのかという問いが、よく発せられている。その回答は必ずしも明確にできるわけではないが、これまで築かれてきた国家秩序の根幹には、常に天皇の存在があった。天皇を打倒すれば、その専権事項である年号の制定、官途の授与といったものにどう関わっていいのか混乱を来たすことになる。いわば超越した存在である天皇を温存する必要があると、大名たちは無意識のうちに悟っていたといえよう。

戦前・戦中において、信長は御所造営などで積極的な姿勢を見せてきたため、「勤皇家」であるとの評価を与えられてきた（『皇室御経済史の研究（正篇・後篇）』『織田時代史』など）。いずれも天皇を賛美した時代の研究であることから、そうした評価を与えているのは止むを得ないところであるが、戦後になると信長の評価は一転して、逆に天皇家を圧迫する存在とするものが目立つようになった。それゆえに天皇家は信長を排除せざるを得ず、光秀に命じて殺害させたということになろう。

実は、そうした信長の天皇家に対する扱いについては、最近になって別の評価が与えられている。本章では先学に基づいて、これまでの信長と天皇をめぐる出来事や、その評価について考えてみたいと思う。

信長と朝廷との関係

信長は、天皇・朝廷に対してさまざまな対応や政策を行ってきた。それらの一部に関しては、すでに第四章でも触れたが、ここでは改めて信長と朝廷との関係に焦点を合わせて触れておきたいと思う。

足利義昭が信長に推戴され入京し、室町幕府の第十五代将軍に就任したのは、永禄十一年（一五六八）十月のことである。信長と義昭は相互補完の関係にあり、さほど上下関係はなかった（義昭は自身が上と思っていたに違いないが）。信長は圧倒的な軍事力を背景にしているので、実質的には信長が上であったのはたしかである。それゆえ、信長は義昭に対して、暗に対等の関係を要求したといえる。

永禄十二年（一五六九）十月、突如として信長は、京都から本拠地である岐阜に戻ることになった（『御湯殿上日記《おゆどののうえのにっき》』など）。信長が下向した理由は、義昭と徐々に不和になりつつあったことに求められる。信長の美濃下向の一報を聞いて驚いたのは、正親町天皇である。正親町は即座に慰留に動いた。正親町は義昭ではなく、信長がいるから京都の治安が守られていると考えたのであろう。それゆえに信長を慰留したのであるが、信長は応じることがなかった。

翌永禄十三年(一五七〇)一月、信長は義昭と和解するため、五ヵ条にわたる条書を定めている。朝廷との関係を考えるうえで、非常に重要なのは次の第五条の条文である。

天下静謐のため、禁中への奉公を怠らないこと。

この条文は極めて短いものであるが、信長は義昭に対して、天皇・朝廷への奉公を重視し、決して蔑ろにしてはいけないと説いている。信長にとっての天下とは、少なくとも朝廷と幕府との関係を抜きにしては語ることができず、その政策は意外なほど保守的である。信長は義昭が将軍に就任したものの、「朝廷への奉仕」という本来の役割を果たさないことに憤りを感じていたのである。

ここまで言うだけはあって、信長の朝廷への奉仕は徹底している。永禄十一年(一五六八）十月、信長は朝廷の命を受けて、山科家領の旧領還付や京中の御料諸役の勤仕を徹底するよう努めている（『言継卿記』）。この対応は、経済的に困窮する天皇や公家の意向に沿った政策を採用していることを意味する。天皇、公家、寺社は荘園を経済的な基盤としていたが、戦国時代に至って徐々に侵食されつつあった。当知行安堵や旧領還付などは、救済策というべきものである。

そして翌永禄十二年（一五六九）一月、信長は二十一ヵ国の諸大名らに対して、「禁中御修理」を命じた（『二条宴乗《えんじょう》日記』）。御所はたびたびの戦乱の中で修繕を要していたが、ごく小規模なものを除いて、これまで本格的に行われることがなかった。信長は、それを実行に移したのである。その後、実際に「禁中御修理」が行われたことは、『言継卿記』や『御湯殿上日記』で確認できる。このように見ると、信長は禁中に対する奉仕を着々と進めており、朝廷との融和を図ったといえる。

むろん、信長の支援に対して、朝廷も応えなくてはいけない。永禄十二年（一五六九）三月、正親町天皇は勅旨を下し、信長を副将軍に任じようとした（『言継卿記』）。しかし、信長は正親町に対して、受けるとも受けないとも回答をしなかった。この点については、さまざまな見解があるものの、信長が義昭の配下に収まるのを潔しとしなかったのであろう。明確に回答しないということは、正親町の心証を損ねることなく、暗に「受けない」ことを意味したと考えられる。

この時期の信長は、天皇や将軍を推戴することによって、自らの権力を全国（この段階では畿内中心）に示すことに腐心していた。それゆえにわざわざ義昭を擁立して、京都に入り室町幕府再興を支援したのである。しかし、肝心の義昭は本来の将軍としての役割を全うせず、とりわけ朝廷を蔑ろにすることは信長にとって許せないことであった。その点で信長と義昭の考えには、大きな認識の隔たりがあったのであろう。

したがって、朝廷への奉仕という役割については、信長が果たさざるを得なくなった。禁中修理や皇室領の保全は、その一端といえよう。天皇や朝廷に対しては、信長が特に敵対心を持っていたとは思えない。むしろ逆であり、温存しながら自らの権力を伸長しようとしていた。朝廷の立場からすれば、それを歓迎したに違いない。

以下、信長と天皇・朝廷との関係について個別の事象を取り上げ、もう少し詳しく見ることにしよう。

信長と官途

各地の大名は官途や栄典授与を欲して朝廷に献金をしたが、信長は官途について、どう考えていたのであろうか。この点についても、これまで多くの研究者によってさまざまな説が提示されてきた。以下、信長と官途の問題について、検討することとしたい。

天正二年（一五七四）三月、信長は従五位下に叙され昇殿を果たした。さらに翌年十一月には権大納言と右近衛大将を兼ねている。幕府は近衛府の唐名で、近衛府の長官が近衛大将だった。信長の任官は、室町幕府の将軍の例にならっており、朝廷も信長を将軍と同じように処遇していたことを意味しよう。しかし、実際の信長の昇進スピードは速く、義昭を上回るものがあった。

特に、右近衛大将の任官に際しては、室町幕府の将軍のケースと同じくわざわざ陣儀を開き、陣宣下があったほどである。このとき信長は禁裏に陣儀を建立させているが、それは本式のものであったという（『兼見卿記』）。信長は朝廷や幕府の伝統的権威を重んじていたので、本式にこだわったのだろう。

その後も信長は順調に昇進しており、天正五年十一月二十日には、ついに右大臣兼右近衛大将に任じられた（『公卿補任』）。右大臣という地位は、令制の官職において太政大臣、左大臣に次ぐナンバー3の位置にあった。いかに信長が権力を握ったからとはいえ、右大臣という地位は破格といえる。むろん、朝廷は信長を疎かにしてはならないと考えたのであろうが、信長はさほど令制の官職に興味を示さなかったといわれている。

翌年一月、節会を催すため、信長はその費用を自身で負担している。節会とは、節日そのほか重要な公事のある日に、五位または六位以上の諸臣を朝廷に集め、天皇が出御して催した宴会のことである。このときの節会は、信長の「任大臣」のものである。しかし、朝廷には独自に節会を催す費用がなかったため、絶えて久しかった。信長が節会を復活させたということは、朝廷への奉仕の一環と考えてよいであろう。

ところが、信長は右大臣という栄誉にすがりつくことはなかった。天正六年四月九日、突如として信長は、右大臣兼右近衛大将を辞したのである。順調に栄達の道を進んでいただけに、実に不可解なことであった。実は、源頼朝がほんの短い期間で、権大納言兼右近衛大将を辞した例にならったともいわれている。信長が職を辞した理由については、辞官の奏達状によると次の三つが挙げられている（『兼見卿記』）。

①未だ征伐が終わることがない（敵対勢力が残っている）ので官職を辞退したい。
②全国平定を成し遂げた際には、登用の勅命を受けたい。
③顕職（重要な地位）は、子息の信忠に譲りたい。

①については、これまでも信長が右大臣兼右近衛大将の職にあって、各地で戦い続けていたので、大きな理由とは言い難い。ましてや信長は、通常の公家のごとく朝廷に奉公をしていたわけではないのである。②については、①と連動しているが、天下平定を条件に今後任官することを否定しない含みをもたせている。③については、重要な地位を信忠に譲りたいと意思表示しており、織田家自体が今後の官職を受けないことを表明したわけではない。ただ、重要なのは、信長が正二位を返上していないという事実である。

この点に関しては、「朝廷の枠組みから解放されようとした」「天皇を自身の権力機構に取り込もうとした」という説もあるが、信長の朝廷政策を考慮すると考えにくい。信長の神格化へとつながるとも指摘されているが、論拠が乏しいといわざるを得ない。また、正二位に止まったことに関連して、「のちに太政大臣に就任する意向があった」という説も提示されているが、こちらも論拠が薄いといえる。

むしろ、堀新氏が指摘するように、信長は正二位に止まって朝廷との適度な距離を保ちつつ、子息・信忠を任官させたと考えるほうが妥当であろう（『織豊期王権論』）。信忠に官職を与えることによって、相応の権威を備えさせる意味があったのである。特段、信長は官職に強い執着心を持っていたという節がない。逆に、その利用法を心得ていたのではないだろうか。信長が配下の者に官途の推挙をほとんど行わなかったことも、大きく関係しているように思える。

天正九年（一五八一）三月七日、信長は左大臣に推任されたが、信長の回答は正親町の譲位後に官位を受けたいというものであった。朝廷では、信長の申し出に対して「当年、金神により御延引」と回答している。金神とは陰陽道でまつる神のことで、殺伐を好むおそるべき神であり、この神の方位は大凶方とされていた。そのような理由から、正親町天皇は譲位を行わなかった。朝廷の意向を汲み取り、信長は譲位を勧めなかった。なお、譲位の件は後述したい。

三職推任問題

信長と官職の問題は、これだけに止まらなかった。その一つが、三職推任問題である。

天正十年四月二十五日、朝廷は信長に対して、関白・太政大臣・将軍のいずれかに推任しようと申し出た（『天正十年夏記』）。公家・武家のもっとも重要な職を三つも挙げている事実は、大変注目に値する。任官を信長に熱心に勧めたのは、正親町の皇太子である誠仁《さねひと》親王であった。誠仁親王は、「どのような官にも任じることができる」

ことを信長に伝えている（「畠山記念館所蔵文書」）。ちなみに信長と誠仁親王との関係は、実に円満であったことが指摘されている。

ところで、三職推任に関しては、信長が強制したものであるという説がある。信長研究を精力的に進めた立花京子氏は、一連の事実を記した勧修寺晴豊《かじゅうじはれとよ》の『天正十年夏記』の「被（助詞の「らる」）」の用法を検討した結果、三職推任を持ち出したのは、信長配下の村井貞勝であると指摘した（『信長権力と朝廷　第二版』）。ただし、その後の研究によって「被（助詞の「らる」）」の用法に疑問が提示され、この説も後退せざるを得なくなっている。

何よりも問題なのは、信長が三つのうちどの官職を望んでいたのかということになろう。この点を考えてみよう。

将軍職に関しては、どうであろうか。当時対立していた足利義昭は力を失ったとはいえ、未だその地位にあったので、信長の将軍任官は困難であったと考えられている。手順としては、義昭の将軍職を解いてから、信長を将軍職に就けるということになろう。朝廷にとっては義昭を解官する手続きが必要なので面倒であるが、あえて将軍職を提示したのは、その準備があったと考えられる。ただし、これまでの信長の態度に明らかなように、朝廷との付かず離れずの姿勢を見ると、とうてい将軍職を受けるとは思えない。

太政大臣に関しては、いかがなものか。天正十年五月、近衛前久が太政大臣の職を辞していることが確認できる（『公卿補任』）。この事実をもって、信長が太政大臣に任官することを想定しての措置であったと指摘がされている。たしかに可能性としてはありうるかもしれないが、史料的裏付けが乏しいと考えられる。また、関白については、これまで五摂家にのみ任官が許されてきたので、現実問題として難しいと考えるべきかもしれない。三職推任の問題は、どのように考えるべきであろうか。

鍵を握るのが、『天正十年夏記』の記述である。信長方との交渉に臨んだ勧修寺晴豊は、「関東討ちはたされ珍重候間、将軍ニなさるへきよし」と回答している。この時点で、信長は甲斐の武田勝頼を天目山で滅ぼしていたので、武家の棟梁としてふさわしい将軍に任じるのが妥当であると考えたのであろう。朝廷の意向は、将軍職であった。

かつて、信長は天下を平定した際に官位を授かってもよいと述べているので矛盾しない。それは鎌倉幕府を開き、征夷大将軍に就任した源頼朝の先例にならったものと考えられよう。以上の経過を検討すると、そもそも朝廷は信長に将軍職を与える予定であったという理解が示されている。ただ、信長がこの提案を受け入れる気があったか否かは見解が分かれ、信長は最初から将軍職を受ける意思がなかったとも考えられている。

その後の経過を確認しておこう。信長は、正親町天皇と誠仁親王に対して返書を送り、晴豊も村井貞勝の邸宅を訪れて、信長からの返事を聞いている。ただし、残念なことに、信長の回答は伝わっていない。信長が三つの官職の中からどれを選択したのか、あるいは三つとも拒否したのか不明なのである。そのような事情があって、信長がどの官職を受けるつもりであったのか否か大きく見解が分かれ、論争となっている。

信長は朝廷への奉仕を怠らなかったが、その理由はより高い官途を得ることが目的ではなかった。逆に、奉仕を受けた朝廷のほうが、何かしら信長に気を遣って官職を与えようとしている。信長は朝廷における太政大臣や関白職に就任しても、全国支配の裏付けにならないことを熟知していたのではないか。各地を逃亡する足利義昭を見れば、将軍職でさえも同列に過ぎなかったのである。

したがって、信長は天皇・朝廷から三職推任という話がありながらも、そのいずれも断ったというのが事実ではなかったかと考える。その後、朝廷で補任の動きがないことを勘案すれば、もっとも妥当ではないか。信長の全国平定は私利私欲のためでなく、「天下のため」という大義名分があった。そのためには、天皇の権威というものを最大限に尊重する必要があり、自己の権力と直接結び付けることに重要な意味があった。信長にとって官職は大きな意味を持たず、武家の棟梁のシンボルである将軍職ですら、たいして重要ではなかったのである。

改元問題をめぐって

信長の朝廷に対する奉仕は、改元にまでも及んでいる。次に、その経過を確認することにしよう。

元亀三年（一五七二）三月二十九日、朝廷は幕府（義昭）と信長に対して、改元を実施するように命を下した（『御湯殿上日記』）。一般的に考えると、改元の作業は天皇・朝廷の専権事項であるが、これまでの例を踏まえると、実際には費用負担の面も含めて、武家側（室町幕府と）との共同作業であったといえる。

改元に関しては、第四章で触れた「異見十七ヵ条」によって、次のように信長は義昭に意見をしている（『信長公記』『尋憲記』）。

元亀の年号が不吉なので、改元はもっともなことであり、天下の沙汰を実行すべきであると義昭に申し上げた。

通常、改元は①天皇の代始《だいはじめ》、②祥瑞の出現、③天変地異、疫疾、兵乱など、④讖緯《しんい》説による辛酉《しんゆう》革命、甲子革令の年、⑤室町時代以後将軍の代始、を契機にして行われた。この場合は、③が相当する。改元には儀式などが伴い、費用負担がかさむことから、必ずしも朝廷が単独で行ったわけではなく、幕府の力が必要であった。

この中で信長は「天下」という言葉を用いているが、これは自身が全国（この段階では畿内中心）の支配権を掌握したことを示すとともに、私利私欲でなく「天下のため」と自己を正当化する二つの意味で使用している。そうした点で、信長にとって改元は大きな意味があり、朝廷の意向に沿って大いに賛意を示したうえで、義昭に改元への協力を進言した。現実に、年号勘者（年号の案を作成する職）の宣下が下されるなど、粛々と改元の準備は進められたのである（『康雄《やすお》記』など）。

朝廷は幕府と信長に改元を命じているが、実際に主導権を握っていたのは幕府であった。今回、朝廷が信長を通して命を下したのは、幕府側の義昭を信長が支える体制になっていたからで、むろん信長の力も頼りにされていた。同年四月九日、結果として幕府（義昭）が改元費用を進上しなかったため、このときには改元が実施されなかった（『御湯殿上日記』）。それゆえに、信長は「異見十七ヵ条」を義昭に突きつけたのである。

なぜ、義昭は改元の費用を負担しなかったのか。その理由は明らかではない。当時、義昭は「室町幕府再興」に腐心しており、朝廷の存在は眼中になかったと考えられる。そもそも改元に関心がなかったのかもしれない。義昭が改元を行わなかったことについて、『信長公記』『尋憲記』には次のとおり記されている。

禁中で改元を行なおうとしたものの、幕府(義昭)は少しも費用などを仰せ付けになりませんでした。今は、改元が遅々として進んでいません。改元は天下のために行なうもので、決して疎かに考えてはなりません。

この記録を見る限り、信長は義昭にかなり批判的であったことがうかがえる。しかし、改元の費用は、信長が負担すればよいという問題ではなかった。改元は幕府が主導権を握っていたと言える理由の一つとして、改元後に幕府で改元吉書が執り行われる必要があったことが挙げられる。改元吉書後、はじめて改元が有効となった。信長には改元吉書に携わる資格がなかったので、義昭の怠慢ぶりに心底苛立っていたのである。

実際に、元亀から天正に改元されたのは一年後のことであった。その経過を考えてみたいと思う。

元亀四年（一五七三）二月・三月を境にして、信長と義昭との関係は急速に悪化し、ついには断交に至った。そして、同年七月二十一日、信長は朝廷に対して、元亀改元の提案を行ったのである（『御湯殿上日記』）。信長の提案を受けた朝廷は、早速改元へ向けた作業を開始した。同年七月二十八日、態勢の整った朝廷は、信長に対して改元を執り行うことを報告したのである。もはや将軍・義昭の姿は京都になく、頼りになるのは信長だけであった。ところで、このとき信長は、「天正」という年号を希望したとされている（『壬生家四巻之日記』）。

普通、新年号を決める際には、学識ある年号勘者が過去の年号を調べ（中国なども含め）、中国の古典などをもとに案を作成する。その後、複数の新年号の候補を審議し、天皇が最終的に決定することになっている。元亀改元の場合、「天正」以外にも複数の候補が挙がった。しかし、改元が急であったことと、十分に勘者の人数が確保できなかったため、候補の中から「安永」「天正」が最終候補として選ばれている（『改元部類』）。

『改元勘文部類』によると、天正には「清静なるは天下の正と為る」という意があと記されている（出典は『老子』）。まさしく、信長の考えに合致するものであった。

信長が改元に積極的に関与した理由は、いかなるところにあったのか。義昭が姿を消して以降、信長は武家側のトップに立ったという意識が生じた。速やかに改元を行うことは、その重要な役割の一つである。新年号「天正」に込められた思いは、「清静なるは天下の正と為る」こと、つまり信長が目指した「天下静謐」と合致した。新年号について記した綸旨には、「天下静謐安穏」と記されている（『東山御文庫記録』）。

信長が年号制定に希望を述べたのは、極めて異例であったが、これは天皇の職権を侵すものではなかった。「天下静謐」という信長の考えは、正親町天皇と共有した思いであったからである。信長は改元を通して天皇を推戴する決意を強く固め、もはや形式だけとはいえ、将軍である義昭との対決を有利に進めようとしたと考えられる。

暦問題について

次に取り上げるのは、暦の問題である。一見大した問題でないように受け取られがちであるが、暦は時間の支配に関わる大きな意味があった。ことの発端は、天正十年（一五八二）一月のことである。信長は陰陽頭・土御門《つちみ》久脩《かどひさなか》が作成した宣命暦《せんみょうれき》（京暦）を取り止め、尾張国など関東方面で使用していた三島暦《ごよみ》の採用を要望したのである

（『晴豊記』など）。こうした要望は異例でもあり、信長が朝廷を圧迫したものの一つと解釈されてきた。

宣明暦とは中国から貞観元年（八五九）に伝来した暦法のことである。以来、宣明暦は江戸時代の貞享元年（一六八四）までの八百年間も利用されたが、大きな問題があった。たとえば、日食や月食の記載があっても、実際には起こらなかったことがたびたびあり、不正確であったようである。そのような事情から、貞享元年以降は渋川春海《はるみ》が作成した貞享暦《じょうきょうれき》が用いられるようになった。

信長が要望したのは、以下のような内容である。宣明暦では、天正十一年（一五八三）正月が閏月に設定されていたが、三島暦では天正十年十二月が閏月である。信長は三島暦のほうに合わせて、天正十年十二月を閏月にするよう要望したのである。天正十年二月に検討された結果、当初の宣明暦のとおり天正十一年正月に閏月を定めることになった（『天正十年夏記』）。信長の意に反した結果がもたらされたのであるが、ことさら信長は強硬な姿勢や態度をとったわけではない。いったんは納得したのである。

事態はこれで収束しなかった。再び信長は、この問題を蒸し返す。事態が急展開を遂げたのは、本能寺の変の前日の天正十年六月一日のことである。この日、公家衆は信長の滞在する本能寺を訪れた。そのとき信長は公家衆に対して、再び宣明暦から三島暦に変更するよう迫ったのである。その理由は詳しく記されておらず、長らく謎であったが、桐野作人氏が新しい説を提示している。

桐野氏の研究によると、理由は宣明暦が六月一日の日食を予測できなかったからであると指摘されている。では、信長はなぜ、日食が把握できなかったことを問題視したのだろうか。当時は現在のように科学が十分に発達しておらず、日食や月食は不吉なものと捉えられていた。日食や月食が起こると、朝廷では天皇を不吉な光から守るため、御所を筵で覆うようにしていたとされている。迷信ではあるが、当時は真剣に考えられていたのである。

同年六月一日、信長は自身で日食を確認し、宣明暦の不正確さを再認識した。つまり、信長が暦の変更を強く迫ったのは、天皇を不吉な光から守るためだったのである。宣明暦では日食を予測できず、三島暦のほうが正確であると、信長は改めて認識した。そのことを信長は公家衆に伝えたかったのである。信長は自身が慣れ親しんだ三島暦を用いるようゴリ押ししたのではなく、あくまで天皇の身を案じたのである。

信長が三島暦を強要した理由については、これまでどのように考えられてきたのか。一説によると、本来は天皇の掌中にあった「時の支配」を信長が掌握し、正確な暦法の確立を目指したという指摘がなされている。簡単にいえば、信長が天皇の権限の一つを奪取しようとしたといえよう。しかし、これまでの信長の天皇・朝廷対策を見る限り、三島暦を提案した理由は天皇の身を案じたと見るほうが妥当なようである。信長は「天皇を守りたい」という親切心で、三島暦の採用を進言したと推測される。

正親町天皇の譲位問題

次に取り上げるのは、信長が勧めたという正親町天皇の譲位の問題である。譲位問題に関しては、その意味をめぐって多くの議論が展開されてきた。ごく簡単にまとめると、①信長が正親町天皇に譲位を迫り朝廷を圧迫した、②譲位の申し出を受けた正親町天皇は信長に感謝の気持ちを持った、という真っ向から対立する二つの見解が提示されている。まずは、正親町天皇の譲位問題に関わる事実の経過を確認することにしたい。

譲位問題が起こったのは、天正元年（一五七三）十二月三日のことである。信長は正親町天皇に対して、譲位を執り行うように申し入れを行った（『孝親《たかちか》公記』）。正親町天皇は信長の申し出を受け、譲位の時期について関白二条晴良《はれよし》に勅書を遣わしている。正親町は快諾したのであろう。晴良は勅書を受け取ると、すぐに信長の宿所を訪れ、正親町天皇が譲位の意向を示している旨を家臣・林秀貞に申し伝えた。すると、秀貞は次のように回答した。

今年はすでに日も残り少ないので、来春早々には沙汰いたしましょう。

「御譲位・御即位等次第」の具体的な内容は伝わっていないが、晴良は余すところなく伝えたと記しており、日程に加えて費用の問題に関しても協議が行われたと推測される。戦国期になると経費負担が足かせとなり、天皇が即位式を行えない事態が発生した。実際に譲位を実施すると、右から左へと天皇位を譲るだけで終わらない。即位式やその後の大嘗祭などを挙行するのに、かなりの費用が必要であった。ところで、信長の譲位の勧めに対して、正親町天皇はいかなる考えを持っていたのであろうか。

正親町天皇は信長からの譲位の申し出について、次のように感想を述べている（「東山御文庫所蔵文書」）。

後土御門天皇以来の願望であったが、なかなか実現に至らなかった。譲位が実現すれば、朝家再興のときが到来したと思う。

いうまでもなく、正親町天皇は大変喜んでいるのである。戦国期の天皇は生存中に譲位することなく、死ぬまでその地位に止まっていた。これは、本来の天皇家の姿ではない。譲位を歓迎するのは当たり前であった。この点について、もう少し詳しく考えてみよう。

院政期以後、一般的に天皇は譲位して上皇となり、上皇が「治天の君」として政務の実権を握るようになった。しかし、戦国期に至ると、そうした状況は大きく変化を遂げる。たとえば、後土御門、後柏原、後奈良の三天皇は、生存中に譲位することがなかった。彼らが亡くなってから、天皇位は後継者の皇太子に譲られたのである。

もちろん、そうした事態は、彼らが望んだものではなく、即位の儀式や大嘗祭などには莫大な費用がかかるため、譲位をしたくてもできなかったというのが実情であった。むろん彼らは、費用負担を各地の戦国大名に依頼するなどの努力を惜しまなかったが、ついに希望を叶えることができなかったのである。

以上の理由によって、正親町天皇は信長の申し出に対して、いたく感激したのである。早速、朝廷では譲位に備えて、即位の道具や礼服の風干を行ったが（『御湯殿上日記』）、ついに信長の存命中に譲位は挙行されなかった。義昭との関係が破綻してから、信長はその対応に苦慮しており、多忙を極めていた。譲位が執り行われなかったのは、信長側の事情が大きかったと推察される。

ところが、信長が正親町天皇に譲位を迫った件については、天皇への圧迫と捉える論者も存在する。要するに、信長は嫌がる正親町天皇に譲位を迫り、窮地に追い込んだということになろう。つまり、信長と天皇は対立していたという視点である。このように考えると、朝廷が裏で明智光秀を操り、本能寺の変を引き起こさせたとしてもおかしくない。実に由々しき問題であるが、ここまでに述べたとおり、信長が譲位を通して天皇を圧迫したという指摘は的を射ていないと考える。

したがって、従来の説で指摘されたように、信長と朝廷との間に対立があったという考え方は、今後改めて見直す必要があろう。逆に、正親町天皇は信長の提案を受け、喜んで譲位を受け入れたと解釈すべきなのである。

馬揃えの意味

もう一つ信長が朝廷を圧迫しようとしたと捉えられているものとして、京都で挙行された馬揃えの件がある。

第二章で触れたとおり、天正九年（一五八一）一月十五日、信長は馬廻衆を安土城に招き、左義長を催した。左義長では、派手に爆竹も鳴らされたことが記されており、見物人がどっとはやし立てたという。同時に織田家の一門がほぼ勢揃いし、信長自らが豪華な衣装を身にまとって登場するほどであった。とりわけ騎馬行列は多くの見物人の目を引き、皆一様に驚いた。このイベントの話が正親町天皇の耳に入り、関心を寄せていたようである。そして、京都においても、馬揃えが挙行されることになったのである。

同年一月二十三日、京都における馬揃えの準備は明智光秀に任された。馬揃えとは、要するに信長軍団の軍事パレードのようなものである。その規模は実に壮大であった。参加者の規模も大きかったが、駿馬を準備するための努力も最大限に行われた。徳川家康も鹿毛の駿馬を一頭贈っている。馬揃え当日には、正親町天皇のために禁裏の東門付近に行宮《あんぐう》が設けられた。信長の力の入れようが伝わってくる。

天正九年（一五八一）二月二十八日、信長は正親町天皇を招き、禁裏の東門外で壮大な馬揃えを行った（『御湯殿上日記』など）。場所の長さ（南北）や幅（東西）については諸説あるが、長さ（南北）は約四三六〜八七二メートル、幅（東西）は一〇九〜一六三メートルもあったという。参加した武将は約七百名であり、見物人は約二十万人であったといわれている。騎馬武者の衣装もきらびやかで、公家衆が参加したことも注目すべきであろう。この壮大な馬揃えを見れば、参加した誰もが信長の威勢に圧倒されたはずである。

ところで、信長が馬揃えを行った本心は、いったいどこにあったのであろうか。信長は天下（＝畿内）が治まりつつある中で、正親町天皇と誠仁親王に奉公すべきものと考えていた。『信長公記』には、「天下（＝畿内）において馬揃えを執り行い、聖王への御叡覧に備える」とある。これは、信長の畿内近国制覇を誇示し、信長軍団の威勢の顕示と士気高揚を目的としたものであろう。結果、「このようにおもしろい遊興を正親町天皇がご覧になり、喜びもひとしおで綸言を賜った」とある（『信長公記』）。正親町天皇は大喜びだったのだ。

これまでは、信長がこの正親町天皇に壮麗なる馬揃えを見せ、その軍事力を顕示し、正親町を威圧して譲位を迫ろうとしたという見解があった。ところが、先例にならって正親町天皇は譲位を望んでいたので、こうした見解は妥当ではない。信長は天皇の権威を熟知し、利用しながら天下統一を進めようとした。自らの暴力装置（＝軍隊）を見せつけ、威圧することにはさほど意味が感じられない。それならば、ほかに方法はいくらでもあったはずである。あまりに回りくどすぎるといわざるを得ない。

馬揃えの意義に関しては、天下統一を目論む信長が、畿内周辺の諸勢力を集めて自らの力を顕示した点にある。正親町天皇を招き、その面前で馬揃えを執り行ったことに大きな意味があった。天皇を推戴し、自らの権威を高めようとした信長の思惑である。馬揃えという一大イベントは京都だけでなく、全国各地に情報が伝わったことであろう。そうであるならば、信長の本懐は十分に達せられたことになる。

「朝廷黒幕説」は成り立つか

「朝廷黒幕説」の背景には、信長独特の個性や政策が強調されすぎているきらいがある。古典的な研究の中では、信長は中世的なものを打破し、近世への道筋を切り開いた人物と考えられてきた。一言で言えば、「革新的な人物」という評価になろう。しかし、こうした評価については、近年見直しが進んでおり、信長は「中世的なもの」と共存しながら、権力を形成してきたといえる。

そうした先入観も多少影響していると思うが、もう一つは「信長ならば皇位を脅かそうとしたに違いない」という淡い期待感が多少なりともあったのかもしれない。しかし、本章でも触れたとおり、意外なほど信長は保守的であり、天皇に対する奉仕も怠らなかった。虚心坦懐に一次史料を読めば理解できよう。したがって、信長が天皇を圧迫し、両者が対立していたという考え方は、現状ではすっかり鳴りを潜めている。そうした点を踏まえながら、改めて「朝廷黒幕説」について考えてみたい。

ここまで述べてきたとおり、信長と正親町天皇との関係は、対立関係とする説と良好な関係とする説が拮抗してきた。しかし、対立関係を唱える研究者すべてが、それを本能寺の変に絡めて「朝廷黒幕説」を主張しているわけではない。どちらかといえば、信長権力を検討する中で、対朝廷政策について論じたものである。また、かつては「朝廷黒幕説」を主張した研究者の中にも、のちに撤回した例がある。

そうした中で、「朝廷黒幕説」を主張し続けているのが立花京子氏である。立花氏の『信長権力と朝廷　第二版』に収録された諸研究は、丹念な史料の博捜と読み込みにより、多くの読者の支持を得た研究書である。先述した『天正十年夏記』の「被（助詞の「らる」）」の解釈をめぐっては、一時は多くの賛同を得たこともある。その研究上の意義は、極めて重要であるといわなくてはならない。

一方で、立花氏の研究に問題が多いのも事実である。立花氏の研究は緻密で詳細な論証がなされている反面、谷口克広氏が指摘するように、思い込みに基づく論理の飛躍が随所に見られる。また、自説を裏付けるために、価値の低い二次史料を裏付けとして用いるなど、理解に苦しむ点も認められる。谷口氏の言葉を借りるならば、「朝廷関与（黒幕）説は、先入観に導かれて史料を曲解するところから生まれた説」ということになろう。

このように朝廷黒幕説は、誠に興味深い説ではあるが、そもそも信長と朝廷が対立していると考えている点からして成り立ち難いのである。

【付記】

暦問題については、宣明暦（京暦）が正しく日食を予測できなかったため、信長は三島暦に変更するよう申し出たというのが通説だった。ところが、遠藤珠紀「天正十年の改暦問題」（東京大学史料編纂所編『日本史の森をゆく』中央公論新社、二〇一四年）により、宣明暦（京暦）が正しく日食を予測できていたことが判明した。併せて、信長が要望したのは三島暦ではなく、正確には美濃尾張の暦者が作成した暦であることも指摘された。遠藤氏の研究により、信長がどのような意図で暦の変更を迫ったのか、改めて検討し直す必要がある。

第六章

本能寺の変とは何だったのか

信長と光秀の対立軸

本章では、本能寺の変の経過を具体的に探りながら、光秀が謀反を起こした理由について考えることにしたい。

天正十年（一五八二）三月十一日、信長は甲斐の武田勝頼を滅亡に追い込み、天下統一に向けての動きがさらに加速した。このときの軍功によって、滝川一益は上野国と信濃国の一部（小県《ちいさがた》・佐久両郡）を与えられ、「関東管領」と称せられる地位に躍進した。

勝頼との戦いで、もう一人大いに活躍したのが徳川家康であった。家康はその働きによって、駿河国を与えられた。若い頃に散々苦労を重ねた家康であったが、信長に従うことにより、その地位は徐々に上がったのである。早速、家康は駿河拝領の礼を申し述べるため、安土城に伺候することになった。天正十年五月十五日のことである。

家康を饗応すべく、信長から接待係を命じられたのが光秀である。第一章で述べたとおり、このときの光秀の饗応の準備に手抜かりがあり、信長から激しい折檻を受けたという説は、質の劣る史料に記されたことであり信用できない。しかし、このときに信長と光秀との間に何らかのトラブルがあったのは事実である。次に、その事実を示す史料を掲出しよう（フロイス『日本史』。なお、カッコは筆者が補った）。

これらの催し事（家康の饗応）の準備について、信長はある密室において明智（光秀）と語っていたが、元来、逆上しやすく、自らの命令に対して反対（の意見）を言われることに堪えられない性質であったので、人々が語るところによれば、彼（信長）の好みに合わぬ要件で、明智（光秀）が言葉を返すと、信長は立ち上がり、怒りをこめ、一度か二度、明智（光秀）を足蹴にしたということである。

家康の饗応をめぐって、信長と光秀が密室で話をしていたところ、信長の勘にさわる話題が出た。その件で光秀が言葉を返すと、信長は逆上して、光秀を足蹴にしたというのである。なお、この話はフロイスが直接見たのではなく、「人々が語るところによれば」とあるように、伝聞であった。信長がどういう話題によって、光秀を足蹴にしたのかは不明である。この話が事実であるならば、光秀は少なくとも信長に対して、良い感情を抱かなかったはずである。

このあと触れるように、信長は光秀に備中国への出兵を命じているので（中国計略中の羽柴秀吉の援軍として）、光秀に悪い感情を抱いていなかったと考えられる。そうでなければ、対毛利氏の援軍という大役は任せることはできない。フロイスが「元来、逆上しやすく」と述べているように、信長が突然怒り狂って暴力を振るうのは、日常茶飯事ではなかったのか。そうであるならば、信長は光秀に折檻を加えても、しばらくするとすっかり忘れてしまう性格だったかもしれない。概して、暴力的な人物に見られる傾向である。

『日本史』に書かれた「彼（信長）の好みに合わぬ要件」について、桐野作人氏が『稲葉家譜』を用いて興味深い指摘を行っている（『だれが信長を殺したのか――本能寺の変・新たな視点』）。『稲葉家譜』の内容を記すと、次のようになろう。

天正十年、那波直治《なわなおはる》が稲葉家を離れて光秀に仕官したので、怒った稲葉一鉄は信長にこの件を訴えた。光秀は以前にも稲葉家から斎藤利三を引き抜いており、これで二度目であった。訴えを聞いた信長は光秀に直治を稲葉家に返還させ、利三には自害を命じた。しかし、このときは信長配下の猪子高就《いのこたかなり》のとりなしがあったので、利三は助命され光秀に仕えることになったのである。

その際、信長は光秀が法に背いたことに怒り、光秀を呼び出して頭を二、三度叩いた。頭の薄い光秀は付髪《つけがみ》（カツラのようなもの）をしていたが、それが打ち落とされたので、光秀は信長の仕打ちを深く恨んだ。本能寺の変の根本の原因は、ここにあるとされる。直治は美濃に帰り、稲葉家に仕えた。このとき、堀秀政は稲葉貞通《さだみち》（一鉄の長男）に書状を送った。

『稲葉家譜』には、堀秀政が稲葉一鉄と那波直治に送った書状が記載されており、直治の稲葉家帰参を信長が裁定したことを記している。この点について桐野氏は、「同書（『稲葉家譜』）中の堀秀政の書状写しは信頼できると評価しながら、それに関連する叙述は信頼できないと評価するのはいささか矛盾する態度である」と指摘している。この点については、どのように考えるべきであろうか。

私も家譜などの編纂物中の文書については、利用することがある。中には原本が残っていることもあり、内容を吟味すれば利用価値は十分にあると考えるが、家譜に記された地の文（説明や叙述）については、いかがなものであろうか。地の文は、執筆者の思いや執筆（編纂）意図が反映されていることが多く、利用に際しては注意が必要であると考える。『稲葉家譜』に収録された秀政の書状は信頼できるものであると思うが、「直治の稲葉家帰参を信長が裁定した」という事実以外は何ら裏付けとなるものがない。

桐野氏も「とくに信長が光秀の頭を叩いたら付髪が落ちたという一節などは、いかにも見てきたような虚説とするか、あるいはリアリティは細部に宿るとみるか、評価が分かれるところではある」と述べているが、私自身は「光秀の頭を叩いた」以降の記述は、信が置けないと考える。ましてや『稲葉家譜』の記主は、この事実をもって「本能寺の変の根本の原因である」とするが、こうした断言は怪しいと感じざるを得ない。誠に興味深い説ではあるが、さらに検討が必要である。

家譜などの地の文は、現代の歴史学のように科学的かつ公正・公平な態度で書かれているとは限らないので利用の際に注意が必要である。文書が掲載されているということは、地の文の正しさを証明することにはならない。

信長、上洛する

同年五月二十九日早朝、信長は中国出兵に備えて、安土城をあとにして上洛した。安土城は、蒲生《がもう》賢秀《かたひで》らの家臣が留守を預かっている。信長に付き従ったのは、二、三十人ほどの小姓衆のみであったという（『信長公記』）。なぜわずかな人数なのかは、わかっていない。途中、襲撃されることも想定しなかっただろうか。実は同年五月二十一日、嫡男・信忠は家康とともに、先に上洛を果たしており（『言経卿記《ときつねきょうき》』）、多くの馬廻衆が信忠に付き従っていた。それゆえに、信長のお供の数は少なかったのであろう。

さらに付け加えるならば、信長はこの時点において、明らかに光秀が謀反を起こすなどと思っていなかった。そうでなければ、少人数で上洛しなかったはずである。この点は、信長に隙があったといえば、そうなるかもしれない。信長は信忠とともに、三男・信孝の四国攻めを監視・指揮する予定であった（「寺尾菊子氏所蔵文書」）。信長はこれから進展する中国計略と四国出兵を前にして、いささか高揚した気分になっていたであろう。

信長が上洛に際して、歓待を受けたのはいうまでもない。京都の公家たちや吉田神社の神官・吉田兼見《かねみ》（当時は兼和《かねかず》）は、山科まで出迎えに参上した（『兼見卿記』）。しかし、お迎えは無用であるとの森蘭丸の使者の言葉を聞いて、公家衆らは引き返した。このあと、信長が本能寺に入ったのは、五月二十九日の午後四時頃のことである。

上洛後の信長は、実に活発であった。翌日の五月三十日には、多くの公家たちが本能寺に滞在する信長を表敬訪問した（『言経卿記』）。公家だけでなく、町人や僧侶たちも数多く訪れたが、信長は彼らからの進物は事前に断っている。山科言経は、信長に贈った進物を返却された（『言経卿記』）。出迎えの件もそうであるが、信長が彼らとの距離をある程度保っていたことは、誠に興味深い。無用なしがらみを排したかったと推測される。

公家衆らと歓談する信長は、実に上機嫌であった。その話題とは、三月に武田氏を滅亡に追い込んだことや、これから行われる中国計略のことであった。中国計略の出陣日は四日に定めており、まもなく制圧されるであろうことを得意満面に語っている（『天正十年夏記』）。信長の天下統一を成し遂げようとする強い意欲を感じ取ることができよう。光秀を警戒する態度などは、微塵も見ることができない。

このときの話題は、それだけではない。第五章で触れた暦の問題も一つだったが、すでに述べたので繰り返さない。

このように、上洛後の信長は多忙な時間を過ごすことになった。いささか注意すべきは、信長にはわずかな手勢しかいなかったこと、そして、その情報が光秀の耳に届いたと推測されることである。当然、当時は現在のように通信機器は発達していなかったが、さまざまな方法で情報入手を心掛けていたと考えられる。次に、本能寺の変直前における、光秀の動向を確認しておきたい。

光秀、直前の動向

ここまで述べてきたように、光秀と信長との確執をめぐる話は荒唐無稽なものが多く、信を置くことができない。しかし、先述したフロイス『日本史』の記述にあるように、何らかの理由によって、信長が光秀に折檻を加えたならば、本能寺の変直前における光秀の心境は、あまり芳しいものではなかったであろう。本能寺の変直前における光秀の動向について、もう少し考えることにしてみよう。

先述した家康の饗応が執り行われたのは、五月十五日のことである。『信長公記』や『兼見卿記・正本』にあるとおり、料理は京都や堺から珍しいものを取り寄せており、贅を尽くしたものであった。光秀に落ち度があったとの記述はない。したがって、先のフロイスの記述内容（信長の光秀に対する暴力行為）は、家康饗応の件とは無関係であろう。

ほぼ同じ頃、中国計略で出陣中の羽柴秀吉から一報が寄せられてくる。それは毛利氏の軍勢が輝元自らの出陣を計画しており、秀吉が危機的な状況にあるというのである。救援を求める秀吉の報告に対して、信長は自ら出陣を決意した。信長が上洛したのは、そういう背景があったのである。光秀以下の有力な諸将に出陣命令が下され、光秀も五月十七日に安土城から居城のある近江・坂本（滋賀県大津市）へと戻った（以上『信長公記』）。谷口克広氏が指摘するように、以後の光秀は出陣準備に忙殺されたことであろう。

この間の光秀の心境については、諸説ある。たとえば、秀吉の救援の立場であることから、今後の処遇を不安視したとか、出雲などへの配置転換が危惧されたなどの説である。前者については、甲斐の武田氏討伐のところでも述べたが、全員が全員先頭に立って戦うわけにはいかない。救援も立派な仕事である。また、配置転換の話は、すでに否定されている。一ついえることは、名だたる武将に交じって、光秀に救援を要請しているのであるから、少なからず信長が頼りにしたのは事実と考えられることである。

五月二十六日、光秀は坂本から亀山（京都府亀岡市）に移動し、翌二十七日には愛宕山（京都市右京区）にのぼった。愛宕山は火除けでも有名であるが、軍神としての勝軍地蔵が武将の崇敬を集めていた。出陣を前にした光秀は、ここで戦勝祈願をしたのである。神前に額ずいた光秀は、二・三度籤を引いたといわれている。こうした行為は、武将として当たり前のことである。そして、光秀はその日は愛宕山に一泊したのであった。

翌五月二十八日、光秀は連歌会を坊舎・西坊威徳院《にしのぼういとくいん》で開催した。著名な連歌師・里村紹巴以下、錚々たる面々が参加したことが知られている。これが、いわゆる『愛宕百韻』である。このとき光秀は、「ときは今　あめが下知る　五月哉」という発句を詠んだ。これまで、この発句が謀反の意を表明したとされてきたが、すでに第一章で触れたとおり、そうではないであろう。また、かなり深読みした解釈も提示されているが、こちらも先述の理由により賛意を示すことはできない。

和歌や連歌が本歌取り（すぐれた古歌や詩の語句、発想、趣向などを意識的に取り入れる表現技巧）や掛詞（同じ音に二つの意味を兼ね持たせること）など、さまざまな技法を駆使して作品を作ることは承知している。ただ、一ついえることは、わざわざ「これから謀反を起こしますよ」というメッセージをこの場で披露する必要があるのか、ということである。ごく常識的に考えると、不要なことと考えざるを得ない。連歌会を終えた光秀は、その日のうちに居城のある亀山に帰還した。

本能寺の変、勃発

六月一日、丹波亀山城にあった光秀は、ついに謀反を決心するに至った（以下『信長公記』）。光秀は重臣である明智秀満、斎藤利三、明智次右衛門、藤田伝五、三沢（溝尾）秀次《ひでつぐ》と談合を行った。その内容とは、次のようなものであった。

①信長を討ち果たすべく、「天下の主」となるべく調儀（計画）をしっかり行うこと。

②中国へは三草山《みくさ》（兵庫県加東市）を越えるところを引き返し、東に進路を向けて老の坂（京都市西京区）を上って、山崎（京都府大山崎町）から出征することを諸卒に伝え、談合者（明智秀満ら五人）が先手となること。

①は、この時点で光秀が謀反を決意したことを受けて、これから「天下の主」となるべく慎重にことを運んで行きたいということである。「天下の主」とは日本全国ではなく、せいぜい畿内および周辺を指すことになろう。後述するとおり、これまで光秀の脳裏には「信長に対する謀反」の気持ちがたびたびかすめることがあったと推測される。今このときがチャンスであると考えたのである。②は、その後の本能寺襲撃をこの時点で公表せず、談合者（光秀重臣）を先頭に立てて進路変更をしやすくしたと考えられる。

六月一日夜、光秀の軍勢が老の坂に差し掛かると、右は山崎へ続く摂丹街道、左は京都に至る道のある場所にたどり着いた。光秀の軍勢は、左の道に進路を取ると、桂川を越えて京都への道を進軍した。この頃には、翌二日の明け方になっていたという。いよいよ本能寺へ向かって、光秀の軍勢は大きく舵を切ったのである。明智軍は、一万余の軍勢であった。

ところで、本当に明智軍の兵卒は、信長を討伐しようとする計画を知らなかったのであろうか。明智軍に従った本城惣右衛門が晩年に書き残した『本城惣右衛門覚書』には、この間の経緯について詳しく述べられている。行軍中の惣右衛門は、老の坂から山崎方面に行くと思っていたが、行き先が京都であると知らされ、徳川家康を襲撃すると思ったという。それどころか惣右衛門は、本能寺のことも知らないうえに、単に斎藤利三の息子のあとをついて行っただけであると証言を行っている。

一般的な傾向としては、惣右衛門のような兵卒が多かったのではないだろうか。近代の軍隊であれば、作戦が決定すると、部隊長などを通して隅々まで命令が行き渡る。しかし、戦国の世では、とても近代の軍隊のようなシステムのようにいかなかったであろう。上層の家臣は情報を知りえても、末端の兵卒は単に従うだけの存在であったと考えられる。兵卒らも途中で「おかしい？」と感じたかもしれないが、もはや従わざるを得ないような状況になっていたと推測される。彼らは単に戦って、恩賞をもらえればよかった。戦う相手は、ことさら問題ではない。

六月二日、ついに光秀の軍勢が本能寺を襲撃した。当初、信長も小姓衆も下々の者たちの喧嘩と考えたが、どうもそうではなかった。彼らはときの声をあげ、本能寺に鉄砲を撃ち込んできたのである。どう考えても戦闘の始まりであった。このときの信長と森蘭丸との会話を次に再現しておこう（『信長公記』）。

信長「いかなる者の企てか？」
蘭丸「明智の者と思われます」
信長「是非に及ばず」

この「是非に及ばず」という言葉は、これまで「仕方がない」あるいは「光秀ほどの武将が起こした謀反なので、脱出は不可能だ」などの解釈がされてきた。一種のあきらめのようなものであるが、近年では信長がその後も武器を取って奮戦していることから、「是非を論じるまでもない、もはや行動あるのみ」という解釈がなされている（『信長は謀略で殺されたのか――本能寺の変・謀略説を嗤う』）。

そもそも「是非に及ばず」の辞書的な意味としては、「あれこれ議論する必要はない、もはやそういう段階ではない」「どうしようもない、止むを得ない」などがある。いずれも緊急事態に遭遇したときの言葉である。そうなると、新しい解釈のほうが妥当であろう。ただ、信長は光秀を信頼していたと推測されるから、この言葉には無念の気持ちなども込められていたと考える。

信長は自ら武器を取って奮戦したが、所詮は多勢に無勢である。わずかな時間の間に、信長方の形勢は不利になった。信長の小姓衆は、主人を守るため奮闘した。最初、信長は弓を取って、矢を二、三度放ったが、しばらくすると弓の弦が切れたので、今度は槍を手に取って戦った。信長は肘に槍で傷を負うと引き下がり、女中たちに退去を命じた。すると、信長は殿中の奥深くに入り、内側から納戸を閉じると、自害したのである（『信長公記』）。享年四十九。その後、本能寺は炎上した。

信長を討ち果たした光秀軍は、嫡男・信忠の宿所である妙覚寺に移動したが、明智軍は移動に少々手間取ったらしい、その間、本能寺前に邸宅を構える村井貞勝は、子息（貞成《さだなり》・清次《せいじ》）から本能寺が落ちたこと、やがて明智軍がここへ来るであろうことの報告を受けた。このとき信忠は安土城へ逃れればよかったのであるが、もはや逃れられないと覚悟し、逃げる途中に雑兵の手にかかるならば、ここで切腹したほうが良いと決断した（『信長公記』）。

その後、村井貞勝の進言によって、信忠は堅固な構えの二条御所へと移動した。二条御所には、すでに誠仁親王が滞在していたが、避難させた。ここから二条御所での戦いが開始される。光秀軍は一万余の軍勢であったが、信忠軍はわずか数百の兵力で、満足に武器もなかったという。信忠も自ら武器を取って戦ったが、最後には覚悟して切腹をした。介錯を務めたのは、鎌田新介であった（『信長公記』）。

こうして、六月二日の六時頃に始まった戦いは、おおむね九時頃に終了したと考えられている。わずか三時間余の戦いで、光秀は信長を討つという本懐を成し遂げたのである。

変後の光秀

信長を討伐した光秀であったが、いつまでも勝利の余韻に浸っている時間はなかった。とはいいながらも、光秀には「ポスト信長」の政権構想や政策があったとはとても思えない。言葉は悪いが、「泥縄」という印象を拭えないところである。その後の光秀の動きを確認することにしよう。

変後、光秀が取り掛かったのは、信長と信忠の遺体の確認、そして信長方の兵卒の追尾であった（落人狩り）。光秀の心境になれば、信長と信忠が何らかの方法で脱出した可能性もあるので、遺体が見つかるまでは安心できなかったであろう。しかし、信長と信忠の遺体は、ついに確認できなかった。光秀には、いささかの不安が残ったかもしれない。

一方で、落人狩りもかなり丹念に行われた（『信長公記』『言経卿記』）。取り急ぎ、京都市中における織田勢力を断ちたかったと推測される。本能寺の変が勃発したことによって、洛中は不安と動揺で満ち溢れていたが、光秀は探索の手を緩めることはなかった。この状況に不安を隠しきれない本能寺や二条御所付近の都市民は、大挙して御所に押し寄せた（『天正十年夏記』）。御所は、安全地帯であると認識されていたからである。彼らは御所内に小屋を作り、難を逃れようとした。

その後、いったん光秀は居城のある坂本へと戻り、摂津方面の動きを警戒して、勝龍寺城（京都府長岡京市）に三沢秀次を置いた。光秀には、いつまでもグズグズとしている時間はなかった。まず、第一に光秀の味方となる勢力を募り、いち早く臨戦態勢を整える必要があった。第二に、信長に代わる権力者として、取り急ぎ京都支配を円滑に進める必要があった。では、各地で戦っていた信長配下の勢力は、本能寺の変の前後にどのような状況にあったのであろうか。次に示しておこう。

①北陸——柴田勝家を筆頭にして、佐々成政、前田利家、佐久間盛政が加賀、能登、越中の平定に臨んでいた。六月三日には、越中・魚津《うおづ》城（富山県魚津市）を陥落させた。

②中国——羽柴秀吉が備中高松城を攻囲しており、変の前後は和睦に腐心していた。

③関東――滝川一益が上野・廏橋（群馬県前橋市）に滞在していた。
④四国――五月二十九日の時点で、織田信孝以下、丹羽長秀、蜂屋頼隆《よりたか》、津田信澄が摂津・住吉およびその周辺で待機しており、六月三日に四国渡海の予定であった。
⑤摂津――中国方面の救援に向かうべく、中川清秀、高山重友（右近）らが待機していた。

ちなみに、家康は堺で茶の湯三昧であったが、信長横死の一報を聞き、ほうほうの体で逃げ出した。このような各武将の配置を考えると、近くの摂津方面に備えたというのは、ある意味で妥当であったのかもしれない。

光秀は各地に味方を募るべく、書状を送っている。六月二日には、美濃の西尾光教《みつのり》に対して、味方になるように誘い入れた（『武家事紀』）。書状の冒頭には、「父子悪逆天下之妨討果候」とある。父子とは、信長・信忠親子のことである。「天下之妨」とは、あくまで信長討伐を正当化する文言であるといえよう。つまり、信長を討伐する大義名分があると示したかったのである。光秀が味方を募った書状は、この一通くらいしか残っていないが、ほかは廃棄された可能性が高く、実際には多くの同じような書状が各地に送られたはずである。

一方、安土城では、信長横死の悲報が届くと大混乱に陥った。ここで、活躍したのが蒲生賢秀である。賢秀は織田家の者たちを引き連れると、自身の居城である日野城（滋賀県日野町）へと向かった。この直後、光秀が安土城に入城したが、残された金銀を惜しみなく、将兵たちに与えている。その後、光秀に付き従った近江の国衆たちによって、長浜城など近江の諸城が次々と落城させられた。いち早く光秀は、近江を配下に収めたようである。

この時点で光秀に付き従った大名は、旧若狭守護の武田元明と同じく旧近江半国守護の京極高次たちであった。ともに名門の出自ではあるが、すでに力を失っていた感は否めない。二人ともすっかり没落していたので、復活を期して光秀に与したと推測されるが、味方としては頼りないという印象を受ける。ほかの諸大名は、いかなる対応を示したのであろうか。

光秀が味方の一人にと考えていたのは、大和の筒井順慶である。光秀と順慶は親しい間柄であったといわれている。六月四日、順慶は光秀のために京都に援軍を派遣した。しかし、順慶の態度は、実に不鮮明であった。その後、順慶は光秀に援軍を派遣したり、呼び戻したりしていたが、ついに大和国衆から血判の起請文を取り、羽柴秀吉に誓書を送った（『多聞院日記』）。いかに順慶が光秀と仲が良かったとはいえ、いずれにつくかは生死の分かれ目となる。情勢を冷静に判断した結果、順慶は秀吉に与することを決意したのである。

光秀には、もう一人あてがあった。その人物こそ、細川（長岡）藤孝である（のちの細川幽斎）。藤孝の嫡男・忠興は、光秀の娘・お玉（細川ガラシャ）を妻として迎えていた。こうした関係から、光秀は間違いなく味方してくれると思ったに違いない。しかし、藤孝は即座に光秀の申入れを拒絶すると、父子ともに信長に弔意を示すため剃髪した。この例を見ればわかるように、婚姻による提携はあてにならない。藤孝の判断は、光秀不利というものであった。

筒井氏や細川氏のように、光秀がもっとも頼りにしていた人々がこの有様であった。ほかの大名たちの対応については史料が残っていないが、だいたい想像がつくことであろう。こうした例をひくまでもなく、黒幕説が成り立たないのは自明である。黒幕というからには、もう少し周到な準備をしているはずだからである。光秀の泥縄方式は、この時点ですっかり破綻していた。

混乱する光秀

混乱した光秀の迷走は、当初から続いていた。しばらく光秀は安土城に留まっていたが、六月七日に勅使が光秀に派遣された。勅使を務めたのは、光秀と親しい吉田兼和（兼見）であり、あるメッセージを携えていた。それは、京都が未だ騒乱状態にあるので、何とか鎮めて欲しいというものであった（『兼見卿記』）。光秀は早々に上洛して正親町天皇と誠仁親王に謁見し、歓談に及んだという。

六月九日、再び光秀は上洛の途についた。かつての信長のように、光秀は摂関家など公家衆から出迎えられた。光秀は兼和（兼見）の邸宅に入ると、天皇・皇太子へ銀子五百枚を献上し、大徳寺や京都五山、そして兼和（兼見）にも銀子が献上された。京都を押さえるべく、天皇や皇太子に献金をしたのは、光秀の長年における経験の蓄積の賜物であろう。これは、当然の行為であったといえる。

天皇は、光秀を心から信頼していたのであろうか。同月九日夜、兼和（兼見）は銀子五百枚を携えて、皇太子に持参した。そのとき兼和（兼見）は、皇太子からの礼状を託されている。その後、礼状は兼和（兼見）から光秀に持参されたが、内容は京都の治安回復を早急に進めて欲しいというものであった（『兼見卿記』など）。これは別に、光秀が信頼されたという意味ではない。単に光秀がクーデターを起こしたため、必然的に京都の治安維持に責任を負う立場になったからであった。別に、光秀でなくてもよかったのである。

この間、光秀が具体的にどのような展開を望んでいたかは判然としない。当面は、可能な限り味方を集め、もっとも近距離の摂津方面における敵にどう対処するかだけで、頭の中がいっぱいであったかもしれない。同時に近江を拠点としつつ、天皇を戴いて京都支配を円滑に進めることくらいであろうか。その後、畿内および周辺の勢力を味方にし、支配下に置くことを考えていたと推測されるが、早い段階でその見込みがなくなった。摂政・関白あるいは太政大臣の地位に就くとか、将軍になるなどは、とりあえず思考の範囲外であったと考えられる。

一方で、信長配下にあった諸将の動きも決して芳しくなかった。それぞれには与えられた役割があり、すぐに動けなかった事情もあったに違いないが、適切な判断を行うための情報が欠けていたことも多少は影響していたかもしれない。しかし、このような状況下で的確な意思決定を行ったのが、羽柴秀吉であった。秀吉は備中高松城で毛利氏と対峙していたが、すばやく和平を結ぶと、すぐさま光秀討伐のため、上洛の途についたのである。それは、「中国大返し」と称されている。以下、経過を確認しておこう。

秀吉の中国大返し

六月三日夜、落城を間近にした備中高松城を前にして、使者が秀吉のもとに書状を届けた。書状には、前日の二日に本能寺で信長が光秀の奇襲を受け、自害したと記されていた。ここからの秀吉の行動は迅速であった。光秀打倒を決意した秀吉は、早々に毛利氏との和睦交渉を開始することになる。交渉が長引けば、それだけ光秀に態勢を整える時間を与えてしまうのでスピードが要求されたが、秀吉は有利な状況にあった。事実上、毛利氏は備中高松城主清水宗治への救援が困難であったため、秀吉との和平締結に傾きつつあったのである。

秀吉方と交渉を行ったのは、毛利氏の使僧・安国寺恵瓊であった。三日深夜から四日にかけての時間帯であったと考えられる。恵瓊は、毛利氏の政僧である。実はこのとき、毛利氏サイドは信長の横死を知らずにいた。秀吉が提示した和睦の条件は、当初毛利氏に割譲を要求していた備中・備後・美作・伯耆・出雲を、備中・美作・伯耆に減ずるものであった。秀吉は随分と譲歩をしているのだ。加えて、宗治の切腹という要求があった。

和睦案の提示を受けた恵瓊は、宗治に切腹するように説き伏せ、何とか受け入れさせた。和平交渉は順調に進んだが、実際には領土割譲問題は棚上げとなったのである。

ちなみに、毛利氏が信長の死を知ったのは、四日の夕方五時頃であった。和平決定後、秀吉は早速城中の宗治に対して、最後の酒と肴を贈っている。秀吉は湖上と化した備中高松城に小舟を送り、宗治とその家臣を本陣に招き入れた。ともに杯を酌み交わし、舞を舞った後、宗治は辞世を詠んで自刃したのである。

四日の午前十時頃、秀吉は上洛に向けて準備を整え、備中高松城に腹心の杉原家次を置くと、京都に向けて出陣したのである（六日出発という説もあるが、あとで検討する）。秀吉の取った経路は、野殿（岡山市北区）を経て、宇喜多氏の居城である沼城へ向かうコースであった。直線距離にして約二十二キロメートルである。兵は籠城戦後かつ重装備での行軍であり、心身の疲労は大きかったであろう。秀吉も同じである。

ここからの経過に関しては、一次史料と編纂物との間に大きな相違が見られる。以下、その辺りを検討することにしよう。高松城から沼城を経て姫路城に至る、秀吉の行軍の実態には多くの謎がある。その謎とは、あまりにも早すぎるスピードである。

秀吉の行軍伝説の元となる史料としては、天正十年（一五八二）十月十八日羽柴秀吉書状写（滋賀県立安土城考古博物館所蔵）がある。その要点は以下のとおり。

六月七日に二十七里（約八十一キロメートル）のところを一昼夜かけて、（備中高松城から）播磨の姫路まで行軍した。

この史料は写であるが、れっきとした一次史料である。書かれたのも本能寺の変から四ヵ月程度しか経過しておらず、一昼夜で八十一キロメートルを行軍したというのは、事実であると考えられてきた。しかし、この史料は秀吉自らの功があまりに強調されており、事実関係はあまり信が置けない。事実を誇張・捏造した可能性が高い。また、常識的に考えて、疲労困憊状態の秀吉の軍勢が、マラソンランナーのように八十一キロメートルをわずか一昼夜で駆け抜けるのは無理である。

実は、「梅林寺文書」（秀吉から中川清秀宛）によると、六月五日の時点で備中高松城から野殿（岡山市北区）まで退却し（直線距離で約八キロメートル）、沼城（岡山市東区）に向かっていることを確認できる。これなら時間的にも距離的にも問題ない。六月五日、秀吉は野殿において中川氏から書状を受け取り、そのように返答をしているのである。四日午前に清水宗治が切腹したのち兵を休めて、当日の昼過ぎには備中高松城を出発したと考えられる。そして、野殿から沼城へ向かったのである。

この書状では動揺する清秀に対し、信長・信忠父子が近江国へ逃れ、無事であると偽の情報を流している。信長が死んだとの情報は、一気に広がったはずであるが、秀吉が光秀を討つには、多くの味方が必要である。そこで、信長生存説を流したのであろう。秀吉はこうして清秀の動揺を鎮めようとした。同様の偽の情報は有力大名に対しても、発せられたと考えられる。秀吉の巧みな情報操作であった。

野殿から沼城までは、直線距離で約十四キロメートルの道のりである。遅くとも五日の夕方には、沼城に着いたと考えられる。備中高松城から沼城までは約二十二キロメートルの道のりであるが、兵は装備を身に着けており、多くは徒歩での行軍であった。その肉体的・精神的な疲労は、ピークに達していたに違いない。秀吉の叱咤激励のもと、四日の夜には野殿を過ぎたところで野営を行い、五日午前中に沼城に到着したと考えるのが妥当と考えられる。これならば、さほど無理な行程ではない。

秀吉が沼城を出発したのは、五日の夕方頃と考えられる。六日に秀吉軍が姫路に到着したのは、確実である（「松井家譜所収文書」）。沼城から姫路城までは、直線距離にして約五十五キロメートルであった。かなりの強行軍であるが、五日の深夜に休息をとり、六日の早朝には行軍を再開したのであろう。軍勢は秀吉を先頭として先を急ぎ、残りの軍勢は毛利軍を牽制しながら、縦長に行軍した可能性が高い。秀吉を中心とする軍勢だけでも先に姫路に着いたならば、無理のない行軍である。全軍が一度に姫路に到着したと考える必要はない。

おそらく秀吉は、五日の夕方から夜にかけて沼城を出発し、六日の夕方から夜には姫路に到着したと推測される。結局、秀吉は九日まで姫路城に滞在することになった。同日には毛利氏に味方していた淡路国洲本城の菅平右衛門の討伐に向かうほど、秀吉は冷静沈着に状況を見極めていた。その後、秀吉は菅氏を攻め滅ぼした。この間、後続の部隊は、続々と姫路入りしたのではないだろうか。

六月九日の朝、秀吉軍は姫路城を発った（「萩野由之氏所蔵文書」など）。姫路城滞在が長くなったのは、毛利氏への警戒と今後の対策を睨んでの情報収集にあった。秀吉軍は、その日の夜のうちに明石に到着している（姫路から明石までの直線距離は、約三十四キロメートル）。六月十日付の秀吉の書状によると、光秀が京都の久我付近に着陣したとのことが記されている（「中川家文書」）。この情報を受け、秀吉は摂津国と播磨国の境目に位置する、現在の神戸市付近の岩屋に砦を普請した。

さらに秀吉は、光秀が摂津国もしくは河内国に移動するとの情報を得ていた。そのため、境目をしっかりと固める必要があったのである。先述した六月十日付の秀吉の書状には、十一日に兵庫または西宮辺りまで行軍すると記されている。明石から兵庫までなら、直線距離で約二十三キロメートルである。明石から西宮までなら、同じく約三十二キロメートルほどである。となると、秀吉は播磨国と摂津国辺りで、光秀との交戦を考えていたのかもしれない。

六月十日の段階で実際に光秀がいたのは、現在の京都市内の下鳥羽であった。一方で、山崎周辺にも兵を着陣させていたことが判明している。秀吉軍は慎重に行軍させながらも、実際には十日の朝に出発し、同日の夕方に兵庫にまで進んでいた。

山崎合戦から光秀横死まで

六月十日の夜、兵庫に着陣した秀吉は、翌十一日の朝には尼崎に到着していた（「滋賀県立安土城考古博物館所蔵文書」など）。十一日に到着したのはたしかであるが、到着は朝でよいのだろうか。兵庫から尼崎までは、直線距離で約十九キロメートルある。この書状には、先述のとおり秀吉独特の誇張した表現も見られるので、十日の夜は兵庫で十分に休息し、翌十一日の朝に出発したと考えるのが自然である。尼崎に到着したのは当日の夕方とみてよい。さすがの秀吉も光秀との決戦に備えて、兵の疲労を極力抑え、士気を高める努力を払ったに違いない。

光秀が筒井順慶や細川藤孝を味方に引き入れようとしたが、失敗に終わったのは先述のとおりである。状況は、秀吉に有利であった。

本能寺の変の翌日、大山崎では早くも光秀から禁制を獲得していた（「離宮八幡宮文書」）。大山崎では光秀を信長に代わる後継者とみなしたのであるが、秀吉の上洛が伝わるとともに、大山崎付近は混乱を見せる。大山崎では、信長の子息・信孝からも禁制を獲得し、両勢力による乱妨・狼藉を逃れようと考えた（「離宮八幡宮文書」）。当時、光秀軍・秀吉軍ともに睨み合いの状況が続いており、大山崎はどちらが有利なのか判断の下しようがなく、まさしく苦渋の決断であった。

六月十二日、秀吉軍は光秀との対決を控え、尼崎を出発し摂津富田に着陣した（「金井文書」など）。尼崎から摂津富田までの距離は、約十三キロメートル。今までの強行軍と比較すると、問題にならない短い距離である。秀吉は、摂津富田で信孝との合流を待った。ここまでの功績は秀吉にあるが、総大将は信孝である。摂津富田に集結した理由はいかなるものか。

富田付近は小高い丘となっており、近くには淀川が流れており、水運も発達している。軍事的な拠点として、格好の地であった。また、秀吉に味方した高山右近と中川清秀の居城である高槻城や茨木城とも近く、連携がとりやすい。しかも、摂津富田から大山崎までは約十キロメートルと適度な距離である。秀吉は、戦うのに絶好の場所だと睨んだのである。

秀吉は前日の軍議で高山右近を先陣に決定しており、早速大山崎へ陣を取るように命じた。すでに大山崎には禁制が発布されており、あからさまな軍事行動は困難であった。右近の着陣は混乱を避けるため、大山崎の西国街道筋の公道に沿って行われた。

秀吉が摂津富田に着陣すると、すでに光秀軍との前哨戦が始まっていた。光秀が駐留していた、勝龍寺城（長岡京市）付近で鉄砲を撃ち合っていたことが確認できる。この軍事行動を見る限り、秀吉の遊軍的なものが存在し、背後から光秀を攻撃しようとしたことがうかがえる。勝龍寺城は細川藤孝の居城であったが、藤孝の丹後国移封後、村井貞勝の与力が守備をしていた。本能寺の変後、光秀はその与力から勝竜寺城を奪ったのである。

十二日夜、摂津富田で一夜を過ごした秀吉軍は、十三日の朝に同地を発った。いよいよ決戦の地・山崎へと向かったのである。

秀吉軍が摂津富田を出発して、山崎に着陣したのは十三日の昼頃であった。同地で、信孝は秀吉軍と合流している。信孝の号令により筒井順慶が出撃し、戦いは本格化した。夜になると、光秀軍が秀吉軍を攻撃してきたため、これに対して反撃を行っている。摂津衆である高山右近、中川清秀、池田恒興は地元の地理にも詳しく、戦いは有利に進んだ。たちまち秀吉軍は、光秀軍を敗北へと追い込んだ。当時の記録によると、光秀軍が「即時に敗北」とあることから、秀吉軍の圧倒的な勝利であったと考えられる。

敗北した光秀軍は、勝龍寺城へ逃げ帰ったが、そこも即座に脱出した。光秀軍の一部は京都に流れ込み、大きな混乱を招くことになる。京都に流れ込んだ敗軍の中には、光秀の姿があった。大敗北を喫した光秀は、自らの居城がある近江国坂本城を目指し、逃亡するしか術がなかった。坂本城で態勢を整え、再度秀吉との対決を期そうと考えたに違いない。

十三日、光秀ら落武者の一行は、現在の伏見区小栗栖《おぐるす》へと差し掛かると、ここで意外な結末が待っていた。その頃、農民たちは落武者の所持品や首級を狙い、落武者狩りを行っていた。特に、大将の首級を持参することは、恩賞を得ることができた。案の定、光秀らは竹藪で落武者狩りに遭い、無残にも非業の死を遂げたのである。光秀らの首は、京都粟田口に晒され、衆人の面前で辱めを受けた。多くの見物人が集まったという。

光秀の無念さは、想像するに余りあるものがある。無計画ともいえる謀反は、結果的に悲惨な結果を招いたといえよう。周囲の大名が積極的に光秀に加担しなかったところを見ると、光秀の謀反には無理があり、秀吉のほうに利があると考えたと推測される。それは当時における、二人の実力差の客観的な評価にほかならなかった。変後、さまざまな側面で無計画性を露呈した光秀には黒幕は存在せず、筆者が光秀の単独犯であると考える所以である。

光秀単独犯説

本書では、明智光秀の前半生や四国政策について疑問を提示し、また先学に基づき足利義昭黒幕説や朝廷黒幕説が成り立たないことを確認した。ほかの黒幕説についても、谷口克広氏が整理・検討しているので、あわせてご参照いただきたい（『検証 本能寺の変』）。一般的に考えて、多くの黒幕説は論理の飛躍や史料の拡大解釈が見られ、従うことができない。二次史料の扱いについても、疑問点が多いといわざるを得ない。その詳細は、すでに述べたとおりである。

筆者の考えは、従来説にもあったが、光秀単独犯説である。以下、この点について、さらに詳しく触れることにしたい。

池上裕子氏は、信長の家臣らに対する扱いについて、次のような重要な指摘を行っている（『織田信長』）。

戦功を積み重ねても、謀反の心をもたなくても、信長の心一つでいつ失脚するか抹殺されるかわからない不安定な状態に、家臣たちは置かれていた。一門と譜代重視のもと、譜代でない家臣にはより強い不安感があった。独断専行的で、合議の仕組みもなく、弁明・弁護の場も与えられず、家臣に連帯がなく孤立的で、信長への絶対服従で成り立っている体制が、家臣の将来への不安感を強め、謀反を生むのである。

これは、別に光秀個人のことを指しているのではない。家臣全般に共通していえることであり、彼らの不安なりを代弁した言葉でもある。第一章冒頭における光秀の逸話は取るに足らないものであるが、フロイス『日本史』には光秀が足蹴にされたとあるので、少なくとも光秀が暴力を受けたのは事実であろう。信長の暴力は光秀だけでなく、多くの家臣に向けられたのではないだろうか。それは、ときにエスカレートすると、死を命じられることもあった（粛清）。光秀のように信長から信頼をされていても、当人にとっては耐え難い恐怖であったに違いない。

こうした信長の暴力的な性格や粗暴さが、光秀のみに向けて強調されるのはあまりに一方的である。家臣の誰もが抱く感情であった。『信長公記』には秀吉などを指して、働きの良い者を褒める記述がよく見られる。逆に、働きの悪い者は、容赦なく処罰された。おそらく秀吉のような者であっても、信長に恐怖したと考えられる。

池上裕子氏は、もう一つ重要な指摘を行っている（『織田信長』）。それは、荒木村重が信長の居所から離れた有岡城で謀反を起こしたのに対して、光秀は直接本能寺で信長を討ったという点である。少なくとも光秀は、何らかの手段によって、信長がわずかな手勢で本能寺に入るという情報を得ていたのであろう。そこで、一か八かという賭けに出たことになる。直接手を下し、信長を謀殺することによって、活路を開こうとしたのであった。したがって、変後に信長の死体が出てこなかったことは、光秀を恐怖に追い込んだかもしれない。

逆に言えば、信長は光秀が謀反を起こすなど、微塵も考えなかったに違いない。多くの軍勢を率いなかったのは、その証左といえる。ときに信長は光秀に暴力を振るったが、基本的には信頼できる有能な部下であった。変に至るまで、光秀の立場が危うくなった形跡はない。概して暴力的な人間は、自分が暴力を振るっていても、相手に対して無頓着である。信長には相手が苦しんでいるという気持ちを知り、思いやる気持ちがなかったのである。

もう一つ根拠を挙げておこう。本能寺の変が突発的に起こったことは、三ヵ条から成る天正十年六月九日付の明智光秀書状によってうかがうことができる（「細川家文書」）。

なお、この文書の宛先は切断されているが、明らかに藤孝・忠興父子に宛てられたものである。以下、三ヵ条の内容について、箇条書きで示しておきたい。

①藤孝・忠興父子が髻を切ったことに対して、光秀は最初腹を立てていたが、改めて二人に重臣の派遣を依頼したので、親しく交わって欲しいと要請したこと。
②藤孝・忠興父子には内々に摂津国を与えようと考えて、上洛を待っていた。ただし、若狭を希望するならば、同じように扱う。遠慮なくすぐに申し出て欲しいということ。
③私（光秀）が不慮の儀（本能寺の変における信長謀殺）を行ったのは、忠興などを取り立てるためであった。それ以外に理由はない。五十日・百日の内には、近国の支配をしっかりと固め、それ以後は明智光慶と忠興に引き渡して、自分（光秀）は政治に関与しないこと。

谷口克広氏が指摘するように、この文書はほとんど哀願に近いものである。藤田達生氏は、「光秀は藤孝に事前にクーデター計画を伝えていたこと、クーデター直後の混乱を終息させた後、子息や娘婿に政権運営を託して隠居する予定だった」との見解を提示している。この点はいかに考えるべきであろうか。
①は藤孝父子が光秀からの誘いを断って髻を切ったものか、光秀縁者であることを憚《はばか》って、あえてこのような行動に出たのかは判然としない。しかし、光秀に与しない意思表示であることはたしかである。②は光秀がいかなる手を用いても、藤孝らを味方にしたいという気持ちのあらわれであろう。所領の付与は、何よりも大きな手段であった。この史料からは、とにかく「味方になって欲しい」という光秀の強いメッセージを読み取ることができる。
問題は、③である。史料の冒頭に「不慮の儀」とあるように、本能寺の変は計画的なものではなく、光秀のとっさの行動であったことを裏付けている。こうなってしまった以上は仕方がないので、光秀は一連の行動は娘婿の忠興のためであったと話をすりかえ、畿内を平定のうえは政治から退き、明智光慶と忠興に任せると言い訳をしているのである。追い込まれた光秀は、何が何でも藤孝・忠興父子を味方に引き入れなくてはならなかった。やはり、光秀には政権構想や政策もなく、変後にあたふたとしている様子がうかがえる。

光秀が本能寺の変を起こしたのは、むろん信長がわずかな手勢で本能寺に滞在したこともあったが、ほかにも有力な諸将が遠隔地で戦っている点にも理由があった。彼らが押し寄せるまでには時間がかかると予測し、その間に畿内を固めれば、何とかなると思ったのであろう。こうした判断を下したのも、変の決行直前であったと考えられる。しかし、それがうまくいかなかったことは、すでに述べたとおりである。光秀は、もっとも頼りにする藤孝・忠興父子にさえも、味方になることを断られたのである。

光秀単独犯説については、先述した光秀の混迷ぶりを確認するだけで十分であろう。計画性のなさは、池上裕子氏も指摘しているとおりである。

これまでの黒幕説は、いくつかの思い込みがあったように思う。第一章・第二章で触れたとおり、光秀の前半生や四国政策の扱いがそうである。同時に、それは二次史料の扱いに関する問題に帰結すると考えられる。むろん、二次史料を使ってはならないといっているわけではない。重要な立論の根拠に用いるのには、慎重でなくてはならないということである。特に、ある二次史料を「質が劣る」といいながらも、「この部分に関しては正しい」という判断には、疑問を感じざるを得ない。

織田権力とは

「はじめに」で記したように、旧来の信長像は「中世的権威を否定」した超人的な人物として描かれてきた。一言で言うならば、その政策なども含めて「革新性」が強調されてきたきらいがある。それは、将軍や朝廷との関係に関しても同じであり、彼らに代わる権力・権威として天下統一を図ろうとしたように考えられもした。あるいは、そうあって欲しいと期待されていたかもしれない。

近年の研究ではそうした信長像が払拭され、新たな信長像が提供されている。そうした点を踏まえて、信長政権について考えてみたい。

桐野作人氏は、信長を「軍事カリスマ」と評価している（『織田信長——戦国最強の軍事カリスマ』）。信長には大名としてのさまざまな側面があるものの、その卓越した軍事的な才覚が高く評価されたのである。「軍事カリスマ」として君臨できた背景には、信長の才覚を信じ、彼に臣従する近習や小姓たちの存在があったという。信長は自身に従う者と強い紐帯を築き、従った者も信長に忠誠を誓い、命を投げ出すことを厭わなかった。信長躍進の基底には、彼らの存在があったのである。

桐野氏は、そうした少数精鋭部隊で信長が「軍事カリスマ」としての能力を発揮したのは、天正四年（一五七六）の大坂本願寺との天王寺合戦まではないかと指摘している。それまでの戦いにおいて、信長は陣頭指揮を取り、わずかな軍勢で敵と戦うことがたびたびあった。先頭に立って戦う信長を見て、従軍した兵卒は大いに戦意を鼓舞されたであろう。まさしく信長のカリスマ性が存分に発揮されたのである。

しかし、戦争の長期化に伴い、戦い方そのものに大きな変化があらわれる。これまでのように一気呵成に相手を叩き潰すのではなく、敵の城の周囲に付城を構築し完全に包囲するとともに、大砲などの新たな兵器も導入した。桐野氏はこれを戦争の質的転換と位置付けている。同時に戦線の拡大とともに、戦争を配下の者に任せざるを得なくなった。彼らには大幅に権限を委譲し、先述した攻城戦の方式を共有したという。やがて彼らは当該地域の総司令官として、相対的な自立を強めることになる。

こうして信長の戦争は、家来たちを人格的に支配した「軍事カリスマ」主導によるパーソナルな戦争から、物量的かつ組織的でシステマティックな戦争へ変貌を遂げた、と桐野氏は指摘する。

池上裕子氏は、信長の戦争は武士・領主階級を統合するための戦争とは言い難く、あくまで分国拡大の戦争であると位置付ける（『織田信長』）。信長に対しては、各地の大名、国人、一向一揆などが激しく抵抗したが、絶対的に服従する者を除いて、徹底的に殲滅された。信長の基盤には、強い絆で結ばれ絶対的に服従する譜代や一門がなかったという。そして、軍事指揮権は信長に集中され、家臣を思い通りに動かす独裁的な権力であったと指摘する。

このような指摘を踏まえつつ考えてみると、信長の「天下一統」（あるいは戦争）の根幹には自己の権力欲という、極めてパーソナルな理由があったといえよう。「天下一統」後における展望や構想などがはっきりと見えてこない。行き着く先は、「中華皇帝」になることだったのであろうか。際限なき勢力拡大欲であった。

信長は朝廷や将軍という既成のシステムを温存しつつ、自らの権威を高め、天下一統に邁進した。また、本書では触れられなかったが、急速に分国支配が拡大していく中で、すでに戦国大名たちが取り入れていた検地や知行高に比例した軍役数の規定などの政策を採用した。そういう意味では、かなり自転車操業的な様相が濃い政権であったといえるかもしれない。したがって、権力体としては、やや未熟な印象を感じざるを得ない。

信長の戦争は個人レベルからはじまったが、領土拡大とともに分国支配を配下の者に任せざるを得なくなった。そして、統治を任された配下の大名たちは、一定程度の自立性を保ち、領国支配などを行った。一見して信長独裁ではあるが、実態は多くの配下の大名たちに支えられていたのである。しかし、譜代や一門が優遇されたのに反して、外様は絶えず危機感を抱いていた。第三章で触れた荒木村重、別所長治はその代表であり、謀反の危険性は絶えず内包していたのである。意外と信長の権力基盤は、脆弱であったと言えるかもしれない。

こうして考えると、信長は「カリスマ経営者」であるとともに「ワンマン経営者」であった。いや、むしろ「独裁者」と呼んでいいのかもしれない。独裁者の末路は、おおむね哀れなものである。現代にも独裁国家というものが存在し、独裁者が意のままに振舞う例が見られる。しかし、独裁者が最後まで「幸せな人生」を全うする例は乏しく、クーデターによる暗殺や国外逃亡といったことがまま見受けられる。仮に本能寺の変がなかったにしても、早晩、信長の運命には暗い影が差したのではないだろうか。

信長の戦争はパーソナルなものであり、権力構造も極めてパーソナルなものにほかならない。そして、信長の方針に賛同し、臣従する者だけが生き残った。突き詰めれば、織田権力の本質は、その点にあったのかもしれない。

本能寺の変や織田権力をめぐる議論は、今後も続々とあらわれることであろう。本書がそうした問題を考えるうえで、何か資する点があれば幸いである。

おわりに

本能寺の変に関しては、大きな関心を抱いていた。しかし、どちらかといえば傍観者として、著作や論文を読むに止まっていたのが実情である。

本書執筆のきっかけは、ある原稿を書くために明智光秀のことを調べていた際に、その前半生の扱いに疑問を持ったことである。それは、本書でも記したとおり、『細川家記』などの二次史料を用い、それがさも事実であるかのように語られていることであった。その後、土田将雄氏の労作などを読むうちに、その疑問は大きくなっていった。そこが本書執筆の大きな契機である。

同じく次に疑問を持ったのは、第二章で触れた信長の四国政策をめぐる問題である。本書でも触れたとおり、信長が「四国の切り取り自由」と述べたのは、『元親記』という後世の編纂物だけである。この事実を所与の前提として、議論が進められてきた感がある。冒頭でも触れたとおり、もっとも重要となる立論の根拠を二次史料に求めることは危険である。そこで、諸研究に学びつつ、新しい見解を提示させていただいた。

ところで、「光秀がなぜ本能寺の変を起こしたのか？」というテーマは、永遠の謎である。残念ながら、タイム・マシーンに乗って光秀本人に面会し、インタビューをしなければわからないであろう。しかし、そんなことをいっては元も子もない。本書では、光秀の単独犯説を提示させていただいたが、今後史料の読み込みや新しい史料の発見によって、さらに別の視点から論じられる可能性がある。それが、歴史の醍醐味であろう。

本書を執筆するに際しては、先学から多くを学ばせていただいた。中でも、本能寺の変について貴重な労作を世に問われた、桐野作人氏、谷口克広氏、藤田達生氏には心から感謝を申しあげる。多少批判がましいことも書いているが、ご寛恕をお願い申しあげる次第である。念のために繰り返しておくと、私は二次史料を使ってはいけないと言っているのではない。使い方に注意が必要であると思っている。

なお、多くの研究論文や史料を参照させていただいたが、一般書という本書の性格から読みやすさを優先したため、学術論文のように出典等を逐一明示してはいない点を深くお詫び申しあげたい。巻末に主要参考文献を掲出しているので、ご関心のある方には、一読をお勧めする。

最後に、本書執筆の機会を与えてくださった河出書房新社の藤﨑寛之氏には、企画から編集全般をご担当いただき、有益な助言も数多くいただいた。心から厚くお礼を申しあげる。

二〇一三年三月

渡邊大門

文庫版あとがき

本能寺の変に対する関心は、今も高い。本書が二〇一三年に刊行されて以降も、多数の関連書籍、論文が刊行された。とはいえ、相変わらず史料的な根拠がない黒幕説は、亡霊のようにあらわれては消えるような状況である。朝廷や足利義昭でなければ、羽柴（豊臣）秀吉か徳川家康かと、興味本位の説が尽きない。

本書でも力説したとおり、黒幕説の犯した誤りは、①二次史料の無批判な使用、②一次史料の誤読、曲解、③著しい論理の飛躍、などによってもたらされている。一次史料によって言えることを明確にしていくと、現時点において、光秀の動機は不明というのが実情だろう。筆者は信長討伐後における、光秀の右往左往した状況を見る限り、将来の構想がない単独説であると考えた。黒幕の存在は証明できない。

一方、本書刊行後に研究上の進展が見られた。「石谷家文書」が発見されたことによって、長宗我部氏の動向が明らかとなり、修正すべき点が生じた。遠藤珠紀氏による、暦問題に関する研究も同じである。もちろん、ほかにもある。今後も新しい史料の出現などによって、本能寺の変の研究の進展を期待したいと思う。

なお、本書を執筆するに際しては、巻末の主要参考文献を参照させていただいた。しかし、一般書という性格・制約から、学術論文のように逐一注記することができなかった。読者諸賢にご海容のほどお願い申し上げたい。

主要参考文献についても、紙幅の関係からかなり絞り込み、すべてを網羅することができなかったことを付記しておきたい。追加した主要参考文献についても同様である。むろん、掲出した以外にも、多数の研究文献がある。

本書刊行の際は、河出書房新社編集部の藤﨑寛之氏に大変お世話になった。また、本書の文庫化に際しては、草思社編集部の藤田博氏のお手を煩わせた。この場を借りて、お二人に心から厚くお礼を申し上げる。

二〇一九年六月

渡邊大門

主要参考文献（著者五十音順）

秋澤繁「織豊期長宗我部氏の一側面――土佐一条家との関係（御所体制）をめぐって」（『土佐史談』二一五号、二〇〇〇年）
安倍龍太郎ほか『真説　本能寺の変』（集英社、二〇〇二年）
天野忠幸「総論　阿波三好氏の系譜と動向」「三好政権と東瀬戸内」（同編『阿波三好氏』岩田書院、二〇一二年）
池上裕子『織田信長』（吉川弘文館、二〇一二年）
石崎建治「本能寺の変と上杉景勝――天正十年六月九日付景勝書状」（『日本歴史』六八五号、二〇〇五年）
今谷明『信長と天皇――中世的権威に挑む覇王』（講談社学術文庫、二〇〇二年。初刊一九九二年）
奥野高廣『皇室御経済史の研究（正篇・後篇）』（国書刊行会、一九八二年。初刊一九四四年）
奥野高廣『足利義昭』（吉川弘文館、一九六〇年）
尾下成敏「羽柴秀吉勢の淡路・阿波出兵――信長・秀吉の四国進出過程をめぐって」（『ヒストリア』二一四号、二〇〇九年）
小和田哲男『明智光秀――つくられた「謀反人」』（ＰＨＰ新書、一九九八年）
勝俣鎮夫『戦国時代論』（岩波書店、一九九六年）

桐野作人『信長謀殺の謎』（ファラオ企画、一九九二年）
桐野作人『真説　本能寺』（学研M文庫、二〇〇一年）
桐野作人『だれが信長を殺したのか――本能寺の変・新たな視点』（PHP新書、二〇〇七年）
桐野作人『織田信長――戦国最強の軍事カリスマ』（新人物往来社、二〇一一年）
久野雅司「足利義昭政権と織田政権」（『歴史評論』六四〇号、二〇〇三年）
久野雅司「足利義昭政権論」（『栃木史学』二三号、二〇〇九年）
桑田忠親『明智光秀』（新人物往来社、一九七三年）
佐藤進一『〔増補〕花押を読む』（平凡社ライブラリー、二〇〇〇年）
鈴木眞哉・藤本正行『信長は謀略で殺されたのか――本能寺の変・謀略説を嗤う』（洋泉社新書y、二〇〇六年）
諏訪勝則「織豊政権と三好康長――信孝・秀次の養子入りをめぐって」（天野忠幸編『阿波三好氏』岩田書院、二〇一二年。初出一九九三年）
染谷光廣「織田政権と足利義昭の奉公衆・奉行衆との関係について」（『国史学』一一〇・一一一合併号、一九八〇年）
染谷光廣「本能寺の変の黒幕は足利義昭か」（『別冊歴史読本　明智光秀　野望！　本能寺の変』新人物往来社、一九八九年）
高柳光壽『明智光秀』（吉川弘文館、一九五八年）
立花京子『信長権力と朝廷　第二版』（岩田書院、二〇〇二年）
田中義成『織田時代史』（講談社学術文庫、一九八〇年／初刊一九二四年）

谷口克広『検証　本能寺の変』（吉川弘文館、二〇〇七年）
谷口克広『織田信長家臣人名辞典　第二版』（吉川弘文館、二〇一〇年）
津田勇「『愛宕百韻』を読む」（『真説　本能寺の変』集英社、二〇〇二年所収）
土田将雄『細川幽斎の研究』（笠間書院、一九七六年）
土田将雄『細川幽斎の研究　続』（笠間書院、一九九四年）
中脇聖「土佐一条兼定権力の特質について」（第一二回日本史史料研究会報告レジュメ、二〇一二年十二月一日）
橋本政宣『近世公家社会の研究』（吉川弘文館、二〇〇二年）
藤井譲治『天皇の歴史05　天皇と天下人』（講談社、二〇一一年）
藤田達生『本能寺の変の群像――中世と近世の相剋』（雄山閣出版、二〇〇一年）
藤田達生『謎とき本能寺の変』（講談社現代新書、二〇〇三年）
藤田達生「「鞆幕府」論」（『芸備地方史研究』二六八・二六九合併号、二〇一〇年）
藤田達生『証言　本能寺の変――史料で読む戦国史』（八木書店、二〇一〇年）
藤田達生『信長革命――「安土幕府」の衝撃』（角川選書、二〇一〇年）
藤本正行『本能寺の変――信長の油断・光秀の殺意』（洋泉社歴史新書y、二〇一〇年）
堀新『織豊期王権論』（校倉書房、二〇一一年）
堀越祐一「文禄期における豊臣蔵入地――関白秀次蔵入地を中心に」（『国史学』一七七号、二〇〇二年）
山田康弘「戦国期幕府奉行人奉書と信長朱印状」（『古文書研究』六五号、二〇〇八年）

※史料名は、本文中に記したので省略いたしました。また、本能寺の変に関する論文は、谷口克広『検証　本能寺の変』（吉川弘文館、二〇〇七年）にほぼ網羅されているのでご参照ください。

主要参考文献（追加）

浅利尚民など編『石谷家文書　将軍側近の見た戦国乱世』（吉川弘文館、二〇一五年）

遠藤珠紀「天正十年の改暦問題」（東京大学史料編纂所編『日本史の森をゆく』中央公論新社、二〇一四年）

神田裕理「信長の「馬揃え」は、朝廷への軍事的圧力だったのか」（日本史史料研究会監修・拙編『信長研究の最前線2　まだまだ未解明な「革新者」の実像』洋泉社・歴史新書y、二〇一七年）。

木下昌規「本能寺の変の黒幕説（朝廷・足利義昭）は成り立つのか」（渡邊大門編『真実の戦国時代』柏書房、二〇一五年）。

木下昌規「本能寺の変」（日本史史料研究会監修・拙編『信長軍の合戦史　一五六〇―一五八二』吉川弘文館、二〇一六年）。

柴裕之「明智光秀は、なぜ「本能寺の変」を起こしたのか」（日本史史料研究会監修『信長研究の最前線　ここまでわかった「革新者」の実像』洋泉社・歴史新書y、二〇一四年）。

谷口研語『明智光秀　浪人出身の外様大名の実像』（洋泉社・歴史新書y、二〇一四年）。

中脇聖「明智光秀の出自は土岐氏なのか」（渡邊大門編『真実の戦国時代』柏書房、二〇一五年）。

福島克彦など編『明智光秀　史料で読む戦国史③』（八木書店、二〇一五年）。

藤田達生「美濃加茂市民ミュージアム所蔵（天正十年）六月十二日付明智光秀書状」（『織豊期研究』

一九号、二〇一七年)。
水野嶺「足利義昭の栄典・諸免許の授与」(『国史学』二一一号、二〇一三年)。
盛本昌広『本能寺の変　史実の再検証』(東京堂出版、二〇一六年)
洋泉社編集部編『ここまでわかった　本能寺の変と明智光秀』(洋泉社歴史新書y、二〇一六)
『歴史読本』編集部編『ここまでわかった！　本能寺の変』(新人物文庫、二〇一二年)
拙稿「足利義昭黒幕説をめぐる史料について」(『研究論集　歴史と文化』四号、二〇一九年)

※本書が二〇一三年に刊行されて以降の主要な参考文献を中心に追加しましたが、紙数の関係もあるので、主題を本能寺の変に限って必要最小限の掲出に留めました。もちろん、ここに取り上げなかった文献にも重要な研究がありますが、ご寛恕のほどをお願いしたいと思います。

＊本書は二〇一三年に河出書房新社より刊行された『信長政権』を改題、加筆して文庫化したものです。

草思社文庫

光秀と信長
本能寺の変に黒幕はいたのか

2019年8月8日　第1刷発行

著　者　渡邊大門
発行者　藤田　博
発行所　株式会社 草思社
〒160-0022　東京都新宿区新宿1-10-1
電話　03(4580)7680(編集)
　　　03(4580)7676(営業)
　　　http://www.soshisha.com/

本文組版　有限会社 一企画
本文印刷　株式会社 三陽社
付物印刷　株式会社 暁印刷
製本所　加藤製本 株式会社
本体表紙デザイン　間村俊一

ISBN978-4-7942-2409-5　Printed in Japan

草思社文庫既刊

渡邊大門
奪われた「三種の神器」
皇位継承の中世史

壇ノ浦の戦いから後南朝の時代まで、「鏡・剣・玉」という皇位継承のシンボルをめぐって壮絶な争奪戦が繰り広げられた。さまざまな事件の詳細を通じて、変わりゆく三種神器観の変遷を鮮やかに描く。

今谷明
中世奇人列伝

足利義稙、法印尊長、雪村友梅など、日本史上最も魅力的な時代である中世には、幾人もの知られざる才人、奇人が埋もれている。彼らの知られざる業績、型破りな生涯を膨大な史料から徹底的に掘り起こす。

工藤健策
戦国合戦 通説を覆す

なぜ、幸村は家康本陣まで迫れたのか？なぜ、秀吉は毛利攻めからすぐ帰れたのか？地形、陣地、合戦の推移などから、川中島から大坂夏の陣まで八つの合戦の真実を読み解く。戦国ファン必読の歴史読物。

草思社文庫既刊

野口武彦
異形の維新史

戊辰戦争でのヤクザたちの暴走、岩倉使節団の船内で起きた猥褻事件を伊藤博文が裁く「船中裁判」、悪女・高橋お伝の「名器伝説」など七編。これまで語られることのなかった幕末維新綺譚集。

渡辺尚志
百姓たちの幕末維新

当時、日本人の八割を占めた百姓。明治期に入ってからの百姓たちの衣食住、土地と農業への想い、年貢をめぐる騒動、百姓一揆や戊辰戦争への関わりなど史料に基づき、詳細に解説。もう一つの幕末維新史。

仁科邦男
犬たちの明治維新
ポチの誕生

幕末は犬たちにとっても激動の時代の幕開けだった。外国船に乗って洋犬が上陸し、多くの犬がポチと名付けられる…史料に残る犬関連の記述を丹念に拾い集め、犬たちの明治維新を描く傑作ノンフィクション。

佐々木裕一の本

この世の花

徳川譜代の名門で七千石の旗本真島兼続の妾の娘・花。母・ふきは商人の娘ながら父に惚れられて娶られ、母子ともに愛されていた。だが、それを正妻、そして他の妻は妬み嫉み、事あるごとに虐げる。兼続の長男・一成やその親友・青山信義と保坂勇里は花の懸命な姿に目を掛けているのだが、それがまた他の娘たちには気にくわない。そんな中、ふきが病に倒れ——。激動の時代に、苦難を乗り越え健気に輝く、一人の少女の物語！

茶屋占い師がらん堂

狐祓い

高田在子

時代小説文庫

角川春樹事務所

本書は、ハルキ文庫のために書き下ろされた作品です。

目次

本文デザイン／アルビレオ

茶屋占い師がらん堂

狐祓い

第一話　幸せの形

「花〜ぃ、花〜ぃ」

通りの向こうから響いてきた売り声に、すずは掃除の手を止めた。箒《ほうき》を持ったまま大川《おおかわ》の方角へ数歩進んでみると、行き交《か》う人々の中に花売りの姿が見えた。

天秤棒《てんびんぼう》の両端に吊《つ》るした桶《おけ》の中には、桃の花がぎっしりと入っている。

すずの背後でグルルッと低い唸《うな》り声が上がった。

〈桃の節句か〉

蒼龍《そうりゅう》の「蒼《そう》」が小さな姿で現れた。

かつてはすずの生気を吸い、すずを苦しめていた蒼だが、不思議な霊能力を持つ占い師、一条宇之助《いちじょううのすけ》との契約により、今では立派な守護霊獣となってくれている。

蒼はくねくねと尾を振りながら、すずの顔の前に来た。

〈人間は、節句や祭が好きだのう。あちこちで酒が振る舞われるので、我も嫌いではないが〉

すずは小首をかしげる。

「蒼は甘酒が好きだけど、白酒も飲むの？」

〈清酒でも、どぶろくでも、何でもいけるぞ〉

蒼は牙《きば》を出して、にぱあっと笑った。

〈龍は酒が好きだ。我も、神に負けぬくらい飲む。昔、どちらが強いか飲み比べの勝負をして、神を酔い潰《つぶ》したことがあるのだぞ〉

すずは目を丸くした。

「神さまも、そんなにお酒が好きなの？」

〈人間が神に捧《ささ》げる供物の中には、たいてい酒が入っておるだろう。酒を飲めぬ神など、我は会ったことがないぞ〉

蒼は機嫌よさそうに前足で髭《ひげ》を撫《な》でると、たまやのほうへ顔を向けた。

〈だが我は、やはり甘酒が一番よい〉

蒼はしみじみと目を細めた。

〈何千年も生きてきたが、たまやの甘酒が今のところ最高だ。誇るがよいぞ〉

すずの家は、ここ浅草福川町《あさくさふくかわちょう》の最福《さいふく》神社門前で、たまやという茶屋を営んでいる。最福神社の参拝客などが多く立ち寄り、なかなか繁盛していた。

〈しかし雛遊《ひなあそ》びの何が楽しいのか、我にはさっぱりわからんのう〉

蒼は大川の方角へ顔を向けた。

〈かつて、穢《けが》れや災いを形代《かたしろ》に移して川に流しておったのは、まだわかるのだが〉

弥生《やよい》（旧暦の三月）初めの巳《み》の日に行われる「上巳の祓《じょうしのはらえ》」である。その名残《なごり》が「流し雛」の風習だといわれている。

〈誰《だれ》だって、災厄は遠ざけたいからのう。水に流して、安堵《あんど》したいのであろう〉

蒼は身をよじって、くるりと宙に円を描いた。

〈それより、我の甘酒はまだか。今日はまだ、ひと口も飲んでおらんのだぞ〉

蒼の声に、いら立ちが混じった。

〈掃除などさっさと終わらせて、我に甘酒を捧げろ。目覚めの一杯をやらねば、調子が悪くなってしまうではないか〉

すずは苦笑した。

「もうちょっとだけ待っててね。通りを掃き終えたら、すぐにあげるから」

たまやの前に駆け戻り、すずはせっせと箒を動かした。

ごみを道端に集め、塵取《ちりと》りの中に掃き入れようとした、その時――。

「すずちゃん、おはよう！」

朗らかな声に顔を上げれば、おせんが手を振りながらこちらへ向かってきていた。

たまやの常連客である。同じく最福神社門前にある小間物屋《こまもの》、柴田屋《しばた》の元女主《おんなあるじ》で、息子夫婦に店を譲って隠居した。すずの母、きよの親しい友人でもあり、たまやが忙しい時は客あしらいなどを手伝ってくれたりもする。

「精が出るねえ」

おせんは感慨深げな眼差《まなざ》しで、すずを見つめた。

元気になってよかった、とつくづく思っているような表情である。

蒼に生気を吸われて寝込んでいたすずは、何人もの医者から原因不明の病《やまい》だという診断を下されていた。このまま一生治らないのではないかと不安になっていたすずと母に、おせんは寄り添い続けてくれたのだ。

自分の身内のように案じてくれた真心を、すずは改めてありがたいと思った。

「今日から雛市が立つだろう。これから桃の花を買いにいくんだけど、すずちゃんちの分も買ってきてあげるからね。楽しみに待っていておくれ」

ぽんぽんと軽く肩を叩《たた》かれ、すずは顔をほころばせた。

「ありがとうございます」

「今日の昼は、たまやで食べるよ。今年も今日から雛蕎麦《そば》を出すんだろう？」

「はい」

たまやでは昼時に蕎麦も売っているが、かけ蕎麦、盛り蕎麦の他に、季節の蕎麦を出している。母方の遠縁である吉三《きちぞう》が、季節ごとに具材を変えていく蕎麦の案を考えてくれるのだ。

吉三は、すぐ近くの浅草駒形町《こまがたちょう》で守屋《もりや》という蕎麦屋を営んでおり、たまやで作る蕎麦の指導をしてくれている。たまやで出す麵《めん》は毎日、守屋から仕入れているのだが、若い衆が荷車で運んできてくれるので大助かりだ。

すずの父、多一《たいち》が十年ほど前に行方知れずとなってから、たまやは女所帯になっていた。

突然ふらりといなくなった父は、今どこでどうしているのだろう……。

「桃の節句の蕎麦は、雛じまいの時に食べるのがお決まりだっていうけどさあ」

おせんの声に、すずは我に返った。

「三日の雛祭当日にだって食べたいし、雛市が立ったらもう食べたくなるのが人情ってもんだろう。毎年たまやでは、雛市の初日から出してくれるから、嬉《うれ》しいよねえ」

菱餅《ひしもち》やあられとともに雛人形に供えられる節句蕎麦は、年越し蕎麦と同様、細長い麵に家運や寿命が延びるよう願いが込められている。弥生の四日に雛人形を片づける際に、清めの儀式の意味合いで食べるようになったといわれている。

かつては普通の二八蕎麦を供えていたが、次第に華美になっていく雛人形に合わせて蕎

麦も豪華になり、麺に色をつけた三色蕎麦なども用いられるようになった。

たまやでは守屋と同じく、菱餅の色にちなんだ白と緑に、桃の花の色にちなんだ赤を加えた、三色蕎麦である。蕎麦殻や甘皮を混ぜずに作った白い更科《さらしな》蕎麦と、抹茶を練り込んだ緑色の蕎麦、茹《ゆ》でた海老《えび》を殻ごと練り込んだ赤い蕎麦だ。

「三色の蕎麦を盛り合わせて一人前だなんて、本当に豪華だよねえ」

おせんがうっとりとした声を上げる。

「ずいぶんと手間がかかるんじゃないのかい」

すずはうなずいた。

「蕎麦屋泣かせの一品だ、って吉三おじちゃんが言ってました」

白い蕎麦は更科蕎麦をそのまま出せばよいが、他《ほか》の二色はそうはいかない。抹茶は水で溶かし、粘り気を出してから、蕎麦の生地に練り込む。

「そうしないと、抹茶が生地の水気を吸って、あとからひび割れを起こしてしまうそうなんです」

海老は茹でたあと、身と殻を分ける。身はすり潰し、殻は陰干ししたあと乾煎《からい》りにして石臼で粉にし、生地に練り込むのだ。

「更科蕎麦の粉は固いので、細く切って、たっぷりのお湯で長めに茹でないと、嚙《か》み心地が悪くなってしまうんです。吉三おじちゃんに初めて雛蕎麦を教わった時、おっかさんは

何度も練習していました」

おせんが感嘆の息をつく。

「食べるほうは簡単だけど、作るほうは大変だ」

「だけど喜んでくれるお客さんがいるから続けたいって、おっかさんもおじちゃんも言ってました」

「ありがたいねえ」

おせんはしみじみとした声を上げた。

「雛祭は女の節句だよ。そんな日に、そんな贅沢《ぜいたく》な蕎麦を味わえるだなんて、本当に嬉しいじゃないか。あたしたちが主役の日なんだから、白酒を飲んで、ぱあっと華やかに楽しんでも罰《ばち》は当たらないよね。そん時は、きよさんにもゆっくり座ってもらってさ。桃の花でも眺めて、なごんでもらおうじゃないか」

おせんが高笑いする。

「ま、桃の花よりも何よりも、あたしが一番綺麗《きれい》って話になるかもしれないけどさあ」

蒼がぎろりと、おせんを睨《にら》みつける。まるで「いつまでくだらん話をしておるのだ。早く行け。我の甘酒が遅くなるではないか」とでも言いたげな視線だ。

だが、おせんには蒼の姿が見えない。のん気な表情でしゃべり続けた。

「白酒は、豊島《としま》屋に倅《せがれ》を並ばせるつもりだから、そっちも期待しててておくれよ」

雛祭の酒としてもお馴染《なじ》みの白酒は、神田鎌倉河岸《かまくらがし》にある豊島屋の品が有名だ。雛祭には毎年大行列ができる人気ぶりである。

「それじゃ、またあとでね。きよさんにもよろしく伝えといておくれ」

「はい」

颯爽《さっそう》と駆けていくおせんの後ろ姿を見送っていると、すずの鼻先に蒼がぬっと顔を寄せてきた。

〈おい、豊島屋の白酒とは何だ。美味《うま》いのか。我は知らんぞ。いったい、いつから売り出しておるのだ〉

すずは小首をかしげる。

「さあ……でも、かなり昔から売っていたはずよ。豊島屋さんは、江戸の世になる少し前にできたという老舗《しにせ》だもの」

慶長《けいちょう》元年（一五九六）に豊島屋十右衛門《じゅうえもん》が始めた酒屋である。酒とともに豆腐田楽《でんがく》も店先で売り出し、居酒屋の走りになったといわれている。

蒼も小首をかしげた。

「江戸ができたのは、つい最近ではないか。人の世の移り変わりは早いのう」

何千年も生きてきた龍から見ると、二三〇年ほど前の出来事も「つい最近」になってしまうのか、とすずは舌を巻いた。

〈我も豊島屋の白酒を飲んでみたい〉

興奮したのか、蒼の体がぶわりと大きくなった。道幅いっぱいに広がる巨体で、すずを見下ろしてくる。

〈雛祭には、甘酒とともに白酒も捧げよ。豊島屋の白酒をな〉

豊島屋の白酒を供えるのはよいが、買いにいくのは大変だ。たまやの仕事をしながら長蛇の列に並ぶ暇はないだろう。それに……。

「豊島屋さんの白酒を買いに並ぶのは、ほとんど男の人だと聞いたから、ちょっと行きづらいわ。あまりにも大勢のお客が押し寄せるから、怪我《けが》人が出た時のために、豊島屋さんではお医者に控えてもらっているそうよ」

もし押し合いへし合いになったら、すずなどあっという間に倒されてしまうだろう。

蒼が鼻息を荒くする。

〈では、おせんの倅に我の分も買ってこさせろ！　宇之助を並ばせてもよいぞ！〉

蒼の鼻息が、道端に集めておいたごみを吹き飛ばした。

すずは目を見開く。

「ああ、また掃き直さなきゃいけないわ。甘酒は、ここが片づくまでお預けよ」

〈なっ、何だと〉

しゅんと体を小さくした蒼が、すずの首元にすり寄ってくる。

〈ちょっと掃除の手を止めて、先に甘酒を一杯汲《く》んではくれぬか。店開け前に一杯やらねば、おかしな客が来た時に、力が出せなくて困るかもしれん〉

すずは箒を動かしながら首を横に振った。

「ここは神社門前よ。いつまでもごみを散らかしておいたら、今生明神《こんじょう》さまに申し訳がないわ」

〈今生明神と我と、どっちが大事なのだ。守護してやっておる恩を忘れたのか〉

蒼を無視して箒を動かしていると、すずの首にゆるく巻きついてきた。

〈なあ、すず、おまえは優しい子だ。我にお預けを食らわせる意地悪など、本気ではあるまい。さ、早《はよ》う甘酒を寄越せ。早う！〉

蒼がわめきながら、すずの頬《ほお》にしがみついてくる。

〈我の機嫌をそこねてもよいのか。これ以上ぐずぐずするなら、霊力で突風を起こしてやるぞ。偉大な我の力は強大なのだ。我が起こした風で、店の看板が落ちてしまうかもしれんなあ〉

「あら、脅すの？」

すずは自分の顔に貼《は》りついている蒼を睨んだ。

「あんまり聞き分けのないことを言うと、宇之助さんに言いつけるわよ。これまで生気を吸い続けてきた代償として、何者からもあたしを守るというのが、宇之助さんとの契約じ

ゃなかったかしら。蒼が店の看板を落として、あたしを危険に晒《さら》したりしたら、誓約を違《たが》えることになるんじゃないの？」

蒼の両手の五本指が、すずの頰に食い込む。ごく軽い力で、鋭い爪《つめ》を引っ込めているので、まったく痛くはないが。

「誓約を違えた時は、消滅……だったわよね」

蒼はクォーンと子犬のような鳴き声を上げた。

〈我は待てる。何千年も生きてきた、偉大な霊獣なのでな。おまえが掃除をする間くらい、ちゃんと待てるぞ〉

すずがうなずくと、蒼は瞬時に姿を消した。今度こそ、おとなしくじっと待っているつもりらしい。

あまり待たせてもかわいそうだと思いながら、すずは手早くごみを片づけた。


蒼に甘酒をやってから、すずときよは店を開けた。

たまやの片隅で「がらん堂」として占い処《どころ》を開いている宇之助も、壁を背にして一人がけの床几《しょうぎ》に座り、客待ちをしている。

文机《ふづくえ》代わりにしている長床几を挟んで、向かい側に一人がけの床几がふたつ——占い客は店の出入口に背を向けて座る形になっているので、多少は他人目《ひとめ》を気にすることなく相

談ができるだろう。

それにしても、がらん堂の衣装がすっかり板についている、とすずは感心した。

色あせた茶弁慶《ちゃべんけい》の着物をまとっている宇之助だが、それは茶屋の占い師として動いている時だけだ。後ろで一本に束ねた髪型はいつもと同じだが、普段はもっと上等な着物をまとっている。

しばらくすると、一人の女が戸口に現れた。敷居をまたいで、きょろきょろと店内を見回す。

とても美しい中年増《ちゅうどしま》だ。艶《あで》やかで、垢抜《あかぬ》けている。半襟《はんえり》に施されている柄は、桃の花か――緑の葉とともに、渋めの色合いで描かれているので、華やかでありながら悪目立ちはしていない。

半襟は、襟元の汚れを防ぐため、襦袢《じゅばん》につける掛襟《かけえり》の一種である。着物につける掛襟は、髪油などの汚れが目立たぬよう黒繻子《くろじゅす》をつける者も多いが、洒落《しゃれ》た装いをしたいと望む女たちは、さまざまな色や柄の半襟をちらりと見せて楽しんでいる。

すずは自分の胸元へ目を落とした。

汚れが目立ちにくいと思って選んだ、無地の薄茶色である。中年増の半襟と比べると、どうしても地味――というか、年寄りくさい。

女が店内を進んできた。

「いらっしゃいませ」

半襟を気にしている場合ではない、とすずは慌てて歩み寄る。

女は一瞥《いちべつ》して、わずかに目を細めた。

微笑《ほほえ》まれた……？　いや、それにしては、まるで品定めでもされたかのような眼差しだった。

女はふいっと顔をそむけて、店の奥を見る。占い処に座る宇之助を凝視して、小首をかしげた。

「あれが、がらん堂？」

眉根《まゆね》を寄せて、思わずといったふうに口を押さえる。

「趣味の悪い柄……貧乏くさいわね」

くぐもった小さな呟《つぶや》きだったが、宇之助は聞き逃さなかったようだ。女に向かって、にっこりと笑った。

「おう、姉さん、悩み事かい」

江戸弁丸出しの「がらん堂」口調で話しかけながら、宇之助は身を乗り出した。

「一生を左右する大事な局面に立たされてます、って顔をしてるぜ」

女は口に手を当てたまま一礼した。身を起こすと、胸の前で両手を握り合わせて微笑む。

「凄腕《すごうで》の占い師がどんな悩みでも解決してくれるという評判を聞いて、占いにきたんです

けど……」

いかにも愛想のよさそうな笑みだが、宇之助に向けているのは、やはり値踏みするような視線だ。

すずは少々不快になった。

しかし、食べ物や小間物など目に見える品物を買うのとは違い、占いという目に見えないものに金を出すのだから慎重になって当然か、と考え直す。

占いに馴染みのない者にとっては、茶屋での安い占いだから安心だとも思えないのだろう。誰だって、怪しげなものには近づきたくないし、金を出したくない。この女客にとっては世間の高い評判ですら疑わしく、頼りないものに聞こえるのかもしれない。

「もともとは、紹介がなければ会ってもらえない、高値の占い師だそうですね」

女は気を取り直したように笑みを深めて、宇之助のもとへ向かう。

「わたしたちみたいな庶民を相手に安値で占うのは、がらん堂としてこの茶屋にいる時だけだと耳にしました」

宇之助は茶弁慶の袖《そで》をつかんで、自分の顔の前に掲げた。

「こんな安っぽい身なりだから、すっかり落ちぶれて、仕方なく安い占いを始めたんだと心配しちまったのかい。こりゃ、はずれだったなあ、ってさ」

宇之助が女の襟元を指差す。

「姉さんは、洒落者だなあ。半襟ひとつ取っても、こだわりを感じるぜ。この時季らしい、綺麗な桃の花の柄だよなあ」

女はまんざらでもない顔になった。

「わたし、半襟屋で働いているのよ」

宇之助は「なるほど」と声を上げる。

「売り子が洒落た着こなしをしていると、同じ品を欲しがる客も増えるだろうからなあ。姉さんが身に着けた物は、よく売れるだろう」

女は満足げに口角を上げてうなずいた。

「よくわかっているわねえ。さすが、あの大店《おおだな》の三島屋《みしまや》さんのご隠居が心酔しているという占い師だわ。腕は確かだと、わたしも信じる」

大伝馬町《おおでんまちょう》一丁目にある木綿《もめん》問屋、三島屋の隠居である三島屋徹造《てつぞう》は、名の知れた商人だった。宇之助の古くからの贔屓《ひいき》客で、よく商売の相談もしていたらしい。

宇之助が、すっと目を細めた。

「姉さんにおれの話をしたのは、大成功を収めた商人だな。三島屋とつき合いがあるか、または知り合いの知り合いってとこか」

女は目を丸くした。

「当たってる――どうしてわかったの」

「三島屋の隠居が心酔しているという占い師だって言った時の口調が、やけにきっぱりしてたからさ。あんたが信用している誰かから、おれの話を聞いたんだろうと、すぐに判断できたんだ」

宇之助は即答して、にっと笑った。

「その人は、こうも言ってただろう。『三島屋のような人間が、落ちぶれた占い師を頼りにするわけがない。今だって、たまやという茶屋以外では、高値の占いを続けていると聞いた。占いで高い金を取れるのは、それだけ腕に自信があるからだ』ってな」

宇之助の口から出た台詞は一字一句間違っていなかったと言わんばかりの形相で、女は絶句した。

「その人は、占いを馬鹿にしたりはしねえ。この世には目に見えない力があるってことを、深く信じてるのさ」

宇之助は力強く言い切る。

「大成する商売人ってえのは、自分一人で世の中を回しているわけじゃねえってことをよくわかっているもんだ。驕《おご》らず、周りに感謝して、最後は神に祈るんだ。鳥居《とりい》や手水舎《ちょうずや》を寄進したりしてな。姉さんにおれの話をした人も、そうだろうよ」

女は啞然《あぜん》とした表情で何度もうなずいた。

「彼も——達也《たつや》さんっていうんだけど——何度も神社に鳥居を寄進しているわ。三島屋さ

んの今のご店主とは、商売仲間の紹介で、一緒に食事をしたことがあるんですって」

宇之助は鷹揚《おうよう》にうなずいた。

「ま、座りなよ」

女は促されるまま、そそくさと占い処の客席に腰を下ろす。

「占いをするんなら、たまやの品も何かひとつは頼まなきゃならねえっていう決まりなんだが、いいかい」

「ええ、もちろん」

女はすずに顔を向けた。

「お団子をちょうだい。こし餡《あん》と、みたらしを、一本ずつ。たまやのお団子には今生明神さまのご利益《りやく》があるって、ものすごい評判なんですってねえ。流行のものは、しっかり味わっておかないと」

「はあ……」

占いを受けにきたのか、団子を食べにきたのか、わからない口振りである。

「それから、お茶もね」

「かしこまりました。少々お待ちください」

宇之助が懐《ふところ》から花札の入っている小箱を取り出した。

すずは調理場へ向かう。

「で、何を占う？　達也さんって人との相性かい」

「ええ。所帯を持とうと言われているんだけど、この話を受けても大丈夫かどうか知りたいの。わたしは一度、失敗しているから……」

女のため息が小さく聞こえた。

「前の亭主はけちだったけど、達也さんはちゃんとわたしにお金を渡してくれるかしら。あちこちの女にもいい顔をしているみたいだけど、それは別にいいの。もし浮気したって、全然構わないわ。だけど外の女にばかり貢《みつ》いで、女房には着物の一枚も買ってくれないっていうようじゃ困るのよ」

調理場まで聞こえてきた声に、すずは手にしていた盆を落としそうになった。

もし浮気したって、全然構わない……？

いったいどういうことだ、とすずは自分の耳を疑った。思わず、調理場から女の顔を凝視してしまう。

女の言葉に、嘘《うそ》はないのか。

物心ついた時から「嘘を見抜く力」が備わっている自分には、はっきりとわかるはずだ。どんな違和感も見逃すまい、とすずは女を見つめ続ける。

一度失敗しているという女は、男に過度な期待を抱いてはならぬと思い込んで、強がっているのではないだろうか。

だが、見極めようと何度女の顔を確かめても、嘘をついている様子はまったくない。先ほどの言葉は、本心から出たものだった。女の体からは、負の感情を示すような黒いもやも出ていない。

すずは、わけがわからなかった。

宇之助が訳知り顔で笑みを浮かべる。

「達也さんは相当もてるんだなあ。ま、金があるだけじゃなく、顔もよけりゃ、女は放《ほう》っておかねえや。八百八町《はっぴゃくやちょう》それぞれに一人ずつ女がいても、おかしかねえな」

「そうね。でも、そんなことより、わたしはとにかく貧乏が嫌なの。わたしに贅沢を続けさせてくれる甲斐性《かいしょう》があるかどうか、それが大事なのよ」

事もなげに告げた女の顔を再び凝視するが、やはり嘘は見えない。

悶々《もんもん》とした気分で団子と茶を運び、すずは調理場の入口付近に控えた。占い処と茶屋の客、両方に目配りができる、お決まりの場所である。

女は団子をひと口かじって目尻《めじり》を下げた。

「あら、美味《おい》しい。これは評判になるはずだわ」

上品な仕草で食べ進め、こくりと茶を飲んでから、女は居住まいを正す。

宇之助も背筋を伸ばした。

「それじゃ始めるぜ。達也さんと、姉さん――」

「るうよ」

「おるうさんが所帯を持ったら、どうなるか」

小箱から取り出した花札を手際よく切ると、宇之助は絵柄を伏せたまま、右手でざっと川を描くように長床几の上に広げた。

おるうは真剣な面持ちで札を見つめている。

宇之助が左手の人差し指をぴんと立てて、額の前にかざした。精神統一をするように瞑《めい》目《もく》する。しばらくして目を開けると、左手で一枚を選び取った。

表に返された札が、おるうの前に置かれる。

「梅にうぐいす――」

宇之助は、じっと札の絵を見据えた。

「おっ、こりゃあ最高の相性だ」

「本当⁉」

心底から驚いているようなおるうの声を聞きながら、すずは思わず口をぽかんと開けた。

贅沢が好きな女と、浮気をするかもしれない男――上手《うま》くいくはずがないと思っていたのに――本当に相性がいいのだろうか、とすずは訝《いぶか》しむ。

おるう本人も半信半疑の様子で、札と宇之助の顔を交互に見ている。

宇之助は札の絵を指差した。

「これは、梅の花が満開の枝にうぐいすが止まっている場面だが、実際にうぐいすが開花中の梅の木に止まることは、ほとんどねえんだ。うぐいすが餌《えさ》とするのは虫だからな。梅の花が咲く時季にゃ、虫たちはどっか別の場所で冬越ししてる。つまり、梅の花の近くに、うぐいすの餌はねえんだよ」

梅の花を目当てにやってくるのは、花の蜜《みつ》を好む目白だ、と宇之助は続けた。

「もし本物のうぐいすが梅の花の木にやってきているんなら、それは珍しいって話になるが——達也さんは、まぎれもなく、おるうさんに求婚した」

札の中のうぐいすが、宇之助の目には達也という男の姿に視《み》えているようだ。

「ふうん、達也さんは木に関《かか》わる仕事をしているのか」

札の中にある答えを確かめるように、宇之助はうぐいすを凝視した。

「へえ、材木屋か」

おるうがうなずく。

「風間屋《かざまや》って店よ。深川《ふかがわ》に集まっている材木問屋の中でも、かなり大きな店なの」

「仕事は順調だな」

宇之助は目を細めてうなずく。

「うん——達也さんには、かなりの自信があるらしい。この先さらに財を増やしていくだろうよ」

おるうは身を乗り出した。

「それじゃ、達也さんについていけば一生安泰なのね？」

「ああ、食うに困ることは絶対にねえはずだ。ただし」

宇之助は顔を上げて、おるうの目を見つめる。

「常に順調とは限らねえ。上り調子の時もあれば、下り調子の時もあるだろうよ」

「そんな」

「世の中ってえのはそんなもんだ。どんな商売にも波がある」

諭すように告げて、宇之助は札に目を戻した。

「達也さんには、先を読む力があるんだ。だが、流行の先を行き過ぎて、達也さんのいいと思ったことが周りに受け入れられねえことも多々あるだろう」

「先を行き過ぎる……」

おるうは顎《あご》に手を当て、考え込むように眉《まゆ》をひそめた。

「そういえば、何が描いてあるのかよくわからない絵を買ってきたり、変化朝顔《へんげあさがお》みたいな新しい桜を生み出すんだって言い張る植木屋に金を注《つ》ぎ込んだりして、みんなに呆《あき》れられることがたまにあるけど」

「それだよ」

おるうが語る「よくわからない絵」や「新しい桜」を眺めるように、宇之助は宙へ視線

を飛ばした。

「達也さんが目をつけたものは、大化けするかもしれねえ。ただ、江戸の世で認められるとは限らねえんだ。もっと先の未来になって、やっと世の中が認めるのかもしれねえな」

おるうは小首をかしげる。

「半襟屋の仕事とは比べられないかもしれないけど、流行じゃないものは売れないものねえ。いい色だな、いい柄だな、と思っても、わたし一人が気に入るだけじゃ駄目なのよ。流行《はや》りすたりのない無難なものも、買いにくるお客が一定はいるから店に置くけど、売り上げはあまりない」

おるうは呆れたような笑みを浮かべる。

「みんな、無難過ぎてつまらないものは嫌なのよ。だけど目立ち過ぎるのも嫌──奇抜過ぎない、ほどほどに洒落たものが好きなの」

だから、おるうは通りの人波によく目を凝らすのだという。

「ほどほどの、いい塩梅《あんばい》って、簡単なようで難しいわ。半襟みたいに小さな品を買うんでも、みんなあまり斬新なものは選ばないのよねえ」

宇之助は同意する。

「まあ、そんなもんだろう。だが達也さんには度胸がある。周りの目を気にせず、誰に何と言われても、自分がいいと思ったものを選び抜くんだ」

宇之助は札を手にした。

「達也さんの商売は、当たった時はでけえが、はずす時もある。材木以外にも手ぇ出して、小さな失敗をくり返しているんじゃねえのかい」

おるうはうなずく。

「花鳥茶屋を開いてみたり、本屋を開いてみたりもしていたわ。潰れたり、人に譲ったりした店もあるけど」

「いろいろやりたくなっちまうんだよなあ」

まるで札の中から小鳥が飛び立ち、たまやの中を飛び回ってでもいるかのように、宇之助は宙を眺めた。すずの目には何も見えないが、宇之助の目には達也が仕事に奔走している姿でも視えているのだろうか。

そうだと答えるように、宇之助は宙に向かってうなずく。

「だから、おるうさんの助言が必要なんだ」

おるうは戸惑い顔になる。

「わたし……？」

宇之助はおるうに目を戻した。

「達也さんが世の中の流れから大きくはずれそうな時には、はっきり言ってやんな。『あんたの思いつきは、今の世の中じゃ受け入れられない』ってな。そんでよ、おるうさんが

考えた案を、惜しみなく教えてやるんだ」

おるうには流行を見極める力があるのだ、と宇之助は告げた。世の中にも、ちゃんと通用するぜ」

「もっと自信を持っていい。半襟屋で磨いた感性は本物だ。世の中にも、ちゃんと通用するぜ」

おるうは唇を引き結んだ。

「たとえ所帯を持ったとしても、わたしは達也さんの仕事に関わらないわ。あなたが何と言ってくれても、わたしはしょせん素人《しろうと》よ。わたしの話なんか、聞いてもらえるわけがないでしょう」

「それは違う。おるうさんだって、本当はわかっているはずだぜ」

宇之助の強い口調に、おるうは押し黙った。

おるうの顔の前に札を掲げて、宇之助は続ける。

「なあ、おるうさん、花が咲く木に飛んでくるのは、目白だけじゃねえんだ。鵯《ひよどり》や小啄木鳥《こげら》——それに、雀《すずめ》なんかもやってくる」

目白、鵯、小啄木鳥は、細長いくちばしを花の中に差し込み、長い舌で蜜を絡め取るようにして舐《な》めるのだ、と宇之助は説明した。

「雀は稲や虫を食う、雑食の鳥だ。花も食うのかは知らねえが、太くて短えくちばしで、根元から引きちぎっているところを見たことがあるぜ。そん時は、梅じゃなくて桜だった

がよ」

枝から飛び立つ時、雀はあっさり花を捨てていった。

「桜についた虫を食べたあと、いたずらで花をむしっていたのかもしれねえなあ」

ちぎられた花は、ちょうど宇之助の足元に落ちたという。

「地面に落ちている花を美しいと思う者もいるかもしれねえ。花をくわえている雀を可愛らしいと思う者もいるかもしれねえ。だけど桜の木からすりゃ、雀は立派な花泥棒さ」

おるうは目を伏せた。

「梅の木に止まる目白をうぐいすだと思い込む者が多いように、おるうさんも男に対して激しい思い込みがあるだろう。女だからこれでいいんだ、我慢しろ、って思い込まされて生きてきたんじゃねえのかい」

込み上げてくる怒りを抑え込もうとしているかのように、おるうは膝《ひざ》の上で両手を握り固めた。しばし歯を食い縛っていたが、心を落ち着けるように「ふーっ」と大きく息を吐いてから、静かに語り出す。

「わたしは、品川《しながわ》の漁師町に生まれたの」

過去を睨《にら》みつけるように、おるうは長床几の上を見つめた。

両親、兄、おるう、弟の五人暮らしだったという。父親と兄弟は漁師で、毎日海へ出て魚を獲《と》っていた。

「子どもの頃《ころ》は貧乏で、売り物にならない小魚ばかり食べていたわ」

　と言っても、小魚を食べていたのは、おるうと母親だけ。父親、兄、弟は身の厚い大きな魚を食べて、納豆や卵まで口にしていた、とおるうは続けた。

「おとっつぁんたちが海に出て、命懸けで働いてくれるおかげで、わたしたちは生きていける。養ってくれる人たちに大きな魚を食べてもらうのは当たり前だって、母親はいつも言ってた」

　おるうは自分を納得させるようにうなずく。

「それはもっともだと思っていたわ。だから食べるものに文句を言うつもりはなかった。でも、何もかもに差をつけられるのは、違うと思ったの」

　おるうは悔しそうに唇をゆがめる。

「あっちは男で、こっちは女だから――それが母親の口癖よ。父親も、兄弟も、みんな同じ考えだった。だけど、わたしは、どうしてもそう思えなくて。時と場合によるんじゃないかって気持ちが拭《ぬぐ》えなかったの」

　貧しい暮らしでも、家族はたまに着物を買い換えていたが、古着屋で見繕うのは常に男物だけだった。

　おるうは右手で胸元を握りしめる。

「わたしは、死んだ祖母《ばあ》さんのお下がりを着せられていたのよ。兄さんも弟も、祖父《じい》さん

のお下がりなんて一度も袖を通さなかったくせに」

おるうはため息をついて、左手を頬に当てた。

「わたしにも着物を買ってほしいって頼んだら、ひどく怒られたわ」

宇之助は痛ましげに目を細める。

「父親に張り飛ばされたんだな。おるうさんが何を言っても、家族はまともに聞いちゃくれなかった」

「ええ……いつも、そうだった」

おるうは独《ひと》り言《ご》つように続けた。

「兄さんの命令に従わなきゃ『上の者を立てられねえのか』って殴られて、弟のわがままを聞き入れなきゃ『下の者を可愛《かわい》がってやれねえのか』って蹴《け》られたりした」

「理不尽だよな」

宇之助の言葉に、おるうは鼻先で笑った。

「口答えするような生意気な女は、やられても仕方ないんですって」

父親も兄弟も、事あるごとに躾《しつけ》と称して、おるうを折檻《せっかん》した。

「痛い目に遭った次の日くらいは、わたしもおとなしくしてたのよ。だけど、何でもかんでも言いなりになるのは、やっぱり我慢できなくて。また殴られるとわかっていて、つい言い返しちゃったのよ」

同じ家業の男のもとへ嫁に行けと父親に命じられた時は、ぞっとしたという。

「父親と似たような男だったから、冗談じゃないと思ったわ。必死で拒んだの。そうしたら、気を失うまで殴られちゃって」

宇之助は訳知り顔で目を細める。

「それで家出同然に江戸へ来たのか」

おるうはうなずいた。

「納屋の中で目を覚ました時、このままじゃ殺されると思ったから」

逆らわなければ、体を痛めつけられることはないだろう。おとなしく親兄弟の言うことを聞いていれば、きっと日々をやり過ごせる——けれど思いを口にしなければ、今度は心が死んでしまう、とおるうは感じていた。

「家を出て、本当によかったよなあ。おるうさんには、やっぱり江戸が合ってるぜ」

宇之助の言葉に、おるうは少し照れたような表情になった。

「江戸の人間になれたのなら嬉しいわ。江戸の女は綺麗だって聞いて、江戸に行けば自分も綺麗になれるんじゃないかと思っていたのよ」

いつかどこかで耳にした話によると、江戸には自分の店を持つ女もいるという。読み書き算盤《そろばん》はお手のもの。男の奉公人を顎で使って、自分で稼いだ金を好きなように使う。それは、おるうにとって夢のような話だった。

「いつか江戸で暮らしたいと、ずっと憧《あこが》れていたわ」

おるうは胸の前で両手を握り合わせる。

「江戸へ行ったら、わたしは魚くさい仕事なんかしない。綺麗になるために、手荒れのしない、お洒落な仕事に就くんだって決めてた」

納屋の中でうずくまるおるうのもとに、母親が飯を運んできた。食べ終わったら父親のもとへ行って謝るよう告げて、納屋の戸をふさいでいた心張棒をはずしていった。

「おるうさんは飯を食い終わったあと、そのまま江戸へ向かったんだな。着の身着のまま、身軽になってよ」

宇之助の言葉に、おるうは笑いながらうなずく。

「こんな昔話――めったにしないのに、どうして、しゃべっちゃったのかしら」

宇之助は、にっと口角を上げた。

「そりゃ、おれが占い師だからさ。誰にも語れぬ悩みを聞いて、未来を視るのが、おれの仕事だからな」

宇之助は手にしていた札を、そっとおるうの前に置き直した。

「それにしても、達也さんは面白《おもしれ》え人だなあ。わざと回り道して、楽しんでいるようなところがある。材木屋になる前も、違う職に就いていただろう」

宇之助は宙を仰いで唸った。

「もっと小せえ仕事――商人じゃねえな。だが、やっぱり木を扱ってる。物作りの職人か」

「大工よ」

思わずといったふうに、おるうが口を挟んだ。

「田舎から出てきて、まずは大工になったの。材木の知識は、普請場で学んだと聞いたわ。親方や兄弟子たちから、いろいろ教えてもらったんですって」

宇之助が「へえ」と感嘆の声を上げる。

「実際に建物を作る仕事をしていた経験があるから、取り引き先とも深い話ができるんだろうなあ」

「その通りよ。何を作るのか聞いて、どんな材木がいいのか、大工と一緒に考えるのが楽しいって言ってた」

だから信頼を得て、達也のもとには多くの注文が入るのだ、とおるうは胸を張った。

宇之助は目を細める。

「親方たちは、達也さんを心底から応援してくれているんだなあ。達也さんが店を興した時は『おれの元弟子んとこで材木を仕入れな』って、あちこちに声をかけてくれたはずだぜ」

「ええ。今でも、親方の紹介で店に来る人がいるんですって。達也さんも大工だったから、

大工の気持ちがよくわかる。絶対にいい木を手配してくれるから、安心して任せろって言って、得意げに達也さんのことを自慢しているらしいの」

達也が嬉しそうに、おるうに語っていたのだという。店を興して、一代で財を築くことができたのは、親方たちみんなのおかげだ、と。

おるうは真剣な面持ちで小首をかしげた。

「それも札の中に視えているの？」

宇之助はうなずいて、人差し指で軽く札を叩いた。

「札の中に、達也さんの過去や未来が現れるのさ。まるで走馬灯のように動いて、こんなことがあった、こんなことが起こる、って教えてくれる」

宇之助は苦笑した。

「達也さんが大勢の女たちと日替わりで会っているところも、はっきり視えちまったぜ」

おるうは札を覗《のぞ》き込む。

「わたしにはまったく見えないけど――それが本当のことだって、よくわかるわ。あの人の周りには、女が途切れないのよ」

「女遊びは、達也さんにとって趣味みてえなもんだ」

宇之助はじっと、おるうの目を見た。

「だが、女と遊び歩くことで、達也さんは世の中の流行をつかもうとしている。連れ歩く

女たちが何を見て、どんな様子を見せるか。達也さんは、それを仕事に活《い》かそうとしているようだ」

おるうは挑むような目で、宇之助を見つめ返す。

「でも、そこに色恋が絡んでいないという証《あかし》はないわよね」

別にそれでもいいけど、とおるうは続けた。

「わたしにとっては、やっぱりお金のほうが大事だもの。下り調子の時があっても、食うに困ることなく、また贅沢ができるようになるのなら、踏ん張ってみせるわ。実家だって、不漁が続いた時は本当に大変だったもの」

すずは思わず眉根を寄せた。

おるうが貧乏を嫌う理由は「育ち」なのだろうが。それにしても、女遊びを続けるような男でいいだなんて……「やっぱりお金のほうが大事」だなんて……。

胸の中がもやもやする。

おるうの言葉が本心だとわかるから、なおさらだ。

よそに女が大勢いる男と所帯を持つだなんて、すずには考えられない。貧しさのあまり、身売りしなければならない境遇でもないのに。

多少貧乏だって、やはり一途《いちず》に想《おも》ってくれる相手がいいのではないだろうか……。

「札の中に現れる未来は、あくまでも『起こりうる出来事』のひとつだ。人がどう動くか

で、未来は変わるからな」

　宇之助は札に目を戻した。

「達也さんは、いろんな客を家に連れてくるぜ。外で飲んだあと『うちに泊まっていきな』って、酔い潰れた仕事仲間を担いできたりしてな。夜遅くに、おるうさんが女房としてもてなさなきゃならねえ時もあるだろうが、それも平気かい。おそらく、しょっちゅうだ」

「平気よ」

　おるうは胸を張った。

「実家にいた頃は、それこそ毎日のように網元の家の手伝いに駆り出されていたもの。漁から帰ってきた男たちに、握り飯や汁物を振る舞ったりするのよ。浜辺に大鍋《おおなべ》を運んで、たくさんの魚を下ろして、あら汁を作ったりするの。突き刺すような風で手がかじかむ冬も、照りつける日差しでじりじりと肌を焼かれるような夏も、年がら年中よ」

　おるうは顔をしかめたのちに、ふっと微笑んだ。

「だけど楽しかった。みんなと一緒にいる時は、父親も兄弟も殴ったりしなかったし。隣近所の人たちと笑い合っている時が、ずっと続けばいいと思っていたわ。家になんか帰りたくなかった」

　賑《にぎ》やかなのは好きだから、いつ客を連れてこられても大丈夫だ、とおるうは目を細めた。

宇之助はうなずく。

「そん時の経験が、江戸で大いに役立ったもんなあ」

宇之助の言葉に、おるうは虚を衝《つ》かれたような顔になる。

「江戸へ出てきて、すぐに半襟屋で働き始めたわけじゃねえよな」

「ええ……まずは日本橋の料理屋に勤めたの。といっても、百川《ももかわ》みたいに立派な料亭じゃなくて、魚河岸の近くの小さな店よ」

おるうは半襟を指で撫《な》でた。

「貧しくて、小汚い身なりだったから、洒落た店でなんか雇ってもらえなくてね。何とか潜り込めたのは、魚河岸の男たちが常連の料理屋だった。漁師の娘だから魚の扱いに慣れているだろうっていうんで、台所で魚の下ごしらえばかりさせられたわ」

また魚くさい日々が続くのか、とおるうはうんざりした。

「だけど、給金をもらえたから」

金を貯《た》めて、おるうは古着を買った。

「葦簀《よしず》張りの小さな店だったけど、祖母さんの着物よりずっといい品がたくさんあったわ」

選ぶ際は、目移りして、なかなか決められなかったという。

「何を買ったら垢抜けた女になれるのか、さっぱりわからなくてね」

古着屋に助言をもらいながら、やっと一枚を選んだ時、おるうは興奮しきっていた。

「ついにやった、わたしは自分の着物を買ったんだって、叫び出したくなったわ」

その瞬間がよみがえったかのように、おるうの目が輝いた。

「鼻息が荒くなって、帰り道で思わず飛び跳ねちゃった」

思い出し笑いを漏らして、おるうは続ける。

「必死に働いて、稼いだ金で身なりを整えられるようになって。小綺麗になったら、ちょっと洒落た店で雇ってもらえることになったの」

「それが今の半襟屋だな」

おるうはうなずいた。

「料理屋を辞めて、半襟屋へ移ってからも、わたしは古着や小間物を買い集めたわ。もちろん半襟もね。半襟屋の売り子だもの、そこは一番手を抜けないでしょう」

おるうの表情に、ふっと寂しげな影が差す。

「でも、何でだろう。新しいものを買うのは相変わらず嬉しいのに、江戸へ来て初めて古着を買った時のほうが、気持ちが高ぶっていた気がする。あれを越える喜びには、ひょっとしてまだ巡り合っていないんじゃないかしら」

「それだけ頑張っていたのさ」

宇之助が微笑む。

「生まれて初めて手に入れた、自分の着物だったんだ。しかも、自分で稼いだ金を好きに使ったのも生まれて初めてだ。誰にも奪われねえ幸せをしっかりつかめたんだって、心の底からしみじみ思えたんじゃねえかなあ」

おるうは自信なげに首をかしげた。

「それじゃ、今のわたしは、あの時以上の幸せを味わえていないのかしら」

宇之助は首を横に振る。

「幸せだって、ちゃんとわかっているはずだぜ。ただ、昔の傷がまだうずいてるんだ。家族に押さえつけられていた時の、胸の痛みがな」

宇之助は再び、人差し指で軽く札を叩いた。

「達也さんは、どんどん本音をぶつけてもらいたがってる」

信じられぬと言いたげに、おるうは頭を振った。

「いろんな鳥がいるように、いろんな男がいるんだぜ。達也さんは、前の亭主とは違う」

宇之助は断言する。

「前の亭主とは相性が悪かったんだ。上手くいかなかったことを、おるうさんが気に病む必要はねえ。前の亭主も、今は別の女とやり直しているだろう。一見おるうさんとは正反対の女だ。姑《しゅうとめ》にいびられても、黙ってじっと耐えているから、前の亭主は楽なのさ」

おるうはまじまじと宇之助の顔を見つめた。

「すごい……全部ぴたりと当たっているわ」

宇之助は、にっと口角を上げる。

「おるうさんは、人伝《ひとづ》てに前の亭主の後妻の話を聞いたんだろう。『今度の嫁は、文句も言わずにおとなしく、前の亭主を健気《けなげ》に支えているから偉い』ってな」

おるうはうなずいた。

「だが、その女は前の亭主とだから上手くいくのさ。達也さんがその女を前にしても、絶対に口説いたりはしねえ。達也さんが『所帯持ちの女には手を出さねえ』と決めているってえのもあるが、何も言わずにじっと耐え忍ぶような女は、達也さんにとって『つまらねえ』のさ」

おるうは目を見開いた。

「どうして……だって、男はみんな……」

宇之助は首を横に振る。

「達也さんは違う。おるうさんの父親や、前の亭主とは、考えや好みが正反対なんだ。だから、おるうさんとは相性がいいのさ。自分の意見をしっかり出せる女を、達也さんは求めてる」

おるうは不安げに眉を曇らせた。

「達也さんに対しては、遠慮なんかしないほうがいいぜ」

「してるつもりは……」

ないけれど、という言葉を呑《の》み込んだかのように、おるうは唇を引き結んだ。宇之助は諭すように続ける。

「達也さんと上手くいくかどうかは、おるうさんが腹を括《くく》れるかどうかに懸かってる。しょっちゅう喧嘩《けんか》してもいいんだ。それぐらい本来の自分を出していければ、前の亭主とはできなかった深い絆《きずな》が、達也さんとは結べるぜ」

おるうは困惑顔になりながらも、こくりとうなずいた。

「達也さんとの相性は、本当にいいのね？」

「ああ、この上なく」

宇之助は即答した。

「信じるかどうかは、おるうさん次第だ。幸せをつかむために、思い切って動けるかどうか。江戸へ出てきた時みてえにな」

おるうは、ぴくりと肩を震わせた。

「思い切って動く……」

凛《りん》と顎を引いて、おるうは背筋を伸ばした。

「望むところよ。腹を括って動かなきゃ、何も変わらないってこと、わたしは知っているもの」

故郷を出て、江戸まで歩いた道のりを振り返っているかのように、おるうは唇を噛みしめた。

✿

おるうは立ち上がった。長床几の上に置かれた札を見下ろすと、札の中の小鳥と目が合ったような気がした。

うぐいす――いや、本当は目白か――どちらでも構わないが、達也に見られているような気分になったのは、なぜだろう。がらん堂が、札の中の小鳥を達也や父親たちに当てはめたからだろうか。

顔を上げると、がらん堂が静かに微笑んでいた。

こちらが客だからだろうが、おるうが「金」だの「贅沢」だの言い続けても、がらん堂は眉ひとつ動かさなかった。そりゃ当然だな、とでも言うような目で、おるうを見ていた。

同じことを言っても、周りには蔑《さげす》まれるだけだったのに。

先ほど団子を運んできた茶屋娘は、顔に出さぬよう努めているようだったが、おるうを見る目にちらりと侮蔑《ぶべつ》の色が浮かんでいた。

気にはしていない。あんな目で見られるのは慣れっこだ。

どんな目で見られたって構いやしない。

大事なのは、やはり金だ。

みじめな暮らしには、もう二度と戻りたくない。

たまやを出ると、すぐ向かい側にある最福神社の赤い鳥居が目に入った。その両脇《りょうわき》に植えられている大木の枝で、小鳥がさえずっている。

おるうはふらりと最福神社へ向かった。鳥居からまっすぐに延びている白い石段を上がっていく。

手水舎で手と口を清め、社殿の前に立つ。

ここに祀《まつ》られている今生明神は、前世でも来世でもなく、今世に生きる者たちを見守る神だと聞いたが、今おるうの胸をよぎっていくのは過去ばかりだ。

前の亭主の留蔵《とめぞう》とは、最上《もがみ》屋という紅屋で出会った。留蔵は最上屋の跡取り息子で、店に客として出入りしていたおるうは見初《みそ》められたのだ。

留蔵は華奢《きゃしゃ》な優男だったので、故郷の漁師たちとはまったく違っていた。女客を相手に紅を売っているためか、物腰は常に柔らかで、おるうは会うたびにうっとりしたものだ。

茶屋への誘いに応じ、料理屋への誘いに応じ、求婚された時には飛びついた。

故郷を捨てた甲斐があった、と当時暮らしていた長屋でこっそり小躍《こおど》りしたのをよく覚えている。

これで、わたしも幸せになれる――固く信じて疑わなかった幸せが崩れ始めたのは、最

上屋で暮らして一年も経《た》たぬ頃だった。

嫁となった初日から、かつての姑はおるうをいびった。

——不味《まず》い茶しか淹《い》れられないだなんて、女として恥ずかしい。商家の嫁としても、みっともないですよ——。

——がさつな嫁で嫌だわ。漁師町の生まれらしいけど、育ちが悪いから下品なのねえ——。

おるうは、ひるまなかった。

故郷を捨てた時に決めたのだ。もう我慢などしない、と。

だから、にっこり笑いながら姑に言い返してやった。

——あら、お義母《かあ》さん、お客さまにお茶を出すのは奉公人の仕事じゃありませんか。最上屋の奉公人は、まず掃除と茶汲みから覚えるんでしたよねえ。お義母さんが、そうおっしゃったんじゃありませんか。まさか、もう耄碌《もうろく》したわけじゃないですよねえ——。

——育ちが悪いといえば、お義母さんの実家は農家でしたっけ。海で魚を獲るのより、畑で野菜を作るほうが上品だなんて、今の今まで知りませんでしたよ。留蔵さんが子供の頃、田舎《いなか》の肥溜《こえだ》めに落ちたって聞きましたけど。育ちのいいお義母さんが生まれた場所にも、くさいものがあるんですねえ——。

意地悪な姑になど負けてなるものか、とおるうは意気込んだ。故郷にいた頃の自分とは

違うのだ。やられたら、やり返してやる。誰にだって、舐《な》められてたまるか。

最初はおろおろして、おるうをたしなめていた留蔵も、次第に何も言わなくなった。穏やかに微笑んでいたので、おるうの言い分を認めてくれたのだと思っていた。

それなのに。

ある日、突然三行半《みくだりはん》を突きつけられたのだ。

――返し一礼を書いて、早く出ていっておくれ。そうしないと安心して次の嫁を迎えられないからね――。

夫から妻に出すのが「三行半」と呼ばれる離縁状である。ちゃんと渡したという証拠がなければ、再婚の時に先妻から異を唱えられる恐れもあるので、受取書である「返し一礼」を取る夫もいた。

留蔵の言葉に、おるうは悟った。

姑に口答えしてもたしなめなくなったのは、おるうの言い分を認めてくれたからではなかったのだ。きっと、その頃すでに、陰で姑と「おるうを追い出す算段」を固めていたのだ。ひょっとしたら、もう次の嫁を見つけていたのかもしれない。

怒りを通り越して、呆れ返った。

ああ、やっぱり、人の心は当てにならない。愛だの恋だの言ったって、そんなものは、きっと永遠じゃないんだ。すべて捧げれば、いつか無になってしまう。

せっかく手にした半襟屋の仕事を辞めて、嫁入りしたのに。離縁して放り出されるのなら、辞めるんじゃなかった。

あとから思えば、所帯を持ったとたんどこにも連れていかなくなり、紅ひとつ贈ってくれなくなった留蔵を怪しむべきだったのだ。あいつは、母親の言いなりに動く人形のような男だった。

金がなければ、食べ物も買えず、おんぼろ長屋に住むこともできない。

金があれば、女一人でも、悠々自適に生きていける。

やはり頼りにできるのは、金だ。

さっき、がらん堂の前で昔語りなどしてしまったせいか、故郷の海がまぶたに浮かんでくる。波の怒号に似た父親のわめき声も、耳の奥によみがえってくる。

――わがまま言うんじゃねえ、女のくせに。おとなしく、おれの言うことを聞いてりゃいいんだ――。

もう何年も帰っていない故郷には、二度と戻るつもりがない。

不幸中の幸い、婚家を出たあとすぐ、またもとの半襟屋で雇ってもらえることができたので、おるうは我武者羅《がむしゃら》に働いた。

再び貯め込んだ金を握りしめて古着屋へ行き、着物を買い換えると、胸がすっとした。江戸へ来た時と違い、自分一人で買う物を選べた自分を誇らしく思えた。

洒落たものを身にまとうのが自分の生き甲斐なのだ、とおるうは痛感した。

人は中身が大事だと言うけれど、まず真っ先に目がいくのは外見だ。誰にも舐められず、そして何より自分が気分よく過ごすには、身なりを大事にしなければならない。

半襟屋の客として現れた達也も、それをよくわかっているようだった。

自分を引き立てる着物を常にまとい、ひと目で上等だとわかる印籠《いんろう》や草履《ぞうり》を身につけている。どこから見ても立派な大商人だ。人の上に立つ風格を備えている。

同じ商人でも、前の亭主とは格がまるで違った。小さな店ながらに跡取りとして甘やかされて育った留蔵に対して、自分の才覚を武器にして世間の荒波をくぐり抜けてきた達也には、したたかな魅力がある。

おまけに、とんでもなく顔がいい。歌舞伎《かぶき》役者と張り合えるほどの華もある。達也と並んで歩きたがる女たちの気持ちが、手に取るようにわかった。すれ違う女たちから羨望《せんぼう》の眼差しを向けられると、自尊心をくすぐられ、何とも言えぬ心地よさを感じるのだ。

毎回違う女のために半襟を買っていくのだと悪びれもなく話していた姿には、とんでもない女ったらしだと閉口したが。こそこそ隠れて浮気するより、堂々と女遊びをくり返すほうが、いっそ潔いと思えた。

実際、人前では殴らなかった父親たちや、陰で姑と結託していたらしい前の亭主より、達也はずいぶんいい男だ。比べるのが申し訳なく感じるほどに。

顔だけでなく、気前もいい。高価な物でも、けちらずに買ってくれる。物ではなく心が大事なのだと人は言うけれど、心は目に見えない。目に見える形で心を表すのが贈り物なのだとすれば、それもいい方法ではないか、とおるうは思う。かけた金の大きさで心を示すことができるのであれば、大いに結構ではないか。

なぜ人は、金を汚いもののように語るのだろう。生きていく上で必要だ、自分も金が欲しいと求めながら、大金を手にした者の悪口を言う。見ず知らずの、自分を踏み台にしてのし上がったわけでもない者を、成金だの何だのと蔑む。

馬鹿みたいだ。

毎回違う女のために半襟を選ぶ達也を手放しで褒めることはできなかったけれど、贈り物を吟味する目はいつだって真剣だった。人任せにして自分で選ばぬ男より、ずっといいではないかと思えた。

だから、おるうも真剣に、売り子の矜持《きょうじ》を持って上等な品を薦めた。

達也は時に首を横に振りながら、しかし大半はおるうが薦《すす》めた品を買ってくれた。

半襟を通して達也に認められた気がした。

いかにも遊び人の達也だったが、ある日買い物もせずに「つき合おう」と言ってきた時には、すぐ応じられた。

こちらは一度離縁された身だ。もう所帯なんか持たなくてもいいと思っていたので、達

也を縛りつけたくなるような執着は持たずに済む。独り寝の寂しさをまぎらわせるために男とつき合うのもいいだろうと思った。

達也と過ごす日々は心地よい。

求婚された時、いつでも手放せると思っていた達也のそばにずっといたいのだという自分の気持ちに気づいて、おるうは動揺した。

一緒に暮らしても、達也との仲が上手くいけばいい。

けれど、所帯を持ってしまったら、何かが変わってしまうかもしれない。

留蔵とは違う、とがらん堂は言っていたけれど、本当にそうだろうか。夫婦としての暮らしを始めてみなければ――歳月が過ぎてみなければ、それは誰にもわからない。人がどう動くかで未来は変わる、ともがらん堂は言っていた。

同じような苦しみを何度も味わうのはごめんだ。

おるうは今生明神に向かって手を合わせた。

「神さまが人を作った時、どうして心が見えるようにしてくれなかったんですか」

恨み言をぶつけるようなおるうの声に、答える者は誰もいない。

そういえば、この世のさまざまなものを生み出したのは今生明神ではなかったな、とおるうはうろ覚えの神話を思い出した。となると、先ほどの問いを今生明神に向けたのは的はずれだったかもしれない。

おるうは一礼して、最福神社をあとにした。

✿

おるうが帰ったあと、すずはもやもやした気持ちを引きずったまま店の戸口に立った。最福神社の石段を上がっていく、おるうの後ろ姿が見えた。今生明神に参拝してから帰るつもりらしい。金のことでも祈るのだろうか……。

何だか嫌な気持ちが大きくなった。

「どうした」

宇之助に声をかけられ、すずは振り向いた。

「浮かぬ顔だな」

「だって……」

すずは占い処の前に立つと、長床几の上にまだ置かれていた札を見つめた。

「お金が大事なのはわかるんですけど、お金だけがすべてではないでしょう」

「おるうさんも、金がすべてだとは言っていなかった。ただ、他のものよりも大事だと言っていただけだ」

「だけ、って言われても……」

他のものより何より、金が一番大事なのだろう。それがすべてではないと言われても、

すべてに近いのではないか、と思った。

「納得できないか」

唇を尖《とが》らせたすずに、宇之助は苦笑する。

「おまえは、おるうさんと考え方が違うからな。おるうさんのような生き方もあるのだと、知っていればいいいんだ」

宇之助の言い方に、すずの不満は募る。

「それじゃ、宇之助さんはおるうさんと同じ考えなんですか」

「考えは違うが、わかる部分も大きい」

宇之助は花札を小箱にしまいながら続けた。

「おれも昔は貧乏だった。馬鹿な父親が、食べ物も銭も全部、赤の他人にやっちまったからな」

以前にも聞いた話だ。

町の占い師だった宇之助の父親は、やってきた客たちを励まし、助けるために、家族に我慢をしいていたという。そのせいで、宇之助と母親は散々苦労したのだが、寝る間も惜しんで稼いだ金を、次々とまた占い客に回されてしまっていた。

耐えきれなくなった宇之助は十五の時に家を出て、占い師として独り立ちした。父親と同じやり方はするまいと固く決め、口伝えで来た客だけを相手に、高額で占うよ

うになった。

　風邪をこじらせて死んだ父親とは、最後まで疎遠だったらしい。一人暮らしになった母親を引き取り、亡くなるまでいい暮らしをさせてやったので、宇之助に心残りはない様子だった。

「金がないのは、本当につらい。空腹や寒さが身に染みて、心をむしばんでいくんだ」

　きよが調理場から出てきて、宇之助に同意した。

「金だけがあればいいとは、あたしは思わないけどさ。だけど、やっぱり金がなきゃ、生きてはいけないからねえ」

　きよは悲しげな笑みを浮かべながら、すずを見た。

「おとっつぁんがいなくなって、女手ひとつであんたを育てていかなきゃならないと思った時は、あたしも苦しかったよ。おせんさんたち近所のみんなが助けてくれたけど、どこまで甘えていいものかわからなかったしね」

　きよは切ない目で戸口を眺めた。

「さっきの、おるうさんって人も、甘え方が下手なんだろうねえ」

「頼りにできる人間が、周りにいなかったからな」

　宇之助は花札を収めた小箱を両手で包み込んだ。

「親に甘えられず育ったという点では、おれも同じだから、よくわかる。これまでと違う

暮らしをしたいと願ってきた、おるうさんの気持ちがな。みじめな暮らしから一日も早く抜け出したいと、おれも思っていた」

高額な占いだけでは足りない、もっと稼がねばならぬ、と宇之助は一心不乱に働き続けた。厳しい修行で高めた霊能力を駆使して、加持祈禱《かじきとう》や悪霊祓《あくりようばら》いなどを次々と行っていたという。

「退魔の仕事は命懸けだったが、やめようとは思わなかった。魔に取り憑《つ》かれた人々を救いたい、これはおれにしかできない仕事なんだという意気込みも、確かにあったが――やはり大きな報酬が得られるので続けていたんだ」

宇之助は花札の小箱を撫で回す。

「惚《ほ》れた女に、いい暮らしをさせてやりたかった」

すずはどきりとした。

惚れた女――確かめるまでもなく、それは宇之助の亡き妻、みふゆだろう。

すずが宇之助と出会ったのは、大川沿いの枝垂《しだ》れ柳の木の下だった。みふゆを失った傷心で、まともな暮らしを送れぬほど気落ちした宇之助は、ろくにものも食べず地面にへたり込んでいたのだ。

夢に出てきたみふゆに叱咤《しった》激励され、生きる気力を取り戻し、茶屋の占い師としても動き出したが――。

「金がすべてとは、おれも思わないが、金に対する思いは大きかったと思う」

だが、と宇之助は続ける。

「みふゆは違っていたのかもしれない。『もっと町の人たちに寄り添った形』の占いを薦めてきたぐらいだからな」

そうだった、宇之助がたまやで庶民相手の安い占いを始めたのも、みふゆの存在があったからだった、とすずは改めて思い返した。みふゆの言葉を思い出すまで、宇之助は茶屋の占い師になどなるつもりはなかったのだ。

「母親にしても、おれがあんなに嫌がっていた暮らしをやめようとはしなかった。おれが面倒を見るから父親を捨てろ、と何度も説得したのに」

きよが訳知り顔でうなずく。

「男と女の間に、理屈は通らないんだよ。惚れて一緒にいたいと思えば、それだけでいいのさ。あとは、その想いがどれだけ強いかだね」

宇之助は微笑とも苦笑ともつかぬ笑みを浮かべた。

「母親にとっては、金より大事な男だったんだろうな。おれは許せなかったが、母親は最後まで父親に寄り添い続けた」

宇之助は花札を懐にしまうと、すずに向き直った。

「人生に何を求めるか、幸せの形は人それぞれなんだ。この世に生きている人間の数だけ、

違う形がある。たとえ血を分けた親兄弟であっても、自分の枠に当てはめることはできない」

宇之助は着物の上から花札を押さえた。

「だが、寄り添うことはできる。おれは占い師だからな。たとえどんな人間であっても、占うと決めた以上は、相手を幸せに導くために札を視なければならないんだ」

つまり、自分とは違う幸せの形に沿って物事を見るということか。

おるうの場合は、それが金だということなのか……。

人を占うということは、とても難しいのだと、すずは思った。

もし自分が占う側に立ったとしたら、きっと相手の望む形を視るのではなく、つい自分の願望を押しつけてしまうだろう。

すずは思わずため息をついて、宇之助を見つめた。

「何だ？」

「あたしは占い師になれないなあ、と思って」

宇之助が首をかしげる。

「なりたいのか」

「いいえ、別に」

「それなら、いいじゃないか」

何を悩む必要があるのだと言いたげに、宇之助は肩をすくめた。

「すべて抜かりなくやろうと思ったって、できるものじゃない。自分のすべきことだけ、できればいいいんだ」

「そうだよ。自分のすべきことだって、あたしなんか抜かりだらけさ」

きよが調理場を振り返った。

「まずは今日から出す雛蕎麦を、ちゃんと三色そろえなきゃ。去年は盛りつけを間違えて、白と緑の二色で出しちまったことがあったからねえ」

すずが寝たり起きたりの暮らしになって、きよが一人で店を切り盛りしていた時の話だ。忙しい時には、おせんが手伝ってくれたとはいえ、てんてこ舞いだったのだろう。

「あの時は、本当にあせったよ。二色といっても、蕎麦の量は変わらなかったから、お客から文句は言われなかったけどさ」

同じ間違いはすまいと誓うように、きよは帯の前で拳《こぶし》を握り固めた。

「まあ、菱餅はたいてい白と緑だからな。その二色が入っていれば、雛蕎麦として出して問題なかったんじゃないか」

宇之助が慰めるように続ける。

「地方によっては、赤白黄の三色だったり、緑白黄の三色だったりもするらしいぞ。守屋さえ勘弁してくれれば、白緑赤にこだわらずとも大丈夫だ」

きよは安堵したような笑みを浮かべて、拳をほどいた。

「ただいま！　桃の花を買ってきたよ」

おせんの明るい声が戸口で響く。

「いやあ、ものすごい混雑でさあ。肘《ひじ》でぐいぐい押してくる婆《ばばあ》がいたから、せっかく買った花を潰されないように頑張って、大変だったよ」

おせんの後ろから、おなつがひょいと顔を出した。すずの親友である。

「大変なのは周りでしたよ。そのお婆さんとおせんさんが肘で押し合うものだから、とばっちりを受けちゃって。二人をよけようとした人たちが、足を踏み合って、転びそうになっていましたもの」

「おや、そうだったのかい」

おせんは明らかにすっとぼけながら店の奥へ進んできた。

「はい、すずちゃん、お土産だよ」

差し出された桃の花に、顔がほころぶ。

「ありがとうございます」

受け取ると、ふんわりした薄紅色の花びらから、清らかな氣《き》が優しく漂ってくるように感じた。

桃には邪気を祓う力があるというので、おるうの占いで生じた気持ちの乱れを流し、清

めてくれたのだろうか。

すずが手にした桃の花を、おなつがちょんと指先でつついた。

「うちでは、おっかさんが桃花酒を作るって言ってたわ」

桃の花を浸した酒である。飲めば病が治り、顔色もよくなるといわれている。

すずの背後から、にゅっと蒼が姿を現した。

〈我も桃花酒が飲みたい〉

もちろん、おなつには蒼の姿が見えず、声も聞こえない。

〈甘酒、白酒、桃花酒を我に捧げよ〉

蒼は小さな姿で、すずの顔の周りをぱたぱたと飛び回る。

「おとなしくしなさい。さっき甘酒をあげたでしょう」

小声で叱ると、おなつが首をひねった。

「えっ、なあに？」

「ううん、何でもない」

慌てて首を横に振り、蒼を睨みつけた。

「すず、どうしたの？　虫でも飛んでる？」

「うん、そう、虫なの」

蠅《はえ》でも追い払うかのように、すずは顔の周りで両手を振った。

「暖かくなってきたから、虫が出てきたのかしら。まったく嫌よねえ」

〈無礼者！　我を虫扱いするとは何事――〉

蒼の言葉は尻《しり》すぼみになっていき、突然しゅっと姿を消した。

周囲を見回すと、占い処で顔をしかめている宇之助が目に入った。蒼の姿があった辺りへ視線を向けているので、人前で騒ぐのはやめろ、と声に出さぬまま叱ってくれたのかもしれない。宇之助であれば、念を使って蒼と話ができてもおかしくはない、とすずは思った。


「雛蕎麦をおくれ」

おせんが調理場近くの長床几に座りながら注文する。

「わたしも！」

おなつが声を上げて、おせんの隣に腰を下ろした。

すずは調理場に入ると、きよを手伝って三色の蕎麦を盛りつけた。

運んでいくと、おせんとおなつが目を輝かせる。

「うわあ、綺麗だねえ。鮮やかな色じゃないか」

「素敵！　家じゃ、とてもできないわ」

すずは手早く桃の花を生けて、店内に飾った。

おせんとおなつが蕎麦をたぐりながら、花を眺めて目を細める。

やがて次々とやってきた客たちも雛蕎麦を注文し、三色の麺はあっという間に売り切れた。

昼時を過ぎ、客足がいったん止まると、蒼が再び騒ぎ出した。

〈桃花酒を作るのであれば、早く支度したほうがよいのではないか。桃の花は何日ほど浸しておくのだ。我が待てる龍だからといって、雛祭に間に合わぬようではいかんぞ〉

蒼の言葉を伝えると、きよは笑い声を上げげた。

「大丈夫だよ。酒に花びらを浮かべるだけでもいいんだから」

蒼がグルルッと唸る。

〈むう……では、まだお預けか〉

「そんなに酒を飲みたがっているなら、さっそく今から買ってやろうかねえ。豊島屋の白酒じゃなくていいんなら、きっとすぐに買えるだろうよ」

きよの言葉に、蒼は髭をぴんと立てた。

〈さすが、たまやの女将。きよは実によくできた女子《おなご》よのう。豊島屋の白酒は、おせんが雛祭の日に持ってくるのを、少しばかり分けてくれればよいぞ〉

きよはすずに向き直る。

「ちょっと行ってきてくれるかい。今なら、あたし一人でも店は大丈夫だからさ」

すずが返事をする前に、蒼が大きくうなずいた。

視えないいきよは蒼の動きに気づかぬまま、すずに向かって話し続ける。

「雛市を覗いてきたきゃ、寄ってきてもいいけどさ。ものすごく混んでるみたいだから、気をつけるんだよ」

〈案ずるな。我がついておる。酒を買ったら、すぐに帰ってくるからな〉

蒼に背中を押され、すずは通《かよ》い徳利《どっくり》を手にして出かけた。


近所の酒屋で酒を買うと、蒼は機嫌よく髭と尾をくねらせた。酒屋の大きな酒樽《さかだる》から徳利に酒を移している間、ずっと注ぎ口の近くにへばりついていたので、においだけで高揚したのかもしれない。

〈我が持ってやろう〉

すずが抱え持つ通い徳利に、蒼が絡みついてくる。

ますます重くなりそうだと思いきや、すっと軽くなった。

すずは徳利を見下ろす。

「まさか、もう全部飲んじゃったの……」

宇之助と契約を交わした時に使った甘酒は、杯ごと目の前から消えたのだ。徳利の中の酒を、知らぬ間に蒼が飲んだとしても、何の不思議もない。

蒼がグルルッと唸った。

〈たわけ。持ってやると言っただけだ。飲むわけがないであろう〉

「どうかしら……」

〈この酒で、桃花酒を作るのだ。桃の花を浸すまでは飲まぬ〉

その言葉に嘘はなかった。では本当に、霊力で持ち上げてくれただけなのか。

蒼がすずの肩に移ってきた。首を伸ばして、顔を覗き込んでくる。

〈辛気くさい顔をするな。おまえの陰気が流れて、酒が不味くなったらどうするのだ〉

蒼が空高く飛び上がった。きょろきょろと周囲を見回してから、一直線に下りてくる。

〈行くぞ〉

「どこへ？」

〈桃の花を手に入れるのだ。大川の土手に桜が多く植えられている場所があるが、桃の花が咲いているところもあった〉

ひょっとして、桜の名所である墨田堤《すみだづつみ》のことを言っているのだろうか。

すずは頭を振った。

「勝手に折ったりしちゃ駄目よ。墨田堤の木は、将軍さまが植えたんだから」

家綱《いえつな》の頃から植えられ、吉宗《よしむね》が増やしたといわれている。

「このまま帰りましょう。おせんさんが買ってくれた花を杯に浮かべればいいじゃない」

〈我は桃の花をたっぷり浸けた酒が飲みたい〉

蒼の姿が、にゅっと大きくなった。すずの背丈と同じくらいの長さになる。すずの背後に素早く回り込むと、蒼は両脇の下に前足を突っ込んできた。すずの足が地面からわずかに浮く。そのまま前進された。

「ちょっと――」

すずは慌てた。足をばたつかせても、蒼は離してくれない。

〈暴れると人目につくぞ〉

確かに、宙に浮いている姿を見られれば大騒ぎになってしまう。

すずはとっさに、普通に歩いているふりをした。地面から浮いているのはほんの一寸ほどなので、何事もない顔をしていれば、きっと気づかれないだろう。

通い徳利を抱きかかえ、しばし足を動かす。蒼が運んでくれているので楽といえば楽だが、行き交う人々の視線がこちらへ向くたびに気が気ではなくなる。

やがて桃の花が満開の場所へ出た。

木の前で、そっと地面に下ろされる。

すずは桃の花を見上げた。

青空の下、枝いっぱいに咲いている薄紅色の花々が美しい。

梅や桜ほどは香らないが、それでもほのかに漂ってくる甘いにおいに心がくすぐられる。

それより何より、やはり可愛らしい花を目にしていると、笑みが浮かんでくる。来てよかった。

「ありがとう、蒼」

蒼は、ふんと鼻を鳴らす。

〈それより早く花を買え〉

鋭い爪が指すほうへ顔を向けると、花売りがいた。地面に置かれたふたつの大きな桶の中には、桃の花がぎっしりと入っている。

すずは安堵した。

「桃の花を手に入れるって……空の上から花売りを見つけたのね」

蒼が目をつけた花売りだ。きっと傷みのない美しい花を売っているのだろう。

すずが歩み寄るより先に、一組の男女が花売りの前に立った。

何とも華やかな二人である。二人とも桃の花に負けぬほど美しい顔立ちで、洒落た縞《しま》の着物をまとっている。

「こりゃ、どうも、風間屋さんじゃありませんか。今日は、月乃《つきの》さんとご一緒で」

花売りが声を上げた。どうやら馴染みの客らしく、親しげな笑みを浮かべている。

それにしても「風間屋」とは――すずは首をかしげた。どこかで聞いた覚えがある。

男の腕に、女が手を添えた。

「ねえ達也さん、うちにも花を飾りたいんだけど」

すずは目を見開いた。

風間屋達也——そうだ、先ほど、おるうが占った相手ではないか。

「おう、いいよ。桶ごと全部買ってやる」

「本当⁉」

女が弾んだ声を上げた。

「嬉しいわぁ。姐《ねえ》さんたちにも分けてあげていいかしら」

「ああ、もちろん。姐さんたちには、いつも取り引き先の機嫌を取ってもらって、助かってるからな。花の百本や二百本、お安いご用だ」

達也は懐から財布を取り出すと、花売りに金を渡した。受け取った花売りは、手の中を見て驚いている。

「いいんですかい、こんなに！」

達也は笑顔でうなずいた。

「手間賃も入っているからな。もうすぐ雛祭だから、世話になっている女衆に桃の花を贈りたいんだ。舞鶴《まいづる》屋まで運んでくれるかい」

「お安いご用で。浅草寺の近くの置屋ですよね」

置屋とは、芸者や遊女を抱えている家のことである。客の求めに応じて、女たちを料亭

や茶屋へ差し向けるのだ。

きっと月乃は、達也が贔屓にしている芸者なのだろう。

しかし花売りの言葉からすると「今日は月乃さんとご一緒」だが、別の芸者を同伴することも珍しくはないようだ。いや、おるうの話ぶりからすると、素人女を連れ歩くことだってかなり多いのだろう。

やはり達也は「女遊びが趣味」みたいな男なのだろうか。

「いやあ、全部お買い上げいただいて助かりましたよ」

花売りが天秤棒に吊るした桶を担ぎ上げる。

「桃の花見をする人に、桃の花を売ろうと思っていたんですが、さっぱりでねえ。場所を変えようかと思っていたところなんですよ」

「そうか。そりゃ、ちょうどよかったな」

桶の中から桃の枝を一本抜き取ると、達也は高く掲げた。

「さあ、行こう」

「へい」

花売りが歩き出し、達也と月乃があとに続く。

すずは一瞬迷ったが、達也たちのあとを追った。桃の花をすべて買われてしまったのだから、別の花売りを捜さなければならない。浅草寺の近くであれば、どこかしらで桃の花

を売っているだろう。

というのは建前だと、自分でもわかっている。

本当は、おるうが達也と所帯を持って大丈夫なのかという疑念が膨らんだのだ。

宇之助の占いでは「最高の相性」と出たが、町の花売りが知るほど女遊びが盛んな男と一緒になって、おるうが幸せになれるはずがない。

宇之助の占いがちゃんと当たるのか、確かめたい気持ちがあった。

大川沿いをしばらく行くと、男物の羽織を粋《いき》にまとった女衆が前からやってきた。男装を真似《まね》て宴席に出る、辰巳《たつみ》芸者の一行だ。千代田《ちよだ》の城の東南、つまり辰巳の方角で活躍しているので「辰巳芸者」と呼ばれるようになったといわれている。

「おや、達也さんじゃないか」

先頭を歩いてきた年増が色っぽい声を上げた。

「地元で遊ばず、よその芸者をつまみ食いかえ?」

そういえば風間屋は、深川に店を構える材木問屋だった、とすずは思い出す。

辰巳芸者たちが、じろりと月乃を睨みつける。月乃が達也の背中に隠れると、ますます険しく目を吊り上げた。辰巳芸者は男勝りの激しい気性が売りなのだと聞いたことがあるが、まさに気が強そうだ、とすずも少々怖《お》じけた。

月乃も恐ろしいのか、達也の背中にしがみついて顔を伏せる。

「おう、おう、おとなしそうなふりをして。あんた、月乃だろう。馴染みの客を取り合って、同じ置屋の姐さんとつかみ合いの大喧嘩をしたって耳にしたけどねえ」

「嘘よ、そんな」

月乃の弱々しい声に、すずは耳を疑った。

嘘をついているのは、月乃のほうだ――。

「あのお客さんと姐さんの間は、とっくに終わっていたの。それに『お得意さまの顔を潰しちゃいけない』ってお母さんに言われて、わたしは断れなくて」

月乃の話はすべて嘘だ。

辰巳芸者たちが高笑いをする。

「まったく見苦しいねえ。達也さんだって、全部お見通しだよ。だから、あんたみたいのには手ぇ出さないのさ。あと腐れなく遊べないもんねえ」

辰巳芸者の顔の前に、達也が桃の花を突き出す。

「豆吉《まめきち》姐さん、それくらいで勘弁してくれよ」

猫をじゃらすように、達也は桃の枝を揺らした。

「姐さんたちがこっちまで出張ってくるってことは、大事な酒宴を控えているんじゃないのかい」

豆吉は誇らしげに胸を張った。

「八百善《やおぜん》で食事をしているお客さまを、船着き場までお迎えに上がるのさ。屋形船で大川を下り、夜通し深川で遊びたいってんでね」

すずは目を丸くした。

浅草の山谷《さんや》にある八百善は、将軍も訪れるという高級料亭である。そこで食事をし、さらに屋形船を仕立てて夜通し芸者遊びをするとは、いったいどれだけ財のある客なのだろうか。

「そんな客からお呼びがかかるなんて、すごいじゃないか」

達也が感嘆の声を上げる。

「今度うちの客のもてなしも頼むよ」

「ああ、任しときな」

豆吉はどんと胸を叩いて、桃の花を達也の手から抜き取った。顔の前で軽く振って、再び歩き出す。

「それじゃ、またね」

辰巳芸者たちが通り過ぎていく。邪魔にならぬよう、すずは道の端によけていた。

「ねえ達也さん、あの人たちが言ったことは本当に違うのよ」

媚《こび》を売るような月乃の声に、顔を上げると、達也たちはもう先へ向かって歩き出していた。

すずもそっとあとを追う。怪しまれぬよう、少し間を空けて、いかにも同じ方向へ進んでいるだけだという顔をした。

「お客さんを無下にできないから、みんなに愛想よくしているけど、わたしの一番はいつだって達也さんよ」

「そうだよなぁ。おれも月乃の一番でい続けられるよう、頑張るよ」

達也の言葉は嘘だ。

しかし月乃の言葉には、嘘と真が入り混じっていて、何とも耳障りが悪い。

すずは眉根を寄せた。

おそらく月乃は、達也が一番というわけではないのだろう。しかし上客と見ているのか、離れていかぬよう懸命に取り繕おうとしているらしい。

先を行く花売りは、二人の話が聞こえているのかいないのか、どんどん進んでいく。

やがて浅草寺門前へ出た。

右手に雷門《かみなりもん》を見ながら、人混みの中を歩き続ける。

「おや、達也さんじゃないか」

町女が手を振りながら、人波を縫うように進んできた。

「こっちに来てるんなら、うちの店にも寄っておくれよ」

「おう、おていさんじゃねえか」

達也は立ち止まり、笑顔で応じる。

「おていさんの料理は美味いから、食べにいきたいところなんだが、残念ながら用事があってな」

おていは花売りと達也を交互に見やる。

「また何か、面白いことでも考えているのかい」

達也は笑顔のまま首を横に振る。

「雛祭の花を届けにいくだけさ」

「そんなら、用事を済ませたあとでおいでよ。待ってるからさ」

達也がうなずくと、おていは再び手を振りながら去っていった。

「あっ、達也さん！」

また別の女が近寄ってきた。

「どうしたの、その桃の花。引き札でもつけて配ってんのかい」

引き札とは、商品の宣伝や店の開店などを書いて報《しら》せる札である。

「おっ、そりゃいいなあ！」

達也はまじまじと女を見下ろした。

「今度、珍しい鳥を集めた花鳥茶屋じゃなくて、猫でも撫でながら茶を飲む店を開くつもりなんだが——花に引き札をつけて配れば、受け取ってくれるかね」

女は大きくうなずいた。

「そりゃあ、もう。花を差し出されて喜ばない女なんかいないよ。可愛い猫とのんびり遊べるだなんて、いいじゃないか」

達也は「ふむ」と顎に手を当てる。

「猫と花——両方必要だな。花と猫に囲まれて、のんびり過ごせる茶屋——」

さらに寄ってきた女たちが歓声を上げる。

「行きたい！」

「その茶屋、いつできるの？」

喜ぶ女たちの中で、残念そうに首をかしげる者が一人。

「だけど猫を抱くと、着物に毛がつくよねえ。亭主に内緒で気晴らしができる店じゃなさそうだ」

達也の目が鋭く光る。

「着物に毛がつかなきゃいいんだな？　茶屋の中でだけ、別の着物をまとうってのはどうだい。普段着ないような色や柄を、そこで試してみたり——」

女は食い入るように達也を見る。

「だけど、高いんだろう？」

「着物の貸料は無料《ただ》、猫を撫でるのも無料、茶代だけで楽しめるならどうだ」

「絶対に行くよ！」

周りの女たちが騒ぎ出す。

「あたしもいろんな着物を着てみたいわ」

「わたしは毛なんかついてもいいから、とにかく猫を撫でたい。亭主が猫嫌いだから、うちじゃ飼えないのよ」

いつの間にか、達也の周りには人だかりができている。

「何だ、この騒ぎは。通れねえじゃねえか」

女たちの向こうで、いら立った男の声がした。

達也は花売りに向き直る。

「桃の花を舞鶴屋へ運んだあと、もっと多くの花を用意できるか」

花売りは首をひねった。

「融通してくれそうな花屋はいますが——桃の花は、もうなくなっちまってるんじゃねえかな」

「花なら何でもいい」

「そんなら、何とかなるかもしれません」

達也は大きくうなずいて、両手を打ち鳴らした。

「さあ、行くぞ。ここに立ち止まっていると、通る者の邪魔になる。花が欲しけりゃ、浅

草寺裏の小料理屋、美浜《みはま》屋って店の前に並んでくれ。おていさんって人が女将《おかみ》をやってる店だ」

達也は両手を大きく振って、周りの女たちを促した。

女たちは長い列になって、浅草寺裏へ向かっていく。

すずは啞然とした。

まるで妖術《ようじゅつ》でも見ているかのような気分になる。

「舞鶴屋についたら文《ふみ》を書くから、うちの店の番頭に届けてくれ。おまえさんが花を取ってくる間に、引き札を用意するはずだから、うちの者と一緒にそれも運んできてほしい」

「へい、わかりました」

花売りが歩き出す。

達也がすずを振り返った。

「さっきからずっと、あとをついてきているが、お嬢さんも花が欲しいのかい」

すずはうなずいた。

「さっき、桃の木の近くで買おうと思ったら、売り切れてしまったので……」

達也は「ああ」と声を上げる。

「おれが全部買い上げちまったもんなあ。これは悪いことをした。このままもう少しつき合ってくれれば、お嬢さんに桃の花を分けるよ」

すずは頭を振った。

「家に帰りながら花売りを捜しますので、あたしはここで……」

「だけど、ここへ来るまでの間に別の花売りに会わなかっただろう」

「茅町《かやちょう》の雛市まで行ってみます」

達也は小首をかしげる。

「家はどこだい」

「福川町です」

「最福神社門前に、たまやという評判のいい茶屋があるんだってな。縁起のいい団子を売っているんだろう」

事もなげに告げた達也に、すずは目を見開いた。

「それ、うちです！」

今度は達也が目を見開く。

「本当かい。一度行ってみたいと思っていたんだよ」

「おーい、風間屋さん、番頭さんに文を書くんだろう」

花売りに急《せ》かされ、達也は慌て顔になった。

「お嬢さん、やっぱりちょっとだけつき合っておくれ」

「いえ、あたしは」

「豊島屋の白酒もあげるから」

達也の言葉に、蒼がにゅっと姿を現した。

〈行くぞ、すず〉

蒼に背中を押され、すずは仕方なく達也のあとをついていった。また宙に浮かされては、たまったものじゃない。


美浜屋の店先で、すずは達也とともに花と引き札を配る羽目になった。

桃の花をもらったら帰るつもりだったのだが、風間屋の奉公人に豊島屋の白酒を持ってこさせるから待っていろという達也の言葉に、蒼がうなずいたのだ。もちろん、達也に蒼の姿は見えていないが。

豊島屋の白酒を手にするまではてこでも動かん、と蒼が言い張り、すずの足もその場から動けなくなってしまった。よけいなことに霊力を使わないでほしい、とすずは切に思った。

やがて花と引き札を積んだ荷車が到着すると、集まった人々は歓声を上げた。

ほとんどが町女である。色男の達也に花を渡されて、うっとりしながら帰っていく。

母親に手を引かれて列に並んだ幼い子供は、おとなしくしていたご褒美だと、達也に飴《あめ》をもらってご満悦だ。

中には男もいて、女房への土産にするのだと、花を手にして嬉しそうに笑っていた。

風間屋の奉公人たちが手際よく列をさばいていく。引き札を渡しながら、新しく開く茶屋の売り込み口上を述べる様子は、かなり手慣れている。荷車の手配も思ったより相当早かったし、達也が突然催し物をやると言い出すのは、どうやらよくあることらしい。

荷車に積まれた花と引き札は、あっという間になくなった。

「お嬢さん、ありがとうな。おかげで助かったぜ」

「いえ」

すずがいなくても、風間屋の奉公人たちが手早く配っていたはずだ。

「ところで、たまやに出入りしている大工は誰だい。屋根を直したり、棚を直したり、新たに木が必要な時には、うちの材木を使ってほしいんだ」

達也は改めて、自分は材木問屋の主だと名乗った。

「最福神社の加護を受けているおかげか、たまやの評判はものすごくいい。そういう店がうちの材木を使っているんだと世間に広まれば、風間屋の名も上がるってもんだ。いい材木を回すから、頼むよ」

安く回すと言わないところに、達也の誠意を感じた。何でもかんでも「安かろう悪かろう」とは言わないが、質のいい木は値も張るはずだ。

「申し訳ありませんが、あたしには何とも……母の考えもあるでしょうし」

「それじゃ、おっかさんに会わせておくれ。どこかいい店で、ゆっくり話をしようじゃないか」

達也がずいっと身を乗り出してきた。

「今度、茶屋巡りもしようか。よその茶屋を見ることは、いい勉強になるんじゃないのかい」

すずは大きく一歩退《ひ》く。

「いえ、そういうのはちょっと——」

「達也さん、お疲れさま」

置屋へ帰っていたはずの月乃が、すずと達也の間に割り込んできた。

「みんな桃の花を喜んでいたわ。お礼に、お酒を振る舞いたいって、お母さんが」

達也は困ったように微笑んで、美浜屋を振り返った。

「おていさんが料理を用意してくれてるんだ」

「その子には『どこかいい店で』って言っていたじゃない」

「また今度の話だよ」

達也の目が、すっと細くなる。笑っているのに笑っていないような気がしてきたのは、すずの思い過ごしだろうか。

「それじゃ、おていさんの料理を食べたあとで、わたしの部屋に」

「そのあとは、もう行くところが決まってるんだ」

強い口調でさえぎられ、月乃の顔つきが険しくなった。

「半襟屋の女のところ？　あの女と所帯を持つって噂《うわさ》、嘘でしょう？」

達也は曖昧《あいまい》な笑みを浮かべている。

月乃は頭を振った。

「あの女、とんでもない強欲だって聞いたわ。達也さんに近づいたのも、どうせ金目当てよ」

達也は肩をすくめる。

「近づいたのは、こっちからだ」

「他の男にしなだれかかっているのを見たわよ」

嘘だ。

「達也さんだけじゃなく、いろんな男に貢がせているのよ。わたしのお客が言ってたんだけど、越後《えちご》屋で着物を仕立てさせられた男がいるんですって」

これも嘘だ。

すずは月乃を凝視した。

悪意を表す黒いもやが、体から濃く立ち昇っている。

「あの女が信じているのは、お金だけ。達也さんを誘惑して、玉《たま》の輿《こし》に乗ろうとしている

のよ」

否定しない達也を見て、月乃は口角を上げた。

「わたしは違うわ。お金なんかなくたっていい。達也さんだけがいてくれればいいの」

これも嘘だ——。

達也がため息をついた。

「金がなくてもいいというのは嘘だろう。愛だけで、食ってはいけない。金がなくちゃ、生きていけないんだ。誰だって、貧乏は嫌なはずさ」

達也はまっすぐに月乃を見た。

「これ以上、おるうを悪く言うな」

月乃の顔が怒りで赤く染まる。

「このところ『半襟屋の女はやめろ』とおれに忠告してくる者が多いんだが、おるうが金の亡者だと言い触らしているのは、おまえかい」

黙り込む月乃に、達也は続ける。

「おるうは仕事熱心だよ。誰にも媚を売ったりはしない。自分がいいと思った品を、誇りを持って薦めているんだ。だから、おれは、おるうを信頼している。商いの才がある女だと、尊敬しているんだ。他の女と縁を切れとか、うるさい小言もつかないしね」

達也の頬に、月乃の張り手が飛んだ。

「あんたなんか大っ嫌い！」

叫んで、走り去っていく。

風間屋の奉公人たちが呆れ笑いを漏らした。

「旦那さん、またですか。本当に女泣かせだなあ。その気がないなら、あまり深入りしなきゃいいのに」

達也は後ろ頭をかく。

「会った当初は、その気があったんだがねえ」

達也は荷車の中を指差して、残しておいた花を奉公人に持ってこさせた。

「変なところを見せてしまって、悪かったね」

差し出されたのは桃の花束である。

続いて奉公人が柄樽《えだる》を持ってきた。

「豊島屋の白酒だよ。重いから、うちの者に運ばせようか」

「いえ、大丈夫です。あたしは力持ちなので」

花と引き札を配る手伝いをしたので、遠慮なくいただくことにする。

通い徳利と桃の花を左手で抱え、右手で柄樽を持つと、蒼が小さな姿で現れた。嬉しそうに身をくねらせて、柄樽の持ち手に巻きつく。とたんに荷物が軽くなった。

「本当に大丈夫かい」

「大丈夫です」

力強く言い切って一礼すると、達也はにこやかにうなずいた。

「また会おう。今度たまやへ行くからね」

すずは愛想笑いを浮かべて、美浜屋をあとにした。

「達也さん、終わったかい」

「ああ、店先を借りられて助かったよ」

背後から、おていと達也の声が聞こえてくる。

「今日は、このままうちに泊まっていきなよ」

「そうだなあ――そうするか」

「えっ！」

すずは思わず叫んでしまった。かなり大きな声を出してしまったので、恐る恐る振り返ると、おていの腰を抱いて美浜屋の戸口に立っていた達也と目が合った。

達也はおていから手を離すと、すずに歩み寄ってくる。おていは肩をすくめて、店の中へ入っていった。風間屋の奉公人たちが荷車を引いて帰っていく。

目の前に立った達也が、すずを見下ろした。

「何だい、お嬢さん。おれがおていのところへ泊まったら、何か不都合でもあるのかい」

「いえ、そんな……」

すずは半笑いを浮かべながら首を横に振った。

料理を食べたら、おるうさんのところへ帰るんじゃないんですか、なんて問い詰めるような真似はできない。あくまでも、おるうは宇之助の占い客なのだ。何の断りもなく、おるうが達也について占ったことなど言えない。

達也は興味津々な眼差しで、すずに顔を近づけてきた。

「ふうん、それじゃ、おれがどこかで遊んだ女に頼まれて、あとを尾《つ》けてきたのかな。桃の花が欲しいというのは、おれについてくるための方便だったのかい」

すずは顔の前で手を振りながら、達也から一歩離れる。

達也は首をかしげた。

「それじゃ、やっぱりお嬢さんがおれに近づきたかったということなんて――」

「ありません！」

すずが勢いよく断言すると、達也は苦笑した。

「ちょっと言ってみただけなんだが、そこまできっぱり言い切られると傷つくなあ」

すずは目をすがめた。

嘘だ。達也は、ちっとも気にしてなんかいない。

「それじゃ、また」

軽く手を上げて、達也は美浜屋の中へ入っていった。

すずはため息をつく。

「悪い人じゃないんだろうけど……」

月乃がおるうの悪口を言った時、怒った達也の言葉に嘘はなかった。子供に飴をやった時も、本当に優しげな笑みを浮かべていた。

しかし女にだらしがないのは確かだ。

すずは釈然としない思いで、腕に抱えている桃の花に目を落とす。

「おるうさんへの想いにも、嘘はないのよね」

話しかけるように呟くと、薄紅色の花たちがにっこり笑ってうなずいているように見えた。

すずは唸る。

自分なら、やっぱり達也のような男は嫌だ。一途に自分だけを想ってくれる男がいい。

〈どうした、すず。おかしな気は流れておらんので、この花を浸した酒は美味いはずだぞ〉

蒼が桃の枝の上に浮いた。顔を突っ込んで、うっとり目を細める。

「龍は花も食べるの？」

〈清らかな花であれば、生気を吸えぬこともないが。我は虫ではないからのう。なめくじや飛蝗《ばった》などのように花びらや葉をかじって、むしゃむしゃ食べたりはせん〉

蒼は伸び上がると、すずの顔の前で牙《きば》をむき出した。

〈そんなことより、早く帰るぞ。帰ったら、すぐに桃花酒を作れ。あ、甘酒を我に捧げてからな〉

蒼に急かされ、たまやへの道を急ぐ。その途中、強い風が吹いて、桃の花びらがふるりと揺れた。すずは風からかばうように花を抱え直す。誰にもらったものでも、花は美しい。花に罪はない。

ふと、宇之助の言葉が耳の奥によみがえった。

――幸せの形は人それぞれなんだ――。

そして占いの時には、こうも言っていた。

――人がどう動くかで、未来は変わる――。

人の気持ちがどうなるか、未来がどう変わるかは誰にもわからないが、悩めるすべての人々が幸せになれるよう願う。

男雛と女雛のように寄り添う、おるうと達也の姿を思い浮かべながら、すずは桃の枝をつかむ手に力を込めた。

第二話

狐祓い

開け放した戸の向こうに、うららかな日差しが降り注いでいる。

道ゆく人々の楽しげな笑い声が響いてくる。

「浅草寺の桜は綺麗《きれい》だったねえ。奥山《おくやま》のほうへは久しぶりに行ったよ」

「この間、深川の永代寺《えいたいじ》へも桜見物に行ったんだけどさ。あっちも見事に咲いていたよ」

「桜といえば、やっぱり上野《うえの》の——」

店の外でも中でも、何度となく聞いた話である。桃の節句が終わったと思ったら、もう世の中は桜に夢中だ。

昼飯時の混雑が過ぎ、一段落ついたところで賄《まかない》を食べる。客がいなくなった店内で、占い処《どころ》の近くに腰を下ろし、桜飯の茶漬けに箸《はし》をつけた。

桜飯は、今朝おせんがお裾《すそ》分《わ》けしてくれたものである。茹《ゆ》で蛸《だこ》の足を薄い小口切りにして飯に混ぜたものを「桜飯」と呼ぶが、蛸に火を通すと桜色のようになるので、その名がついたと思われる。

冷めてしまった桜飯に鰹出汁《かつおだし》をかければ、実に豪華な一品となった。ほどよい嚙《か》みごたえの蛸と、醬油《しょうゆ》で味つけされた飯が口の中で絡み合い、蛸の身から出た旨《うま》みが鰹出汁の中に溶け込んでいくのを楽しめる絶品だ。

「ああ、美味《うま》かった」

あっという間に食べ終えた宇之助が、ふうと息をついて戸口を見やる。

宇之助の視線を追うと、外は相変わらず穏やかな日差しに満ちていた。行き交う人々はこちらを見向きもせず、楽しげな声を上げながら通り過ぎていく。

「今日の占い処は、閑古鳥が鳴いちゃいますかねえ」

すずの言葉に、宇之助は目を細める。

「それならそれでいいが——少し厄介なことになるかもしれんぞ」

すずは首をかしげた。

救いを求めて占い処へやってくる者など、誰《だれ》もいないように思える日だが……。

空いた器を片づけていると、占い処に戻った宇之助が再び戸口を見つめた。

誰もいない。

が、しばらくすると、一人の年増《としま》女が現れた。悲愴《ひそう》な顔つきである。

女はまっすぐ占い処へ進むと、宇之助の前に立った。

「あの、相談があるんですけど」

宇之助は大きくうなずいて、長床几《ながしょうぎ》を挟んだ向かいの客席を指差す。

「まあ、座りなせえ。ずいぶん疲れているようだ。甘いもんでも食べたらどうです。占い客は、たまやの品も何かひとつは頼まなきゃならねえ決まりなんだが、いいですかい」

こし餡《あん》の団子と茶を注文して、女は席に着いた。

すずが品を運んでいくと、小さく頭を下げて茶をひと口飲む。ほうっと大きく息をついて、女は膝《ひざ》の上で湯呑茶碗《ゆのみぢゃわん》を持った。まるで冷えた手を温めているかのように。

寒いのだろうか――しかし、今日は暖かい。風邪《かぜ》でも引いているのだろうかと心配になるような様子だが、おそらく不安や緊張で胸を占められているのだろう。

すずは調理場の入口付近に控えて、そっと女を見守った。

宇之助に促され、女は団子を食べる。わずかに表情がゆるんだ。もうひと口茶を飲むと、長床几の上に湯呑茶碗を置いて、女は居住まいを正した。

「あたしは、たねと申します。倅《せがれ》の純太《じゅんた》が嘘《うそ》ばかりつくので、困っておりまして」

すずは一瞬どきりとした。

嘘……。

信じていた者に裏切られたとわかった時は、ひどく傷つくだろう。相手が自分の子供であれば、なおさらだ。親子の間の信頼が揺らいでしまうに違いない。

「まあ、嘘にもいろいろあんだろう」

宇之助の冷静な声が響いた。

「おたねさんの倅は、どんな嘘をつくんだい」

「厠《かわや》へ行ったあと手を洗ったと言って、洗っていなかったり。友達に借りた手拭《てぬぐ》いを返したと言って、返していなかったり。手習所へ行くと言って、行かなかったり……」

おたねは膝の上で手を組み合わせた。

「ひとつひとつは小さいことかもしれないんですけど、このところ、しょっちゅうなもので……純太は、嘘なんかつかない子だったのに」

宇之助がうなずく。

「小せえことでも、積もり積もれば気になるよなあ。それに、手習所へ行かなくなるとか、だんだんひどくなっていねえか」

「そうなんですよ！」

おたねは長床几に手をついて、身を乗り出した。

「だから、あたし、心配で――このまま、どんどん悪いほうへ行ってしまうんじゃないかと思って」

「わかるぜ。すくすくと、いい子に育ってほしいもんなあ」

おたねは大きくうなずいて座り直した。

宇之助は優しく微笑《ほほえ》む。

「純太はいくつだい。手習所ってえと――」

「八つです」

「ある程度は分別がついてきている頃《ころ》かな」

「ええ。嘘をついちゃいけないってことは、じゅうぶんわかっているはずです。物心ついた時から、あたしも散々教えてきましたしね」

宇之助はじっと、おたねを見つめた。

「純太が嘘をつくようになったのは、いつからだい。さっき『このところ』って言ってたが、何か思い当たるきっかけはあるのかい」

おたねは首をかしげる。

「特に、これといったきっかけは……」

「純太には友達が多いかい」

突然転じた問いに、おたねは目をしばたたかせた。

「寺子屋でいじめられてるとか、長屋の子供たちと仲よく遊べないとか、そういったことはねえのかい」

「ああ、それはないです」

　おたねが即答する。

「長屋の子たちとは毎日よく遊んでいますし、寺子屋へも一緒に通っているんですよ」

「ふうん。友達に借りた手拭いを返したと言って、返していなかっそうだが、それがもとで喧嘩《けんか》になったりはしなかったのかい」

　おたねはうなずく。

「相手も、貸したことを忘れていたみたいで」

　宇之助は目をすがめた。

「それじゃ、純太が嘘をつくのは、おたねさんに対してだけなんだな」

「えっ……」

　おたねは虚を衝《つ》かれたように、言葉を失った。

「ご亭主は何て言ってんだい？　やっぱり純太のことを心配してるのかい。それとも怒ってんのかな」

　おたねは頭を振った。

「気にし過ぎだって言うんです。あまり真面目《まじめ》に取り合ってくれなくて……こっちは真剣なのに」

　おたねは悔しそうに顔をしかめた。

「いつもそうなんですよ。あたしが何を言っても『大丈夫だろう』の一点張りで。居職《いじょく》の仕立屋なんですけどね、食べる時と寝る時以外は、いつも仕事場にこもっているんです」

同じ長屋の隣室を、仕事場として借りているのだという。

「純太のことは全部、あたし任せですよ。亭主が全然頼りにならないから、あたしは長屋にあるお稲荷《いなり》さんに毎日手を合わせているんですけど――」

稲荷とは、五穀豊穣《ほうじよう》を司《つかさど》る神、宇迦之御魂神《うかのみたまのかみ》のことである。

稲荷を祀《まつ》る祠《ほこら》は江戸市中いたるところにあるが、江戸では「伊勢《いせ》屋」という屋号の店と、稲荷の祠と、犬の糞《ふん》がよく目につくので、数多くあるもののたとえとして「伊勢屋、稲荷に、犬の糞《くそ》」という言葉が生まれたほどだ。

宇迦之御魂神の別称である「御饌津神《みけつかみ》」を、「三狐神《みけつかみ》」と書き誤ったことなどから、狐《きつね》が稲荷明神の使いだと信じられるようになったといわれており、狐を「稲荷」という異名で呼ぶ者もいる。

おたねは恐る恐るというふうに、宇之助の顔を覗《のぞ》き込んだ。

「ひょっとして、うちの純太に狐が取り憑《つ》いた……なんてことはありませんかね？」

宇之助は小首をかしげた。

「何か、思い当たる節があるのかい」

「いえ……わからないけど……」

　おたねは自信なげに目を伏せる。

「でも、やっぱり、前はこんなんじゃなかったんですよ。狐でも憑いたとしか、考えられない。狐憑きっていうのは、お稲荷さんにいるのとはまた別の、悪い狐に取り憑かれたことを言うんですよねえ？」

　宇之助はうなずいた。

「人間に取り憑く狐は、神の眷属《けんぞく》とはまた別だな。けど厄介なことに、眷属として神に仕えていた狐が、思い上がって勝手に神として振る舞っちまうこともあるんだ。祀られているはずの神がいねえ、空っぽの神社に居座って、神の真似事《まねごと》をしていやがる。そういう場所で祈っても、悪い狐に取り憑かれるだけさ」

　おたねは目を見開いた。

「そ、それじゃ、あたしが拝んでいるお稲荷さんは……」

「強い恨みを抱いて死んだ者が、自我を失い、人間の死霊じゃなくて狐霊になっちまう場合もあるんだが。長屋で特に変わったことはねえんだろ？」

　おたねは首振り人形のように、こくこくとうなずいた。

「それじゃ大丈夫だろうよ」

「ほ、本当に？」

　宇之助は半眼になって、おたねを見つめる。

「うん——やっぱり危険はねえみたいだぜ。今まで通り、長屋のみんなで大事に祀ってい
けばいい」

おたねは、ほっと息をついた。

「あの、がらん堂さんは、唐物の皿に取り憑いた死霊を祓ったんですよね？　ってことは、
霊が視《み》えるんですよね」

おたねはすがるような目で、宇之助の顔を覗き込む。

「うちの長屋に来て、純太に何が起こっているのか調べてもらえませんか」

「うーん」

宇之助は困ったように眉尻《まゆじり》を下げた。

「だけど、純太に霊障があるって感じはしねえんだよなあ」

おたねは食い下がる。

「だって、絶対に何かおかしいんですよ」

宇之助は顎《あご》に手を当て、おたねを見やる。

「長屋のおかみさんたちから、純太について何か文句を言われるようなことはあったか
い？」

おたねは頭を振った。

「みんな『純太はいい子だ』って言ってくれるんです。母親の小言をうるさがるようにな

ったのは成長の証《あかし》じゃないのか、って」

納得いかぬと言いたげに、おたねは頭を振り続ける。

「でも、うるさがるのと嘘をつくのは違うでしょう？」

宇之助が懐《ふところ》から花札の入っている小箱を取り出した。

「よし、確かめてみよう」

小箱から取り出した花札を手際よく切りながら、宇之助は続ける。

「純太が何で嘘をつくのか。そこに霊障はあるのか、ねえのか」

花札の絵柄を伏せたまま、宇之助は右手でざっと川を描くように長床几の上に広げた。

おたねは固唾《かたず》を呑《の》んで札を見つめている。

宇之助が左手の人差し指をぴんと立てて、額の前にかざした。精神統一をするように、しばし瞑目《めいもく》する。目を開けると、左手で一枚を選び取った。

表に返された札が、おたねの前に置かれる。

「松のかす――」

宇之助は札の絵を凝視した。

「門松が視えるぜ……おたねさん、正月に純太をひどく怒っただろう。散らばっているのは節料理か。折詰を前にして、こっぴどく怒鳴りつけたな。純太は泣いて、家を飛び出した」

おたねはぎくりとしたように肩を縮める。

「だけど、すぐに帰ってきましたよ。あたしも、ちょっと強く怒り過ぎたもんで、ちゃんと謝ったんです。ごめんよって言ったら、純太もうなずいて。凧《たこ》を買ってやったら、喜んで機嫌を直していました」

宇之助はうなずいた。

「問題は、何で怒ったかってことだ。その件で、何度も純太と喧嘩してるだろう」

おたねは口をつぐむ。

宇之助はまっすぐに、おたねを見据えた。

「おたねさんがひどく怒って、純太の言い分をちっとも取り合おうとしねえから、純太は嘘をつくようになったんだ。『母ちゃんに何を言っても、どうせ無駄だ』と思ってんのさ。本音を言わず、適当に嘘であしらうようになった」

「だって……」

おたねは顔をしかめる。

「純太の言い分は受け入れられないですよ。あんな弟の姿、子供に見せられるわけがありません。『叔父《おじ》ちゃんに会いたい』って言われても、駄目だと答えるしかなかったんですよ」

宇之助は札に目を戻した。まるで、その弟の姿を札の中に捜《さが》しているかのように。

「おたねさんの弟……」

「ええ、長二郎《ちょうじろう》っていうんですけどね。このところ、すっかり人が変わってしまって」

おたねの口元がいまいましげにゆがんだ。

「真面目な子だったんですけどねえ。郭《くるわ》通いがやめられなくなってしまったようで」

長二郎は印判師《いんばんし》で、象牙《ぞうげ》や水牛の角、黄楊《つげ》などを材料にして判子を作る職人なのだという。今戸町《いまどちょう》の長屋に住み、親方のもとで励んでいた。

「いい文字を彫るって、お客さんに褒められて、喜んでいたんですよ。親方も認めてくれているから、そのうち独り立ちできるだろう、って期待されていたんです」

風向きが変わったのは、昨年の暮れ――兄弟子に誘われて、岡場所へ行ったあたりからだという。

「仕事がとても忙しかったらしいんですよ。年内に収めなきゃならない品が多かったんで、親方を始めとしたみなさんは根を詰めていたそうなんです」

――どっかで、ぱあっと気晴らししなきゃあ、やってらんねえぜ――。

そう言って、兄弟子は長二郎を飲みに連れていった。そして酔った勢いで、岡場所へ引っ張っていった。

「最初は断ろうとしていた長二郎も、綺麗な女郎にもてなされて、鼻の下をでれんと伸ばしていたみたいですよ」

男ってのは、まったく——と言いたげに、おたねは少々棘《とげ》のある声を出した。

「お客さんと約束した品もすべて収められて、いい年越しができたと喜んでいたそうなんです。長二郎を始めとした独り身の仲間たちと、大晦日《おおみそか》は飲み明かしたって聞きました。今年も頑張ろう、って誓い合ったそうですよ」

それなのに、とおたねは眉《まゆ》を曇らす。

「このところ長二郎は失敗続きで」

何度も確かめたはずの客の名前を間違えて彫ってしまったり、収めた品の字が欠けていたり。

「何でそんな間違いをしたのかわからない、って本人も頭を抱えていました」

おたねは頰《ほお》に手を当て、ため息をつく。

「何をやっても上手《うま》くいかなくて、すっかり気落ちしてしまったんです。つきを取り戻すんだって言って、賭場《とば》に入り浸りになってしまって」

宇之助の表情が険しくなった。

「賭場に出入りしているのか」

おたねはうなずく。

「やめろって何度も言ったんですけど、ちっとも聞く耳を持たなくて。きっと気に入った女郎ができて、郭通いのための金を作ろうとしているんですよ。女にのぼせ上がって、仕

事も手につかなくなって。何もせずに、ぼーっとしながら長屋にこもる日が多くなってしまったんです。たまに出かける時は、賭場か岡場所か」

去年の暮れに賭場で大儲《おおもう》けした時のことが忘れられないのだろう、とおたねは嘆いた。

「毎回勝てるわけがないのに『次こそは、次こそはまた』って、のめり込んでしまったんでしょうねえ」

おたねは困り果てたように、再びため息をついた。

「両親はもう亡くなっているので、あたしがたまに弟の様子を見にいくんですけどね。気ままな一人暮らしだからって、あれはひど過ぎる」

きちっとしていたはずの長二郎の暮らしは、あっという間に荒れた。部屋には徳利《とっくり》がいくつも転がり、飯を食べたあとの茶碗や皿もそのまんま。敷きっ放しの布団の上には、使用済みの鼻紙や、くしゃくしゃの手拭いなどが散乱していたという。

「以前は、菜《さい》を持っていってやると喜んで『姉ちゃん、悪《わり》ぃな。ありがとう』って笑っていたのに」

今では、すさんだ目で睨《にら》まれるのだという。

「部屋を片づけようとしてやっても、ひどく怒るんですよ。『もう二度と来るな』って、ものすごい剣幕で怒鳴るんです。面倒を見てやって、迷惑がられるんじゃ、たまったもんじゃない」

おたねは苦しげにうめいた。

「正直言って、長二郎のところへ行くのはもう嫌なんです。部屋の戸を開けたとたん、ぷーんと漂ってくる酒のにおいと、食べ残した物がくさったにおいで、吐きそうになるし。だけど、あたしが行かなくなったら、あの子はどうなってしまんだろうかと思うと……」

やはり肉親の情は捨てられないのだろう。口では何と言っても、姉として弟を案ずる心があるのだ、とすずは強く感じた。

「長二郎さんに痛え目《いて》に遭わされたことはあるかい。殴ったり、蹴《け》られたり」

宇之助の問いに、おたねは首を横に振る。

「手を上げられたことはありませんけど……この間は『早く帰れ』って物を投げられました」

「おたねさんに向かってかい」

「いえ、徳利を壁に投げつけて……」

がしゃんと音を立てて物が割れる音に、隣のおかみさんが壁越しに声をかけてくれたという。

――大丈夫かい、そっちへ行こうか――。

長屋の壁は薄い。長二郎の暮らしぶりも、おたねの来訪も、すべて筒抜けになっていたようだ。

て、すいません――。

――いえ、大丈夫です。ちょっと手が滑って、茶碗を割ってしまいました。お騒がせし

壁に向かって、おたねは隣人に謝罪をした。その時に助けを求められなかったのは、他人に対する羞恥心《しゅうち》や見栄《みえ》が邪魔をしたのだ、とおたねは肩を落とす。

「本当に情けない……弟も、あたしも……何で、こんなことになっちゃったんでしょうか。長二郎と馴染《なじ》みになった女郎が憎いですよ。あの子をすっかり駄目にして」

ある日、様子を見にいってもいなかったので、帰ろうと踵《きびす》を返したら、胸をはだけただらしない恰好《かっこう》の長二郎と出くわしたことがあるのだという。女郎がつけたであろう真っ赤な紅の跡が、いくつも体についていた。

「あっちも仕事だから、男にいい思いをさせて、郭通いを続けさせようとしているんでしょうけど」

おたねは瞑目する。

「商売女の手管にまんまと引っかかって、情けないったらありゃしない。遊びのつもりが、骨抜きにされてしまったんですよ」

おたねは目を開けると、親の仇《かたき》でもみるような目で宙を睨んだ。

「長二郎を岡場所へ連れていった人のことだって、恨んでしまいます」

仕事どころではなくなってしまった長二郎を案じて、兄弟子も何度か長屋へ様子を見に

きてくれたのだという。たまたま居合わせたおたねに、申し訳ないと頭を下げた。

——長二郎もたまには羽目をはずしたほうがいいんじゃねえかと思って、つい誘っちまったんですが。こんなことになるんなら誘うんじゃなかったと、心底から悔いています。おれにできることなら何でもしますんで——。

おたねは頭を振る。

「心配してくれているのはわかりましたよ。だけど、やっぱり他人ですからね。あっちには、あっちの仕事や暮らしもあるし。もとの長二郎に戻ってほしいと言ったって、つきっきりで世話をしてくれるわけじゃありません」

おたねは自嘲《じちょう》めいた笑みを浮かべた。

「実の姉のあたしだって、こんなに嫌気が差しているんですから、仕方ありませんけどね」

もう何度目になるかわからないため息をついて、おたねは顔をゆがめた。

「本当に、あんな子じゃなかったのに……正月に純太を怒ったのだって、あたしに隠れて勝手に長二郎に会いにいったからなんですよ。弟の堕落した姿を見せたくなかったし、純太にも悪い影響が出るんじゃないかと思うと、気が気じゃなくて」

宇之助は札を凝視しながら唸《うな》る。

「長二郎さんが賭場へ行ったのは、去年の暮れが初めてなんだよな？」

おたねは自信なげに首をかしげる。

「たぶん、そのはずですけど……」

宇之助は確信を深めたような表情でうなずいた。

「長二郎さんの顔つきは、だいぶ変わっただろう。すさんだ目が、ぎゅっと吊《つ》り上がっているよなあ」

「え？」

おたねが宇之助の顔を覗き込んだ。

宇之助はおたねに視線を移す。

「いら立ちも、尋常じゃねえ」

「ええ、それは……さっき話したように、賭場でもまったく勝てなくなりましたからねえ。金がなきゃ、馴染みの女郎に会いにいけませんから」

「長二郎さんは、女郎に会えねえからいら立っているんじゃねえぜ」

断言する宇之助に、おたねは首をひねる。

「それは、どういう……」

言いかけて、はっとしたように宇之助を見た。

「ひょっとして、あたしがしょっちゅう子守りを頼んでいたのがいけなかったんでしょうか。長二郎だって、忙しくて疲れていたでしょうに」

おたねは両手で顔を覆った。

「うちの純太は、本当に長二郎が大好きなんですよ。だから以前は、あたしが様子を見にいくたんびに、一緒に連れていってたんです」

おたねは涙声になる。

「長二郎だって、純太をとても可愛《かわい》がってくれていたんですよ。観音祭《かんのん》にも、毎年連れていってくれて」

別名、浅草祭《あさくさまつり》である。弥生《やよい》の十七日と十八日に行われる浅草神社の例祭で、浅草寺と一体になった盛大な祭礼だ。いくつもの町の氏子たちが華やかな山車《だし》を出し、行列の勢いを競い合う。

「うちの亭主はいつも仕事ばかりで、子供を祭にも連れていってやらない。怒るあたしを、長二郎がいつもなだめて……『義兄《にい》さんは忙しいんだから、おれが連れていってやるよ』って……だから純太は、今年も祭に連れていってもらえると期待しているんでしょう」

おたねは手の甲で涙を拭《ぬぐ》って、悲しげに唇をゆがめた。

「だけど、やっぱり、長二郎に甘え過ぎていたんですね。仕事で疲れている時も純太の相手をさせてしまったから、よけいに不満が溜《た》まって、岡場所や賭場へ……」

「違う」

宇之助は断言した。

「長二郎さんは根っからの子供好きだ。純太と遊ぶことは、長二郎さんにとって、いい気晴らしになっていたんだ。この二人は、ものすごく馬が合うんだろうよ。きっと前世でも深い関《かか》わりがあったはずだ。おそらく、兄弟か何かだったんだろうなあ」

宇之助は札に目を戻す。

「だが狐に取り憑かれて、長二郎さんは人が変わったようになっちまった」

おたねが息を呑む。

「長二郎に狐……？」

戸惑っているように、おたねは目をしばたたかせた。我が子に狐が取り憑いたのではないかと案じてきたら、まさか弟のほうに憑いていたとは——そんなふうに思っているような表情だ。

「間違いないんですか」

宇之助はうなずいた。

「かなり強い狐が、長二郎さんに憑いてる。賭場で憑かれたんだ」

宇之助は眉間にしわを寄せて札を睨んだ。

「賭場には、狐の霊がうようよしてる」

まるで、札の中に何体もの狐霊が視えているような口ぶりである。

実際に視えているのだろう、とすずは思った。長二郎の話が出てから、宇之助の目つき

がかなり鋭くなっている。まるで、唐物の皿に取り憑いた異国の霊を祓った時のように――。

「長二郎さんのところへ純太を連れていっちゃならねえっていう、おたねさんの判断は、あながち間違っちゃいねえ。あのままじゃ、純太にまで害がおよびかねなかったからな」

動物霊が憑くと、人は欲望を抑えられなくなるのだ、と宇之助は説明する。

「金欲、色欲、食欲――人間にはさまざまな欲があるが、普段は理性で抑えているもんさ。人並みの暮らしがおびやかされるほど、はめをはずしたりはしねえ」

だが動物霊が憑くと、欲求に抗いきれなくなり、込み上げてくる衝動に突き動かされてしまうのだという。まさに本能のままに動く、動物のように――。

「盗み、犯し、食べつくす。望みを叶《かな》えるためなら、人殺しさえ厭《いと》わなくなってしまう場合もある」

すずは眉根を寄せた。

まさか、そこまで……。

おたねも信じがたいという顔で、口に手を当てている。

「賭場みてえな場所には、人間の欲が渦巻いてるだろう。負の念も相当多い。たいていの悪霊は負の念を餌《えさ》にするから、欲深い人間が集まる場所に寄ってきやすいんだ。人間を餌にするためにな」

取り憑かれた人間は窮地に落とされ、絶望を味わう羽目になる。苦しい、悔しい、怖い、嫌だ、いっそ死んだほうがまし——そんな感情を美味い餌として食べ、力を増していくのが、悪霊どもの狙《ねら》いなのだという。

「賭《か》け事にはまり、我を忘れた時なんかは、魔につけ入られやすい。『魔が差す』とは、よく言ったもんでな。とんでもねえことをしでかすように仕向けられちまったりするのさ。そして、さらに大きな絶望に追い込まれる」

宇之助は目をすがめた。

「さっき、長二郎さんは壁に向かって徳利を投げつけたって言ってたが、それはまだ長二郎さんの意識が残っているからさ。もし完全に狐に意思を乗っ取られていたら、おたねさんに向かって物を投げつけていたはずだ。狐が本気で長二郎さんからおたねさんを引き離そうとしたら、それだけじゃ済まなかっただろうよ」

おたねは口に手を当てたまま、小さく頭を振った。

「それだけじゃ済まないって……あたしを殺すっていうんですか。長二郎が、あたしを」

宇之助は否定しない。

「そうなっちまったら、もう長二郎さんじゃねえのさ。体は人間でも、魂は狐になってる」

それに、と宇之助は続ける。

「おたねさんのほうが使い道があると判断したら、狐がこっちに乗り移ってくる恐れもあるんだぜ」

「ええ⁉」

おたねは我が身を抱きしめるように、両手を交差させて自分の腕をつかんだ。

「そんなことがあるんですか！」

「ある」

宇之助は即答した。

「蛇の霊なんかだと、取り憑いた者に卵を産みつけて増えていくから、また厄介なんだ。純太や、ご亭主も、あっという間に餌食《えじき》にされちまうだろう。周りの者にもどんどん卵を産みつけ、増えて、広がっていく——それが蛇の霊障なんだ。本体はもちろん、卵もひとつ残らず祓わねえと、害は収まらねえ」

おたねは顔面蒼白《そうはく》になった。

「と……賭場に狐の霊がうようよしてるって言ってましたけど、蛇の霊なんかも一緒にいたりするんですか」

「いる場合もあるが、たいていは狐だな。そもそも、町にいる動物霊の多くが狐なんだ。江戸の町には、稲荷が多いだろう」

おたねは、はっとした顔になる。

もちろん、すべての狐霊が悪いわけではない、と宇之助は語る。

「神の眷属として誇りを持ち、祠や拝みにくる者たちをちゃんと守り続けている立派な狐もいるんだぜ。だが、さっきも言ったように、神から離れて自分が神を名乗るような『堕《お》ちた狐』もけっこう多いんだ。祠を手入れする者がいなくなったりして、祀られていた神が去ったあとに入り込み、それを知らずに拝みにきた者を不幸にする」

「おそらくは」

「それも関係しているんですか」

負の念を餌にして、力をつけるために――。

すずは、ぞっとした。

普段何気なく歩いている場所の近くにも、稲荷の祠は数多くある。その中の、どれにちゃんと神がいて、どれに狐霊がいるのか、普通の者にはわからないのだ。

わからないということが、たまらなく恐ろしく思えてくる。

おたねが宇之助の顔を覗き込んだ。

「さっき『あのままじゃ、純太にまで害がおよびかねなかった』って言ってましたけど、狐を祓わない限り、その危険は残るんですか。それとも絶対に、純太を長二郎に会わせなければ、大丈夫なんですか」

「絶対に会わせねえってこたぁ、難しいだろうなあ」

宇之助はまっすぐに、おたねの目を見つめ返す。

「現に、隠れて会いにいったんだろう。きっと純太は、また長二郎さんに会いにいくぜ」

おたねは唇を震わせた。

「狐の害って、どんなものがあるんですか。純太はまだ子供です。いくら何でも、賭場や岡場所に入り浸ったりはしないでしょう」

「本人の意に反して、おたねさん以外の人たちにも嘘をつくようになるかもしれねえな」

宇之助の声が静かに響く。

「とんでもねえ嘘つきになって、誰からも相手にされなくなり、孤独になっちまう」

その寂しさや悲しみも狐の餌になるのだ、と宇之助は語る。

「一人ぼっちの絶望を味わわせるために、狐は純太を家族からも引き離そうとするかもしれねえ」

おたねは胸元を握りしめながら、小さく頭を振った。

「あたしたちから引き離すって……いったい……」

「人が突然行方知れずになると、よく『神隠し』とか『天狗《てんぐ》にさらわれた』なんて言われるだろう」

宇之助の言葉に、おたねが息を呑む。

「まさか、狐が純太をどこかへやってしまうって言うんですか⁉」

「あり得ねえ話じゃねえ」

純太の意識を乗っ取り、本人の気づかぬうちに、誰も知らない遠くの町へ——または山奥の断崖絶壁へ——。

「悪霊が何を仕かけてくるかはわからねえ。ただ、はっきりしているのは、取り憑いた人間と、その周りの者たちを、どんどん不幸にしていくってことさ」

「いったい、どうしたらいいんですか」

おたねが弱々しい声を上げた。

「唐物の皿に取り憑いた死霊を祓った時は、けっこうな値段だったと噂《うわさ》で聞きましたけど、あたしにはそんなお金——」

ありません、という言葉を呑み込むように、おたねは唇を引き結んだ。

荒れた弟の姿を思い浮かべたのか、我が子に害がおよぶ恐れを考えたのか。もしここで「金を払えない」と言ったら、家族はどうなってしまうのだろうか、と大きな不安にさいなまれているように見える。

すずは宇之助に向かって口を開いた。

「あの……」

何とかしてあげてください、と言いかけて口をつぐむ。

悪霊祓いがかなり高額だということは、すずも知っている。

魔を祓うことは命懸け――。

宇之助がいつも言っていることは、決して大げさではないのだ。異国の霊を祓った時、すずもその場にいた。恐ろしい化け物となった異形の者たちと戦うのは本当に危険なのだと、すずも身をもって感じた。

宇之助と因縁のある呪術者《じゆじゆつしや》、富岡光矢《とみおかこうや》も言っていた。

――殺《や》るか、殺られるか。魔を祓う時は躊躇《ちゆうちよ》するな――。

一瞬でも迷えば、こちらが死ぬのだ。

宇之助がいつも言っているように「霊能は万能じゃない」のだから。もし万能であれば、この世から危険な退魔などなくなる。

宇之助が横目でじろりとすずを見た。おたねに目を戻して、小さなため息をつく。

「ご亭主は仕立屋だったな」

「え、ええ」

「腕はいいのかい」

おたねはうなずく。

「商家の旦那さんたちから、名指しで仕事をいただいています」

「それじゃ、おれの着物も頼むぜ。反物はこっちで用意するから、仕立賃が今回の報酬ってことでどうだい」

おたねは拝むように両手を合わせ、深々と頭を下げた。

「お願いします。必ず、亭主に作らせますから」

宇之助はうなずいて、ちらりとすずへ視線を投げた。これで文句はなかろう、とでも言っているかのように。

すずは破顔した。


翌日の昼間、宇之助とすずは長二郎の長屋へ向かった。長屋まで案内してくれるおたねの顔色は悪い。

「昨夜、全然眠れなくて……」

通りを歩きながら、おたねはこぼした。

「あれもこれも狐の仕業だったのかと思うと、たまらなく怖くなってしまったんです。純太が狐に憑かれたんじゃないかと疑っていましたけど、いざ本当に霊がいると言われると、恐ろしくって、もう」

「わかります」

すずは心底から同意した。

「普通の人間にとって、霊は得体の知れないものですし。自分の力じゃ、どうにもできないですからね」

おたねはうなずく。

「だけど、怖いと思う気持ちも悪霊の餌になるって言ってたでしょう。だから、怖いと思っちゃいけないって自分に言い聞かせて。それでもやっぱり怖くて……怖がるまいと必死になればなるほど、あたしの近くにも狐が来ているような気になってしまって」

枕元に狐が座って、じっと自分を見下ろしているような気配を感じたのは気のせいか
――とおたねは続けた。

「目を開けるのが恐ろしくて、ずっとまぶたを閉じていたんですけど」

夜が明けて、腰高障子《こしだかしょうじ》の向こうが明るくなるまで、まんじりともせずに過ごしたのだという。

「気のせいかどうかは、わからねえなあ」

がらん堂の出で立ちのまま出向いた宇之助が、江戸弁の口調で告げる。

「おたねさんがおれに頼んだってことに勘づいて、狐が様子を見にきたのかもしれねえ」

すずはぎょっとした。

それでは、おたねの身にも危険が迫っていたというのか。

「もし本当に狐が来ていても、手出しはされなかったはずだぜ」

宇之助はあっさりと続ける。

「おれがついてると気づいたら、なおさらだ。おれを怒らせたら、容赦なく消されるから

なあ。どっちが強《つえ》えかは、動物の本能で瞬時にわかるはずだぜ」

おたねを安心させるように、宇之助は笑った。

「こう見えて、おれは悪霊どもにちったぁ名が知られてんだ。ま、大船に乗ったつもりでいな」

「はあ……」

おたねは曖昧《あいまい》な笑みを返した。

宇之助が強いと言われても、不安なのは当然だろう。おたねは「がらん堂」の評判を聞いてきたようだが、宇之助の実際の力量を知らないのだ。

それに、どんなに強い術者を頼んだとしても、事態がよくならないうちは安心できないはずだ。「見えざるもの」が相手である以上は、どうしても仕方がない。薬を飲んで病《やまい》が治った、怪我《けが》が治ったという場合と違い、依頼主が「問題を解決した」という実感を得づらいのではないか。

悪霊を祓ったとたん、歩けなかった者が歩けるようになった、などという事例は別だが……。

そう考えると、すずの場合は非常にわかりやすかったのだと改めて思う。寝たり起きたりの暮らしになった原因に辿《たど》り着くまでは、とても苦労したが。宇之助が蒼と契約してからは、すぐにもとの体調に戻ったという実感があった。それより何より、今は蒼の姿がす

ずにも視えるのだ。信じないわけにはいかない。

「こちらです」

長屋木戸の前で、おたねが足を止めた。やはり怯《おび》えているようで、奥へ進んでいくのを躊躇しているように、なかなか動こうとしない。

宇之助が先に長屋木戸をくぐった。迷いのない足取りで、どぶ板の脇《わき》を進んでいく。おたねが覚悟を決めたように、宇之助のあとを追った。すずも続く。

前方から、何ともいえない悪臭が漂ってきた。すずは顔をしかめる。荒れた暮らしのにおいとは、こんなにも強く、ひどいものなのか――。

〈狐くさいのう〉

にゅっと小さな姿で現れた蒼が、すずの目の前を泳ぐように身をくねらせた。

〈我のように高貴な龍《りゅう》と違い、下等な獣のにおいが強くて嫌になる。なぜ我がこんなところへ来ねばならんのだ〉

蒼は文句を言いながら、宇之助の後ろ頭にへばりついた。

〈おい、おまえ一人で来ればよかったではないか。すずを連れ出すから、我もつき添わねばならなくなったのだぞ〉

宇之助は無視している。もちろん、おたねには見えていないし聞こえてもいないので、ここで蒼に返事をするわけにもいかないだろうが。

怒り続ける蒼が、ぶんぶんとしっぽを大きく振った。後ろで一本に束ねた宇之助の髪が、しっぽの動きに合わせて左右に揺れる。うつむき加減で歩くおたねはまったく気づいていない様子だが、もし目にしたとしても、宇之助の髪が風に吹かれていると思うだろう。今は風など吹いていないが――。

宇之助が立ち止まった。

「ここだな」

腰高障子にも、長二郎の名が書いてある。

宇之助が戸を引き開けた。ものすごい臭気が飛び出してくる。すずはとっさに息を止め、両手で鼻を覆った。吐き気がするほど、ひどいにおいだ。何かがくさったような――けれど残飯のにおいとも言い切れない。糞尿のような、どぶ川のような、それらすべてが混ざり合ったようなにおいにも思えた。

すずは口だけで息をしながら、おたねを見やる。

おたねも顔をしかめているが、すずほどは異臭を感じていない様子だ。「またこんなに酒くさい」と言いながらも、手を鼻に当てたりはしていない。

「よう、邪魔するぜ」

宇之助が敷居をまたぎ、土間に一歩踏み入る。

「帰れっ、こっちへ来るな！」

激しい怒声が部屋の中から飛んできた。

「それ以上、近寄るんじゃねえっ。ぶっ殺すぞっ」

「やれるもんなら、やってみな」

まるで鼻歌でも歌っているかのように、宇之助は続ける。

「おまえが飛びかかってくる前に、おれがおまえを消すぞ」

ぞくぞくっ、とすずの背筋に悪寒が走った。一気に鳥肌が立つ。

「すず、おたねさんを中へ入れるな」

「はい」

おたねの背をそっと押して、戸口から遠ざけた。

「大丈夫ですよ。ここで待っていてくださいね」

おたねは不安そうに戸口を見つめながらうなずく。

「うぎゃああっ」

耳をつんざくような叫び声が部屋の中から上がった。

すずは戸口に駆け寄る。敷居の前に立って部屋を覗くと、上がり口の向こうで長二郎と思われる男が四つん這《ば》いになり、宇之助に向かって歯をむき出していた。まるで、四つ足の獣が牙をむくように。

「長二郎さん、気をしっかり持つんだ。狐なんかに負けちゃならねえ」

宇之助は草履《ぞうり》のまま、上がり框《がまち》に足をかける。

「おい狐、おまえを祓うぞ」

長二郎が四つん這いのまま、激しく頭を振る。

「黙れえっ、勝手なことを言うな！」

「勝手な真似をしてるのはどっちだ」

長二郎が膝立ちになり、宇之助を睨みつけた。

すずは息を呑む。

大きく吊り上がった目がぎらぎらと光り、血走っている。大きく開けた口からはよだれが垂れて、うめき声を伴った荒い息が途切れなく続いていた。

〈人間のくせに、生意気な〉

長二郎の口から出た声は二重に聞こえた。長二郎と、もう一人別の誰かが同時にしゃべっているような――地底の底から響いてくるような不快な声は、狐のものか。

〈殺してやる。殺してやる。殺してやる。殺してやる。殺してやる〉

呪文のように呟《つぶや》いて、長二郎が跳び上がった。天井すれすれまで高く身を躍《おど》らせたかと思うと、宇之助に向かって両手を伸ばす。

宇之助は刀を振り上げるような仕草で右手を振った。宇之助の指先から放たれた縄のような光が、長二郎の体に巻きつく。宇之助が再び右手を振った。鞭《むち》のように光がしなり、

長二郎の体が後ろに引っ張られた。部屋の奥の壁にぶつかって、長二郎は床に崩れ落ちる。

一瞬の出来事だった。

「うう……」

長二郎がうめく。

すずは目を見開いた。

長二郎の体から、どっと黒いもやが噴き出している。勢いよく立ち昇ったそれは、あっという間に狐の姿になった。黒いもやを炎のようにまとった、どす黒い狐だ。

いつの間にか光の縄は、長二郎の体から離れて狐に絡みついている。

狐は前足で床に倒れている長二郎の体を踏みつけると、再びぎろりと宇之助を睨んだ。

〈どんなに強い霊力を持っていようと、しょせんは人間――おまえなどには負けぬぞ〉

宇之助が右手を引いた。光の縄が狐の体に食い込む。まるで雑巾《ぞうきん》をしぼるような動きで、狐の体をひねり上げた。

〈ウガアアアッ〉

狐はもがくが、光の縄ははずれない。

「暴れると、ますますしめつけが強くなるぞ」

狐は唸り声を上げながらおとなしくなった。息を乱し、悔しそうに牙をむき出している。

しばらく宇之助を睨みつけていた狐が、ふと、すずのほうを見た。はっとしたように目

を見開いて、にたりと笑う。

その直後、狐のしっぽがぶわりと膨らんだ。と同時に、黒いもやが増大する。しっぽの先に集まった黒いもやは狐の分身となり、宇之助の頭を飛び越えてすずに向かってきた。

すずは慌てて後ずさり、戸口から離れる。

狐の分身が敷居を飛び越え、外へ出てきた。

〈殺してやる！〉

〈グハアッ〉

すずの前に、蒼が巨大な姿で現れた。顔だけで、腰高障子ほどの大きさがある。

蒼は空高く伸び上がると、さらに大きくなって、狐の分身を見下ろした。うねる体の長さは、長屋一棟を優に超えている。

狐の分身は、すずに襲いかかろうとした体勢のまま、ぴたりと空中で止まっていた。頭上にいる蒼を、かなり恐れているようだ。小刻みに身を震わせている。

〈我が守護する娘に手を出すことは許さん〉

蒼が地響きのような声を発した。

〈まさか狐の分際で、我に逆らう気ではあるまいのう〉

狐の分身は宙に浮いたまま、前足をそろえて行儀よく座った。まるで神社門前に置かれた狛狐のように。

〈滅相もございません〉

狐の分身が殊勝な声を上げた。

〈あなたのように強大な龍に逆らうなど、とんでもない。あなたの加護を受けている人間だとは露知らず、大変失礼いたしました〉

蒼が不機嫌そうに、ふんと鼻を鳴らす。その鼻息で、腰高障子ががたがたと音を立てた。すずはおたねを振り返る。風が吹いたとでも思っているのか、おたねは拝むように両手を合わせて長二郎の部屋の戸口を見つめている。蒼と狐の存在には、まったく気づいていない様子だ。

狐の分身が媚《こび》を売るように、小首をかしげて蒼を見上げた。

〈わたしが餌にしている人間は、なかなか美味いですよ。どうです、ご一緒に〉

〈いらんわ！〉

蒼が怒鳴ると、狐の分身は身を縮めた。

〈我が好むのは純粋で清らかな生気だ。欲に駆られた人間など、不味《まず》くて食えたものではない。おまえと一緒にするな〉

〈申し訳ございません〉

狐の分身が、蒼に向かって深々と頭を下げる。

〈わたくしめはおとなしく巣穴へ帰りますので、どうかご容赦くださいませ〉

嘘だ――。

すずは頭を振った。

狐は嘘をついている。おとなしくするつもりもないし、巣穴へ帰るつもりもないのだ。

狐の分身が前足を伸ばして、蒼の前にひれ伏す。

〈偉大な龍よ、わたしを捕らえているあの人間に、わたしを放すようご命令ください。もう金輪際、人間には近づかぬと誓いますので〉

〈ふうむ……〉

蒼が小首をかしげて狐の分身を見下ろす。

〈嘘ではあるまいのう〉

〈あなたに嘘をつくなど、あろうはずがございません〉

狐の分身は媚びへつらうような笑みを浮かべて蒼を見上げる。

〈敬愛なる龍よ、もしもあなたに逆らえば、わたしの命などあっという間に消されてしまうことは重々承知しております。あなたの前では、わたしなど蟻《あり》よりも小さく、ひ弱な存在でしょうから〉

蒼はグハハと笑った。

〈身のほどをわきまえておるやつは嫌いではないぞ。のう、宇之助、ここは我に免じて見逃してやってくれ〉

宇之助が唸り声を上げる。

「仕方がない……龍の頼みじゃ断れないな」

すずは耳を疑った。

蒼だけでなく、宇之助まで、狐の言葉を信じてしまうのか――。

すずは再び戸口に立った。

「駄目です。狐は嘘をついています」

宇之助が肩をすくめる。

「おれたちには龍がついているんだぞ。龍は動物霊の中でも、おそらく最強だ。狐に太刀打ちできるはずがない」

〈そうですよ、お嬢さん〉

狐の本体が光の縄に縛られたまま、すずを見つめた。

〈わたしたちの出会いがちょっと悪かったんで、あっさりとは信じてもらえないかもしれませんがねえ。もともと、わたしは、そんなに悪い狐ではないんです。ただ魔が差したというか、ものすごく腹が減っていたんで、つい人間の生気を餌にしてしまったんですよ〉

子犬のようにキューンと鳴いて、狐は目を潤ませた。

〈これからは、神の眷属として仕え、人間を守ることにいたします。偉大な龍のように、純粋で清らかな氣《き》を餌として生きていくことにしますよ。人間が神を敬い、真心を捧《ささ》げれ

ば、その場には素晴らしい氣が生まれます。その氣を生きる力にして、人々をさらなる幸福へ導きましょう〉

これも、すべて嘘だ。狐は神に仕える気などないし、人間を守るつもりもさらさらない。

「すず、大丈夫だ」

宇之助が右手を振り、光の縄をほどいた。

すずは唖然として、宇之助を見つめる。

「大丈夫だ」という言葉に嘘はなかった。宇之助に疑念や不安はないのか。心底から狐を信じているから、真実の言葉として聞こえたのだろうか。

けれど、これまでの経験からしても、狐を信じてはいけないというすずの判断に間違いはないはずだ。

いや、それとも……。

魔物が相手では、これまでの経験が通用しないのだろうか。

すずがこれまで嘘を見抜いてきたのは、自分と同じ人間ばかりだ。人の死霊ならともかく、狐のような動物霊が相手では、嘘と真《まこと》の聞こえ方も違ってくるのだろうか。

何度も霊と対峙《たいじ》している宇之助や、自分自身が動物霊の一種である蒼が、狐への対応を間違うとは思えない。

とすると、今回は、すずが間違っているのか……。

狐の分身が、本体へ戻る。黒いもやが消え、狐は淡い影のような姿となった。

〈ありがとうございます。では、わたしは戻ります〉

深々と頭を下げて、狐は部屋の奥の壁に向かう。壁をすり抜けて帰っていくのか――。

と思いきや、壁際に倒れていた長二郎の体に飛びかかろうとした。

〈ギャアアアアッ〉

すずは目を見開いた。

狐の体の真ん中を、一条の光が貫いている。宇之助の手から鋭く放たれた光だ。先ほどまでの縄のような光ではなく、鋭く長い剣のように見える。

〈ガハッ――クォオォン〉

串刺《くしざ》しにされた狐がもがいた。

〈なぜ……なぜだ……〉

床に倒れている長二郎に向かって、狐は前足を伸ばした。だが届かない。まっすぐな光に貫かれているので、思うように動けず、痛みに苦しんでいる様子だ。

〈くそっ……この人間を道連れにしてやろうと思ったのに……〉

小さな姿になった蒼が身をくねらせて、戸口から部屋へ入っていった。

〈下劣な狐の言葉など、信じるわけがなかろう〉

宇之助がうなずく。

〈狐に限らず、悪霊の言葉は信用ならない。平気で人をあざむくからな。おれが術を解いたとたん、喉笛《のどぶえ》をかっ切ろうとして飛びかかってくるか、再び長二郎さんの中に潜り込むか、どちらかだと思っていた〉

蒼がガハハと笑う。

〈しかし本気で我を騙《だま》せると思っておったとはのう。愚かにもほどがあるぞ〉

すずは蒼と宇之助を交互に見やる。

「それじゃ二人とも、最初から……」

〈当然だ〉

すずの顔の前で、蒼が胸をそらす。

〈下劣な狐の始末など、我が手を下すまでもないからな。最初から、宇之助にやらせるつもりだったのだ。しかし万が一の事態が起こっては困るからのう。狐を油断させて、安全な策を取ったのだ〉

宇之助がうなずいた。

「窮鼠《きゅうそ》猫を噛《か》むという言葉があるだろう。どんなに弱い生き物でも、窮地に追い詰められれば、決死の反撃をする恐れがある。命懸けの攻撃は、時にものすごい威力を発揮するからな」

蒼が大きく尾を振った。

〈獲物を狩る時には、よけいな労力をかけず、確実に仕留めねばならんのだ〉

狐が壁のほうを向いた時、宇之助はいつでも仕留める準備ができていたのだという。

〈下等な狐は、やはり思慮が浅いのう〉

蒼は前足で髭《ひげ》を撫《な》でると、すずに向き直った。

〈嘘も使いようだぞ、すず。何でもかんでも嘘と真で善悪の区別をつけるのは、ちとまっすぐ過ぎる〉

すずはうなだれた。

「すみません……」

蒼がしっぽですずの頬《ほお》を撫でる。

〈ま、おまえの愚かさなど可愛いものだ。我は嫌いではないがのう〉

狐が悔しそうに唸りながら身をよじった。

〈わたしが下劣なら、欲にまみれた人間どもはいったい何だ〉

光の剣が体に食い込んで苦しいのだろう、狐はキイッ、キイッと弱々しい鳴き声を上げた。

〈かつては、わたしも神に仕え、神社を守っていた。だが人間どもの欲は底を知らず、次から次へと勝手な願い事ばかり。聖域を汚す人間どもを、なぜ守ってやらねばならんのだ。罰を与えず、見守り続ける神にも辟易《へきえき》した〉

「だから神社を離れたのか」

宇之助の問いに、狐はうなずく。

〈生きるためには食わねばならん。何の混じりけもない清らかな氣など、この世にはもうないのであれば、いっそ穢《けが》れた氣を食ってみようと思ったのだ〉

初めて体内に取り入れた邪気は、富札を買う列に並ぶ人々の欲望だったという。

金が欲しい。富くじに当たったら、あれを買いたい、これを買いたい――周りの者たちを押しのけて欲望に手を伸ばす人間たちが生み出す念は、思いのほか甘美だった、と狐は語る。

〈一度受け入れてしまえば、もうやみつきだ。欲望が大きければ大きいほど、濃く深い味わいが増す〉

狐はべろりと長い舌を出した。

〈富札を買った人間は、賭場へも出入りしていたのでな。わたしも一緒に行ってみたのだ〉

賭場には、欲深い人間が数多く集まっていた。餌は次から次へと勝手にやってくる。取り憑いて、吸いつくしたら、また賭場へ戻って新しい餌を食えばいい。

〈よい餌場を見つけたと、喜んでいたのに〉

狐はいまいましげに宇之助を睨む。

〈取り憑いた人間が、まさか術師と繋《つな》がるとは〉

狐は戸口へ目を向けた。

〈賭場で見た時には、危険などないはずだった。独り身で、家族の情など薄いと侮っていたのが、運のつきだったか〉

おたねの姿を狐から隠すように、宇之助は立つ位置を変えた。

「眷属としての誇りを失い、堕ちてしまった時に、おまえは終わっていたんだ」

宇之助は剣を握るように、右手を握り固めた。

「破！」

宇之助が右手を振り上げる。光が狐の体を引き裂いていく。

〈カハッ……アアァ……〉

黒い霧が散るように、狐の体は消えていった。

室内はしんと静まり返る。

床に倒れていた長二郎が身じろいだ。

「う……うぅ……」

「姉ちゃん……」

おたねが弾《はじ》かれたように戸口へ駆け寄ってきた。すずを押しのけるようにして、室内へ飛び込んでいく。

「長二郎、大丈夫かいっ」

おたねに支えられながら、長二郎は身を起こした。

「おれは、いったい、どうしたんだ」

長二郎はきょろきょろと周囲を見回す。

「あれ……仕事は……何だか、頭に黒いもやがかかっていたみてえに、何も思い出せねえ。おれは今まで、いったい何をやっていたんだ……」

おたねが目を潤ませて、長二郎の腕を叩《たた》いた。

「あんた、狐に憑かれていたんだよ」

長二郎は目を丸くする。

「狐だって？　何言ってんだ、姉ちゃん」

長二郎は首をひねって、しばし無言になった。

「そういや、ここんとこ、おかしなことが続いてた……」

もう賭場へ行くのはやめようと思っていたのに、気がついたら壺振《つぼふ》りの前に座って、賭け事をしていたり。仕事場へ行こうと思ったら、急に頭が割れるように痛んで、そのまま寝込んでしまったり。

「姉ちゃんが菜を持ってきてくれた時だって、心の中じゃ『ありがてえ』と思っていたのに、口から出たのは『帰れ』という言葉だったんだ。無性に傷つけたくなって、そんな馬

鹿なと混乱しているうちに、何が何だかわからなくなった」

長二郎の顔が強張る。

「ひょとして、あれは全部、狐の仕業だったのか？」

物《もの》の怪《け》に取り憑かれていたせいならば腑《ふ》に落ちる、と長二郎は続けた。

「けど、おれは祟《たた》られるような真似なんか何もしていねえぞ。祠を壊したり、供えられたものを盗み食いしていれば、罰が当たっても仕方ねえんだろうがよ」

「どこで何に憑かれるか、わからねえもんさ」

がらん堂口調に戻った宇之助が、長二郎に向かって微笑んだ。

「魔物は、ふとした一瞬の隙を突いて入り込んでくる」

長二郎は首をかしげて宇之助を見つめた。

「あんたは？」

「占い師さ。加持祈禱や悪霊祓いなんかもやるんでね。おたねさんに依頼されて、長二郎さんを助けにきたんだ」

宇之助は長二郎の前に腰を下ろした。

「仕事で疲れたり、酒に酔ったりして、長二郎さんにも隙《すき》ができた。賭場を塒《ねぐら》にしていた狐が、そこに目をつけたのさ」

長二郎は顔をしかめる。

「おれが弱かったからいけねえっていうのかい」

宇之助はうなずいた。

「あんた、真面目だったと聞いているが、何かあるとすぐ酒に逃げるところがあっただろう」

長二郎はぎくりとしたように身を強張《こわば》らせた。

「だけど、正体をなくすほどの深酒なんか、今まではしなかったぜ。憂さ晴らしにちょっと飲むくらい、誰だってするだろう」

「そうだな。誰にだって、隙はできる」

しかし、だからこそ、まっとうな暮らしを続けることが大事なのだ、と宇之助は説く。

「早寝早起きは体にいいとか、ちゃんと風呂《ふろ》に入って身綺麗にするとか、んなこたぁ当たり前だと思ってるやつは多いだろうけどよ。その当たり前のことを続けるのは、案外難しいものなんだぜ。朝は布団から出たくねえ、めんどくせえから今日は風呂に入らなくていいか、って思う時もあるだろう」

長二郎の体から強張りが抜けていく。

「けどよ、朝の光を浴びたり、風呂で汚れを落としたり、自分の居場所を掃除したりするってことは、悪霊に取り憑かれる隙をなくすことにも繋がるんだぜ」

長二郎は目を見開く。

「本当かい」

「きちんとした暮らしを送るってこたぁ、心身を整えるってことだからな」

乱れのないところに、魔は入り込みづらいのだという。

「まずは掃除から始めるんだな」

宇之助の言葉に、長二郎は部屋を見回した。今初めて室内の惨状に気づいたかのような、唖然とした表情になる。

「きったねえ……おれは今までずっと、こんなところにいたのか」

長二郎は大きなため息をついた。

「部屋も、自分の体もくせえしよぉ。ああ、今すぐ湯屋へ行きたくなってきた」

見苦しく髪が伸びた月代《さかやき》をかきむしって、長二郎は舌打ちをした。

「以前だって、ちゃんとしていたつもりだったんだけどなあ。人間、崩れる時はあっという間ってことか。それなら、お守りのひとつやふたつ持っていたほうがいいのかな」

長二郎は居住まいを正して宇之助を見た。

「狐がいるんなら、神さまだって本当にいるんだろう？　どこの神社に行って、お守りを買えばいいんだ？」

「神社より、まずは自分だ」

ぴしゃりとはねつけるような声で、宇之助は答えた。

「それに、神社ではむやみやたらに願い事をしねえほうがいいんだぜ」

「えっ」

「大金持ちにしてくれだの、女を侍《はべ》らせてくれだのと頼んで、ほいほい叶《かな》えてくれる都合のいい神がいると思うか？　いたとしたら、それは神じゃなくて、今回の狐みてえな物の怪だろうよ」

　青ざめる長二郎に向かって、宇之助はふんと鼻を鳴らす。

「神を拝む時は、まっとうに暮らしていられる日々の感謝なんかを述べてみたらどうだい。何が何でも果たさなきゃならねえ大仕事なんかがある場合には、神に祈願するというより、絶対にやり遂げてみせますっていう決意を伝えてくるといいぜ」

　とにかく神を敬うことだ、と宇之助は続ける。

「人間は、都合のいい時ばかり神頼みするがよ。これが同じ人間相手ならどうだ。天下の将軍さまに、金を寄越せだの何だのと言えるのかい」

　長二郎はぶるぶると首を横に振った。

「友達や身内だって、そうだろう。困った時だけ助けてくれと泣きついてくるやつより、常日頃から頑張っているやつに力を貸したいと思うんじゃねえのかい」

　長二郎は神妙な顔でうなずいた。

「都合のいい願い事はしねえようにする。ただ、心の支えとして、お守りはやっぱり欲し

いけど」

　宇之助は目を細めて、じっと長二郎を見つめた。

「長二郎さんがお守りに持つなら……そうだな、菊の何かがいい」

「菊？」

　おたねが怪訝《けげん》な声を上げる。

「神社の御紋《ごもん》とかにこだわらなくても、何でもいいんですか」

　宇之助はうなずいた。

「長二郎さんの顔を見ていたら、菊の花が頭に浮かんだんだ。身内の誰かに、菊の花が好きだった人はいるかい」

　おたねが目を見開く。

「います！　死んだ祖母《ばあ》ちゃんが好きでした。生前は、よく菊の花を部屋に飾っていました。自分の庭でも、菊をたくさん育てていたんですよ。ねえ、長二郎」

「おう、小せえ頃は、庭の水やりをよく手伝わされて……」

　長二郎の言葉は尻《しり》すぼみになっていった。

　おたねが首をかしげる。

「どうしたんだい」

「いや、気のせいかもしれねえんだけどよ」

自信なげな表情で、長二郎は室内を見回した。

「時々、菊の花のにおいが漂っている気がしたんだ」

おたねが顔をしかめる。

「このきたない部屋に？」

「おう……時季はずれだし、ただの気のせいだったんだろうがよ」

「いや、気のせいじゃねえ」

宇之助は姉弟《きょうだい》の顔を交互に見やる。

「あんたたちには、においで霊を感じる力があるんだろう」

姉弟はそろって目を丸くした。

「同じ血筋なら体質も似てるってえのは、よくあることだ」

宇之助はおたねを指差す。

「長二郎さんの部屋を『くさい』と言っていたが、吐きそうになるほどひどいと感じていたんだよなあ。酒のにおいだけじゃなく、食べ残した物がくさったようなにおいも嗅《か》ぎ取っていた」

おたねはうなずく。

「酒も食べ残しも、実際にありましたからねえ」

「だが、それだけじゃねえ。おたねさんが嗅ぎ取った中には、間違いなく、悪霊のにおい

も混じっていたんだぜ」

「え……まさか」

おたねは二の句が継げない様子で、口を半開きにした。

「悪い霊がいるところには、悪臭が漂っているもんさ。さびれて、暗い、じめじめした場所なんかにもな」

だから掃除は大事なのだ、と宇之助はくり返した。

「部屋をきたなくしていると、霊が好む場所を自ら作り出していることになるんだぜ」

宇之助は指先を長二郎に移した。

「逆に、いい霊がいる場所には、いい香りが漂うんだ」

長二郎は目を見開いて、再び室内を見回した。

「ひょっとして、祖母さん……？」

「長二郎さんのことを、えらく心配してるぜ」

宇之助は長二郎の背後を見つめる。

「おたねさんを、おれのところへ導いたらしい」

祖母の姿を探すように、長二郎はうろうろと狭い部屋の中を歩き回った。

「わからねえよ、おれには。ちっとも見えやしねえ」

「言っただろう、あんたたち姉弟はにおいで感じる体質なんだ」

おたねが宇之助の前に立つ。

「それじゃ、うちの純太もですか」

「本人に会ってみねえと断言はできねえが、おそらく同じだろうな。どこまで感じるか、感じねえかは、血筋といっても人それぞれだがよ」

長二郎がおたねの横に並んだ。

「そういえば、純太がうちへ来た時にも、うっすらと菊の花のようなにおいがしていたんだがよ」

おたねは目をすがめて長二郎を見やる。

「正月に、こっそり一人でここへ来た時の話かい」

「いや、正月だけの話じゃねえ」

「何だって⁉」

おたねは眉を吊り上げる。

「純太は何度も、あたしに隠れてあんたに会いに来てたのかい！」

長二郎は困り果てたように眉尻を下げる。

「純太を怒らねえでくれよ、姉ちゃん。あいつの顔を見ると、おれの気持ちも落ち着いたんだ。さすがに、子供相手にいら立っちゃならねえからな。純太に会っている時だけは、おれも気を確かに持つことができたんだぜ」

おたねは両手で顔を覆うと、大きく息をついた。

「祖母ちゃんが、みんなを守ってくれたのかねえ」

「そうだぜ」

宇之助は断言した。

「菊の花がねえところで菊のにおいがしたら、祖母さんがそばにいると思ってな。そんでよ、あの世の祖母さんに恥ずかしくない生き方をするんだぜ」

おたねと長二郎は顔を見合わせ、うなずき合った。

❀

がらん堂たちが長屋を去ったあと、おたねは長二郎を手伝って部屋の片づけをした。

何度も何度も「姉ちゃん、悪ぃな。ありがとう」と口にする長二郎の顔を見て、やっと「弟が戻ってきた」と感じる。

申し訳なさそうに微笑む目は、もう吊り上がっていない。口調も穏やかで、汚れ物を片づける手つきも乱暴ではない。

掃除を終え、湯屋へ送り出した長二郎が帰ってきた時には、思わず泣いてしまった。

綺麗に整えた髷《まげ》や月代、汗や垢《あか》を落としてこざっぱりとした笑顔——不快なにおいも消えている。

「賭場へはもう二度と行くんじゃないよ」

「うん」

「岡場所は……まあ、どうでもいいけどさ……」

げんなりとした口調になって、おたねは口をつぐんだ。

決まり悪そうな笑みを浮かべた長二郎に釣られて、おたねも笑ってしまう。

「まあ、大事に至らず、よかったよ。やっぱり祖母ちゃんが守ってくれたおかげだよねえ」

「ああ、そうだな」

おたねのまぶたに、ふと我が子の顔が浮かんだ。

いや……自分がくどくど説教をしていたのは、長二郎に対してだけじゃない。純太に対しては、もっとひどかった。

嘘なんかつかない、いい子に育ってほしいという思いが強過ぎたのか。

けれど振り返ってみれば、自分も純太に嘘をついていた。

「叔父ちゃんに会いにいきたい」と言われた時、長二郎の堕落した姿を見せたくないがあまり、とっさに嘘をくり返してきたのだ。

——叔父ちゃんは今、仕事が忙しくて疲れているんだよ——。

——風邪を引いちゃったみたいだから、あんたを連れてはいけないよ。感染《うつ》されたら困

るからね――。

――最近、仕事のお客さんが訪ねてくることも多いみたいだから、子供がうろついてちゃ邪魔になっちまうよ――。

すべては、長二郎から純太を遠ざけたいがための嘘だった。

しかし、それは純太を傷つける嘘になってしまったのではないか。

子供だから、その場しのぎのごまかしが通用すると思っていたが、純太はおたねの嘘を見抜いていたのかもしれない。詳しい事情は知らずとも、これは何かあると――母ちゃんは自分に隠し事をしていると、勘づいていたのかもしれない。

まぶたに浮かんだ純太の目は、美しく澄んでいる。

子供が嘘をつくようになったと嘆いていた自分こそが、まるで悪の権化にでもなり下がってしまったような心境に陥った。

家路に就いたおたねの口から、とめどなくため息が漏れる。

自分が本当のことを告げずに嘘でごまかしていたくせに、純太には嘘をつくなと怒っていたのだ。がらん堂が言った通り、純太は「母ちゃんに何を言っても、どうせ無駄だ」と思ったのだろう。

子の鑑《かがみ》となるべき親がこれじゃ、仕方ない。純太もおたねと同じように、本当のことを言わず、嘘であしらうようになったのだ。

おたねの口から、ため息がまた漏れた。

いつの間にか、我が家の前に着いていたけれど、なかなか戸に手をかけることができない。いったい、どんな顔をして純太に会えばいいのだろう。

母ちゃんが悪かったと謝ればいいのか、実は叔父ちゃんの情けない姿を見せたくなかったんだと真実を語ればいいのか。

しかし自分がひたすら謝って、純太の嘘だけ許すのも違うだろう。こちらにも非があったと認めなければならないのはもちろんだが、やはり嘘は駄目だと教えていかねば、子供の成長がゆがんでしまうのではないか。

長二郎の件も、どこからどこまで話してよいものやら。狐に取り憑かれていたなどと言ったら、純太は怖がるのではないだろうか。

純太だけではなく、他《ほか》の者に話すのだってはばかられる。長二郎の変わりようを目の当たりにした自分は、狐霊の存在も、狐祓いをしたがらん堂のことも信じられるが、他の者はどうか。霊なんかいないし、祈禱師まがいの怪しい占い師に騙《だま》されたんだと決めつけられても、言い返せるだけの証拠がない。

おたねの口から、ため息がまた漏れる。

こんなんじゃ駄目だ。自分の子供に会うのが怖いだなんて――。

再びため息をついてしまいそうになった時、隣室の戸が開いた。亭主の仕事場である。

腰高障子の向こうから純太がひょこりと顔を出して、おたねを見つめている。

戸にかけた手をもじもじと動かす純太の肩に、大きな手が載った。

「ほら純太」

亭主の富太郎《とみたろう》が、純太の背中を押しながら出てきた。

「母ちゃんに話があるんだろう」

純太は顔を真っ赤にして歯を食い縛り、よろけたように立ち止まりながら、少しずつ近寄ってきた。

「う……嘘をついて、ごめんなさい」

目の前に立った純太が、今にも泣き出しそうな声を出す。

「おれ、叔父ちゃんに会いたくて……でも、母ちゃんを裏切るつもりもなくて……」

言い終わるまで待てずに、おたねは純太を抱きしめた。

「ごめんよ。母ちゃんも悪かったんだよ。どうしていいかわからなくて、純太にきつく当たっちまって。だけど純太が嫌いだから怒ったわけじゃないんだよ」

純太の手が、おたねをぎゅっと強く抱きしめ返してくる。

頬に頬をすりつければ、赤子の時とは違う——けれど、まだ幼い柔らかな温《ぬく》もりが伝わってくる。頬が濡《ぬ》れているのは、どちらの涙か。互いの涙が混じり合って、心身の奥深くまで染み入ってくるような気がした。

「あんたは、あたしの大事な子だよ。こんなに可愛いのに、上手く伝えられなくて」

おたねの腕の中で、純太が大きく頭を振る。

「おれも、おれも、母ちゃんが大好きなんだよっ」

「純太……」

ひしと我が子を抱きしめるおたねの背中に、大きな手が当てられた。

「おれもいけなかったんだ。仕事に没頭してえからって、おめえ一人にいろいろ任せ過ぎてた。悪かったな、おたね」

純太を抱きしめたまま顔を上げると、富太郎が面目なさそうにうなだれていた。

「本当に、すまなかったと思ってるんだ」

おたねはまるで「狐につままれたような心地」で富太郎の顔を見つめた。狐祓いをしたすぐあとで「狐」の譬《たと》え話などしたくはないが、いったい急にどうしたというのだ。

訝《いぶか》しむおたねの視線に耐えかねたように、富太郎は身をよじった。

「いや、実はよ。さっき、仕事の合間に井戸へ水を汲みにいったら、純太の姿を見かけてな。何だか様子がおかしかったから、そっとあとを尾《つ》けたんだよ。そうしたら、裏の稲荷へ行ってよ、泣きべそかいてんだ」

純太は祠の前にしゃがみ込み、両手を合わせながら稲荷に訴えていたのだという。

——お稲荷さん、おれはどうしたらいいんですか。母ちゃんに、嘘ばかりついちまうん

です。謝ろうと思っても、いつも駄目なんだ。叔父ちゃんに会っちゃいけないって言われると、かっとなって、母ちゃんなんか大っ嫌いだって叫びたくなっちゃう。本当は、大好きなのに――。

このところの出来事を稲荷に向かって切々と語る純太の姿を、富太郎は物陰からじっと見ていた。

「それで、おれは、おめえたちの間に何が起こっていたのか知ったんだ」

情けねえ、と呟いて、富太郎は片手で顔を覆った。

「おめえが家ん中のことをしっかりやってくれるから、おれは仕事に夢中になっていいんだと思っていたが、それはおめえに対する甘えだったんだなあ」

「おまえさん……」

身を起こして向かい合うと、富太郎がまっすぐに見つめてきた。

「久しぶりに、純太といろいろ話してよ。このままじゃいけねえと、心底から思ったぜ」

おたねも富太郎を見つめ返す。こんなにも近くで顔を合わせたのは、いつ以来だろうか、とぼんやり思った。

「これまでのことを許してくれるんなら、今年の浅草祭は親子三人で行こう。もちろん、長二郎も誘ってな」

純太が跳び上がる。

「父ちゃん、本当⁉」

「ああ、本当だ」

富太郎が純太の頭を撫でさする。

「浅草祭だけじゃねえ。花見や花火、いろんなところへ行ってみよう」

「やったあ！」

両手を上げて飛び跳ねる純太の姿を眺めながら、おたねはくしゃりと顔をゆがめた、熱い涙が頬を伝ってくる。

「母ちゃん、お稲荷さんに油揚げをお供えしようよ」

純太がおたねの袖を引いた。

「父ちゃんといっぱい話せたのも、母ちゃんにちゃんと謝れたのも、祭や花火に行けることになったのも、全部、お稲荷さんのおかげだからさ。お礼に、好物をあげようよ」

手で涙を拭いながら、おたねは苦笑した。

まだ幼い純太には、神さまと、神さまの使いである狐との区別が、きちんとついていないようだ。

「母ちゃん、早く油揚げを買いにいこう」

「はいよ」

「父ちゃんも一緒に行こうよ」

「おう」

純太に手を引っ張られ、久しぶりに富太郎と並んで町を歩く。すれ違う家族連れが目についた。幸せそうな顔で笑っている。今の自分たちも、同じような表情をしているのだろうか。

ささやかでいい。このありふれた日常が、自分たちにとっては、かけがえのない宝なのだ。

目に映る景色が、きらきらと輝いて見える——。

幸せを嚙みしめながら、おたねは日の光に照らされた道を歩き続けた。

❀

たまやへ戻る道すがら、すずは考え込んでいた。

長二郎に取り憑いた狐は、人間に対して強い怒りを抱いていた。宇之助の言う通り、あのままでは周りの者たちにまで害がおよんでいただろう。宇之助が祓ってくれてよかった、とつくづく思う。万が一にも純太が行方知れずとなっていたら、大変だった。

——人が突然行方知れずになると、よく『神隠し』とか『天狗にさらわれた』なんて言われるだろう——。

宇之助がおたねに告げた言葉が、すずの胸に引っかかっている。

突然行方知れずとなった父、多一のことを思わずにはいられない。

「どうした、すず。何か気になることがあるようだが」

並んで歩く宇之助を見上げると、すずの胸中などすっかり見透かしているような目をしていた。

「うちのおとっつぁんがいなくなったのも、ひょっとしたら悪霊の仕業なんじゃないかと思って」

意識を乗っ取られ、本人も気づかぬうちに、どこか遠くへ連れていかれたのだとしたら——それならば、何の前触れもなくいなくなったことも納得できる。父や自分たちが悪いのではない、悪霊のせいだったのだと思って、楽になれる。

だが、すべてを霊障のせいにできるのだろうか。霊障ということでけりをつけてしまって、いいのだろうか。魔物につけいられる隙を、自分たちは作っていなかっただろうか。

「おれが霊視してみるか」

宇之助の申し出に、すずは躊躇した。

すぐに「お願いします」と頼めないのは、なぜだろう。はっきりさせるのが怖いのか。

そう、怖いのだ。

父の失踪《しっそう》に霊障などまったく関係なくて、ただ単に、すずと母を捨てたのだとわかるのが怖い。霊視の果てに、自分たちにとって都合のいい結果が出るとは限らないのだから。

そんなことはあり得ないと、どんなに強く思っていても、やっぱり父は女と駆け落ちしたのかもしれない。借金をして、やくざ者に追われたのかもしれない。

どんな理由があったにせよ、父が自分の意思で、どこかへ去ったのだとしたら。

すずと母が懸命に信じてきたものが、跡形もなく崩れ去ってしまう。

信じていると言い切ってきたものが、ただの願望に過ぎなかったのだと思い知った時、自分はいったいどうなってしまうのだろう。母はいったいどうなってしまうのだろう。

父の失踪の理由を一刻も早く知りたいと思うが、それと同時に、知るのがたまらなく怖くなる。

「十年は長い」

宇之助の声が淡々と耳に響いた。

「きよさんの気持ちも聞いてみよう」

すずはうなずいた。

冷静な宇之助の声が、とても心強かった。

店を閉めたあと、父の霊視について相談すると、きよは驚くほどあっさりうなずいた。

「宇之助さんがうちに来てから、あたしもちょくちょく考えていたんだよ。多一さんのことを視てもらおうか、どうしようか、ってね。なかなか踏ん切りがつかなかったんだけど

さ」

　きよは明るく笑ってみせた。

「だけど、いつまでも迷っていたって仕方ない。すずのほうから言い出してくれた今が、きっと決断の時なんだろうよ」

　きよは宇之助に向き直ると、深々と頭を下げた。

「お願いします。夫の多一の行方を——あの人がどうなってしまったのかを、霊視してください」

　まっすぐにきよを見下ろして、宇之助はうなずく。

「引き受けた。多一さんが身に着けていた物があれば、足跡を辿りやすいんだが」

「着物でいいですか」

「ああ。肌についていた物なら、やりやすい」

　きよは二階へ上がると、すぐに着物を持ってきた。簞笥《たんす》にしまい続けていた父の着物を、きよがたまに虫干ししていたことは、すずも知っている。

　占い処の客席に、きよと並んで座った。

　文机《ふづくえ》代わりにしている長床几の上に、きよが着物を置く。宇之助がいつもの席から手を伸ばし、着物に触れた。しばし無言で凝視する。

「うん……うぅん……」

宇之助の口から時折漏れる低い唸り声が、事の深刻さを表しているようで、すずの不安は増す。

膝の上で握り固めた手に、きよが手を重ねてきた。

隣を見ると、もうとっくに覚悟を決めているような表情の母が、力強くうなずいてくれる。すずもうなずき返した。

そうだ、いつまでも怖がっていたって仕方ない。このままじっとしていたって、父が戻ってくるはずはないのだから。知れることがあれば知り、できることがあるのなら、その手立てを考えなければ。

「蝶々《ちょうちょう》の玩具《おもちゃ》が視える……多一さんは、間違いなく、すずのために蝶々売りを探したんだ。そこに嘘はなかった」

すずは思わず、ほーっと大きな息をつく。

おとっつぁんは、あたしたちを捨てたんじゃなかった……！

信じ続けていたことは間違っていなかったのだという、深い安堵《あんど》感に包み込まれる。

それはきよも同様のようで、両手で顔を覆って肩を震わせている。

「それじゃ、うちの人は、ちゃんと家に帰ろうとしていたんですね？　他に女がいたり、あたしたちに不満があったりなんてことは、なかったと思っていいんですね？」

宇之助はうなずく。

「蝶々売りから玩具を買った時の多一さんは、いい笑顔だった。これで、すずが喜ぶと思っていたんだろう。だが——」

宇之助は着物を両手でつかむと、額に押し当てた。

「たまやへ帰ろうとしている足取りが、途中から視えなくなっている」

すずはきよと顔を見合わせた。

「駄目だ……邪魔が入っている……」

まるで誰かに問いかけているように、宇之助は独《ひと》り言《ご》つ。

「誰だ。誰が邪魔している？　隠された……どこの術者だ……こっちの関与を見越しているというのか……ふざけるなよ、おい」

着物から顔を上げた宇之助は、恐ろしいほど険しい顔つきになっていた。

「おれと同じくらいの霊力か、それ以上の力を持つ術者が、何らかの形で多一さんの失踪に関わっているらしい。これ以上あとを追わせないように、多一さんの足取りを途中で消している」

きよが頭を振った。

「何でですか。術者がうちの人を拐《かどわ》かして、いったい何の得になるっていうんです⁉」

「それはわからないが」

宇之助は表情をやわらげて、着物を長床几の上に戻した。

「たまやは、多一さんの家系が始めた店だったな」

きよはうなずく。

「あたしも詳しくは知りませんけど、この最福神社門前で、先祖代々、細々と商いを続けてきたらしいんですよ。何代か前までは、駄菓子や鼻紙も扱ったり、草鞋《わらじ》作りの内職なんかもしていたっていうから、最初からずっと茶屋だったのかはわかりませんけどね」

「きっと商いの内容よりも、最福神社門前という場所に大きな意味があるんだろうな」

すずは、どきりとした。

「おとっつぁんにも、あたしと同じような力が何かあったのかしら……」

すずに「嘘を見抜く力」が備わっているのは、最福神社から漂っている清らかな氣の中で育ったためかもしれない、とかつて宇之助は語っていた。神の加護を受けているからだ、と。

だがそれは、同じ場所で生まれ育った父にも当てはまることだ。

「そんなはず……多一さんに不思議な力があっただなんて、あたしは聞いたことないよ」

きよが強く否定する。

「すずが嘘を見抜いてばかりで、近所に気味悪がられた時だって、何も言ってなかった。おろおろするばかりのあたしに『大丈夫だ』と言うばかりで」

宇之助が小首をかしげる。

「多一さんは『大丈夫だ』と言っていたのか」

「ああ、そうだよ。誰に何を言われても、親はでんと構えてなきゃ駄目だ、って」

宇之助は小さく唸った。

「すずの言うように、もしかしたら多一さんの中にも、何らかの力が眠っていたのかもしれない。たまやは神の加護が強いと前々から感じていたが――おそらく、多一さんの血筋には、宮司や巫女《みこ》など、何らかの形で神に仕えていた者がいるんだろう」

きよは首を大きくかしげる。

「それも聞いたことがないねえ」

「ひょっとしたら、過去世で神に仕えていた一族かもしれない」

「過去世……」

さすがにそれはわからないと言いたげに、きよは盛大なため息をついた。

「おれの力がおよばずに、すまない」

深刻な表情で頭を下げる宇之助に、きよは気を取り直したような笑みを向ける。

「何を言ってんのさ。多一さんへの心配は変わらないけど、あの人があたしたちのもとへ帰ろうとしていたってことがわかっただけで、こっちはありがたいよ」

すずは大きくうなずいた。

「そうですよ。それに、霊能は万能じゃないって、宇之助さんもよく言ってるじゃないで

すか。何でもかんでも都合よく視えるだなんて、あたしたちも思っていません。ねえ、おっかさん」

「ああ、そうだよ」

きよは着物を手にして立ち上がった。

「遅くなっちまったけど、夕食の支度をしようかね。簡単なものしか作れないけど、宇之助さんも食べていきな。冷や飯を茶漬けにして——油揚げがあるから、それもこんがりあぶろうかね。鰹節をたっぷりかけて、生姜《しょうが》醤油で食べようか」

すずは思わず、ごくりと唾《つば》を飲んだ。

「油揚げ……」

二階へ上がっていくきよの背中を見送ってから、すずは宇之助に向き直る。

「油揚げは、狐の好物だといわれていますよね」

しかも狐色ではないか。こんがり焼いた油揚げを前にしたら、宇之助に祓われた、あの狐霊を思い出してしまうだろう。はたして、いつものように、ぱくりと食べられるだろうか……。

「狐の好物が油揚げだという俗信は、なぜ広まったんだろうな」

宇之助が真面目な顔で首をかしげた。

「そもそも狐は雑食で、野鼠《のねずみ》や野兎《のうさぎ》などを狩って食べる。食うに困れば、畑の野菜などに

も手を出すだろうが、どちらかといえば肉食に近いはずだ」

「え……でも、お稲荷さまに油揚げを供える人は多いですよね」

宇之助はうなずく。

「稲荷大社の主祭神である宇迦之御魂神は、穀物など食物のすべてを司る神だから、油揚げを供えるのも間違ってはいない。稲荷神の眷属として働く狐を敬い、その好物とされている油揚げを捧げるのも間違ってはいないが――」

宇之助はためらうように、いったん言葉を切った。

「狐に好物を献上するという意味では、昔、鼠の油揚げを供えていたらしいぞ」

「えっ――」

すずは声を詰まらせた。

「だが仏教では殺生を禁じているからな。いつしか本物の鼠を供物として使わなくなり、その代わりに、精進料理のひとつでもある油揚げを使うようになったという説もある」

「本当ですか」

仰向けにひっくり返った鼠の死骸《しがい》が油鍋の中に浮いているのを想像してしまい、すずは顔をしかめる。

「ただの説だから、事の真偽はおれにもわからんがな」

「はあ……」

事実はどうあれ、これから稲荷の祠を見かけるたびに、鼠を思い出してしまいそうで怖い。

きよが二階から下りてきた。

「それじゃ、あたしは茶漬けの支度をするから、すずは油揚げを焼いておくれ」

「はぁい」

情けない声を上げながら、すずは調理場へ入った。

大丈夫。油揚げは、豆腐を薄くして揚げたもの。狐じゃないし、鼠でもない。煮ても焼いても、絶対に美味しい――。

呪文のように心の中で呟きながら、すずは油揚げの前に立った。

翌日、目覚めるとすぐに、すずは最福神社に詣《もう》でた。鳥居の前で丁寧に一礼し、石段の端を上がっていく。

宇之助と蒼の契約が無事に成り立って、お礼参りをした時に、ここで花のような甘い香りが漂ってきたことを思い出す。

やはり最福神社はよい神社なのだという感慨が、すずの胸にしみじみと込み上げてくる。

いい霊がいる場所には、いい香りが漂う、と宇之助は言っていた。

そんじょそこらの霊と神を同列に語ってはいけないのかもしれないが、花のようないい

香りを放つ今生明神は、何の疑いようもなく、素晴らしい神なのだ。

手水舎で手と口を清めてから社殿の前に立ち、二礼、二拍手——手を合わせたまま目を閉じて、神に感謝を捧げる。

今生明神さま、いつもあたしたちを見守ってくださり、ありがとうございます。宇之助さんのおかげで、おとっつぁんのことが少しわかって、だいぶほっとしました。

でも、あたしやおとっつぁんの中に流れている血が、神さまに仕えていた一族と関わりがあるかもしれないだなんて、驚きが大き過ぎて、まだちょっと信じられません。宇之助さんの言っていたことは本当なんでしょうか。あ、もちろん、宇之助さんの霊視を信用していないわけではないのですが……。

気がつけば、愚痴だか何だかわからないようなことを神に向かって述べている。

今生明神さま、申し訳ございませんでした。

手を合わせて目を閉じたまま、すずは腰を折って深々と頭を下げ直す。

おとっつぁんの行方が知りたいです。真相がわかるまで、おっかさんを支えて頑張ります。だから、どうか、これからもあたしたちをお見守りください——。

改めて一礼して、すずは社殿をあとにした。

鳥居を出る直前、不意に後ろ髪を引かれるような思いになって振り返ると、石段のてっぺんに真っ白い小鳥がいた。こちらを、じっと見ている。

何て綺麗な鳥……。

目を奪われていると、ぱっと小鳥が姿を消した。

「えっ」

すずは周囲を見回す。

だが、どこにもいない。

そもそも、羽ばたいて飛んでいったのではないのだ。唐突に、その場から消えたのだ。

信じられぬ思いで鳥居を出ると、今度は蒼が姿を現した。小さな姿で、すずの顔の前に身をくねらせる。

〈何の気まぐれか、神がおまえに合図を送ってきたのだろう〉

すずは目を見開いた。

「合図って、何の？」

〈知らん。我のように偉大な龍であっても、神の考えることはよくわからんのだ〉

蒼は大きく尾を振って、たまやのほうへ向きを変えた。

〈そんなことより、甘酒が飲みたい。早く帰って、我に甘酒を捧げよ〉

すずは鳥居の前で一礼した。蒼に急《せ》かされながら、最福神社をあとにする。

第三話　真剣勝負

満開になった桜が、もうそろそろ散りかける頃《ころ》――一人の武士がたまやを訪れた。まっすぐ伸びる菖蒲《しょうぶ》の葉を思い起こさせる、さわやかな風情である。

しかし表情には、どこか憂いが漂っていた。

「がらん堂の占いを受けたい」

微笑《ほほえ》みながら告げられた時、すずは「ああ、やっぱり」と思いながら、すぐに店の奥へ案内した。

「茶を頼む」

「かしこまりました。少々お待ちくださいませ」

占いを受けるのであれば、たまやの品も何かひとつは注文するという決まりを承知して

いるようだが、いったいどこで「がらん堂」の評判を聞きつけてきたのだろうか。占いとは縁遠いような人物に見えるのだが……。

占い処《どころ》の客席に武士が腰を下ろす。すずは手早く茶を淹《い》れて運んでいった。

「どうぞ」

武士が汲出茶碗《くみだしちゃわん》に手を伸ばす。いったん伸ばした右手を引っ込め、左手で茶碗をつかんだ。

すずは小首をかしげながら調理場の入口付近に控えた。占い処と茶屋の客、両方に目配りができる、お決まりの場所である。

宇之助が身を乗り出した。

「大事な試合を前に、利き手を怪我《けが》しちまったんですかい」

武士は汲出茶碗を見つめて苦笑する。

「並の占い師ではないと聞いてきたが……やはり見逃さないのだな」

宇之助は口角を上げた。

「まあねえ。客の様子を観察するのも仕事のうちですから」

それに、と宇之助は続ける。

「おれも昔、ちょいと剣術を習ったことがあるもんでね」

武士は宇之助に目を移した。

「ほう……言われてみれば、ちゃんと鍛えておるような体つきだな」

「いやぁ、お武家さまほどじゃありやせんよ」

宇之助は笑いながら顔の前で手を振った。

「こんな商売やってると、たまにひでえ逆恨みなんかされちまうもんでね。念のため、身を守る術を学んでおこうと思っただけです」

宇之助を見つめながら、武士は茶をひと口飲んだ。

「逆恨みとは、どのような。占いがはずれたと怒った者が、仕返しに襲ってくるのか」

「占いが当たっても、怒る客がいるんですよ。おれの言った通りに動かなかったくせに『おまえのせいだ』と八つ当たりしてくるんです」

宇之助は肩をすくめた。

「占い通りに動くのも、動かねえのも、すべて自分の責任だってえのに、まったく」

宇之助はじっと武士を見つめる。

「で、何を占います？　どうしたら試合に勝てるか、ですか」

武士は再び汲出茶碗に目を落とす。

「うん……」

宇之助は顎に指を当てた。

「相手は相当な手練《てだ》れですかい」

武士はうなずくと、文机《ふづくえ》代わりにしている長床几《ながしょうぎ》の上に汲出茶碗を置いた。

「それがしは生島一左《いくしまいっさ》と申す。本所《ほんじょ》にある心武館《しんぶかん》という剣道場で、幼少の頃から励んでおるのだが――」

道場を開いた師の原田幸四郎《はらだこうしろう》には一人娘しかおらず、後継問題が持ち上がっているという。

「以前から、強い弟子を娘婿にして跡を継がせる、と原田先生はおっしゃっていたのだ」

娘の綾芽《あやめ》が年頃になり、原田はいよいよ婿選びを始めた。

「候補は二人にしぼられ、どちらが次の道場主にふさわしいかを決めるため、門弟一同の前で試合が行われる運びとなった」

宇之助は訳知り顔でうなずく。

「そのお一人が、生島さまなんですね」

「ああ。もう一人は、曽根崎兵五郎《そねざきひょうごろう》という男でな」

生まれも育ちも江戸だが、武者修行のため何年も諸国を巡っていたのだという。

「一年前に江戸へ戻ってきて、心武館の門を叩いた曽根崎は、その実力を先生に認められ、あっという間にみなの心をつかんだ」

年長者を敬い、年下の面倒もよく見る。

「心も技も体も素晴らしく、曽根崎を跡継ぎにと望む声は多い」

宇之助が「ふうん」と声を上げる。

「だけど、みんなが望んでるってわけじゃねえんですね？」

生島は左手で右腕をつかんだ。

「長年ともに修行してきたそれがしを励ましてくれる者も、中にはいる」

宇之助は目を細めて生島の右手を見つめた。

「その怪我は、ひょっとして曽根崎さまにやられたんじゃねえんですかい」

すずは目を見開いた。

まさか、跡継ぎの座を賭《か》けた勝負の相手を襲ったというのか？　そんな卑怯者《ひきょうもの》が試合に出るなどということは、許されないだろう。道場主の知るところとなれば、破門されてもおかしくはないはずだ。

「稽古《けいこ》中の事故だったのだ」

生島は悔しそうに顔をゆがめた。

「それがしと曽根崎が木刀で打ち合うのは、よくあることだ。道場内では力が拮抗《きっこう》しているといわれておるからな」

生島は苦々しげに口元をゆがめた。

「実際は、互角ではないのだ。おれのほうが少々負けが多い」

だが気持ちの上では負けてなるものか、と生島は奮闘していた。二日前の稽古でも、一

歩も退《ひ》くことなく攻め続け、曽根崎を壁際まで追い詰めたのだという。

だが、その直後。

――やめい、そこまでっ――。

稽古終了を告げる原田の声が響いた。

生島は木刀を下ろした。と同時に、曽根崎の一撃が襲ってきた。

右手を強打され、思わず落とした生島の木刀が床に音を立てて転がった。

――おおっと、危なかった――。

「曽根崎が張り上げた声に、それがしは唖然《あぜん》とした」

――とっさに巻き落とさねば、生島にやられておったわ――。

曽根崎は歩み寄ってくると、生島の右手をがしっとつかんだ。痛みに歯を食い縛る生島の顔を覗《のぞ》き込んで、曽根崎は笑った。

――なあに、気にするな。稽古に没頭するがあまり、先生の制止の声が聞こえなかったのだろう。わざとだなんて、おれは思っておらぬぞ。謝らんでいい。試合当日は、お互いに正々堂々と勝負しよう――。

周りが小さくざわついた。

――えっ、まさか生島さんが曽根崎さんに怪我を負わせようとしたのか――、

――生島さんは、そんな卑怯者ではないだろう――、

——だが、曽根崎さんが優位だからあせっていたのではないのか——。

耳に届いた声に、生島は愕然《がくぜん》としたという。

「何年もずっと一緒に稽古してきた仲間たちの多くは、すでにそれがしの味方ではなくなっていたのだと、改めてつくづく思い知った」

生島は苦笑する。

「それがしとて、曽根崎は素晴らしい剣士だと思っておったのだから、仕方ないが」

肩を組み、顔を寄せてきた曽根崎が耳元でささやいた。

——おまえには絶対に負けぬぞ。跡継ぎの座も、綾芽どのも、すべておれのものだ。ごくたまにならおれに勝てておったゆえ、試合でも望みがあると思っておったやもしれぬが、もうあきらめろ——。

きっと睨《にら》みつければ、曽根崎は再び強く右手を握ってきた。

——うぅ——。

思わずうめき声を上げた生島に向かって、満面の笑みを浮かべると、曽根崎は小声で言い放った。

——試合当日は、水裃《みずがみしも》でも着てこい——。

水裃とは、白に近い薄い浅葱《あさぎ》色の無紋の裃《かみしも》を指す。武士が切腹する際にまとう礼服で、裃の下に着るのは白無地である。

つまり曽根崎は、死にゆく境地で試合にこいと告げたのだ。

すずは顔をしかめた。

何てひどい……わざと利き手を怪我させておいて、さらにそんな言い草をするだなんて。武士の風上にも置けぬ男ではないか。曽根崎なんぞが跡継ぎになったら、道場はきっと傾くだろう。曽根崎を婿にする娘だって、不幸になるに決まっている。

道場主たちの前で、生島が受けた仕打ちを暴露したい衝動が、すずの胸に込み上げてくる。

「試合はいつなんで？」

「四日後だ」

それまでに怪我は治るのだろうか。

「医者からは、無理をせずにしばらく稽古を休めと言われたが」

「辞退する気はねえんですね？」

宇之助の問いに、生島は即座にうなずいた。

「ここで屈して、引き下がりたくはないのだ」

だから曽根崎がわざとらしく「延期するか」と聞いてきた時にも、生島は黙って首を横に振ったのだと

いう。

宇之助は目を細めた。

「まあ、延期したらしたで、臆病者《おくびょうもの》だの何だのと周りから罵《ののし》られる羽目に陥るでしょうからねえ」

　生島は目を伏せた。

「やはり、そう思うか」

「きっと間違いありやせんぜ。曽根崎っていう人は、自分をよく見せる手管に長《た》けているようですからねえ」

　宇之助は鼻先で笑った。

「諸国を巡り、あちこちで上手《うま》くやっていくために、ろくでもねえ小技ばっかり身につけちまったようだなあ」

　宇之助は居住まいを正して生島に向き合う。

「だけど、いいんですかい。相手は当然、痛めた手を狙《ねら》ってくるでしょう。万が一にも怪我がひどくなって、剣で身を立てられなくなったらどうするんで？　今回の試合で失うものが、大き過ぎるんじゃございやせんか」

　生島は静かに頭を振った。

「失うものなど、たいしてないのかもしれぬ」

　生島は左手で汲出茶碗を持つと、残っている茶を飲んだ。

「それがしは三男でな。継ぐ家がないので、いずれどこかの婿養子にでもならねば、居場

所がないのだ」

淡々と語る生島の声が、すずの耳に悲しく響く。

「幼少の頃より心武館で励んできたそれがしと、道場主の一人娘である綾芽どのは、いわば幼馴染《おさななじ》み――綾芽どのと添い遂げるためには、道場で一番強くならねばならぬということは、最初からわかっておった」

すずはそっと生島を見つめた。

綾芽という女人《にょにん》の姿を思い浮かべているであろう生島の表情はたまらなく優しくて、切なくて、幸せそうだ。

「綾芽どのと一緒になれぬのであれば、妻帯しても意味がない」

生島は強く言い切った。

「だから我武者羅《がむしゃら》に励み続けてきた。子どもの頃から、ずっと」

幼い生島が懸命に素振りをしている姿が、すずの目に浮かんだ。

淡い初恋が、いつしか熱い恋情となり、生島の心の支えとなってきたのか。

「力をつけて、跡継ぎに選ばれる日を――綾芽どのの夫と認められる日を、長年の間夢見てきたのだ。何が何でも、負けたくない」

生島は目を伏せる。

「たとえ万全の体調でも、曽根崎に勝つのは難しかったかもしれない。怪我を負った身で

はなおさら、勝つ見込みはないのかもしれない。だが、それでも」

あきらめたくはないのだ――と生島は声をしぼり出した。

「千にひとつでも、万にひとつでも、望みがあるのなら、そこに命を懸ける」

生島は背筋を正して宇之助に告げた。

「占ってくれ」

宇之助はうなずくと、懐《ふところ》から花札の入っている小箱を取り出した。札を手際よく切ると、絵柄を伏せたまま、右手でざっと川を描くように長床几の上に広げる。

生島は静かに札を見つめている。

宇之助は左手の人差し指をぴんと立てて、額の前にかざした。精神統一をするように瞑《めい》目《もく》し、目を開けると、左手で一枚を選び取る。

表に返された札が、生島の前に置かれた。

「柳に斧定九郎《おのさだくろう》――」

雨の中、傘を差して柳の下を走る男の姿が描かれているが、この男は「仮名手本忠臣蔵《かなでほんちゅうしんぐら》」という芝居に出てくる人物だといわれている。風が強いのか、すぼめた傘の中にすっぽりと顔を隠しているので、顔つきや表情はわからない。

宇之助は、じっと札の絵を見据えた。

「うん……そうか……やっぱりな……」

すずは気が気でなかった。

心なしか、呟《つぶや》く宇之助の声がいつもより硬く感じる。

「うーん……」

宇之助は長い唸《うな》り声を上げて瞑目し、額に手を当てた。

生島は深刻な表情で宇之助を見つめている。

宇之助はため息をつくと、目を開けて居住まいを正した。

「生島さま、これはもうどうしようもありませんや。勝てるかもしれないだなんて思わねえほうがいい。期待を持っちゃいけませんぜ」

すずは思わず口を押さえた。

宇之助が、まさかそんなことを言うだなんて……救いを求めてやってきた客のために、何かしらの助言を必ずしてくれるとばかり思っていた。

――霊能は万能じゃない――。

だが、それでも、あきらめずに進むよう背中を押すのが、宇之助の占いではなかったのか。

生島は信じたくないと言いたげに頭を振った。

「何とかできぬのか」

「残念ですがねえ」

「勝つためなら、何でもする！」

宇之助をさえぎって、生島は立ち上がった。

「どうせ夢が叶《かな》わずに倒れるならば、精一杯やるだけやってから倒れたいのだ。悔いを残したくない」

生島の心構えに、すずは胸の内から盛大な拍手を送る。

勝ち目の薄い勝負でも、捨て鉢にならず、最後まで必死に取り組もうとするだなんて立派ではないか。

だが宇之助の表情は厳しい。

「希望はいっさい捨てなせえ」

生島の顔に絶望の色が浮かんだ。

「それがしは負けるのか……負けるしかないのか……」

あがくように天井を仰いで、生島は拳《こぶし》を握り固めた。

綾芽どの、と苦しそうに呟く。

しばらくして、どんなに上を見ても光はまるで見えぬと思い知ったかのように、生島はうなだれた。

「せめて武士として——いや、男として、恥ずかしくない負け方をしたいものだが。無様に転げ回り、曽根崎の足元で苦しむしかないのか」

門弟たちが居並ぶ中、最愛の人の前で倒れ、悶絶《もんぜつ》する生島の姿を思い浮かべてしまい、すずはため息をついた。

憎たらしい敵は、力つきた生島を見下ろし、勝ち誇った笑みを浮かべるのだろうか。わざと怪我を負わせたあげく、生島から大事なものをすべて奪っていくというのか。そんな横暴が許されていいのか。

世の中は強い者が勝つ。だが、そこに正義はなくていいのか。すずたちが生きているのは、御上《おかみ》が作った法を守りながら生きる人の世なのに。

「そうだなあ……やっぱり死ぬ気でいくしかねえなあ」

宇之助が他人事《ひとごと》のように告げる。

「悔しいだろうが、曽根崎って人の言うことにも一理ある。試合当日は、水裃を着て、死んだ気になって挑みなせえ」

長床几の上の絵札をじっと見つめて、生島は唇を嚙《か》んだ。

「……わかった」

代金を置いて、帰っていく。

占いで出た札の絵を見て、生島はいったい何を思ったのか。

傘で顔を隠して雨の中を駆けていく「斧定九郎」に、すずは、試合から逃げ出したくなった生島の心を垣間見《かいまみ》たような気になった。

雨が描かれた札が出たから——というわけではないだろうが、翌日は雨だった。

客足は朝からまばらで、時折戸口から外を眺めてみても、人通りは少ない。昼時に蕎麦《そば》を食べにきた客がちらほら現れた程度で、たまやはがらんとしていた。

「花冷えに、閑古鳥が鳴いちまったかねえ」

きよが調理場から出てきて、ぶるりと肩を震わせた。

「これで風が強かったら、桜もみんな散っちまう」

すずがうなずきかけた、その時——。

一人の若い女が、たまやの戸口に歩み寄ってきた。顔を隠すような傘の差し方に、また「斧定九郎」の札を思い出してしまう。

下ろした傘の中から現れたのは、武家の女だった。傘を閉じて戸のそばに立てかけると、力強い足取りでまっすぐに奥へ進んでくる。まるで突風に飛ばされてきた一枚の花びらのように。

「あの、占いを受けたいのですが」

すずに茶を注文すると、女は毅然《きぜん》とした表情で占い処の前に立った。

「あなたが、がらん堂さんですか」

宇之助はうなずいて、文机代わりにしている長床几を隔てた向かいの客席を指した。

「まあ、お座りなせえ」

女は一人がけの床几に腰を下ろすと、挑むような目で宇之助を見つめた。すずが茶を運んでいくと、視線を動かさぬまま小さく一礼する。

「自分の人生はもう決まっているんだ、ってなお顔ですぜ」

宇之助の言葉に、女は目を見開く。

「あなたに占いが必要ですかい」

「必要だから来たのです」

即答した女に、宇之助は目を細める。

「それじゃ、ご自分の未来じゃなくて他《ほか》の誰《だれ》かの未来を知りてえのかなあ」

女はうなずいた。

「あなたには未来を見通す力があるという評判を聞きました」

宇之助は微笑む。

「ちょいと視《み》えるのは事実ですがねえ。未来を作っていくのは、あくまでも本人だ。そこんとこ、お間違えのねえように頼みますぜ」

「承知しました」

「外は寒かったでしょう」

不意に転じた話に、女は目をしばたたかせる。

「まず、茶を飲んで温まりなせえ。話はそれからだ」

女は長床几の上に目を落とした。たった今、目の前にある茶を思い出したかのような顔をして、汲出茶碗に手を伸ばす。

かなり冷えていたのだろう、湯気の立ち昇る汲出茶碗が顔に近づくごとに、口元がゆるんでいく。茶をひと口飲んで、ふうと息を漏らした。

すずは調理場の入口付近に控えて、占い処の様子を窺う。

女は汲出茶碗を長床几の上に戻すと、居住まいを正して宇之助に向き直った。

「わたくしは、本所で心武館という剣道場を開いております原田幸四郎の娘、綾芽と申します」

すずは目を見開いた。

本所の心武館……。

「こりゃ、ご丁寧にどうも」

宇之助も背筋を正して綾芽に向き合う。

「茶屋占い師のがらん堂です。お客さまの幸せのために、誠心誠意努めてまいりやす」

綾芽は鷹揚《おうよう》にうなずいた。

「わたくしには兄弟がいないので、父は昔から、わたくしに婿を取らせて、その方を道場の跡継ぎにすると申しておりました。三日後に、跡継ぎを決める試合が行われます」

すずは気を落ち着かせようと、静かにゆっくり息を吐き出した。

これは昨日の占い客、生島一左と同じ案件ではないか。同じ出来事に対して、渦中の人物が別々にやってくることなんてあるのか……。

宇之助は慣れているのか、いつも通りの平然とした表情で綾芽を見ている。

「道場の跡継ぎを弟子の中から選ぶ場合は、やっぱり一番強《つえ》え人にするんですねえ。何人くらい試合に出るんですかい」

「二人です。数いる弟子の中から、父は二人にしぼりました」

「ふうん。そのお二人は、綾芽さまのお気に召す方たちなんですかい」

綾芽は悠然と微笑んだ。

「誰が婿になっても、わたくしは構いませぬ。家のために婚姻を結ぶことは、幼い頃から納得しております」

嘘《うそ》だ――。

すずはさりげなく綾芽の顔を見た。先ほどと変わらぬ笑みを浮かべ続けている。

「強い方の妻になるのは、わたくしの定めでございます。弱い方の妻になるなんて、とても考えられませぬ」

宇之助は目を細めた。

「で、今回は何を占いてえんですかい」

綾芽は居住まいを正して、まっすぐに宇之助を見た。

「一瞬で勝負が決まる方法があれば知りたいのです」

宇之助は片眉《かたまゆ》を上げる。

「跡継ぎを決める試合を早く終わらせてえ理由が、何かあるんですかい。例えば、試合に出るうちの一人が怪我をしている、とか」

綾芽の唇が、くっと大きな弧を描く。

「さすが、よく当たると評判の占い師ですね。おっしゃる通り、一人は利き手を怪我しています」

宇之助は肩をすくめた。

「実力差のある二人なら、そもそもお父上は試合なんかさせず、どちらか一方を跡継ぎと決めちまっていたでしょうからねえ。完全に五分五分と言える実力かはわからねえが、拮抗した試合運びになる見通しが立つってもんだ。それを一瞬で終わらせてえ理由が何かと考えれば——まあ、そんなとこかなって思いやしてね。怪我を負った方がかわいそうで、見ていられねえんでしょう」

綾芽は笑みを深める。

「試合に出るうちの一人は、わたくしの幼馴染みなのです」

「へえ」

それが昨日の生島だと気づいているだろうに、宇之助はまったく知らないように見える表情をしていた。もちろん、他の占い客の話など漏らすわけにはいかないだろうが、実に見事な知らんぷりである。

「一年前までは、わたくしの幼馴染みである一左さまが道場一の実力者だといわれていました。ですが新しく加わった門弟の曽根崎さまの腕前は、それを上回るだろうとささやかれています」

宇之助は小首をかしげる。

「それなのに試合をなさるってこたぁ、普段の一左さまであれば勝機を見出《みいだ》せるかもしれねえ、とお父上は考えていなさるんで？」

「幼少の頃より育ててきた弟子なので、多少は期待したいのでしょう。それに、正々堂々と戦って勝ち得た座であれば、門弟の誰も曽根崎さまに文句をつけられませぬ」

「なるほど」

宇之助は訳知り顔でうなずいた。

「だけど、それなら、激しい攻防をくり返したのちに勝利を収めるっていう試合でもいい気がしますがねえ。手に汗握るような見応《みごた》えのある試合を、門弟の方々は望んでいるんじゃありやせんか」

「それでは一左さまの怪我がひどくなってしまうやもしれませぬ」

宇之助をさえぎるように、綾芽が声を上げた。

「どうせ負けるなら、すぱっと一撃で終わらせてさしあげるのが、武士の情けというものではございませぬか。曽根崎さまの腕であれば、それもじゅうぶん可能でしょうから」

綾芽は口元に手を当てて、小さな笑い声を漏らす。

「居並ぶ門弟たちの前で、無様に尻餅《しりもち》をつくような幼馴染みのみっともない姿は、わたくしも見たくありませんからね。万が一にも今後の暮らしに支障が出るような事態となれば、ひどく寝覚めが悪いでしょう。幼馴染みの悲惨な末路を目にしなくて済むよう、わたくしは試合を早く終わらせてもらいたいのです」

すずの胸を重苦しさが占めた。

「幼馴染みの悲惨な末路」を案ずる綾芽の言葉には、嘘がなかった。しかし「みっともない姿を見たくない」という言葉には、偽りが混じっていたように聞こえた。

こっそりと綾芽の顔を見つめていたすずは、はっと小さく息を呑む。

よく見ると、口元に当てた手の向こうで、唇がかすかにわなないている気がした。

しかし綾芽が手を下ろすと、唇は先ほどまでと同じく美しい弧を描いている。

「わたくしの運命は、曽根崎さまの隣にあると決まっていたのでしょう。あの方が当家の門を叩《たた》いたのは、きっと神さまの思し召《おぼめ》しです。曽根崎さまが道場主となれば、心武館はますます強くなるはずです」

その言葉に嘘はない。綾芽は心底から、曽根崎が道場内で最も強いと思っているのだ。綾芽の笑顔も嬉《うれ》しそうに見える。

だが、それならば、誰が婿になっても構わないという、あの嘘は何だ。家のために婚姻を結ぶことは幼い頃から納得しているという言葉は、ずっと自分に言い聞かせてきた言い訳ではないのだろうか。

本当は、好きな男を作らないように……もし好きな男ができても、家のために別の男と添い遂げねばならないのであれば、とても苦しいから……あきらめねばならぬ恋であれば、最初からしないほうがいい、と綾芽は自分の心を縛ってきたのではないか。

そして綾芽の想《おも》う相手が、幼馴染みの生島だというのは、すずの考え過ぎだろうか。試合が一瞬で決まることを強く望むのは、生島の手を案じているだけでなく、自分の恋心をすっぱり断ち切ってほしいからではないのか、とすずは思った。

もし本当に、そうだとしたら……。

すずは宇之助をじっと見つめた。生島が勝てるように、何とかできないものだろうか、と視線に念を込める。

しかし宇之助はこちらを一瞥《いちべつ》もしないまま、懐から花札が入っている小箱を取り出した。

「それじゃ、占ってみましょうかねえ」

手際よく札を切ると、絵柄を伏せたまま、右手でざっと川を描くように長床几の上に広

げた。

綾芽が睨むように札を見つめる。

宇之助は左手の人差し指をぴんと立てて、額の前にかざした。精神統一をするように、しばし瞑目する。目を開けると、左手で一枚を選び取った。

表に返された札が、綾芽の前に置かれる。

「菖蒲に八橋——」

宇之助は札の絵を凝視した。

「なるほど……そうだよなあ……」

宇之助の呟《つぶや》きに、綾芽は眉をひそめる。

「どうなのです、一瞬で決着をつけることはできるのですか」

「できますぜ」

綾芽がほっと息をつく。

「だが、それには条件がありやす」

宇之助は試すような目で綾芽を見つめた。

「試合が一瞬で決まるかどうかは、綾芽さまにかかっていると言っても過言じゃねえ」

「わたくし……？」

首をかしげる綾芽に、宇之助は目を細める。

「これからおれが言うことを、きっちり守れますかい」

怪訝《けげん》な顔をしながらも、綾芽は大きくうなずいた。

「わたくしにできることであれば、何でも」

「それじゃ、今から試合が終わるまで、ひと言も一左さまと話しちゃいけませんぜ」

綾芽が目を見開く。

「それは、いったい」

「理由は考えなくていいんです。ただ、絶対に話しちゃならねえ。それだけだ」

綾芽は困惑の表情で、じっと札の絵を見つめる。

「休憩中の門弟たちに、わたくしがお茶を出したりすることもあるのですが」

「ああ、そん時も絶対に話しちゃいけません。一左さまのお茶だけは、他の人から渡してもらってください」

宇之助は綾芽の顔を覗き込んだ。

「見切りをつけた相手なんだから、話さなくても別に構いやしねえでしょう。簡単ですよねえ」

綾芽は宇之助の目を見つめ返す。

「ええ、もちろんです。一左さまを無視すればよいのですよね」

宇之助は大きくうなずく。

「曽根崎さまとは、いくらでも話していいですぜ。お茶でも手拭いでも、どんどん渡してさしあげなせえ」

宇之助の声が明るく響いた。

「それで、必ずこう言うんです。『わたくしの目の前で、一撃で倒してください』ってね」

綾芽は眉根を寄せた。

「一撃で倒せ、と……わたくしが……」

宇之助はにっこり笑う。

「一瞬で勝負を決めてほしいんなら、やっぱり曽根崎さまに頼むのが一番ですぜ。綾芽さまに期待されりゃ、それが一番の力になるだろうしねえ」

宇之助は札の絵を指差した。濃い紫色の花と、橋が描かれている。

「さっき、おれはこの花を『しょうぶ』と言いましたがね。ご存じかもしれやせんが、しょうぶの花とは、絵柄がだいぶ違います」

泥中に根茎を伸ばして群生する菖蒲の花穂は、小さな花が寄り集まった棍棒《こんぼう》のような形をしているのだという。色も地味な黄緑色で、よくよく見ないと花があることにさえ気づきにくい、と宇之助は語った。

「だから札に描かれている花は『あやめ』だといわれています。菖蒲とあやめは、そもそも同じ種類に属する植物ではねえんですが、両方とも葉は剣のように尖《とが》って、よく似てい

るんです」

「あやめ……」

花札に自分と同じ名の花が描かれているとは知らなかったようで、綾芽は驚いたように目を丸くして札の絵を見つめた。

綾芽は「ですが」と首をひねる。

「あやめは水辺に咲かぬ花ですよね。日当たりのよい草地などに生える植物のはずです。橋と一緒に描かれているのは、おかしいのではありませぬか」

自分と同じ名の花のことだけあって、さすがよく知っている。

「札に描かれているのは、花菖蒲ではないのでしょうか」

菖蒲と違い、花菖蒲は、あやめと同じ種類に属する植物である。葉も花もよく似ている。

「花菖蒲であれば水辺に咲きますよね」

綾芽の言葉に、宇之助はうなずいた。

「ですが花びらの描かれ方なんかから判断すると、花札に描かれているのは、本当は杜《かき》若《つばた》だといわれています。八橋ってえのは、小川や池に折れ繋《つな》ぐようにして架けられた狭い橋のことを指しますが、これは三河国《みかわのくに》の八橋《やつはし》を指しているといわれていてねえ」

平安時代に記された「伊勢物語」にも出てくる、杜若の名所だという。幾筋もの流れがある川に一本の橋を架けようとしても難しいので、互い違いに八つの橋を繋ぐように渡し

たところから「八橋」という名がついたといわれている。

「その説でいくと、この札も本来は『杜若に八橋』なんですが。花札は賭《か》け事ですからねえ。邪気払いにも使われる『菖蒲』と『勝負』を引っかけて、いつの間にか『菖蒲に八橋』と呼ぶ者が出てきたのかもしれません。まあ、今は、花の名前について白黒つけようってんじゃねえんですがね」

宇之助は花札を、とんとんと指で軽く叩いた。

「物事は、人の動きによって刻々と変化していくってことです」

札に描かれた橋の上に、宇之助は指を置く。

「この橋の繋ぎ目に、一左さまと曽根崎さまが立っていなさる。激しい打ち合いになれば、あっという間に転がり落ちちまう、足元のおぼつかねえ場所だ」

宇之助は目をすがめた。

「曽根崎さまが激しく打ち込んでいく姿が視える……黒衣をまとった鬼神のように、容赦なく一左さまに襲いかかるでしょう。一左さまは冷静に剣筋を見て足を動かし、よく戦っているが……」

宇之助は長い唸り声を上げる。

「やっぱり痛めた手を執拗《しつよう》に狙われちまうんだなあ。よけ続けるだけじゃ駄目だ。体当たりされ、倒されて床に手をつき――一左さまの怪我はますますひどくなっちまう。こりゃ

相当深刻な事態になりますぜ」

「そんな」

綾芽は切羽詰まったような声を上げた。

「倒されて手をつく前に、あっさり負けるわけにはいかないのですか」

身を乗り出すようにして、綾芽は長床几の上に手をついた。ぐっと力がこもり、指先が曲がっている。まるで、長床几にすがりついているように見えた。

ああ、やっぱり、この人は……。

「怪我をして泣く泣く剣の道をあきらめた門弟たちを、わたくしも何人か見てきました。父もひどく心を痛め、彼らの将来をたいそう案じておりました。仕官の道を開くために、心武館の門を叩く者も多いのですから」

綾芽は居住まいを正すと、札に目を落とした。宇之助が指差した「橋の繋ぎ目」を見ているようだ。

「先ほども申しましたが、門弟が怪我をすると非常に寝覚めが悪いのです。心武館では、ろくに体《たい》さばきも教えられぬのか、と父が後ろ指を指されても困ります」

綾芽は顔を上げて、きっと宙を睨んだ。

「父の名誉のためにも、一左さまの将来が閉ざされるような怪我は困ります」

すずは痛ましい思いで綾芽を見つめた。

名誉よりも何よりも大事なものが、綾芽にはあるのだろうに……。

「たったのひと言も、一左さまと話さねえことですな」

宇之助が淡々とくり返す。

「曽根崎さまには、綾芽さまの目の前で一撃で倒してくれ、と笑いながら言いなせえ」

綾芽は気を取り直したように、にっこりと微笑んだ。

「わかりました」

綾芽は胸を張って、笑みを深める。

「わたくしの夫となる曽根崎さまには、誰もが見惚《みと》れるような鮮やかな一撃を決めていただきましょう。曽根崎さまの素晴らしい腕前が世に広まれば、わたくしも鼻が高いわ」

代金を置いて足早に出ていく綾芽の後ろ姿に、すずの胸がしめつけられる。

気丈に振る舞っていたが、最後の言葉にも嘘があった。曽根崎の腕前が世に広まれば「鼻が高い」などと、綾芽は思っていないのに……。

戸口へ顔を向けると、降り続く雨が幾筋もの白い糸のように見えた。

綾芽の目から涙が出ていなかったとしても、綾芽の心の中には雨が流れているのではないだろうか。

すずは宇之助の前に立つ。

「綾芽さま、たくさん嘘をついていらっしゃいました」

「そうだな」

宇之助は平然と答える。

「武家に生まれた女人だから、人前で取り乱すような真似《まね》はできないだろう」

すずは唇を噛んだ。

「育ちが違っても、幸せを求める心は同じじゃないんですか」

宇之助がすずを見上げる。

「何が言いたい」

「札の中に視えていた未来を変えることは、本当にできないんでしょうか」

宇之助の突き刺すような鋭い視線に耐えて、すずは長床几の上を指差した。

「札に描かれた花が何なのか、人によって言うことが違うように、物事も変えられないんですか」

宇之助は、ふんと鼻を鳴らす。

「おれはちゃんと『人の動きによって刻々と変化していく』と言ったはずだぞ」

すずはうなずいた。

「占い通りに動くのも動かないのも、すべて自分の責任だ、って生島さまに言ってましたよね。宇之助さんの占い通りにしないと――綾芽さまが生島さまを無視しないと、試合は本当に長引いてしまうんですか。綾芽さまが笑いながら『わたくしの目の前で、一撃で倒

してください』って曽根崎さまに言わなきゃ、生島さまの怪我はひどくなってしまうんですか」

宇之助は札を手にした。

「おれがこの中に視たのは、その未来だ」

「でも、綾芽さまと生島さまは想い合っていらっしゃいますよね⁉」

すずは思わず声を荒らげた。

「好きだと言葉で言わなくったって、綾芽さまのお気持ちは宇之助さんにもわかっていたんじゃありませんか」

「おれは占い師だぞ」

宇之助が長床几の上の札を片づけ始める。

「客の求めに応じて占うのが仕事だ。それ以外のよけいな世話は焼かない」

すずは口をつぐんだ。

確かに、綾芽が占いに求めたのは「一瞬で勝負が決まる方法」だった。生島との恋愛成就ではない。

それに、生島に告げた占いの結果も「水裃を着て、死んだ気になって挑め」というものだった。何としてでも勝ちたいと願っていた生島に対して、負ける未来を指し示す札しか出なかったのだ。

占いも万能ではないのだ、とすずは改めて噛みしめる。

当然といえば当然だ。世の中そんなに都合よくは回らない。もし占い客としてここへ来たのが曽根崎だったら、すずだって、こんな気持ちにはならなかっただろう。客の未来は明るいと、むしろ喜んでいたはずだ。

占う者の立場によっても、明暗は変わっていく——物事は一方からだけ見てはいけないのだ、とすずは肝に銘じた。

この世に降りやまぬ雨がないように、生島や綾芽の心も、いつか晴れやかになるようにと祈りながら。

❀

夜半には雨が上がり、翌日は朝から青空が広がった。

綾芽は台所で茶を淹れながら、大きなため息をつく。

気勢を上げる叫び声が稽古場から聞こえてくる。相手に向かって踏み込んでいく足音や、木刀がぶつかり合う音も——。

沈んでいく心を止められず、綾芽は再びため息をついた。

晴れやかな空が恨めしくなるほど嫌な気分だ。鏡など見なくても、自分がどんよりした顔をしているとわかる。昨夜よく眠れなかったせいか、両目がじんじんと痛い。

綾芽は目を閉じて、顔を大きくゆがめた。一人きりでいる時ぐらい、無理して笑いたくない。休憩する門弟に茶を持っていく時は、にこにこと愛想を振り撒かねばならぬのだ。台所にこもっているわずかな間くらい、好きにしても罰は当たらないだろう。

まぶたの裏に浮かぶのは、昨日がらん堂が引いた「菖蒲に八橋」の絵札だ。「しょうぶ」と見ても「あやめ」と見ても、今の自分の境遇にぴったりの札だったとしか思えない。

一左と曽根崎の勝負が一瞬で決まるかどうかは綾芽にかかっている、とがらん堂は言った。

——必ずこう言うんです。『わたくしの目の前で、一撃で倒してください』ってね——。

お茶でも手拭いでもどんどん渡せだなんて、まるで曽根崎に媚《こび》を売るようではないか。試合を前に、ますます気が重くなってしまう。

だが、がらん堂の言う通りに動くことは必要だ、と綾芽は思っていた。

何がどこまで視えていたのか知らないが、よくも悪くも曽根崎は調子がいい。

一年前、心武館に入門してきた時も、すぐに門弟たちの心をつかんでしまった。諸国を巡ったという武者修行の話を面白おかしく披露する話術などは、本当にたいしたものだ。

もし綾芽が男であれば、自分も旅に出たいと熱望したかもしれない。

幼い頃は、綾芽も旅に憧れていた。父の盟友が、やはり若い頃に武者修行の旅をした人で、家を訪れた時にいろいろな話を聞かせてくれたのだ。

――近江国《おうみのくに》には、とても大きな湖があってな。まるで海のようなのだ。対岸が遠くて、真《まこと》に驚いた――。

――伊勢《いせ》では、おかげ参りをする犬を見たぞ。どこから来たのか知らぬが、よくもまあ無事に辿《たど》り着いたものだ――。

剣術についての話は難しくてよくわからなかったが、道中で見かけた風景の話などには引き込まれた。

江戸で生まれ育った綾芽には、海のように大きな湖がどれほどのものなのか、犬が飼い主から離れてちゃんと旅をするものなのか、なかなか想像がつかなかった。それぞれの逸話が、まるでお伽話《とぎばなし》のように聞こえた。

――わたくしも、この目で見てみとうございます――。

綾芽の言葉に、父は笑った。

――おまえが男であったらなあ。武者修行の旅に、喜んで送り出してやったのに――。

父が男児を望んでいるということは、幼心にもわかっていた。

両親は綾芽に何も言わなかったが、かつての門弟たちが陰で話していたのを聞いたのは、一度や二度ではなかった。

――先生のもとに跡継ぎが生まれなければ、この心武館は将来どうなるんだ。お嬢さんに婿を取って継がせるにしても、先は長いぞ。お嬢さんが年頃になるまでの間に、先生に

何かあったら大変だ——。

——どっち道、お嬢さんと年の釣り合わないおれたちには、跡継ぎの座など絶対に回ってこないさ。いい仕官先を早く探さねばならん——。

——生まれた子供が男だったら、先生も安泰だったろうに。まったく気の毒なことだ。お嬢さんが男であれば、剣を教える楽しみも味わえただろうになあ——。

綾芽は物陰で、ひっそりと唇を噛んだ。

しかし、どんなに悔しがっても、綾芽は男になれない。だから道場で一番強い男を婿に迎えるしか、父のために役立てる道はないと思った。これは道場主の一人娘として生まれた運命なのだ、と。

開け放してあった勝手口から、風がゆるやかに吹き込んできた。ひらりと一枚、白い花びらも入ってくる。

土間に落ちた花びらを拾い上げると、桜だった。どこから飛ばされてきたのだろうか、と綾芽は戸口を見やる。

稽古場のすぐ裏にある、大きな桜だろうか……。

幼い頃、あの木の下で一左と二人並んで話をしたのは、綾芽にとって大事な思い出だ。

——わたくしも、いつか旅に出たい——。

そう言うと、父を始めとした大人たちはたいていてい笑った。

——そうだな、男であれば叶ったかもしれないな。だが残念ながら、女の身では無理だろう——。

実際、江戸を出た女が箱根《はこね》などの関所を越えていくのは難しいとされている。公儀が江戸に住まわせている大名の妻女が、勝手に国元へ帰るのを防ぐためである。江戸への武器の持ち込みも厳しく取り締まられていることから「入鉄砲に出女」といわれるほどだ。

男ばかり勝手気ままに出歩けてずるい、と幼い頃の綾芽は思っていた。

だから桜の木の根元に蒲公英《たんぽぽ》の花を見つけた時、綾芽はつい、一左の前でこぼしたのだ。

——蒲公英の花は綿毛となって、どこか遠くまで飛んでいくのですよね——。

いずれ一左も、江戸を出て諸国を旅することがあるのだろうかと思った。

——わたくしが男であれば、いつか旅に出ることもできたでしょうに——。

一左と一緒に旅ができたら、どんなに楽しいだろうかと思った。

笑われるかと思ったが、一左は笑わなかった。

——綾芽どのは旅に出たいのか——。

真面目《まじめ》な顔で、そう尋ねてきた。

間近でじっと見つめられ、恥ずかしくて、あなたと一緒に旅がしたいのですとは言えなかった。だから大きくうなずいて「いろいろな場所を見てみたいのです」とごまかした。

膝《ひざ》と膝がくっつきそうなほど近くに並んでしゃがんでいるのが、ものすごく照れくさく

なって、綾芽は立ち上がった。頭上の桜を仰ぎ、話を変えた。

――わたくしが男であれば、父上もたいそうお喜びだったでしょうに。一左さまよりも強くなって、心武館を継ぐこともできました――。

気の利いた言葉をつむぐこともできず、ぶっきらぼうな声を出した綾芽に、一左は優しく笑った。

――それは困るな――。

自分より強くなられるのが嫌なのだろうと思ったが、誰よりも強い男を婿に迎えなければならない綾芽にとって、一左がめきめきと腕を上げて剣豪になるのは喜ばしいことだった。心武館で一番――いや、江戸で最強の剣士になってもらいたい。

綾芽は蒲公英に目を戻した。

寄り添って咲く二輪の黄色い花が、将来の自分たちの姿であればいいのに、と淡く夢見た。

あの頃はよかった、と綾芽は手の平に載せた花びらを見つめる。

まだ幼かった綾芽は、いつか本当に一左が心武館一の剣士となって道場を継ぎ、自分の隣に並び立ってくれるという期待をどんどん増していった。

このまま順調にいくと思われた未来が、さらに強い門弟の登場によってくつがえされるとは、予想だにしなかった。

曽根崎が江戸へ戻ってくるのが、もっと遅かったら——一左が綾芽の婿になったあとだったら、どんなによかっただろうと何度も思った。

けれど事態は変わらない。一年前に曽根崎が心武館の門を叩いたあの日に、すべて決まってしまったのだ。

一左への未練を断ち切り、曽根崎との未来を大事にしなければ。曽根崎には心武館を守り、盛り立ててもらわねばならぬのだから。

戸口に立つと、綾芽は手の平に息を強く吹きかけて、桜の花びらを飛ばした。

どこからともなく吹いてきた風が、そっと花びらを運んでいく。

このまま風に乗って、どこか遠くへ行っておしまい。地面に落ちることなく、ずっとずっと遠くへ——。

桜の花びらが見えなくなって、綾芽は微笑んだ。

幼い日々を振り返るのは、もう終わりだ。

茶を淹れて、長手盆の上に載せ、門弟たちのところへ運んでいく。若い弟子の小宮進之《こみやしんの》介《すけ》が手伝いを申し出てくれたので、盆を渡して、ひとつだけ湯呑茶碗を取った。

「曽根崎さま、どうぞ」

手拭いで首筋の汗を拭っていた曽根崎に近寄り、湯呑茶碗を差し出すと、曽根崎が嬉しそうに破顔した。

「やあ綾芽どの、これはありがたい」

綾芽は微笑む。

「調子はいかがですか」

「いい感じです」

茶を飲みながら、曽根崎がぴたりと身を寄せてきた。

「おれは絶対に勝ちますよ。勝って、あなたを妻にする」

自信満々の表情だ。

綾芽は歯を食い縛って笑った。

「まあ、何と頼もしい。では、わたくしの目の前で、一撃で倒してくださいね」

一左さまの怪我がひどくならぬうちに——と綾芽は心の中で続けた。

「心武館の跡継ぎはとてつもなく強いのだということを、みなの前で証明してください」

そして、わたくしの初恋を粉々に打ち砕いて……。

一左への想いが跡形もなく消えてしまえば、きっと楽になれると綾芽は信じた。信じるしかなかった。

曽根崎が高らかな笑い声を上げる。

「お任せあれ。心武館に曽根崎あり、と江戸中に広めてみせますぞ。綾芽どのは大船に乗ったつもりで、おれに将来を託してください」

「ほほほ、楽しみですわ。一瞬で勝負が決まると信じております」

綾芽は笑い続けた。

誰が相手でも家のために添い遂げてみせる。それが一人娘の綾芽にできる、唯一の親孝行なのだ、と強く自分に言い聞かせながら。

✿

晴天が続き、桜の花は盛りを過ぎていく。

どこからともなく風に運ばれてきた白い花びらが、開け放してある戸の向こうから、たまやの中へひらりと入り込んできた。桜だ。

店開け前の土間に落ちた花びらを拾い上げて、すずは戸口を見やる。

「試合は今日ですよね」

すずは占い処を振り返った。

「生島さま、大丈夫でしょうか」

文机代わりにしている長床几の向こうで、宇之助が小首をかしげる。

「わからないが、たぶんな」

頼りない返事に聞こえるが、仕方ない。占いの結果を活かすのも活かさないのも、けっきょくは自分次第なのだ。

生島がどう動くか、綾芽がどう動くかで、事態は変わっていく。曽根崎の動きだって、そこに関わっていくのだ。

すずは外に出て、手の平を宙に掲げた。手の上に載せた桜の花びらが、ふるふると小さく風に揺れる。

〈おい、目覚めの甘酒がまだだぞ〉

すずの顔の横に、小さな姿の蒼がぬっと現れた。

〈甘酒を飲まねば、しゃきっとせんわ。早く我に甘酒を寄越せ〉

眠気を振り払うように身をくねらせて騒ぐ。ぶんぶんと振ったしっぽが、すずの手をかすめた。

「あっ」

桜の花びらが宙に舞い上がる。

吹いてきた風に乗って、そのまま飛んでいった。

蒼が前足で髭《ひげ》を撫《な》でる。

〈ふむ、今日は風が強くなりそうだな。だが、そんなことより、今は甘酒だ〉

ぐいと背中を押され、すずの足が店内へ向く。

〈ぐずぐずせんで、早く我に甘酒を捧《ささ》げよ〉

「はいはい、わかりましたから、押さないでちょうだい」

すずは苦笑しながら調理場へ足を進めた。

✿

白い着物に水裃をまとい、一左は家を出た。

家族は仰天しながらも「それほどの覚悟か」と言ったきり、黙って見送ってくれた。母が打ってくれた切り火の音が、深く心に染みた。

心武館へ向かう途中、すれ違う棒手振《ぼてふり》たちがぎょっとしたような顔でこちらを見るが、まったく気にならない。

自暴自棄になったつもりもないが、なぜか心は凪《な》いでいる。次に吹く風に身を任せるしかないのだ、という気持ちになった。

死地へ赴く戦乱の武士たちも、このような境地だったのだろうか。

心武館に近づくと、稽古場のすぐ裏手に咲く桜が目に入った。試合の刻限まで少し間があるので、久しぶりに木の前へと足を向けてみる。

大木の堂々たる咲き誇りぶりに、一左は目を細めた。花の王は牡丹《ぼたん》だといわれているが、なかなかどうして、この桜も実に見事ではないか。

ひらり、ひらりと舞う花びらに、遠き日の思い出がよみがえる。

幼い頃の一左と綾芽が、満開の桜の木の下にしゃがみ込んでいた。

――一左さま、見てください――。

綾芽が指差す先にあったのは、寄り添って咲く二輪の蒲公英だった。

――ああ、可愛《かわい》らしいな――。

花よりも、綾芽のほうが可愛らしいと思いながら、一左は微笑んだ。

――蒲公英の花は綿毛となって、どこか遠くまで飛んでいくのですよね――。

綾芽はうらやましそうな声を出した。

――わたくしが男であれば、いつか旅に出ることもできたでしょうに――。

旅に出たいのかと聞くと、綾芽は大きくうなずいた。

――いろいろな場所を見てみたいのです。江戸にはない珍しいものが、世の中にはたくさんあるのでしょう――。

好奇心旺盛《おうせい》な綾芽らしい、と一左は思った。道場で門弟たちと接する機会が多いせいか、綾芽は物怖じしない、活発な性格だ。めそめそとすぐに泣くような女子より、ずっと好ましいと一左は思っていた。口数が少なく、何を考えているのかわからない女子は苦手だ。

綾芽は立ち上がると、今度は頭上の桜に手を伸ばした。

――わたくしが男であれば、父上もたいそうお喜びだったでしょうに。一左さまよりも強くなって、心武館を継ぐこともできました――。

一左は苦笑した。

――それは困るな――。

もし綾芽が男であれば、一左がどんなに強くなったとしても、妻にすることは叶わなくなってしまう。

だが、それを口にするのは今ではない、と一左は幼いながらに思っていた。綾芽に妻問いをするのは、道場の誰よりも強くなってからだ。

師の原田はいつも言っていた。

――将来は綾芽に婿を取らせて、その男を心武館の跡継ぎにする。大事な娘と道場を、生半可な者には任せられぬ――。

いつか大人になって、立派な剣士と認められたら、きっと綾芽の隣に並び立てる――その日を信じて励むのだ、と一左は思い続けてきた。

その夢も、もうすぐ散ってしまうが……。

一左は桜を見上げた。

曽根崎は強い。卑劣なやり方で自分に怪我を負わせてくるとは思ってもみなかったが、それだけ自分に脅威を感じていたのだと思えば少しは溜飲《りゅういん》が下がる。

曽根崎も必死なのだ。必死で跡継ぎの座を欲している。おそらく、綾芽のことも本気だろう。

かつて旅に憧れていた綾芽は、曽根崎の武者修行の話にも楽しそうに耳を傾けていた。

曽根崎であれば、きっと綾芽を満足させられるだろう。一左の知らないさまざまな話を綾芽に聞かせ、綾芽の世界を広げてやれるのだ。

曽根崎と綾芽が寄り添って、笑い合っていた姿を思い出す。

――おれは絶対に勝ちますよ。勝って、あなたを妻にする――。

曽根崎の宣言に、綾芽は嬉しそうに頰《ほお》をゆるめていた。

――まあ、何と頼もしい。では、わたくしの目の前で、一撃で倒してくださいね。心武館の跡継ぎはとてつもなく強いのだということを、みなの前で証明してください――。

曽根崎は声高らかに笑った。

――お任せあれ。心武館に曽根崎あり、と江戸中に広めてみせますぞ。綾芽どのは大船に乗ったつもりで、おれに将来を託してください――。

二人の声が耳に突き刺さり、その場から逃げ出したくなったが、今となってはあのやり取りを聞いておいてよかったと思う。

一左の初恋は終わったのだ。これで未練なく試合に臨める。これまで培ってきたものを、すべて出し切るのだ。

もはや曽根崎との戦いではなく、自分との戦いなのだという心境になった。

自分で納得のいく剣が振るえれば、もう思い残すことは何もない。潔く負けを認めて、心武館を去ろう。

曽根崎を恨むことはすまい。稽古の終了を告げる声に気を抜いて、襲ってくる曽根崎の気配に気づけなかった自分が未熟だったのだ。達人であれば、きっと曽根崎の殺気に気づいたはずだ。禍根は残すまい。

微風に揺れる桜の花々が、うなずいてくれたように見えた。それでいい、おまえは間っていないのだ、と言ってもらえたような気がする。

一左は微笑むと、桜に背を向けた。心武館へ向かって歩き出す。

試合場となっているのは、稽古場の前の庭だ。そちらのほうから話し声が聞こえてくるので、すでにみな集まっているのだろう。

「生島さん」

庭へ続く道で、不意に声をかけられた。植え込みの陰から、弟弟子の小宮進之介が姿を現す。

「手は大丈夫なんですか。あの時の曽根崎さんの動きは、何だかおかしくありませんでしたか」

気づいていたのか、と驚く。

「やっぱり……はっきり見えたわけではなかったので、うかつなことも言えずに今日まできてしまいましたが……」

小宮は悔しそうに拳《こぶし》を握り固める。

「今からでも試合の延期を申し出ましょう。あの時のことも、わたしが原田先生に話しますので」

「いいんだ」

小宮をさえぎって、一左は静かに首を横に振った。

「どんなことがあっても、勝つ時は勝つし、負ける時は負ける。ただ、それだけのことだ」

「生島さん……」

一左は微笑みながらうなずく。

「行くぞ」

前へ進めば、小宮がまるで介錯人《かいしゃくにん》にでもなったかのような面持ちでついてくる。

庭の隅に門弟一同が居並び、師の原田と綾芽は最前列に腰を下ろしていた。

進み続けると、一左の姿を見た一同がざわめく。

「何だ、あの恰好《かっこう》は」

「負けたら切腹でもするつもりか」

唖然と口を半開きにしている綾芽の顔が、目の端に入った。

中央に立って待ち構えていた曽根崎が、にやりと笑う。

「逃げ出さずに来たか」

一左は毅然と顔を上げて、曽根崎の前に立つ。木刀を手にして向かい合った。

原田が立ち上がり、右手を高く上げる。

「始めいっ」

曽根崎が脇構《わきがま》えを取った。体の後ろに刀身を持っていくような形なので、相手の剣先が見えない。つまり、刀身の長さが明確にわからず、間合いがつかみにくいのだ。

いつもとは違う木刀なのか——。

曽根崎は、一左の手を狙って切り上げてくるはずだ。

普段は中段か八相に構えることが多い一左だが、考えるよりも前に木刀を握る手を上げていた。上段の構えである。

曽根崎は体を入れ替えながら、右手に強烈な一撃を食らわせようとしてくるか——。

それならそれで、いい。

一左は静かに曽根崎を見据えた。

万全の曽根崎に対して、今の一左が攻めるならば、上から木刀を振り下ろすのみ。究極の攻めともいえる、上段しかないと思った。

胴ががら空きになるが、それが何だ。どうせ死んだ気になった身なのだ。渾身《こんしん》の一振に、すべてを込めるしかない。

「きえーいっ」

曽根崎が叫んだ。しかし踏み込んではこない。こちらの動きをよく見ている。

一左にも、曽根崎が――周りがよく見えている。今なら、風の吹く道筋さえも見えるような気がした。

場が、しんと静まり返る。

驚くほど心は凪いでいた。

何かが動く気配――一左は跳んだ。

ざざっと音を立てて風が吹く。無数の白い花びらが運ばれてきて、一左の体の周りを舞う。稽古場のすぐ裏手に咲いている、先ほどの桜か。

頭上で日輪《にちりん》がきらりと光った。高く上げた木刀の先に、光が集まったかのような錯覚に陥る。

だが一左は止まらない。跳んだ勢いに身を任せ、そのまま木刀を振り下ろした。

ものすごい速さで迫《せ》り上がってくる、曽根崎の木刀が見えた。

❀

夕方になり、たまやの前の通りに茜《あかね》が差した。仕事を終えて帰路に就いているであろう人々は、みな足早に戸口の向こうを通り過ぎていく。

客が帰ったあとの長床几を拭《ふ》き清めながら、すずは表へ顔を向けた。

「試合はどうなったんでしょうか。もうとっくに終わっているはずですよね」

宇之助が助言した通りに事が運べば、生島の怪我はひどくなっていないはずだが、やはり心配である。

蒼がにゅっと姿を現した。

〈すず、早く暖簾《のれん》を下ろせ。我に甘酒を捧げよ。もう客は来ぬであろう〉

「それはどうかな」

すずが答えるより早く、宇之助が口を開いた。

「暖簾を下ろすのは、まだ少し早いんじゃないか」

と宇之助が言っているそばから、飛び込んできた客がいた。

「勝った！　勝ったぞ」

生島である。興奮の面持ちで、まっすぐに占い処へ向かって駆けた。

「おまえの占いは、はずれた。おれが試合に勝ったのだ！」

宇之助は居住まいを正す。

「そいつぁ申し訳ございやせんでした。ですが、無事に勝利を収めることができて、本当によかったですねえ」

宇之助はじっと生島の右手を見つめた。

「そのお怪我、大事には至らなかったんでございやしょう？」

生島は我に返ったような顔で、自分の右手を見下ろす。

「ああ……」

冷静な表情になって占い処の客席に腰を下ろすと、生島は茶を注文した。

「実は試合が終わったあと、気を失ってしまってな。木刀がぶつかり合った時の衝撃で、手にひどい痛みが走ったのだ」

しかし一左のほうが速さも威力も上回っており、曽根崎の木刀は地面に落ちたのだという。

宇之助は「へえ」と感心したような声を上げた。

「痛みのあまり気を失うってえのは、よっぽどだ。やっぱり無理しちゃいけねえ状態だったんですねえ」

生島はうなずく。

「しばらく稽古を休めと言っただろう、と医者に叱《しか》られてしまった。試合に出られなくなっては困るので、無理をせぬよう気をつけていたつもりだったのだが……自分で思っていたよりもずっと無茶をしていたようだ。今度こそ、しばらくの間は手を休めねばならぬ」

すずは茶を運び、調理場の入口付近に控えた。蒼はとっくに姿を消している。

「それがしが勝ったということが、今でもまだ信じられぬ」

生島は探るような目で宇之助の顔を覗き込んだ。

「期待を持つなと言っておいて、やはりおれを勝たせるために水裃を着ていくよう仕向けたのか」

宇之助は「何のことで」と首をかしげる。

「おれが曽根崎に向かっていった時、突然、強い風が吹いてな。どこからか桜の花びらが飛んできたのだ。一枚や二枚ではない。まるで吹雪のように、白い花びらがおれの周りを舞った」

生島は真剣な表情で身を乗り出した。

「ほんの一瞬の出来事で、それがしはよく覚えておらぬのだが。意識を取り戻したあとで、弟弟子の小宮に言われた。『突然強く差し込んできた日の光の中で、白い花びらが水裃の薄浅葱を覆い隠したかのように見えました』とな」

水裃の下に着ていた白い着物も、まるで花びらと一体になったかのように見えたのだという。

「すべて一瞬の出来事だった。それがしだけでなく、見ていたみなも、何が起こったのかさっぱりわからなかったらしい」

師の原田も、綾芽も、小宮を始めとした門弟たちも、みな立ち上がって唖然としていた。木刀を落として試合場に立ちつくす曽根崎も、あんぐりと口を開けていた、と小宮は生島に語っていた。

生島は強い眼差しで宇之助を見据える。

「おまえには、あの場面が視えておったのではないか。だから、それがしに水裃を着ていけと申したのではないか。死んだ気になって水裃をまとわねば、日の光も桜の花びらも、それがしに味方しなかったであろう」

「そうでしょうねえ」

宇之助は静かに笑った。

「だが、あの時おれが札の中に視ていたのは、水裃を着た生島さまが一撃で倒されちまう未来だったんです」

生島は目を見開いた。

宇之助は事もなげに続ける。

「曽根崎さまは、本当に強かった。運気もいい。本来であれば、絶対に曽根崎さまが勝利を手にしていたはずだったんですよ」

生島は眉根を寄せた。

「では、なぜ……」

「欲が出たんでしょうねえ」

宇之助は懐から花札の入っている小箱を取り出して、長床几の上に置いた。

「おれが札の中に視るのは、あくまでも『起こりうる出来事』のひとつです。人がどう動

くかで、未来は変わる。そして人を動かすのは、気持ちです」

生島は花札の入っている小箱を見つめる。

「気持ち……」

「わたくしの目の前で、一撃で倒してください――」

宇之助の言葉に、生島が息を呑んだ。

「道場主のお嬢さんにそんなことを言われて、いいところを見せようと、曽根崎さまは気負っちまったんじゃありませんか」

宇之助は小箱を撫でた。まるで、中に入っている札たちをいたわるかのように。

「何が何でも一撃で仕留めてやるぞ、っていう力みが剣に表れ、生島さまの攻めに対する反応が遅れたんですよ。純粋に勝つことだけ考えていればよかったものを、恰好よく勝とうと思って、雑念が入っちまったんです。それがなきゃ、曽根崎さまが勝ってたはずだ」

宇之助は生島の右手を指差した。

「何といっても、卑怯な真似をしちまったのが一番まずかったですねえ。相手は怪我をしているからと、油断したんですよ。生島さまを舐《な》めてかかってたんです」

生島は唸る。

「気の持ちようというものは恐ろしいな。もし占いで『勝つ』と言われておれば、それがしも死んだ気にはなれなかったであろう」

宇之助はうなずいた。

「すっかり絶望し、水裃を身に着けるほどの境地に立って初めて、無心になれたんですよ。そこまで開き直らなきゃ、生島さまは勝てなかったんです」

生島は喉を潤すように茶を飲んで、ふうと息をついた。

「どうせ負けるのであれば、せめて綾芽どのの前で恥ずかしくない戦いをしよう、と思っただけなのだ」

「それが勝負の極意なんですよ」

宇之助は小箱を握りしめた。

「この先また困難に遭遇した時は、今回のことをよく思い出してくだせえ。物事は必ずしも、誰かの言葉通りに運ぶってわけじゃねえ。目に見えるものだけが真実じゃねえんだ、ってね」

生島は考え込むような表情で顎に手を当てた。

「言葉通りではない……」

「誰かのために、本意じゃねえことを言わなきゃならねえ時もあるでしょう。いつか道場主となったら、なおさらだ。弟子の将来のために、あえて厳しい言葉をかけなきゃならねえ時もあるんじゃねえですかい」

「絶望に追い込んで、無心の境地に至らせるのか」

「ええ、そうです」

宇之助はちらりと戸口を見やった。

「そろそろ別の客が来そうなんですが、他に占いてえことはありませんよねえ?」

「ある」

生島は姿勢を正して宇之助に向かい合った。

「それがしがこのまま心武館の跡継ぎとなってよいものか、占ってもらいたい」

宇之助は片眉を上げる。

「試合に勝ったってえのに、何を迷っておいでなんですか」

「綾芽どのの気持ちを考えるとな……」

生島はうつむいた。

「意識を取り戻したあと、話をしようとしたのだが、自室にこもって出てきてくれなかったのだ。やはり曽根崎を慕っておったので、試合の結果が不満なのやもしれぬと思うと、居たたまれなくなった」

生島の顔が苦しげにゆがむ。

「それがしには剣の道しかない。今さら別の何かを始めようと思っても、きっと無理であろう。怪我をして道場を辞めた者の中には、最近塾に通い始めて新たな道を見つけたという者もおるのだが、自分にはできる気がしない。塾を開いた御仁は、かつて長崎で通詞《つうじ》

（通訳）をしていらした方で、常々『学びに限界はない』とおっしゃっているそうなのだが」

生島はため息をついた。

「綾芽どのの気持ちがどうしても自分に向かぬのであれば、学問の道はともかく、別の剣道場で学び直すのもよいかもしれぬ、などという考えが頭をよぎってな。それがしが辞退しても、負けた曽根崎が跡継ぎの座に納まることはないだろう。先生が許さぬであろうし、本人も心武館をやめると申しておるそうだ」

しかし、と生島は痛々しい声を上げた。

「綾芽どのがそれがしと顔も合わせたくないのであれば……この先もっとふさわしい男が現れるやもしれぬし……」

宇之助はため息をついて、小箱の蓋《ふた》を開けた。

がらん堂の気が変わらぬうちに、とでも言いたげな勢いで、生島はすずに茶のお代わりを注文する。

宇之助は取り出した花札を手際よく切ると、絵柄を伏せたまま右手でざっと川を描くように長床几の上に広げた。

占いの邪魔にならぬよう、すずは運んでいった茶を長床几の端に置いて、調理場の入口付近に控えた。

生島は息を詰めて札を見つめている。

宇之助が左手の人差し指をぴんと立てて、額の前にかざす。精神統一をするようにしばし瞑目してから、左手で一枚を選び取った。

表に返された札が、生島の前に置かれる。

「柳に斧定九郎――」

生島が腰を浮かせる。

「先日と同じ札ではないか。やはり、それがしが心武館の跡継ぎになってはいけないのではないか」

宇之助は片手を上げて生島を制した。

「落ち着きなせえ。同じ札が出たといっても、今回は意味合いが違う」

生島が怪訝な顔をしながら座り直すと、宇之助は札の中に描かれた男を指差した。雨の中、傘を差して柳の下を走っている姿である。

「先日この札を視た時には、描かれた男が札の中で、曽根崎さまの攻めをよけきれずに一撃で打たれる生島さまの姿に変化したんです」

生島は首をひねりながら札を見つめる。

「だが今回は、この絵の男が、困難に立ち向かっていく生島さまの姿に変化して視えるんです。どんなにひでえ嵐《あらし》の中でも、誰かのために飛び出していく――家族を守り、仲間の

姿にね」


危機に駆けつける、そんな強え《つえ》男の姿に視えるんですよ。豪雨を物ともせず、無心で戦う
生島は絵の中の男に目を凝らした。

宇之助は指で、とんとんと札を軽く叩く。

「生島さまは今回、誰の言葉で絶望したんでしたっけ」

生島が黙り込む。

「自分の手で勝ち取った場所を、しっかり守っていきなせえ」

生島がちらりと宇之助を見た。

「それは……綾芽どのも納得しているということか」

「んなこたぁ、ご本人に聞いておくんなせえ」

宇之助は面倒くささそうな顔で、長床几をばしんと叩いた。

「ああ、ほら、次のお客がいらしちまった」

生島が戸口を振り返る。

「えっ——」

そこに立っていたのは綾芽だった。生島を見て、うろたえた顔で視線をさまよわせている。

宇之助は手早く花札を小箱にしまうと、少し離れたところにある長床几を指差した。

「占いは、もういいですかねえ。他のお客の邪魔になっちまうんで、席を移っていただけますかい」

「あ、ああ」

長床几の端に置いてあった汲出茶碗を手にすると、生島は指差された席に向かった。入れ替わりに、綾芽が占い処の客席に着く。

「なぜ一左さまがここに？　いったい何を占いにきたのですか」

宇之助に向かって身を乗り出すと、かなりの小声で問うた。

「そいつぁ申し上げられませんぜ」

宇之助も小声で答える。

「占い師は、客の秘密を預かる商売だ。誰が相手であっても、占いの中身を漏らす真似はできやせん」

それもそうかと納得したような顔で、綾芽は居住まいを正した。

宇之助が首をかしげる。

「で、今日はいったいどうなさったんで？」

綾芽は神妙な面持ちで口を開いた。

「思いも寄らぬ事態となりました。試合は確かに一瞬で終わったのですが、勝ったのは曽根崎さまではなく、一左さまだったのです」

生島は占い処に背を向けて茶を飲んでいる。

店の奥にある占い処は、他の客席と少し離れた場所にあるので、大きな声を出さなければ話の内容は聞こえないだろうが——聞いてはならぬと固く思っている様子で、生島は開け放してある戸の向こうをじっと見つめていた。まるで通りを行き交う人々の足音に、気をそらしているかのように。

綾芽はちらりと生島のほうを気にしてから、再び小声を出した。

「ですが、わたくしは曽根崎さまに思わせぶりな態度を……それも一左さまの前で……他の男になびいていたような女を妻にしたいと、いったい誰が思うでしょうか」

宇之助は目を細める。

「一左さまのお気持ちを知るのが怖えんですね」

綾芽はうなずいた。

「だから自室にこもって、一左さまを避けてしまいました。もし一左さまがわたくしを厭《いと》うようでしたら、婿にならずとも、原田家の養子にして跡を継がせる手立てもあるかと……」

綾芽の視線が、長床几の上に置いてあった花札の小箱に向けられた。

「どうしたらよいのか、もう一度占ってください」

宇之助はゆるりと首を横に振った。

「おれの知り合いに、妻と死別した男がいるんですがね。生きている間に、もっといろんなことを話しておけばよかった、とものすごく悔やんでおりやした」

嘘だ……知り合いの話ではなく、宇之助自身の話だ、とすずは思った。

「どんなに惚《ほ》れ合って一緒になった男と女でも、話をして確かめなきゃ、気持ちは伝わりません。誰かに橋渡しなんか頼むんじゃなくて、やっぱり自分たちで向き合わなきゃ」

綾芽は食い入るように小箱を見つめている。もしかしたら、その中に入っている「菖蒲に八橋」の札を思い出しているのかもしれない。

宇之助も切ない目で小箱を見下ろした。

「橋のあっちとこっちで、互いに突っ立って待ってるだけじゃ、いつまで経《た》っても会えやしないでしょう」

宇之助は綾芽に向き直る。

「相手が生きているんなら、ちゃんと話したほうがいいですぜ。気持ちを確かめたいと思った時に、相手が目の前からいなくなっちゃ、何もできねえ。もっと話しておけばよかったと思った時には、もう遅いんです。悔いを残さねえようにしねえと」

宇之助の言葉を噛みしめるように、綾芽は大きくうなずいた。

「生きていても、目の前からいなくなってしまうこともありますものね。怪我をして道場を去った方たちとは、道ですれ違うこともありませんもの」

意を決したように、綾芽は立ち上がった。生島に向かって、まっすぐ歩いていく。

「すず、団子を包んでくれ。二人分だ」

宇之助が懐から財布を取り出し、すずに金を渡した。

綾芽が生島の背後に立つ。その気配を感じたらしく、生島が振り返った。

「あの、わたくし……」

生島が立ち上がり、綾芽に向かい合う。綾芽は生島を見上げた。

「わたくし、一撃で倒せなどと、ひどいことを――」

「それがしのためであったのだろう」

綾芽をさえぎって、生島は続けた。

「あの言葉がなければ、それがしは無心になれなかった。あの言葉の裏にあった綾芽どのの気持ちは、それがしと同じだったと思ってよいのか。それがしは幼い頃からずっと、誰よりも強くなって、綾芽どのと添い遂げたいと思っておった」

綾芽は嗚咽《おえつ》をこらえるように、両手で口を覆う。

「一左さま……わたくしも……」

やっとしぼり出したような声は震えていた。

一左が長床几をまたいで、綾芽の肩に手を置く。

「蒲公英の綿毛のように飛んでいくことはできぬが、桜の大木のようにどっしりと根を張

り、心武館から羽ばたいていく若者たちをともに見守ろう。この先何年も、ずっと」

「はい……！」

感極まったように泣き出した綾芽を、生島がそっと抱きしめる。

すずは団子を包んだあとも、しばらくきよと調理場にいて、二人の邪魔をしないように努めた。宇之助も占い処でひっそりと無言を貫いている。

やがて二人は身を離すと、照れくさそうに占い処へ顔を向けた。

「世話になったな」

「ありがとうございました」

二人そろって一礼する。

すずは調理場を出て、団子の包みを差し出した。

「お土産《みやげ》にどうぞ。最福神社門前にあるうちの団子は、縁起がいいと評判なんですよ。がらん堂さんから、お代はいただいておりますので」

戸惑う二人の前に、すずは団子の包みをさらにぐいと出した。

「こちらも幸せのお裾《すそ》分《わ》けをいただきましたので」

二人は顔を見合わせると、頬を赤らめた。

「それでは遠慮なく」

「いただきます」

並んで帰っていく二人の足取りは軽く、後ろ姿も嬉しそうに見えた。

すずは微笑んで、宇之助の前に立つ。

「こうなることが最初からわかっていたんですね」

「さあな」

花札が入っている小箱を懐にしまい、宇之助は口角を上げた。

「ただ、おれは、いわゆる『当て屋』じゃないからな。占いは、何でもかんでも当たればいいというものではないんだ。占った相手が幸せになるために、一歩踏み出す勇気を与えるものでなければならない。相手のためにならないと思えば、札に視えたことをすべて告げたりもしないしな」

宇之助らしい、とすずは笑みを深めた。

不意に宇之助が立ち上がり、すずの頭に手を伸ばした。

「髪に花びらがついている」

桜だ。さっき戸口へ見送りに出た時、どこからか舞い降りたのだろうか。

宇之助がつまんだ花びらに、すずは目を細めた。

春の夜の帳《とばり》が、音もなくゆっくりと下りてくる。

第四話　忍び寄る闇

「ちょっと、聞いたかい。先月末の初鰹《はつがつお》の値は、一本二両（およそ二〇万円）を超えていたってさ」

おせんが長床几《ながしょうぎ》で茶をすすりながら、はあっとため息をつく。

「あたしも早く鰹を口にしたいけど、卯月《うづき》（旧暦の四月）に入ったばかりじゃ、まだまだ高いからねえ」

公儀に定められた鰹の出回り時期は卯月からとなっているが、初物好きの江戸っ子たちは大金を出して、それよりも前に鰹を求めた。品川沖に舟を出し、三浦三崎《みうらみさき》からやってくる押送船《おしおくりぶね》を待ち構え、魚河岸に入る前の鰹を買う者までいるというから驚きだ。

おせんの隣に座っている、おなつがうなずく。

「八百善のような高級料亭では、もう鰹を出しているんでしょうけど、わたしたちみたいな庶民のお膳《ぜん》に上がるのは、もう少し先ですねえ」

「何年前だったっけ、確か、歌舞伎《かぶき》役者の中村歌右衛門《なかむらうたえもん》が三両で買って、大部屋の役者たちにも振る舞った、なんて話を聞いた覚えがあるけどさ」

おせんは残念そうに頭を振った。

「この町内にも、そんな気前のいい大金持ちがいたら、隣近所もご相伴に与《あずか》れたかもしれないのにねえ」

きよが調理場で笑い声を上げた。

「もう少し待つしかないよ。走りの過ぎた鰹は、どんどん値が下がるからさ。もう少ししたら、一緒に買って分けようか」

おせんが、ぽんと手を叩《たた》く。

「ああ、そりゃいいねえ。半分ずつ出し合って、半身にして食べよう」

おなつが茶を飲んで、ほうっと息をついた。

「役者といえば、この間、立花愛乃介《たちばなあいのすけ》の芝居を観《み》にいったんですけど、とっても綺麗《きれい》でした」

おせんが首をかしげる。

「誰だい、そりゃ。新しく出てきた子かい」

「今ものすごい人気の女形なんですよ。愛乃介に会いたいと、芝居が終わった小屋の出入口に老若男女が列を成しているんです。もみくちゃになるのを避けて裏口から出ようとしても、必ず誰《だれ》かが待ち構えているんで、愛乃介は外に出られず大変みたいですよ」

おなつの説明に、おせんは瞑目《めいもく》して頭を振る。

「知らなかったよ。何だか急に年を取ったみたいで嫌だねえ。こうやって、どんどん世間の流行に取り残されちまうんだろうか」

救いを求めるように、おせんは調理場へ顔を向けた。

「ねえ、きよさん、あたしたち、いつまでも若いと思っていられないんだねえ」

きよが調理場から、ひょこっと顔を出す。

「あたしは知ってたよ。生まれも育ちも不詳の、天女の申し子って売り込みで話題の役者だろう」

おせんが、ぎょっとしたように目を見開く。

「あんた、いったい、いつから芝居好きになったんだい」

「芝居好きってわけでもないけどさ」

どこか得意げに胸を張って、きよは答えた。

「店に来たお客さんが、役者絵を手に話してたんだよ。立花愛乃介は本当に美しい女形だってさ」

おせんは勢いよく、すずを見た。

「それじゃ、みんな知ってたのかい」

すずは首を横に振る。

「あたしは知りませんでした。役者絵を持っていたお客さんのことも、覚えていません」

きよが「ああ」と声を上げる。

「すずは出かけていたかもしれないねえ」

白酒を買いにいった時だろうか、それとも狐祓《きつねばら》いの時だろうか、とすずは首をかしげた。

おせんは安堵《あんど》したように、占い処《どころ》へ顔を向ける。

「宇之助さんも知らないよねえ」

「名前ぐらいは知っているぞ。金持ちたちが、いろいろな貢《みつ》ぎ物をしているらしいな」

あっさり答えた宇之助に、おせんは目をむく。

「がらん堂じゃないほうの占い客の間でも、そんなに評判なのかい」

宇之助はうなずいた。

「そのうち、もっと多くの場所で愛乃介の名を聞くことになるかもしれないぞ」

おせんが感心したように「へえ」と声を上げる。

「それじゃ今度、あたしも愛乃介の顔を拝みにいってみようかねえ」

おなつが大きくうなずいた。

「その時には、わたしもお供します」

どうやら、おなつも愛乃介の贔屓《ひいき》になったらしい。


「役者の立花愛乃介と親しくなるにはどうしたらいいのか、占ってもらいたい」

占い処の客席に座るなり、そう切り出した客は、小太りの中年男だった。

注文された茶を運びながら、すずはさりげなく男の身なりに目を走らせる。

一見上等そうな黒い着物をまとっているが、何だか色あせている。体にもぴったり合っていないような――どことなく借り物のような印象を受けるのだ。一張羅を買おうとして、古着屋で無理やり見繕った品なのかもしれない。

文机《ふづくえ》代わりにしている長床几の上に茶を置くと、すずは調理場の入口付近に控えた。

「お客さん、芝居が好きなんですかい。芝居小屋へは、よく足を運ぶんですか」

宇之助の問いに、男は鷹揚《おうよう》にうなずいた。

「まあ、それなりにね。仕事仲間に誘われて出向くうちに、愛乃介を気に入ったってわけさ。この頃は、一人でも芝居を観にいくようになった」

愛乃介宛ての品々が小屋の中へ運び込まれていくところを見て、自分も贈り物をしようと思い立ったという。

宇之助が「なるほど」と相槌《あいづち》を打った。

「本当は、こっちじゃなくて、あっちでゆっくり占ってもらおうかと思ったんだけどねえ」

男は訳知り顔で、ちろりと宇之助を見た。

「一条宇之助に占ってもらうには、紹介がなきゃ駄目だと聞いたもんでね。がらん堂として茶屋にいる間は、安値ですぐに占ってくれるというから、たまやへ足を運んだんだよ」

「そりゃ、どうも」

宇之助は目を細めた。

「おれの話は、三島屋あたりから聞いたんですかねえ。三島屋たっての頼みなら、多少の無理は聞いたんですが」

男は目を泳がせる。

「ええと、三島屋さんの知り合いの知り合いの友達だったかな」

「何なら今から、場を移しますかい」

宇之助の申し出に、男はぎょっとしたような顔になる。

「あ、いや、ここでいいんだ。まずは気軽な茶屋占いでね。この頃《ごろ》ちょっと忙しいもんで、ささっとやってもらって、様子を見てから、また改めて依頼してもいい」

嘘《うそ》だ。この客は見栄《みえ》を張っている、とすずは思った。「すぐに」とか「ささっと」とか言っているが、要は占い代を惜しんでいるのだ。やはり「安値で」というのが一番大事な

のだろう。

宇之助はあっさり「そうですかい」と言って、懐《ふところ》から花札が入っている小箱を取り出した。

男は、ほっと息をつく。

「何としてでも、愛乃介に近づきたいんだ。最高の一品を選びたい」

男は語気を強めた。

「それを見れば、わたしを思い出すような何かを贈りたい」

「お客さん、ご商売は何です？」

小箱の蓋《ふた》を開けて、宇之助が問うた。

「ご自分を印象づけるには、ご自分の商売にちなんだ品を贈るって手もありますがねえ」

「京橋《きょうばし》にある、飯田《いいだ》屋という眼鏡《めがね》屋を営んでいる」

男は誇らしげに胸を張った。

「わたしが主《あるじ》の柿《かき》右衛《え》門《もん》だ」

宇之助は首をかしげる。

「眼鏡か……愛乃介の目は悪くありませんよねえ。飯田屋さんでは、遠眼鏡《とおめがね》（望遠鏡）なんかも扱っていらっしゃるんで？」

眼鏡屋では、さまざまな硝子《ガラス》細工の品を売っている。「眼鏡」という言葉は、視力を補

う器具だけでなく、硝子玉を使った器具の総称としても使われているのである。

柿右衛門は悔しそうに顔をしかめた。

「うちはまだ小さな店でね。品ぞろえがそんなに多くないんだよ」

「へえ、だけど眼鏡屋といやぁ、値の張る品ばかり置いてあるんじゃございやせんか」

柿右衛門は気を取り直したように口元をゆるめた。

「そうなんだよ。まあ、裏長屋に住む者たちには、おいそれと手が出せない品ばかりだろうねえ」

柿右衛門はおもむろに宙を眺める。

「愛乃介は素晴らしい女形だよ。品があって、華がある」

まるで、そこに愛乃介が立っているかのような表情で、ほうっとため息をついた。

「類は友をもって集まるとよくいわれるが、愛乃介の周りにもすごい人たちが集まっているんだ」

御用商人や学者を始め、公儀の役人までもが愛乃介を観るために芝居小屋を訪れているのだという。

「みんな愛乃介の美しさに夢中なのさ。愛乃介の気を引こうと、いろいろな贈り物が連日楽屋に届けられている。上菓子に、珊瑚《さんご》の簪《かんざし》や、茶壺《ちゃつぼ》――うずたかく積まれた品々は、雪崩《なだれ》を起こしそうだってさ。先日は、初鰹を用意して愛乃介を料理茶屋に呼び出した人がい

るらしい」

柿右衛門は眉間《みけん》にしわを寄せて、ふんと鼻を鳴らした。

「それに勝るとも劣らない品を用意したいんだが、さすがに地球儀みたいなものまでは買えないだろうしねえ」

日本で最初に制作された地球儀は、元禄《げんろく》八年（一六九五）に渋川春海《しぶかわはるみ》が手がけた「紙張子製地球儀」だといわれている。

「いったい、いくらするんだか」

渋面で言ってから、柿右衛門は咳払《せきばら》いをした。

「もちろん、出し惜しみしようだなんて、これっぽっちも考えていないがね」

これも嘘である。できるだけ出費を抑えたいと考えているのだ。

すずは思わず顔をしかめそうになった。

「やっぱり愛乃介の好きなものを贈るのが一番ですぜ」

宇之助は諭すように続けた。

「どんなに値の張る品だって、愛乃介の好みに合わなきゃ意味がねえ。大部屋の役者たちに分け与えられちまうかもしれませんぜ」

宇之助は顎《あご》に手を当てる。

「だけど地球儀だなんて突拍子もねえ案は、なかなか出るもんじゃありませんよ。いった

い何で思いついたんです？」

「愛乃介は唐物好きなんだよ」

柿右衛門が断言した。

「船来品を集めているんだ。たくさんの好事家たちが、愛乃介のために珍しい品を取り寄せているらしい」

宇之助は腕組みをして瞑目《めいもく》する。

「船来品といやぁ、高麗物《こうらいもの》の茶碗《ちゃわん》を集めているのは愛乃介でしたっけ」

柿右衛門が、ぱんと両手を合わせる。

「おお、そうだった、そうだった」

「愛乃介は梅干しも好きなんですってねえ。強《つえ》えこだわりがあって、紀州《きしゅう》から取り寄せたものしか食わねえとか」

「ああ、そういえば聞いたことがある。梅干しは紀州に限る、って口をすっぱくして言っているんだろう」

即座に同意した柿右衛門に、宇之助は首をかしげた。

「あれっ、梅干し好きなのは別の役者で、愛乃介は梅干し嫌いじゃありやせんでしたっけ」

柿右衛門が、うっと言葉に詰まる。

宇之助は、にっと笑った。

「愛乃介は本当に唐物好きなんですかねえ」

柿右衛門は観念したように目を伏せた。

「すいません……本当は何も知らないんです。ただ、愛乃介に近づきたくて芝居小屋に通い詰めているだけで。つい見栄を張って、知ったかぶりをしてしまいました」

宇之助は苦笑しながらうなずいた。

「いいんですよ。ただ、本当のことを言ってもらわねえと、占いがぶれちまうかもしれないんでねえ」

宇之助は小箱の中から花札を取り出すと、そっと両手で包み込んだ。

「札への聞き方も、変わってくるもんで」

柿右衛門は居住まいを正した。

「もうおわかりかと思いますが、わたしは芝居も詳しくありません。楽屋に贈り物が積まれているというのも、もちろんこの目で見たわけじゃない。木戸番たちの話を聞きかじっただけです」

柿右衛門はため息をつく。

「だけど、わたしは心の底から愛之助と懇意になりたいと願っているんです。先月、同業の者たちに誘われて飛鳥山《あすかやま》へ花見に行った時、贔屓筋に囲まれている愛乃介に会ったんで

すよ」

飛鳥山は桜の名所のひとつである。八代将軍吉宗《よしむね》が千本以上もの桜を植えて、庶民が集える行楽地とした。

「花見幕を張るところを探して歩いていたら、ひと際華やかな小袖幕《こそでまく》がありましてね」

木と木の間に綱を張り、そこに小袖をかけて幔幕《まんまく》としたものである。

「風に揺れる小袖の向こうに、豪華絢爛《けんらん》な重箱がずらりと並んでいました。重箱から溢《あふ》れるほど大きな鎌倉海老《かまくらえび》や、尾頭つきの鯛《たい》、かすてら卵なんかがたくさん見えましたよ。何て裕福な人たちなんだろうと驚きました」

愛乃介の姿に気づいた同業の者が、柿右衛門にささやいた。

――おい、あれは女形の愛乃介だぞ。一緒にいるのは、蘭学《らんがく》者や外科医者、廻船《かいせん》問屋を営む大商人たちじゃないか。かつて長崎で通詞《つうじ》を務めていた者もいるぞ――。

風にひるがえった小袖の向こうで脇息《きょうそく》にもたれる愛乃介は、まるで大名家の姫君のようにたおやかだった。

楽しげな声に耳を澄ますと、みなで異国の話をしていた、と柿右衛門はうっとりした表情で語る。

――へえ、かぴたん部屋の瑠璃灯《るりとう》はそんな形をしているのかい。寺院に吊《つ》るしてある六角形なんかとは、ずいぶん違うんだねえ――。

瑠璃灯とは、禅《ぜん》宗のひとつである黄檗《おうばく》宗の仏殿に吊るされている灯籠《とうろう》である。

――わたしたちが芝居で使う灯は、もっと小さな台に蠟燭《ろうそく》を載せたものですけれど――。

鈴を転がすような、愛乃介の声が響いた。

――異国の瑠璃灯の下で芝居をしたら、どんなふうになるでしょうか――。

おおっ、と愛乃介を囲む男たちが声を上げた。

――それはぜひ見てみたいものだ。愛乃介の美しさには、きっと、和蘭陀《オランダ》や英吉利《エゲレス》の女たちも敵《かな》うまい――。

――和蘭陀といえば、先日、長崎から天鵞絨《ビロード》を取り寄せたんだがね――。

「小袖幕の向こうでは、知識に溢れた優美な話が、途切れることなく続いていました」

柿右衛門は身をよじる。

「とてもうらやましかった。わたしの周りに、あんな人たちはいない」

「異国への憧《あこが》れがあるんですかい」

「眼鏡屋ですからね」

宇之助の問いに、柿右衛門は即答した。

「びいどろや、ぎやまんのことを、もっと知りたい。異国の品々はどうなっているのか、確かめたい気持ちは昔から強くあるんです」

夢見るような表情で、柿右衛門は続けた。

「愛乃介と一緒にさまざまな唐物を眺めることができたら、とても楽しいでしょうねえ」

小袖幕の向こうへ熱い眼差しを送っていたら、愛乃介と目が合ったのだという。

「わたしの不躾《ぶしつけ》な視線に怒ることもなく、にっこり笑いかけてくれました。天女に優しく手招きされたかのような心地になりましたよ。わたしも小袖幕の中に入りたいと思いました」

「それで、芝居小屋に通い始めたんですね」

宇之助の言葉に、柿右衛門はうなずいた。

「木戸番と世間話をして、愛乃介の話をいろいろ聞き出そうとしました。団子や甘酒を差し入れながら、木戸番の機嫌を取ろうとしたんですが、なかなか口が堅くてね。愛乃介の好物すら教えてもらえなかった。どうやら、愛乃介に関《かか》わることは一切話すな、と座元からも命じられているようなんです」

宇之助が訳知り顔でうなずく。

「愛乃介に近づくため、芝居小屋に勤める者を懐柔しようとする輩《やから》は大勢いるだろうからなあ。愛乃介の好物が知れ渡って、百も二百も毎日どっさり届いちゃ厄介だし。万が一、得体の知れねえやつを楽屋まで手引きされちゃあ大変だ」

柿右衛門はため息をついた。

「どんなに頑張っても、その他大勢の中の一人なんですよね、わたしは」

だが、それでは我慢できない、と柿右衛門は拳《こぶし》を握り固める。

「時々、木戸番に案内されて楽屋のほうへ向かう人を見ました。たぶん贔屓筋でしょう」

通い詰めれば、何とかなるかもしれない。きっと、どこかに潜り込める隙《すき》はあるはずだ
――その一心で、柿右衛門は毎日のように裏口へ並び続けたという。

愛乃介の姿をひと目見ようと待ち構える客たちで、通りは溢れ返っていた。とてもでは
ないが、愛乃介に近づくことなどできやしないと、くじけそうになった。

「だけど昨日は、木戸番たちに守られながら小屋から出てきた愛乃介が、ふとこちらを見たんです」

柿右衛門の鼻息が荒くなった。

「目が合ったんですよ。わたしに向かって、にっこり笑ってくれたんです」

それだけではない。何と、小さく手を振りながら歩み寄ってきてくれたのだ、と柿右衛門は興奮の面持ちで語る。

――飛鳥山でお会いした方ですよね。わたしの芝居を観にきてくださったんですか――。

愛乃介に話しかけられ、柿右衛門は夢中でうなずいた。

――まあ嬉しい、ありがとうございます――。

笑みを深めた愛乃介のあまりの美しさに、通りにいた人々は一斉によろめいたという。

腰を抜かして座り込む女人《にょにん》もいた。

「わたしは平気なふりをして、笑い返しましたよ」

柿右衛門は胸に手を当て、背筋を伸ばす。

「周りと一緒になってよろめいていちゃ、親しくなる好機を逃すと思ったんです。胸の震えを抑えながら、わたしは口を開きました」

——愛乃介さん、これからもずっと応援いたしますよ。どうか体に気をつけてください——。

当たり障りのない言葉だったが、愛乃介は思いのほか喜んだ。

——まあ、嬉《うれ》しい。本当にありがとうございます。次の舞台もぜひ観にきてくださいね。あなたのために踊りますから——。

そう言い残して、愛乃介は迎えにきた女駕籠《おんなかご》に乗り、どこかへ去っていった。どこぞの大名にでも招待されているのだろう、と周りの者たちは噂《うわさ》していた。

柿右衛門は、ぐっと胸元を握りしめる。

「愛乃介直々の誘いです。次の舞台を観にいって、差し入れをしたら、わたしからの品はちゃんと本人に受け取ってもらえるのではありませんか。もしかしたら、愛乃介の楽屋に通してもらえるかもしれない」

まぎれもない柿右衛門の本音に、すずは圧倒された。並々ならぬ気迫が漂っている。柿右衛門は本当に、愛乃介と親しくなりたいのだ。

「愛乃介からお呼びがかかるにはどうしたらいいのか、占ってください」

「わかりやした」

宇之助は手際よく花札を切り始めた。絵柄を伏せたまま、右手でざっと川を描くように長床几の上に広げる。左手の人差し指をぴんと立てて額の前にかざすと、精神統一をするように瞑目してから、左手で一枚を選び取った。

表に返された札が、柿右衛門の前に置かれる。

「紅葉《もみじ》に鹿《しか》――」

宇之助は、じっと札の絵を見つめる。

「体にいいものを差し入れれば、愛乃介の目に留《とま》るぜ。滋養のある食べ物……卵か鰻《うなぎ》がいいな」

柿右衛門は首をかしげる。

「だけど卵や鰻は、別に珍しくもないでしょう。それで本当に愛乃介の目に留るんですか。木戸番たちに食われてしまうのでは」

「目立つように、卵は花籠《はなかご》に入れるんだ。そこに手紙もつけな」

宇之助は札を手にして、目を凝らし続ける。

「手紙には、自分の名前と、愛乃介の体を心底から心配しているってことを必ず書くんだ。それで『もしよかったら今度、一緒に薬食いをしませんか』って誘いな」

薬食いとは、獣肉を食べることである。江戸では大っぴらに獣肉を食べることが忌まれているが、病人や体の弱い者などは、養生のために薬と称して獣肉を食べる。獣肉を扱う店でも公に肉食を宣伝することをはばかり、看板には符丁を使った。猪肉《ししにく》は「山鯨《やまくじら》」または「牡丹《ぼたん》」、鹿肉は「紅葉」といった具合である。

柿右衛門は疑わしげな目を宇之助に向ける。

「だけど薬食いを嫌う者もいるんじゃありませんか。それに、愛乃介が病《やまい》だという話なんて聞いたことはありませんよ」

「愛乃介は喜ぶはずだ。今、ひどく疲れているからなあ」

宇之助は札を長床几の上に戻すと、柿右衛門の顔を覗《のぞ》き込んだ。

「体に気をつけろと言ったら、たいそう喜んでいたんだろう？」

柿右衛門はうなずく。

「誰だって、自分を案じてくれる言葉をかけられたら嬉しいでしょう」

「だが、今の愛乃介の周りに溢れるのは賛辞ばかりだ」

宇之助は断言した。

「次も期待してる、頑張れ、頑張れって言われて、疲れたと弱音をこぼせねえのさ」

宇之助は札に描かれた鹿を指差した。

「鹿がピィピィ鳴いてるぜ。疲れた、もう嫌だ、っていう愛乃介の心の叫びを伝えてくれ

てるんだ」

柿右衛門は身を乗り出して札を覗き込むと、眉根《まゆね》を寄せて唸《うな》った。

「本当ですか。わたしには何も聞こえませんがねえ」

「愛乃介には生霊が憑《つ》いてる」

「えっ」

柿右衛門が座っていた床几を引いた。がたっと音を立てて、柿右衛門は花札から離れる。

「そういや、一条宇之助には強い霊力があるんでしたね」

柿右衛門は怯《おび》えたような目で、宇之助と札を交互に見やった。

宇之助は札を見つめて目をすがめる。

「生霊が憑いているから、愛乃介は今しんどいんだ。こりゃ多いなあ。ざっと五十も憑いていやがる」

柿右衛門が息を呑《の》んだ。

「いったい、どうしたらいいんですか。どんな生霊が、どれくらい憑いているんです？」

愛乃介と同じ女形が、愛乃介の美貌《びぼう》や立場を妬《ねた》んで、生霊となっているんでしょうか」

「同業の者と、愛乃介に心酔する者が、入り混じってるなあ」

柿右衛門は恐る恐るという顔をしながら、床几の位置を戻して座り直した。

「生霊って、『源氏《げんじ》物語』に出てくる六条御息所《ろくじょうのみやすどころ》みたいなやつですよねえ。愛乃介が取り

殺されてしまったり、なんてことは……」

「それはねえな」

宇之助はあっさりと答える。

「愛乃介の心身は相当強《つえ》えから、おいそれとは負けやしねえぜ。寝込んだりせず、疲れたって程度で済んでいるのは、たいしたもんだ。常人じゃねえや。このまま精進を重ねれば、後世まで語り継がれる千両役者になれるかもしれねえなあ」

柿右衛門は目をしばたたかせた。

「市川團十郎《いちかわだんじゅうろう》みたいな？」

宇之助はうなずく。

「だが、今の愛乃介はまだそこまでいっていねえ。その名を知らねえ者もいるからなあ」

すずは思わず、うなずきそうになった。おなつは「今ものすごい人気の女形」だと言っていたが、すずだけでなく、おせんも知らなかったのだ。

柿右衛門が首をかしげる。

「市川團十郎には、もっと多くの生霊が憑いているんですかねえ。心酔する者も、妬む者も、愛乃介よりたくさんいるでしょう」

「それが、そうとは限らねえんだ」

宇之助の言葉に、柿右衛門が目を丸くする。すずも意外だった。

「團十郎がどうなのか視《み》ていねえから、はっきりとはわからねえがよ。並はずれた人気者には、確かに多くの生霊が集まる。だが、生霊同士で潰《つぶ》し合うから、結果として生霊がいなくなるんだ」

信じがたいと言いたげに、柿右衛門は首をひねった。

「生霊が潰し合う……」

「誰だって、自分が一番になりてえだろう」

なるほど、同じ者に集まっている生霊は恋敵のようなものなのか、とすずは納得した。

「同業の者は、自分が何をやっても敵わないと思うほどの存在になれば、あきらめる。だから愛乃介が大成功して、雲の上の人になっちまえば、同業の生霊は飛んでこなくなるんだ。つまり、一流の大物になるための試練みてえなもんだな」

宇之助の説明に、柿右衛門は感心したような表情になった。

「なるほどねえ。妬みに負けるようじゃ駄目だというわけだ」

宇之助はうなずく。

「あんまりにも体調が悪くなるようなら、もちろん祓ったほうがいいけどな。役者なんて商売をやってると、次から次へと飛んでくるから、きりがねえんだ」

もう少し様子を見て、愛乃介の具合がおかしくなるようであれば生霊祓いを依頼してくれ、と宇之助は続けた。

「生霊を飛ばしているほうも人間だから、あっちも疲れやすくなるんだ。魂の一部を自分から離しているわけだからな。ぼんやりして何も手につかず、寝込んだりしてよ。下手したら、飛ばされている側よりもひでえ代償を負うぜ」

柿右衛門は「よし」と気合いのこもった声を発した。

「では明日にでも、さっそく卵を届けます」

柿右衛門は意気揚々と帰っていった。


「当たった、当たった！」

柿右衛門が息を弾ませながら飛び込んできたのは、その翌々日である。

「昨日、花籠に卵と手紙を入れて、愛乃介に贈ったんです。そうしたら、ちゃんと本人の手に渡って、何と楽屋へ呼ばれましたよ」

占い処の客席に腰を下ろすと、柿右衛門は相好を崩した。

「いやあ、あなたの占いは本当にすごいですねえ。おかげで、愛乃介と親しくなれそうですよ。贔屓筋の仲間入りとは、まだ言えませんがね」

柿右衛門は茶を注文すると、宇之助に向き直った。

「今日は、どうやったら贔屓筋と親しくなれるのか占ってもらいたいんです」

すずは茶を運んで、調理場の入口付近に控える。

「愛乃介を取り巻いているのは、高尚な人たちばかりなんですよ。わたしも、ぜひお近づきになりたいんです」

「ふうん、高尚な人たちねえ」

意味深長な眼差《まなざ》しを向ける宇之助に、柿右衛門はうなずいた。

「類は友をもって集まると言ったでしょう。一流の人たちと一緒にいれば、きっと、わたしも一流になれる」

「それじゃ、柿右衛門さんも学者を目指すのかい」

柿右衛門は頭を振った。

「わたしは眼鏡屋ですよ。学者になんてなれるはずが」

「学ぼうと思えば、いつからでも学べるぜ」

柿右衛門をさえぎって、宇之助は続けた。

「どこで何を学べばいいか占ってやろうか」

「いや、それは」

柿右衛門は顔をしかめて、いら立ったような声を出した。

「愛乃介の贔屓筋に加わるにはどうしたらいいのか、それを占ってほしいんですよ。朱に交われば赤くなる――わたしは一流になりたいんだ」

「柿右衛門さんのおっしゃる一流ってえのは、いったい何ですかい」

訝《いぶか》しげに首をかしげる柿右衛門の目を、宇之助はじっと見つめた。

「ごちゃごちゃ言ってるが、要は金持ちになりてえんだろう？」

柿右衛門の顔が朱に染まる。

「失敬な――」

「おっと、非難してるわけじゃねえんだぜ。金は大事だ。がらん堂として占ってねえ時は、おれも大商人たちを相手に商売してるんでねえ。柿右衛門さんのように、のし上がりてえと思っている連中を大勢占ってきた」

冷静さを取り戻したかのように、柿右衛門の表情から力が抜ける。

宇之助は口角を上げた。

「本当のことを言ってもらわねえと占いがぶれちまうかもしれねえと、おれも言ったよなあ。札への聞き方も変わってくるんだ、ってよ」

宇之助の言葉に、柿右衛門は弱々しくうなずく。

「愛乃介に近づきてえのは本当だったんだろうが、それは役者として惚《ほ》れ込んだからじゃなくて、自分の地位を築くためだったんだな？　本当は愛乃介より、その周りの連中が目当てだったんだろう」

柿右衛門はしおらしく頭を下げた。

「ええ……ですが、そんな本音をさらけ出したら、軽蔑《けいべつ》されてしまう気がして」

「おれは占い師だぜ」

宇之助は突きつけるように告げた。

「客のために札を視るのが仕事なんだ。それ以上でも、それ以下でもねえ」

柿右衛門は開き直ったように、宇之助を見た。

「わたしは華やかな場所にいたい。きらびやかな店で、美しい女たちを侍《はべ》らせ、地位の高い人たちと酒を酌み交わし、誰もがうらやむような、いい身分になりたいんだっ」

柿右衛門は横柄に言い放った。

「その足がかりとして、愛乃介の贔屓筋たちと親しくなりたい。彼らの仲間になるにはどうしたらいいか、さっさと占っておくれ！」

宇之助は懐から花札の入っている小箱を取り出した。手際よく札を切り、絵柄を伏せたまま、右手でざっと川を描くように長床几の上に広げる。左手の人差し指をぴんと立てて額の前にかざすと、しばし瞑目してから、左手で一枚を選び取った。

表に返された札が、柿右衛門の前に置かれる。

「桜に短冊――」

宇之助は札を見つめた。

「なるほどねえ」

目をすがめる宇之助に、柿右衛門が首をかしげた。

「いったい何が『なるほど』なんだい。占いの結果は、どうなんだよ」

「美しい花に集まってくる者たちは大勢いる」

柿右衛門を無視して独り言《ひとご》つように、宇之助は続けた。

「白い花は暗闇《くらやみ》の中でも目立つから、夜にうごめく虫たちを寄せ集めやすいのさ。甘い香りで虫を誘い、花の粉を運ばせるんだ。実を結ぶためにな」

柿右衛門は眉間にしわを寄せる。

「だから何だ。早く結果を教えろ」

宇之助は札をとんと叩くように、描かれている桜の上に指を置いた。

「誘う花は、愛乃介さ。こいつに集まる者の中から、役立ちそうなやつを選んでるんだ。贔屓筋の集まりは、おそらく選別の場――おい、ちょっと待てよ、何を選別してるんだ」

宇之助は札を手にして凝視する。

「……この集まりに行っちゃ駄目だ。やつらは危険だぜ」

「何だって!?」

柿右衛門が腹立たしげな声を上げる。

「やっと楽屋に出入りできるようになったんだぞ。愛乃介と紅葉鍋を食べにいく約束だって取りつけて――卵を差し入れろと言った時は、危険だなんて、ひと言も言わなかったじゃないか」

「愛乃介よりも贔屓筋が目当てだと、あんたも言わなかったよなあ」

痛いところを突かれたように、柿右衛門は唇をすぼめる。

宇之助は札を睨《にら》みつけた。

「やつらが何を選別しているのかよく視ようとしたら、札の奥から邪悪な気配が漂ってきたんだ。この集まりに行けば、きっと大事なものを失う羽目になる」

柿右衛門は顔をしかめながら腰を浮かせて、宇之助の手元を覗き込んだ。

「札の奥って――それは紙だぞ」

柿右衛門は小馬鹿にしたように、ふんと鼻を鳴らした。

「大事なものって、いったい何だ？　まさか命まで取られるわけじゃないだろう。彼らとのつき合いで、金がたくさん出ていくというのかね」

柿右衛門は襟元《えりもと》を正して座り直す。

「無駄金は使いたくないが、身分ある者たちとつき合うのに費用がかかるのは仕方ないだろう。彼らが出入りする店は高いからな。美味《うま》いものや、いい女には、小判がつきものなのさ」

宇之助は頭を振った。

「金だけじゃ済まねえぞ」

宇之助は長床几の上に札を戻して、描かれてある短冊を指差した。

「花札を引いただけじゃ、詳しいことは視えねえが――やつらは、人が越えちゃならねえ一線を踏み越えちまっているようだ。短冊の向こう側は、ぼやけてよく視えねえんだが、それ自体がおかしい。誰かが邪魔をしているに違《ちげ》えねえ」

「自分の力不足を棚に上げて、何を言っているんだ！」

柿右衛門が声を荒らげる。

「愛乃介の贔屓筋の中には、お役人もいるという話だぞ。ご公儀のお定めを破るような真《ま》似《ね》はすまい」

自分が近づこうとしている者たちを否定されて、柿右衛門は気分を害した様子だ。

「だいたい、愛乃介のように目立つ者が悪事に手を染めていれば、誰かしらが気づくだろう。瓦版《かわらばん》にだって書き立てられるだろうし、町方のお役人だって目をつけるはずだ」

柿右衛門は「どうだ」と言わんばかりに、宇之助の顔を指差した。

「あんたの占いはよく当たると評判だが、今度ばかりは、はずしたんじゃないのかね。悪い結果を告げて脅すような真似をすれば、他《ほか》の客にも逃げられてしまうぞ」

柿右衛門が、はっとしたような表情になる。

「他の客……」

柿右衛門はわなわなと身を震わせた。憤りを増したように、人差し指を何度も宇之助の顔に向かって突きつける。

「そうか、わかったぞ。愛乃介からわたしを遠ざけて、別の占い客に紹介しようって魂胆だな！」

柿右衛門は自分の言葉にうなずいた。

「そうだ、そうに決まっている。わたしよりもっと上の金持ちを愛乃介に引き合わせて、お役人と繋がりを持たせ、恩を売ろうとしているんだ。あんたの占い客の中には、公儀御用達になりたい商人もいるだろうからな」

「違う」

宇之助の声など耳に入っていない様子で、柿右衛門は激しく頭を振った。

「騙《だま》されるもんか。わたしなどより、ずっと金払いのいい客から、愛乃介を紹介する見返りをもらおうと企《たくら》んでいるんだな！」

柿右衛門の心が、宇之助からどんどん離れようとしている――すずは口を挟もうと、思わず一歩前へ出た。しかし何と言ってよいのかわからず、おろおろするだけで、けっきょくまた一歩下がる。

「柿右衛門さん、やつらの集まりに行っちゃいけねえ。もう芝居小屋へも近寄るな」

「冗談じゃないよっ、この、いんちき占い師め！」

柿右衛門は険しい表情で叫ぶと、札を指差した。

「そんな小さな紙一枚で、わたしの商売の邪魔を――ひぃっ」

柿右衛門が突然飛び上がった。

「なっ、何だ、それは……」

座っていた床几を倒してあとずさりながら、柿右衛門は長床几の上を指差し続けている。

すずは長床几に駆け寄った。

「あっ」

思わず叫んで、目を見開く。

宇之助が痛みをこらえるような顔で「桜に短冊」の札を手にした。

だが、それは、宇之助が持ち上げるとともに音もなく崩れていく。

描かれていた桜に、まがまがしい黒いもやが絡みついていたのが視えた。黒に染まるまいとあがいた桜が、ふるふると花びらを震わせながら、引きちぎられるようにして宙に散っていく。

いや、散ったのではない。まるで灰が舞うように、宙に溶けていったのだ。

短冊の絵も、同じように儚《はかな》くなっていく。

宇之助の手の中にあった札は、あっという間に跡形もなく消えた。

愕然《がくぜん》と自分の手の平を見つめていた宇之助が、ふーっと長い息を吐いた。気を静めようとするように、しばし瞑目する。

「やはり危険だ」

素の口調で呟《つぶや》くと、宇之助は目を開けて柿右衛門を見た。

「愛乃介には関わっちゃならねえぞ」

がらん堂の口調に戻って、宇之助は告げた。

「結界を張っておいたほうがいいぜ。今この場で、すぐにな。おかしなものが近づいてきても、よっぽどのことがねえ限りは、守られるはずだ。結界を越えようとする者がいても、しっかり弾《はじ》くよう、手を打っとかなきゃ」

「ちょっと待ってくれ……」

柿右衛門がふらりと長床几の前に戻る。

「何なんだ、今のは、いったい」

「警告さ」

宇之助は拳を握り固めた。つい先ほどまで手にしていた札の幻影を、ぎゅっと握りしめるように。

「前にも、同じようなことがあったぜ」

柿右衛門は突っ立ったまま、力なく宇之助に目を向ける。

宇之助はまっすぐに柿右衛門を見つめ続けた。

「そん時に占った客は、悲惨な目に遭ったんだ。娘は岡場所《おかばしょ》に売られて、一家離散さ。それを苦にして、本人は大川へ身を投げちまった」

すずは息を呑んだ。

柿右衛門も唖然《あぜん》とした顔で立ちつくしている。

「おれの占い通りにすると言ってたから、安心していたんだがな」

苦い過去を噛《か》み潰すように、宇之助は口元をゆがめた。

「詰めが甘かったのさ。あん時も、用心に用心を重ねて、結界を張っときゃよかった」

握りしめた宇之助の手が、かすかに震えている。

「華やかな場所なんて、他にいくらでもある。別口を探しな」

柿右衛門の顔に戸惑いの色が浮かぶ。

「しかし、別口と言っても……」

「一年待てば、もっといい連中と出会える」

あきらめきれぬと言いたげに、柿右衛門は視線をさまよわせた。

「愛乃介は千両役者になるんだろう？　大商人やお役人だけじゃなく、お大名とまで繋がれるかもしれない集まりなんて、他にそうそうあるはずがない」

「あんたや、あんたの大事な人に、万が一の事態が起こったらどうするんだ。命あっての物種じゃねえのかい」

柿右衛門は押し黙った。

「やつらの集まりには絶対に行くな」

宇之助はくり返す。

「愛乃介のことは忘れろ。芝居小屋にも近寄るんじゃねえ」

誓いを立てねば帰さん、とでも言いたげな気迫が宇之助から放たれている。

「行けば、きっと身の破滅だぜ」

柿右衛門は大きなため息をついて、肩を落とした。

「ああ、そうだな。目の前で札があんなことになったんだから、信じざるを得ないよ。残念だが、あんたの言う通り、別口を探すことにしよう」

「それじゃ結界を張ろう。座ってくれ」

柿右衛門は倒した床几を戻したが、すぐに腰を下ろそうとしない。

「どうした」

「その、結界を張るというのは、どんなものなんだい。高いのかね」

値段次第では断りそうな顔つきである。

宇之助は首を横に振った。

「今回は無料《ただ》でいい。一年前の償いみてえな気持ちが大きいからな。同じ後悔を、くり返したくねえんだ」

柿右衛門は殊勝な顔で床几に座った。

「それじゃ、お願いします」

「痛くもかゆくもねえから、楽にしてな」

柿右衛門はうなずいたが、何をされるかわからないという怖さがあるのか、拝むように膝《ひざ》の上で両手を合わせ、目を閉じた。

柿右衛門に向かって、宇之助が両手をかざす。印を結ぶように、指を動かした。

宇之助の指から放たれる光が、ゆるやかに柿右衛門の体に巻きついていく。まるで光の繭《まゆ》のように、柿右衛門の全身を包み込んだ。

柿右衛門は何も感じていない様子だ。目を閉じて、ただじっと座っている。

光は柿右衛門の体内に吸い込まれるようにして消えた。

「終わったぞ」

目を開けた柿右衛門は、きょとんとした顔で自分の体を見下ろした。

「本当に、わたしに結界が……？」

胸や腕など、体のあちこちに手を当て、訝しむように首をかしげる。

「ちゃんと張ってあるから、大丈夫だ」

宇之助が力強く断言すると、柿右衛門はやっと安堵したような笑みを浮かべた。

無料だから、まあ、いいか——そんな心の声も聞こえてきそうな表情である。

茶と占いの代金を払うと、柿右衛門は帰っていった。

すずの背後から、蒼が小さな姿で現れる。

〈ずいぶんと念入りに結界を張ったのう〉

宇之助は腕組みをして、やるせない目で戸口を見つめた。

「用心に越したことはないからな」

もう見えなくなった柿右衛門の姿をいつまでも追っているかのように、宇之助は戸口から目を離さない。

「さっき、札が消える寸前に、邪悪な気配が漂ってきたんだが……あれは相当強いものだった」

一度目の占いで引いた「紅葉に鹿」の札からは、まったく感じなかった邪気だという。

蒼がうなずくように尾を縦に振った。

〈我のように強大な龍《りゅう》でさえ、少々いらつく気配だったからのう〉

宇之助は舌打ちをする。

「人気役者に近づきたいやつなんて大勢いるからな。柿右衛門さんも、そのうちの一人だと思っていたんだが――こんなことになるなら、愛乃介への差し入れなんか当てるんじゃなかった」

いまいましげに顔をゆがめて、宇之助は長床几の上に拳を打ちつけた。

「くそっ」

怒気を放つ宇之助に動揺しながら、すずは長床几の正面に立った。

「でも、今回は手をつくしたんじゃありませんか」

「ああ……そうだといいがな」

宇之助は居住まいを正して、少し冷静さを取り戻したような表情になった。

「振り返ってみると、一年前は、おれも自惚《うぬぼ》れていたんだ。自分の力を過信していた」

「いったい何があったんですか」

すずは思い切って、ずばりと尋ねた。

「一年前のお客さんは、宇之助さんの占い通りにすると言って、しなかったんですか。だから、悲惨な目に遭ってしまったんでしょうか」

「思いも寄らぬ動きがあってな」

宇之助は膝の上で拳を握りしめた。

「占い師は、時に無力さ。人が幸せに向かって進むため、一歩踏み出す勇気を与えたいと思って仕事をしているんだが、踏み出すのはおれじゃないからな。客の一人一人にへばりついて、ああしろこうしろと言うわけでもない。占いに頼りきり、自分の力で歩けなくなってはいけないからな」

だが、と宇之助は続ける。

「占う時には、ありとあらゆる恐れを見逃すべきじゃないんだ。一年前のその客は、おれの甘さのせいで、人生が狂ってしまったと思っている。本当に、悔やんでも悔やみきれな

い」

　宇之助が唇を引き結んだ。

　と、その時、頃合いを見計らっていたかのように、きよが調理場から湯呑茶碗《ゆのみ》を四つ運んできた。

「ちょいとひと休みしようじゃないか。みんなで甘酒でもどうだい」

　気遣わしげな笑みを宇之助に向けると、きよは文机代わりにしている長床几の上に盆を置いた。

「すず、暖簾《のれん》を下ろしてきておくれ」

「はい」

　手早く暖簾を取り込み、戸口へ戻った時には、すでにきよが占い処の客席に腰を下ろしていた。宇之助の話をじっくり聞くつもりのようだ。

　宇之助は申し訳なさそうな顔でうつむいている。

「すまんな」

「なあに、朝から立ちっ放しで、あたしも疲れちまったんだよ」

　長床几の端に置いてある湯呑茶碗の上を、小さな姿の蒼が飛び回っている。甘酒のにおいを嗅《か》いで、はしゃいでいるようだった。

残りの花札を懐にしまうと、宇之助は甘酒をひと口飲んで、ほうっと息をついた。

「美味《うま》いな」

呟いた声は、もうすっかり平静に聞こえた。

きよの隣に腰を下ろして、すずも甘酒を味わう。

「おれが以前、金持ちばかりを相手に占っていたことは知っているよな」

すずときよは無言でうなずいた。

「かつて、おれは公儀の仕事を請け負っていたんだ」

ご公儀お抱えの凄腕《すごうで》術者だったという噂は、すずも耳にしていた。だが、宇之助本人の口から仔細《しさい》を語られたことはなかった。

「この世には、人知を超えた出来事がある。人ならざる存在も、しかりだ」

すずは長床几の端に置いてある湯呑茶碗を見つめた。小さな姿の蒼が口縁《こうえん》に前足をかけて、茶碗の中に顔を突っ込んでいる。機嫌よさそうに、時折グルグルッと喉《のど》を鳴らした。

甘酒をしっかり堪能しているようだ。

「人ならざる存在には、いいものも悪いものもあるが。人の世をおびやかされてはならん、と公儀は昔から警戒していてな。おれや、富岡光矢のような術者を雇って、物《もの》の怪《け》の仕業と考えられる事件に当たらせているんだ」

すずは宇之助の顔を覗き込んだ。

「それじゃ、招き猫騒動や、異国の皿も……」

招き猫騒動とは、願いが叶《かな》うという触れ込みで偽祈禱師《にせきとうし》が招き猫を売った、詐欺《さぎ》事件である。しかし呪《のろ》いのかかった招き猫も見つかり、呪術師の関与が疑われていた。

異国の皿は、かつて戦《いくさ》があった場所の土を使って作られた唐物だ。土に還《かえ》った死者たちが成仏できぬまま皿に宿り、手にした者に霊障を与えた。皿を飾ってから家で起こるようになった怪異について、助けを求めてきた占い客を、宇之助が救ったのである。

どちらの件にも、富岡光矢が絡んでいた。

「光矢と一緒にいた武士は、御庭番《おにわばん》の杉崎天馬《すぎざきてんま》——将軍さま直々《じきじき》の命を受ける隠密《おんみつ》だ。天馬は、公儀お抱えの術者たちの世話役を務めていてな。御庭番が術者と組んで、同じ事件を調べることもあるので、双方の橋渡し役も担っている」

すずの隣で、きよが大きく息を呑んだ。

「おん……みつ……将軍さまの……」

二の句が継げない様子で、きよは気を静めるように甘酒を飲んだ。

宇之助がうなずく。

「物の怪に取り憑かれ、操られて罪を犯す人間もいる」

すずの頭に、狐《きつね》に取り憑かれていた長二郎の姿が浮かんだ。狐に憑かれたのだと教えられた時には、ひどく混乱している様子だった。

──何だか、頭に黒いもやがかかっていたみてえに、何も思い出せねえ。おれは今まで、いったい何をやっていたんだ──。

心の中で思っていることと、口から出る言葉が違っていた、とも言っていた。

──無性に傷つけたくなって、そんな馬鹿なと混乱しているうちに、何が何だかわからなくなった──。

すずの背筋を悪寒が伝う。まるで、下から上へと蛇が這《は》い上がってでもいるかのように。

「たとえ悪霊に取り憑かれていたとしても、罪を犯した人間は、御上《おかみ》の定めた法によって裁かれなければならない」

だから術者たちは、悪霊を祓ったあと、罪人を町奉行所へ引き渡すのだという。

「ここ数年、さまざまな事件の裏に悪霊がひそんでいることが増えたんだが、一昨年辺りからは特に、異国の霊が絡む事件が多くてな」

すずは首をかしげる。

「一昨年、何かあったんですか」

「異国船打払令《いこくせんうちはらいれい》だ」

文政《ぶんせい》八年（一八二五）に出された、外国船の追放令である。日本に近づく外国船は、清《しん》と和蘭陀をのぞいてすべて撃退せよ、という公儀の沙汰《さた》が各地の諸大名に下った。

鉄砲を使って打ち払ってもよいという法令で、その文言の中にあった言葉から「無二念《むにねん》

打払令」といわれることもあり、また「文政打払令」ともいわれる。

　宇之助は遠い目で宙を眺めた。

「日本に上陸しようとする異国船が増えたからな。文化《ぶんか》五年（一八〇八）に、英吉利船が長崎で起こした騒動から、公儀は異国への警戒を強めている」

　フェートン号事件である。

　長崎に英吉利の軍艦が侵入したのだが、和蘭陀の国旗を掲げて進んできたため、長崎奉行を始めとした役人たちは、和蘭陀船が入港したのだと誤認した。

　当時の和蘭陀は、仏蘭西の支配下にあった関係で、英吉利と敵対中である。英吉利側は、長崎奉行らとともに出向いた和蘭陀商館の二名を人質として捕らえ、水や食料などを渡すことを強要した。

　狼藉《ろうぜき》を止められぬまま、みすみす英吉利船を帰してしまった長崎奉行は切腹し、この騒動は公儀の役人たちにも大きな衝撃を与えたといわれている。

「異国とのやり取りは、公儀の許しがなければできないが、法を破ってでも舶来品を手に入れ、売りさばいて儲《もう》けようとする輩はあとを絶たない」

　宇之助の言葉に、きよがうなずいた。

「唐物を集める金持ちも多いって聞くからねえ。だけど抜け荷に手を出して、死罪になる場合もあるんだろう。よくもまあ、そんなおっかない真似ができるもんだ」

だ」

「恐ろしいのは、抜け荷に手を出した者が、本当に自分の意思で悪事を働いたかどうか
「どういうことだい？」

困惑の声を上げるきよに向かって、宇之助は口を開く。

「物には念が宿る。呪いをかけられた招き猫のように、術を込めることができるんだ」

きよは「あっ」と叫んで口を押さえた。

「それじゃ、抜け荷の品にも呪いがかけられているっていうのかい」

宇之助はうなずいた。

「もちろん、すべての品に術が仕込まれているわけではない。それに、意図せず霊がこもってしまう場合もある」

そもそも海を渡ってくる船は、さまざまな霊を拾いやすいのだという。

「長い航海の途中、海で死ぬ者も多いからな。病に罹《かか》っても船の中でろくな治療が受けられなかったり、嵐《あらし》で船が転覆して溺《おぼ》れたり。陸地でも、崖《がけ》の上から海に身投げする者がいる」

波間をさまよっていた霊が、船についてきて乗り込み、積み荷の中に潜り込んでしまうらしい。

「それは仕方ないんだが、意図して術をかける者は、どうやら積み荷が向かう先の国を混

乱させて、乗っ取ろうとしているようだ」

すずは眉根を寄せた。

「乗っ取りって……戦を仕かけてくるってことですか」

「そうだ」

「ちょっと待ってください。異国の船が、この国に押し寄せてくるっていうんですか」

すずのほうが混乱しそうだ。

だが、その危険を避けるために、公儀は異国船打払令を出したのだ。

もし本当に、異国の者たちが攻め入ってきたら……異国の軍人たちが江戸で暴れる姿を思い浮かべようとしても、すずには想像がつかなかった。

火事や喧嘩《けんか》で右往左往する人々の姿は見聞きしたことがあっても、異国の人々など見たことがない。異国風の衣装をまとった芸人を、浅草や両国《りょうごく》の見世物《みせもの》小屋などで見たことがあるくらいだ。

「異国は日本に、鎖国をやめて貿易を広げるよう呼びかけている。力ずくで求める国が出てきては困るから、公儀は打払令を出したのだが。その裏では、各地の大名たちが勝手に異国と結びつき、公儀を倒そうと謀反を企てては困るので押さえ込もう、という思惑もあったんだ」

すずは動揺した。宇之助の説明が、しっかりと耳の中に入ってこない。どこか遠い国の

言葉に聞こえてきそうだ。

「切支丹《キリシタン》を広めようとする異国の動きを、公儀は警戒している」

天文《てんぶん》十八年（一五四九）、鹿児島《かごしま》に上陸した西班牙《スペイン》の宣教師フランシスコ＝ザビエルが布教を始めたキリスト教およびその信者は、古くから「切支丹」と呼ばれている。

布教を通して日本を侵略しようとする異国が現れては一大事だと考えた公儀は、切支丹を邪宗として厳しく禁じた。

「おれは異国の神々を頭ごなしに否定するつもりはないが、布教を隠れ蓑《みの》にしてこの国を支配しようとするならば、何としてでも止めなければならない」

宇之助はおもむろに宙を眺めた。

「日本には、日本を守る神々がいるんだ。蔑《ないがし》ろにするわけにはいかん」

宇之助が視線を向けているのは、最福神社の方角である。

「異教を広めようとする者たちの中には、術者を使って、古来よりこの地に住まう神々を消そうとしている輩がいる」

すずは眉根を寄せた。

「神さまを消すなんて、そんなこと……」

「異国の魔物をけしかけて、神を追い出し、この地を乗っ取ろうとしているんだ」

「それって、空っぽの神社に居座る狐霊《きつねれい》と同じですよね」

宇之助はうなずく。

「異国の邪神が居座れば、この国の人々にどんな災いをもたらすかわからん。狐霊などより、よほど危険な力を持っているだろうしな」

すずはきよと顔を見合わせてから、最福神社の方角を見つめた。

「千年以上前、朝廷に陰陽寮《おんみようりよう》という役所が置かれた」

天武《てんむ》天皇の時代に創設されたといわれている。

「天文を調べ、暦を作り、時刻を司《つかさど》る役所の中には、占いを扱い、土地の吉凶を判断する陰陽師という役人もいた」

宇之助に向き直り、すずはうなずく。

「江戸の町にも、占いや加持祈禱をする陰陽師がいますよね」

「長い年月を経て、世俗に広まっていったんだ」

宇之助もすずに向き直る。

「朝廷が陰陽師を使ったのに倣《なら》い、公儀が術者たちを抱えるようになったのは、八代将軍さまの頃からだといわれている。御庭番を創設したのと前後して、術者たちを集めたと聞いた。江戸の鬼門封じなどは、かなり古くから行われてきた跡があるので、はるか昔から、天下人たちはたびたび術者を使っていたはずだがな」

鬼門とは、悪鬼が出入りするといわれる方角に当たる場所である。陰陽道で、北東が表

鬼門とされ、南西が裏鬼門とされている。

「江戸の守りを固めるため、公儀は集めた術者たちを庇護《ひご》してきたんだが、最近は人数が足りなくなっているらしい。異国の霊たちとの戦いで疲弊して、相当減ったんだろう」

きよが顔をしかめる。

「そんなに異国の霊が増えているのかい、この江戸の町にも？」

宇之助はうなずいた。

「数が多くなっているので、今の人数では手が回りきらないという事情もあるだろうが。もともと日本にいた霊とは姿形や性質が違い、祓う勝手も違うんだ。だから手こずっているという事情もある」

きよは眉間のしわを深めた。

「何だか物騒で嫌だねえ」

「だが、やるしかないんだ。ここで食い止めねば、日本という国が失われてしまうからな」

万が一、神社が異国の神の住み処となれば、そこはもう日本の聖域ではなくなってしまう、と宇之助は語る。

「神社だけじゃない。異国の品々が町や村に溢れれば、どんどん日本らしさが失われていくだろう。日本の民の手によって、日本は内側から崩壊していくんだ」

食べ物、書物、絵、着物――さまざまな文化が、異国のものに取って代わり、日本はまるで異国のようになる。いつか異国そのものになってしまうかもしれない、と宇之助は続けた。

「浮塵子《うんか》や蝗《いなご》の大群が稲を食いつくすように、日本の文化を跡形もなく呑み込んでいく――それを狙《ねら》っている輩がいるのさ」

次々と唐物を運び込み、人々に異国への憧れを植えつけ、自国の誇りを捨てさせていく。

「異国の言葉を日本中に広めるには長い時がかかるし、武力で押さえつければ逆らう者が必ず出てくるからな。それでも押さえ込めるという自信があるから、異国はしょっちゅう船で近づいてくるんだろうが――それよりも唐物をばら撒《ま》くほうが手っ取り早い、と考えた異国の輩がいるんだ」

すずはごくりと唾《つば》を飲んだ。

「唐物に術をかけて、手にした人たちの心を縛り、操ろうとしているんですね」

「そうだ」

すずはぶるりと身を震わせた。

自分でも気づかぬうちに精神を乗っ取られ、支配されていくとは、何て恐ろしい企てなのだろう。そんな馬鹿なと言いたいところだが、霊の力で体が思うように動かなくなることがあると、すずは知っている。

きよも隣で青ざめていた。

〈安心せい〉

湯呑茶碗の中から出てきた蒼が、きよの周りを飛び回る。

〈我がついておるではないか。そんじょそこらの魔物には負けぬぞ〉

蒼の姿が見えないきよは、最福神社の方角へ向かって手を合わせる。

「今生明神さま、どうか、あたしたちをお守りください。異国の霊なんかに、絶対負けないでくださいね」

蒼は面白くなさそうに尾を激しく振って、ふんっと鼻息を荒くした。

宇之助が再び口を開く。

「おれが一年前に占った件でも、異国の霊が絡んでいた」

公儀御用達の菓子屋、増木《ますき》屋の主である権兵衛《ごんべえ》が、公儀役人の伝手《つて》を辿《たど》って占いにきたのだという。

「菓子屋という仕事柄、権兵衛さんは茶の湯をたしなんでいてな。親しくしていた茶人に薦《すす》められた唐物茶碗を買おうかどうしようか、かなり迷っていたんだ。決して安い物ではなかったからな。それに、もし偽物をつかまされたりしたら、店の名にも傷がつく」

権兵衛の知人に、偽物を買わされた者がいたという。茶会を催した折に偽物と判明し、取引先の前で大恥をかいた。売りつけた者のところへ走り、「金を返せ」と怒鳴り込もう

としたが、時すでに遅し。もぬけの殻となった家の前に、座り込むしかなかった。

「その話を聞いていた権兵衛さんは、用心して、おれのところへ来たんだ」

唐物茶碗が本物かどうか、宇之助は占った。

「あれはまぎれもなく本物だった。かなり価値の高い品だと、おれは言い切ったんだ。もし数年後に売りに出したとしても、きっと値は上がるだろう、とな。だが……」

宇之助は長床几の上を見つめた。「桜に短冊」の札があった辺りに、視線が固まっている。

「さっきみたいに、札が宙に溶けて消えてしまったんですね？」

すずが確かめると、宇之助はうなずいた。

「権兵衛さんが唐物茶碗を手にしたらどうなるか、札の中を改めてよく視ようとしていた矢先だった」

これは絶対におかしい、と宇之助は告げた。薦められた品を買うのはやめるべきだ、と断言した。

「権兵衛さんは、おれの占いを信じて『唐物茶碗を買わない』と約束したんだ」

ちゃんと断ったという報《しら》せが、宇之助のもとに届いたという。

「だから安心していた。権兵衛さんに災難をもたらしたのは、おれが占った唐物茶碗ではなく、別の品だったんだ」

それは唐物の燭台《しょくだい》だったという。

「薦めてきたのも、別の人物だったそうだ。値段も、そう高くなかったらしくてな」

茶の湯とは無縁の場所で出会った、素晴らしい品――これなら買っても大丈夫だろうと判断した権兵衛は、その場で金を払い、燭台を持ち帰った。

「あとから聞いたところによると、権兵衛さんは燭台にひと目惚れしたそうだ。何としてでも手に入れなければと思った、とご内儀《ないぎ》に語っていた」

宇之助はため息をつく。

「魔に魅入られてしまったんだ。その燭台にも、術が込められていてな」

燭台は本物の唐物だったが、ひそかに売りさばかれていた抜け荷の品だったという。

「権兵衛さんはもちろん何も知らなかったんだが、増木屋が抜け荷をしているという悪評が立った。役人たちが調べに入り、権兵衛さんは抜け荷に関わっていないと判断されたんだが、騒ぎを起こしたということで、公儀御用達は取り消された」

町の者たちは、やっぱり怪しいという疑いを強めた。無罪であれば、御用達が解かれることなどなかったのではないかと騒ぎ立て、増木屋に冷たい目を向け続けたのだという。

客は、あっという間に増木屋から離れた。次々と仕事を失い、店を潰してしまった権兵衛は、何とかして長年勤めてくれた奉公人たちに最後の給金を渡したいと考えた。

「それで借金をしたんだが、借りた先が、あくどい金貸しでな。利子が膨らみ続けて、金

は返せず、一人娘が無理やり連れ去られて岡場所へ売られた」

権兵衛は悔いた。燭台も、茶碗と同じく、買う前に宇之助に視てもらえばよかった、と。

だが、どんなに嘆いても後の祭だ。自分のせいで、娘を苦界《くがい》に落としてしまった。この手で守ってやるべき娘を、この手で不幸にしたのだ——涙しながら妻に詫《わ》びた夜、権兵衛は大川へ身を投げた。

「眠れぬ夜が続き、ご内儀は体調を崩していてな。体も限界だったのか、その夜に限って、強い眠気が訪れたそうだ。ご内儀がぐっすり寝入っている間に、権兵衛さんは家を抜け出し、大川へ——」

きよが「ああ」と嘆き声を上げる。

「ひどい話だ。何で、そんなところから金を借りちまったんだろうねえ」

「燭台にかかっていた術にやられたんだろう。悪いほう、悪いほうへと、どんどん転がされてしまったんだ」

この国を内側から崩壊させようとしている者は、どんな手を使ってくるかわからないということか……。

ふと、すずの頭に疑念が浮かんだ。

「うちのおとっつぁんの霊視でも、何者かが邪魔をしていましたけど。ひょっとして、権兵衛さんの件とは関わりがないですよね？」

きよが「まさか」と声を上げる。

「おとっつぁんの買った蝶々《ちょうちょう》が唐物のはずはないよ。どこかその辺の長屋で作られた、内職の玩具《おもちゃ》だろうさ」

すずはうなずいた。

だが、宇之助は首をかしげている。

「何とも言えんな。おれは公儀の仕事からはずされてしまったから、その後の事情がわからないんだ」

宇之助は自嘲《じちょう》めいた笑みを浮かべて、すずを見やる。

「落ちぶれたおれが、おまえと出会う直前まで自堕落な暮らしを送っていたのは知っているだろう」

「はい」

出会った時は、宇之助もふらふらで、ろくに物も食べていなかった。あまり風呂《ふろ》にも入らず、ぐっすり眠ることもできていなかったと聞いている。

「おれは、自分がもっと強いと思っていた。だから光矢に甘さを指摘された時も、ふざけるなと怒るばかりで、聞く耳を持たなかったんだ」

権兵衛の件で落ち込んでいた頃は、公儀の仕事で宇之助もくたくたになっていたという。

「悪霊の動きは、夜に激しくなることが多いんだ。闇《やみ》にうごめく物の怪たちの習性でな」

日の光の下で、わずかにでもおとなしくなる悪霊たちを相手にしたほうが、術者の負担が減る場合もある。

「だが、あの頃は、異国の異形が宿る唐物の調べに追われていた」

宇之助たち術者は、昼夜を分かたずに働いていたのである。

「占いの仕事を続ける余裕はないはずだ、と光矢にはしょっちゅう言われていた。占いを捨てられぬのであれば、公儀の仕事はやめろ、と」

――おまえは占い客に肩入れし過ぎる。占い客の不幸に責任を感じて、いつまでも未練がましく引きずっている場合ではないだろう。そもそも、他人の人生にそこまで大きく自分の力がおよんでいると思い込むなど、ただの傲慢《ごうまん》だぞ――。

光矢は鋭く言い放った。

――自分の力を過信して、一人で何でもできると思っていると、そのうちもっと痛い目に遭うぞ。おまえのような者に、他人を守れるはずがない。この先も占い客と馴《な》れ合うつもりなら、公儀の仕事はやめろ――。

「光矢の言葉に、おれは激怒した」

客に肩入れし過ぎる、客と馴れ合う――それは、かつて自分を苦しめた父親と同じだと言われたも同然だったのだ。

宇之助の父親は、占い師として人を救いたいと思うがあまり、助けを求めてくる人々に

惜しみなく金品を分け与え、家族の暮らしを蔑ろにした。

——おれは客と馴れ合ってなどいない——。

宇之助は反論したが、あっさり光矢に否定された。

——だが、おまえは先日、岡場所に売られた増木屋の娘を助けただろう——。

「術が仕込まれた唐物を追っていた光矢は、権兵衛さんの一件に辿り着いたんだ。天馬とともに、増木屋に関わるすべてを調べ上げ、おれの動きも知った」

自分の力不足のせいで権兵衛一家が悲惨な目に遭ったと思い悩んでいた宇之助は、せめて娘を救いたいと考え、身請金を用意したのだという。

「みふゆが、そうしようと言ってくれてな。当時は金に困っていなかったし、仕事はどんどん入ってくるので、わりと簡単に捻出《ねんしゅつ》できた。食うに困ることなどないと、高をくくっていたんだ」

しかし状況は一変した。

「光矢が公儀役人に求めたのさ。おれの任を解け、とな。みんなの前で強く言い張ったんだ」

——増木屋は、宇之助の占い客だった。占った時点で霊の存在に気づけなかったのだから、術者としての能力も疑わしい。いずれ足手まといになるのは目に見えているのだから、今すぐに降ろせ。天馬の剣に、宇之助の血を吸わせるつもりか——。

「さっき、天馬は公儀お抱えの術者たちの世話役だと言ったが、その最大の任務は、術者たちを敵の手に渡さないことなんだ」

すずは首をかしげた。

敵というのは、悪霊たちと、唐物に呪いをかける悪の術者か。公儀の術者たちが敵に捕らわれないように、御庭番の天馬が守っているというのはわかるが、その相手が人ならざる者だった場合は、どうやって守るのだろう。天馬にも何らかの霊力があって、その力を使って守るのだろうか。

しかし「天馬の剣に宇之助の血を吸わせる」というのは、いったい……。

「強い悪霊に取り憑かれたり、敵の術者に捕らえられたりした者たちは、生きる屍《しかばね》となって、敵の餌《えさ》にされる恐れが高いんだ。霊力を吸い取られ、廃人のようになってしまう。精神を破壊され、わけがわからなくなり、かつての仲間たちを襲う傀儡《かいらい》になり果てる」

すずは息を呑んだ。

「霊力の高い者が敵の手に落ちれば、それは、非常に危険な化け物となる。救う道は、ただひとつ。死をもって解き放つしかない」

宇之助は淡々と続けた。

「人としての自我をまだ保っているうちに、天馬が斬《き》り殺せば、その魂は仲間の術者たちが成仏させてやることができる」

宇之助は悲しげな笑みを浮かべた。

かつて宇之助も、仲間を成仏させたことがあるのだろうか。天馬が斬り殺した仲間の死を受け入れ、天へ導くことは、どれほど重い仕事なのだろうか。

命を奪うことでしか、救う道はないのか。

「闇の底へ落ちてしまえば、それはもう魔物だ。人ではなくなっている」

宇之助は重々しい息を吐いた。

「このままでは、いつか、おれも闇に落ちる――光矢は、そう主張したんだ」

――宇之助が悪の化身となって襲ってきた時、対峙《たいじ》できる術者が公儀側に何人いると思っているのか――。

光矢に問い詰められた公儀役人は、うろたえながらも反論したという。

――しかし任を解いても、襲われる時は襲われるであろう。それならば、やはり宇之助をこのまま手元に置き、見守っていたほうがよいのではないか――。

その時、役人の前で挙手した術者が一人いた。宇之助が可愛《かわい》がっていた、実方史郎《さねかたしろう》という若者だという。

――実は、わたしも、宇之助さんの言動には不安を抱いております。ずっと近くにいて様子を見ておりましたが、占いに力を入れるがあまり、ご公儀の仕事が少々おろそかになっているようでした。きっと占いで儲けようとしていたのでしょう――。

「史郎がそんなことを言うだなんて、思ってもみなかった」

愕然と立ちつくす宇之助の前で、史郎は続けた。

――増木屋の件だって、ご公儀の仕事を重んじていれば、権兵衛が占いにきた時すぐに何か気づけたのではありませんか。宇之助さんが唐物を買うよう仕向けたとまでは言いませんが、市井の占い師の中には、客を常連にしようとして、わざと失敗するほうへ導く輩もいるらしいではありませんか――。

史郎の言葉に、公儀役人の一人が同意の声を上げた。

――わしも以前より、宇之助の仕事ぶりには懸念を抱いておったのだ――。

「そして、おれは任を解かれた」

宇之助が公儀の仕事を失ったという話は、ものすごい速さで広まった。増木屋と同様に、宇之助にも悪評が立ったという。

公儀のお役目を解かれたということは、やはり力不足だったのではないか。ということは、占いの能力も怪しいのではないか。いや、もう霊視ができなくなったらしい――そんな噂が流れると同時に、占い客たちは次々と宇之助のもとを離れていった。

「暮らしが荒れるのは、あっという間だった。増木屋の娘を身請けして、持ち金もなくなっていたからな」

どんどん入ってくると思っていた仕事はほとんどなくなり、妻のみふゆは内職をして宇

之助を支えてくれたという。

「貧乏な暮らしは、もう二度とごめんだと思っていたんだがな」

宇之助は目を伏せた。

「けっきょく、みふゆに無理をさせて、死なせてしまった。みふゆが体調を崩した時、医者に診《み》せる金もなかったんだ。ずいぶん落ちたものだと、情けなくて仕方なかった。みふゆの霊を呼び出して詫びたいとも思ったが、成仏の妨げになってはいかん、と必死に思い直した」

この世に未練を残さなければ、やがて死者は魂の安寧を手にできる。あの世でゆっくりとこの世を忘れてゆき、いつか輪廻《りんね》転生を果たすのだ、と宇之助は語った。

「みふゆの来世が幸せであるように祈ることしか、今のおれにはできん。光矢への恨みつらみで頭がいっぱいになっていた時には、みふゆの魂の平穏を願うことすら忘れていたがな」

まるで神仏を拝むように、宇之助は胸の前で両手を合わせた。

「おれは、光矢にはめられたと思った。史郎がおれを糾弾するなんて、何度考えても信じられなかったんだ。おれを蹴落《けお》とすために、史郎に何か吹き込んで、自分の味方に引き入れたんだと思った」

だが、その推量を、みふゆは否定したという。

――光矢さんは、そんなことをする人なのかしら。光矢さんに何の得があって、あなたを蹴落とすというの――。

みふゆが語ったという言葉を噛みしめるように、宇之助は唇を引き結んだ。

「おれが気に食わないというのも、大きな理由のひとつだろうと思い込んでいたが……実は違っていたのかもしれないと、最近思うようになった」

異国の皿から出てきた物の怪に襲われ、窮地に陥った宇之助を助けたのは、窓から飛び込んできた光矢だったのだ。

「相変わらず辛辣《しんらつ》な言葉をおれに投げつけてきたが、光矢の言うことは間違っていない。駄目なものは駄目だとはっきり突きつけられるのは、光矢の強さなのかもしれないと、先日ふと思った。危険な敵と対峙する時、真っ先に死んでいくのは、どこかに甘さが残るやつだからな」

それに、と宇之助は続けた。

「蒼との契約に気づいた時には、おれの腕を認めるようなことも言っていた」

――この契約が破られることはあるまい。どうやら腕は衰えていないようだな――。

「あの時、光矢がどんな表情をしていたか、よくよく振り返ってみたんだ。あの時の光矢の目には、おれに対する憎しみも、妬みもなかったんじゃないのか」

心の中に溜《た》め込んでいた悔いを吐き出すように、宇之助は深く息をついた。

「みふゆの言っていたことは、正しかったのかもしれない。あれから史郎の地位は上がったようだが、光矢は何も変わらない……」

両手を組み合わせて、宇之助は宙を睨みつける。まるで、そこに邪悪な怪物でも現れたかのように。

「この先、何事もなければいいがな」

すずの胸の中に、得体の知れぬ恐怖がそっと忍び入った。

✿

店の棚に並べてある眼鏡の前に立ち、柿右衛門は目を凝らした。艶々《つやつや》とした鼈甲《べっこう》のふちが美しい。書物ばかり読んで目を悪くしやすい文官にでも買ってもらいたいところだが、貧乏御家人に手が出せる代物ではない。やはり裕福な旗本か、お大名にでも買ってもらわなければ。

さて、どうやって、その伝手を作るか——と思いあぐねていた時、手代が「いらっしゃいませ」と声を上げた。

「こんにちは。眼鏡を見せていただけますか」

鈴を転がすような声に、どきっと胸の中で何かが跳ねた。

戸口へ顔を向けると、女物の着物を粋《いき》に着こなした愛乃介と目が合った。とろけそうな

笑みを浮かべて、歩み寄ってくる。

「わたしを贔屓にしてくださっている方が、眼鏡が欲しいとおっしゃるので、増木屋さんをお教えしたんですよ」

愛乃介のあとから、二人の男が入店してくる。どちらも裕福そうな身なりだ。

「何度文《ふみ》を出してもお返事をいただけないので、わたしも一緒に会いにきてしまいました」

愛乃介の言葉に、柿右衛門は首をかしげる。文など受け取った覚えはないが――奉公人たちへ視線を走らせると、みな心当たりがない様子で頭を振った。

「あら、ひょっとして何かの手違いで届かなかったんでしょうか」

「そのようですね。わたしは受け取っておりません」

「まあ、それじゃ思い切って足を運んでみてよかったですわ」

愛乃介は連れの男たちを振り返った。一人が前に進み出る。

「こちらのお方に、眼鏡を選んでさしあげてください」

なるほど、周りが見えにくそうに目を細めている。

眼鏡を並べてある棚の前に案内すると、かなり値の張る鼈甲のふちに惹《ひ》かれたようだ。

もし、あれをすんなり買えるのであれば、かなり財を持っているぞ――。

柿右衛門は相好を崩した。

「どうぞ、お手に取ってご覧ください」

思わず猫撫《ねこな》で声を出してしまう。

もう一人の男を振り返ると、興味津々の眼差しを眼鏡に向けていたが、柿右衛門が促しても手を伸ばそうとはしなかった。

「わたしは目が悪くないんですよ。どんな品があるのかと、ただ眺めていただけなんです」

男が申し訳なさそうに口を開いた。

「かつて長崎で通詞をしておりましたもので、鼈甲細工を見る機会も多くてね。懐かしいと思って」

「長崎は、鼈甲細工が盛んですからなあ」

「ええ。鼈甲職人や、硝子師たちの仕事場を見せてもらったことがありますよ。びいどろや、ぎやまんを扱う者たちとは、江戸に来た今も懇意にしております」

柿右衛門は愛想よく笑みを深めた。

この男、数多くの伝手を持っているようだ――。

ふふふ、と愛乃介が笑いながら柿右衛門の腕をつかむ。何か言いたげに、じっと見上げてきた。目と目が合って、視線をそらせなくなる。

澄んだ黒目が、まるで黒水晶のようだ。このまま見つめ合っていると、愛乃介の目の奥

に吸い込まれてしまうのではないかという心地になってくる。

「紅葉鍋を食べにいく約束はいつにしましょうか。もし今晩ご都合がつけば、わたしを贔屓にしてくださっている方々に、柿右衛門さんをご紹介できるのですけれど」

愛乃介につかまれた腕が熱い。愛乃介の手の熱が、柿右衛門の腕から全身に広がっていくような錯覚に陥る。

「よろしければ、ぜひご一緒しましょう」

元通詞が柿右衛門の肩に手を置いた。そこからも、強い熱が流れ込んでくるような気がする。

「あなたとは、もっと話がしたい。わたしの周りに眼鏡を必要とする者がいれば、ご紹介しますよ」

「それはありがたい」

何とも言えぬ心地よい熱さが、二人の手から流れ込んでくる。まるで温泉につかってのぼせたかのように、柿右衛門の頭がぼうっとなった。

「みんなとの集まりは、ご商売を広げる好機になるはずですよ。商売というものは、人づき合いの中で大きく育っていくものですからねえ」

元通詞の言葉に、柿右衛門はうなずいた。

「おっしゃる通りで」

ふふふ、とまた愛乃介が笑う。

「今晩、お店が終わる頃お迎えに参ります。よろしいですね？」

「はい」

考えるよりも前に、柿右衛門はうなずいていた。

二人の手が、すっと離れる。

「では、のちほど」

愛乃介が戸口へ向かう。元通詞と、眼鏡を選び終えた男があとに続いた。

柿右衛門はしばし、その場に立ちつくす。愛乃介と贔屓筋の集まりに加わることしか、もう考えられなくなっていた。


店を開けてすぐ、戸口に立った男を見て、すずは目を丸くした。

右目に黒い当て布をした町人――富岡光矢である。険しい表情で、店の奥へまっすぐに進んでいく。その後ろには、杉崎天馬が続いた。

二人は占い処の客席に並んで腰を下ろすと、宇之助に向かって身を乗り出した。

「昨日、結界が破られたというのは本当か」

「愛乃介の取り巻きの中に、通詞がいたって？」

宇之助はうなずいた。

「文で報せた通り、どちらも本当だ」

きよが盆を手にして調理場から顔を出した。汲出《くみだし》茶碗がみっつ載っている。光矢たちに出せ、と目で促してきた。すずは慌てて駆け寄り、盆を受け取る。

長床几の上に茶を置けば、天馬がにっこり微笑みかけてきた。

「ありがとう」

「いえ、どうぞごゆっくり」

一礼し、他に客がいないのを確かめてから、すずは調理場の入口付近に控えた。

立ち聞きをするような形になってしまうかと躊躇《ちゅうちょ》もしたが、ここは自分たちの店だ。いつも通りにさせてもらおうと開き直った。男たち三人も何も言わないので、問題ないだろう。

それにしても、宇之助が光矢たちに文を出していたとは驚いた。破られた結界とは、柿右衛門に張ったものか。

「通詞の容貌《ようぼう》などについて、おまえの客は何か話していなかったか」

光矢の問いに、宇之助は首を横に振る。

「蘭学者たちに交じって通詞がいた、としか言っていなかった」

天馬が茶をすすりながら口を開いた。

「わたしたちが目をつけている者の近くにも、異国の言葉を話す男がいるんだよ。そちらは元通詞らしいのだけど」

天馬の言葉に、宇之助が片眉を上げた。

「別の占い客が、かつて長崎で通詞をしていた者が開いた塾があると言っていたぞ」

天馬と光矢の目が鋭く光る。

「占いに入る前、ちらりと話が出ただけなので、おれには仔細がわからない。本所にある心武館という剣道場の、生島一左という人物を訪ねれば、何かわかるかもしれないが」

二人は顔を見合わせた。ぐいと茶をあおって、立ち上がる。

「異国絡みの客が来たら、またすぐに報せろ。それ以外、よけいな真似はするな」

高飛車に告げて、光矢は戸口へ向かっていく。

天馬が肩をすくめた。

「あれでも光矢は喜んでいるんだよ。思いがけずに宇之助からの文が届いてさ。朝早く納豆売りに戸を叩かれた時は、わたしも驚いたけれど」

早朝から町を売り歩いている顔馴染《なじ》みの納豆売りに、宇之助は文を託したのだという。

「頼ってくれて、嬉しいよ。おまえも人の忠告に耳を傾けるようになったんだね」

宇之助は顔をしかめた。

「別に、頼っているわけじゃない。おまえたちの仕事だと思ったから」

天馬は楽しそうに微笑んだ。

「もちろん、ちゃんと調べるよ。柿右衛門という男の安否もね」

「当たり前だ」

天馬は笑みを深めると、戸口へ足を向けた。敷居の向こうでは、光矢がいら立ったような表情で腕組みをしている。今にも「遅い」と怒鳴り出しそうだ。

戸口で天馬が振り返る。

「霊障絡みの依頼には、じゅうぶん気をつけるんだよ」

宇之助の返事を待たずに敷居をまたぐと、天馬は光矢と並んで去っていった。


その翌日の夕方、店じまいのため暖簾を下ろそうと、すずは表へ出た。

先ほどまで美しい茜色《あかね》に染まっていた空は暗くなり、夜闇が町に覆いかぶさろうとしている。帰路に就いているであろう人々の足も、どんどん速くなっているようだ。たまやの前を小走りで通り過ぎていく。

「ねえ旦那《だんな》、珈琲《カウヒイ》って飲み物を口になさったことがあるんですってね」

「ああ、長崎で通詞をしていた頃の話だ」

その話し声に、どきりとした。

振り向くと、若い女と中年男が連れ立って、すずの前を通り過ぎていくところだった。

女のほうには見覚えがある。

「おくめさん……」

本当の名かどうかは知らないが、以前、富士講を騙《かた》る詐欺事件があった時に関わった女だ。老婆《ろうば》に変装して、目くらましの術までかけ、姿を偽っていた。

おくめたちとすずを隔てるように、蒼が目の前に現れる。

歩きながら振り返ったおくめが、にっと笑った。弧《こ》を描いた赤い唇が、すずを嘲《あざけ》っているように見える。

蒼が、ふんと鼻息を荒くした。不機嫌そうに、ぶんぶんと尾を振る。

〈あの女、我が視えておるのう〉

「どうした、すず」

戸口から宇之助が顔を出した。

すずは通りを指差す。

「今、おくめさんがここを通って……耳慣れない言葉が聞こえてきたんですけど、あれは異国の言葉じゃ……」

「何だと⁉」

宇之助が慌てて敷居をまたいでくる。

「どこだ、どっちへ行った」

おくめたちが歩いていったほうを指差すが、二人の姿はもうどこにも見当たらない。まるで暮れていく空が落とした闇の中に、ぽんと飛び込んでしまったかのようだ。

すずは通りに目を凝らした。

二人が歩いたあとに、黒いもやが漂っているように見えた。

本書を執筆するにあたり、左記の方々に多大なる協力をいただきました。
仁科勘次氏（スピリチュアルサロン蒼色庭園代表、セラピスト）
ほしひかる氏（特定非営利活動法人　江戸ソバリエ協会理事長）
この場を借りて、心より御礼を申し上げます。

著者

時代小説文庫
た 29-4

茶屋《ちゃや》占《うらな》い師《し》がらん堂《どう》 狐祓《きつねばら》い

著者 高田在子《たかだありこ》
2025年 4月18日第一刷発行

発行者 角川春樹

発行所 株式会社 角川春樹事務所
〒102-0074 東京都千代田区九段南2-1-30 イタリア文化会館

電話 03(3263)5247[編集] 03(3263)5881[営業]

印刷・製本 中央精版印刷株式会社

フォーマット・デザイン&シンボルマーク 芦澤泰偉

ISBN978-4-7584-4711-9 C0193 ©2025 Takada Ariko Printed in Japan
http://www.kadokawaharuki.co.jp/[営業]
fanmail@kadokawaharuki.co.jp[編集] ご意見・ご感想をお寄せください。